U0135008

A New Vision
for Research on

Taiwan

Young Scholars and Their Perspectives

臺灣研究
新視界○○
青年學者觀點

梅家玲 [編]

國家圖書館出版品預行編目資料

臺灣研究新視界：青年學者觀點／梅家玲編.
-- 初版. -- 臺北市：麥田，城邦文化出版：
家庭傳媒城邦分公司發行, 2012.01
　　面；　公分. --（麥田人文；137）
ISBN 978-986-173-719-5（平裝）

1.臺灣文學　2.文化研究　3.文集

863.07　　　　　　　　　　100026201

麥田人文　137

臺灣研究新視界：青年學者觀點

編　　　者／梅家玲
特 約 編 輯／呂佳真
責 任 編 輯／吳惠貞

副 總 編 輯／林秀梅
編 輯 總 監／劉麗真
總 經 理／陳逸瑛
發 行 人／涂玉雲
出　　　版／麥田出版
　　　　　　城邦文化事業股份有限公司
　　　　　　臺北市 104 中山區民生東路二段 141 號 5 樓
　　　　　　電話：(02)2500-7696　　傳真：(02)2500-1966
　　　　　　部落格：http://blog.pixnet.net/ryefield
發　　行／英屬蓋曼群島商家庭傳媒股份有限公司城邦分公司
　　　　　　臺北市民生東路二段 141 號 11 樓
　　　　　　書虫客服務專線：02-25007718・02-25007719
　　　　　　24 小時傳真服務：02-25001990・02-25001991
　　　　　　服務時間：週一至週五 09:30-12:00・13:30-17:00
　　　　　　郵撥帳號：19863813　　戶名：書虫股份有限公司
　　　　　　讀者服務信箱 E-mail：service@readingclub.com.tw
　　　　　　歡迎光臨城邦讀書花園 網址：www.cite.com.tw
香港發行所／城邦（香港）出版集團有限公司
　　　　　　香港灣仔駱克道 193 號東超商業中心 1 樓
　　　　　　電話：(852) 25086231　　傳真：(852) 25789337
　　　　　　E-mail：hkcite@biznetvigator.com
馬新發行所／城邦（馬新）出版集團【Cite(M)Sdn. Bhd.(458372U)】
　　　　　　11, Jalan 30D/146, Desa Tasik,
　　　　　　Sungai Besi, 57000 Kuala Lumpur, Malaysia.
　　　　　　電話：(603) 90563833　　傳真：(603) 90562833

美 術 設 計／蔡南昇
印　　　刷／前進有限公司

■ 2012 年 1 月　初版一刷　　　　　　　　　　Printed in Taiwan.

定價／350 元

序言
青年學者與臺灣研究新視野的開展

梅家玲

　　作為學科領域,「臺灣研究」早在數十年前就已受到國際學界關注。主要原因,乃在於它政經社會發展的特殊經驗,可為當代社會科學研究,提供多面向的觀點。至於人文學科,特別是,強調臺灣主體性的研究,則相對起步較晚。八〇年代以降,隨著本土意識興起,以及國內各大學院校臺灣文史系所的先後成立,臺灣文史與文化研究,遂因此一日千里。從早先文獻資料的輯佚整理,到近年來研究方法的更新突破;從各別學門的深化開拓,到不同領域間的對話交融;從強調臺灣主體性與本土性,到轉而關注臺灣與東亞及世界的對話思辨,此一進程,在在體現出:「臺灣研究」所蘊藏的學術研究潛能豐沛多元,與日俱新,有待學者開發。而在不斷推陳出新的過程中,青年學者,無疑是最令人期待的生力軍。

　　有鑑於此,本書輯錄了九位青年學者的論述,以期體現臺灣文學與文化研究的新視野。它的源起,是2010年7月,臺灣大學臺文所與哈佛大學東亞系,以「臺灣文學與文化研究」為主題,合作舉辦第九屆「國際青年學者漢學會議」。該會議主要由蔣經國學術交流基金會贊助支持,旨在提供世界各地從事漢學研究的青年學者一個進行跨國、跨界研討與交流的優良學術平臺。自2001年首屆會

議以來，每年研訂不同主題，由臺灣或大陸、北美的大學院校輪流承辦，已累積相當成果。在臺灣研究日益引發學界關注之際，以之為會議主軸，匯聚學子相與研析，意義自是不凡。

研討會來稿踴躍，分別獲得美國、英國、德國、日本、香港、北京、新加坡與臺灣等地各界學子響應，歷經初複審，通過三十餘位來自國內外不同院校的助理教授及博士生提交論文；會後多篇論文經作者修訂，再次交付學術審查，之後纂集成書。據其所關懷的論題，大抵可滙整為四個面向：（一）歷史記憶與原鄉經驗；（二）知識生產與文化傳譯；（三）女性／原民書寫與跨界流動；（四）日常生活與通俗文化。以下略述其要：

（一）歷史記憶與原鄉經驗

緣於歷史與地理位置的特殊，兼為遺民／移民／殖民之島的臺灣，其歷史記憶與原鄉經驗向來融雜了多重迷魅。明顯可見的是，「北京」城南記憶之於林海音，「客家」流動身分之於鍾理和，正所以促成其文學想像的曲折宛轉。本輯所收的兩篇論文中，林崢〈從《舊京瑣記》到《城南舊事》──兩代「遺／移民」的北京敘事〉，勾連林海音的《城南舊事》與其尊翁夏仁虎的《舊京瑣記》，論證兩代「遺／移民」相同而又不同的北京記憶與敘事，從而體現文學的新舊嬗遞之迹；蔡建鑫〈但使主人能醉客，不知何處是他鄉──鍾理和的原鄉經驗與倫理弔詭〉，則是從論析「客」與「家」的意義開始，層層思辨其小說原鄉經驗的內蘊弔詭。

（二）知識生產與文化傳譯

文化傳譯來自不同文化體系間的交會與交鋒，帶來的不只是

對於異文化的翻譯傳播，也是不斷游移的邊界想像，是文字、文本與文化的持續辯證。它可以落實為生活實踐，更可以進入知識體系，隨著教育制度、出版傳媒與各式網絡流通，形成典範與制度的轉移，知識的生產與再生產。在此收錄三篇論文，分別是：彭春淩〈思想史視野中的章太炎與臺灣〉，通過章太炎旅居臺灣時期的論述及其與《臺灣日日新報》輿論的對話關係，和橫濱《清議報》以及章氏專著《訄書》相關篇章的前後承繼變化，辨析章太炎、康有為（梁啟超）、日本近代儒教三方，支那、日據臺灣、日本本島三個空間在近代思想史上的複雜互動；許時嘉〈揚文策略下「文」與「文明」的交錯——以 1900 年揚文會為例〉，以日本總督府所召開的「揚文會」為分析對象，討論日本殖民統治下所出現的「揚文」現象所具備的「重層性」概念，以及臺灣士紳之體認與總督府原意之間的交錯式誤讀；明田川聰士〈「虛構」的想像與創造——以李喬《寒夜三部曲》中福克納作品的影響為中心〉，考證李喬《寒夜》如何經由日文傳譯，對於福克納作品的受容過程。

（三）女性／原民書寫與跨界流動

女性文學與原住民文學，是近年來臺灣文學中備受關注的重點。如何經由「空間」與「跨界」的角度去深化研究，亦為學者用力之處。本輯中，陳姿瑾〈自己的房間——當代臺灣女性小說中公寓／家的辯證〉，即是探討女性城市小說中，單身女性如何在「出租公寓」與「家」的空間游移之中，辯證自我的主體認同；林肇豊〈弱勢的傳統族群・重要的現代作家——從《老海人》回看夏曼・藍波安創作歷程中的幾項議題〉，則以夏曼・藍波安《老海人》為例，思辨作者以「混語書寫」介入主流漢語文壇時的跨界與「佔位」問題，以及其間「傳統」與「現代」的辯證。

（四）日常生活與通俗文化

　　本輯收有金儒農〈恐懼主體與異質空間的再生產——臺灣戰後恐怖小說系譜的生成〉，和梁培琳〈幸福遊走江湖——金枝演社的拼貼美學與臺式幽默〉兩篇論文。前者以 Kristeva 對於「恐怖」的「賤斥理論」為出發點，闡述恐怖小說中的「恐怖」由何而來，進而透過選取臺灣具代表意義的恐怖小說，追尋屬於臺灣當代的恐懼空間形式，並意圖從中考察出臺灣戰後恐怖小說所隱喻的集體精神傾向；後者以金枝演社的表演為例指出：文化拼貼已從一反／去殖民的戲劇手段轉化、銳變為華麗魔幻的表演美學與不受形式拘泥的創作理念。而幽默也已不再純粹是殖民暴力直接的轉化或對抗，所反射的是一種對家與個人自由的嚮往。

　　這些論文的觀照面向與方法取徑容或各有不同，但皆具有一定的深廣度，合併以觀，正可見現今臺灣文學與文化研究的源頭活水與新興趨向。瞻望未來，臺灣研究也因此更令人充滿期待。

目錄

三、女性／原民書寫與跨界流動

四、日常生活與通俗文化

一、歷史記憶與原鄉經驗

從《舊京瑣記》到《城南舊事》
兩代「遺／移民」的北京敘事*

林崢**

一、〈故事〉引發的「故事」

　　1963年4月23日，在主編「聯副十年」的輝煌之後，[1]林海音（1918-2001）因刊發一首有影射總統之嫌的詩歌〈故事〉而被迫引咎辭職。[2]這是林海音人生中一大轉折，在1963年5月8日致鍾肇政（1925- ）的私人信件中，她披露心扉：

---

* 自民國後，「北京」之名幾經變更：自1928年北伐勝利後，國民政府定都南京，改北京為「北平」；1937年「七七事變」後，日偽政府佔據北平，設立偽中華民國臨時政府，重又改北平為「北京」；1945年抗戰勝利，孫連仲部接收北京，遂再次更名為「北平」；1949年中華人民共和國成立，重新命名為北京，並定為首都。因此本文對於「北京」、「北平」的稱謂隨時代而易，題目則為統一起見稱「北京」。

**北京大學中文系博士生。

[1]　林海音自1953年至1963年十年間擔任臺灣《聯合報·副刊》主編之職。

[2]　1963年4月23日，《聯副》刊出一首題為〈故事〉的詩歌，署名「風遲」，詩歌諷刺一位「愚昧無知」的船長，飄流到一個小島上滯留十年，被一位美麗的富孀吸引而流連忘返，被當局認為有「影射總統愚昧無知」之嫌，作者因「叛亂嫌疑」被收押，主編林海音當日辭職，這樁震動臺灣文壇的風波被稱為「船長事件」。

這次的事情，使我真正體驗到的是：「吞下眼淚」是什麼滋味！我是喜歡笑的女人，但是喜歡笑的人，大半也喜歡哭，我不例外，我像一隻受了委屈的鳥，本應當大哭一場的，但是硬把眼淚吞下去了！[3]

就在此時，她偶然從友人鄭再發（1932-　）、王雪真夫婦處得到尊翁夏仁虎（1874-1963）舊作《枝巢四述》和《舊京瑣記》的影印本。林海音於1963年6月27日作的〈重讀《舊京瑣記》〉一文中道：

輕裝來台，公公的書都沒有帶出來，我們卻常常希望能再看到。只是此間故舊稀疏，無處去找罷了。上月鄭再發、王雪真夫婦來訪，偶然和他們談及，他們回去後，一下子就找到了《枝巢四述》和《舊京瑣記》兩書影印寄來了。我們真是又高興，又感激。我展讀兩書，不禁流下淚來。也許因為那時我心情欠佳，打開書，像看見親人一樣。[4]

在一個由臺灣政治事件直接引發的人生低谷期，與親人文字的意外重逢給予林海音極大的精神撫慰。因此，她辭職後做的第一件事就是重刊木刻本《舊京瑣記》。對於一生中以編輯身分為主、作家身分為輔的林海音而言，她的編輯行為本身就是一種有意識的選擇與自我表達；而她自身的文學創作也正是自1960年代起由臺灣尋根轉向大規模的北平追憶。

---

[3] 「船長事件」發生後，林海音當機立斷地辭去主編職務，並緘口不言此事，數十年來即使對子女都甚少提及。這封信函是三十多年後其女夏祖麗在作家鍾肇政家見到的，是林海音唯一對此事件最直接的反應。夏祖麗，《從城南走來：林海音傳》（北京：三聯，2003），頁168。

[4] 林海音，《家住書坊邊‧我的京味兒回憶錄》（臺北：純文學，1987），頁131。

　　與枝巢老人晚年有過交誼的謝蔚明（1917-2008）曾撰文回憶，1980年代他在收到林海音寄贈的純文學出版社重印本《舊京瑣記》與《清宮詞》後，曾將自己珍藏的木刻本《枝巢四述》輾轉託人帶給林海音。本以為林海音收到這本夏仁虎學術著作的代表作會立刻付印出版，然而令他不解的是，「《枝巢四述》送交林海音以後毫無反應」，謝蔚明對此的解釋是，由於《枝巢四述》序文係周作人（1885-1967）所作，而鑒於周作人的敏感身分，對枝巢老人是白圭之玷，「林海音給周作人寫序的書予以凍結，是明智之舉。」[5]當然，臺海相隔，謝蔚明不知林海音早已於1963年得到《枝巢四述》，然而他的疑問確實提示我們一個思考的角度，即多年來林海音夫婦始終致力於搜求夏仁虎的著述，然而林海音為何獨於諸多作品中選擇重印《舊京瑣記》，以及此後的《清宮詞》。[6]

二、「遺民」的「舊京」記憶

　　林海音尊翁夏仁虎，字蔚如，別號「枝巢子」，原籍江寧，自戊戌通籍為京官，至1963年辭世，在北京度過六十五載人生。辛亥革命後，京城有一批「遺老」追述舊京風華，夏仁虎乃其間犖犖大者。值得注意的是，夏仁虎並非純粹的清遺民。辛亥之後他依然出仕，且其事功在北洋時期達到頂峰，曾任眾議院預算委員會委員長、財政部代總長、國務院秘書長等要職，並曾受知於張作霖（1875-1928），對北洋政權有深刻認同，自1928年北伐勝利後退出官場，潛心撰述：「人海易藏身，書城即南面。仕宦無所

---

[5]　謝蔚明，〈閒話枝巢老人和周作人〉，王景山編，《國學家夏仁虎》（杭州：浙江文藝，2009），頁211。

[6]　臺灣純文學出版社於1986年4月出版點校本《清宮詞》。

成，撰著乃夙願。」在〈枝巢九十回憶篇〉中，他總結其一生著
述云：「乙部有支流，方志乃所尚。文簡事貴詳，與史同矩範。京
市既成書，省志補耆獻。（主修《北京市志》成書。重修《江蘇通志》補〈耆獻傳〉三
百篇。）綏遠舊稿殘，藏園共修纂。（傅沅叔以《綏遠志》舊稿不合體裁，約與吳向之
重為修纂。）秦淮與玄武，水利俱條貫。（作《秦淮志》，稿由《金陵文獻》中印行。
作《玄武湖志》先刊行。）北海雖小志，體例不敢舛。（作《北海小志》，稿送中央
文史館。）宮詞存故實，（作《清宮詞》二百首，附以事實，存先朝掌故，由北平師範大學印
行。）瑣記祖歆向。（用漢《東觀雜記》體例作《舊京瑣記》。）歲華書可讀，（作《歲
華憶語》，述南京風習。）遺民表邦彥。（作《南京遺民錄》，為修志資料。）其他所撰
作，大半屬文苑……」[7]由上可見，夏仁虎一生撰著圍繞南京與北京
兩個故鄉，尤以「第二故鄉」北京為重，而其大規模地追憶舊京始
於1937年，首先是自費出版家刻本《舊京瑣記》；「七七事變」後
的秋天，又作《舊京秋詞》，1939年收入張次溪（1909-1968）編
纂的「燕都風土叢書」刊行；1938年動工修纂《北京志》，由老友
吳廷燮（1865-1947）任總纂，夏仁虎負責撰寫〈貨殖志〉、〈金石
志〉及〈藝文志〉；1941年《清宮詞》由北平師範大學印行；後又
撰《北海小志》及《北夢錄》。[8]也就是說，是在北平淪陷時期，夏
仁虎始以遺老姿態追述考證舊京風物，此時他兼具清遺民與北洋遺
民的「雙重遺民」（甚至包括「漢遺民」的多重遺民）身分，其間
的微妙複雜遠甚於前朝的黍離之悲、夢華之錄。1941年七夕周作人
作詩云：「烏鵲呼號繞樹飛，天河暗淡小星稀。不須更讀枝巢記，
如此秋光已可悲。」「枝巢記」即《舊京瑣記》，其不同於尋常風

---

[7]　〈枝巢九十回憶篇〉係1963年春由夏仁虎口述，其子夏承棟筆錄成書，覓人刻寫，
　　油印線裝成冊，書名由章士釗題簽。同年夏初，傳至香港，由陳一峰按原詩鉛印出
　　版，加序、跋說明。本文轉引自《國學家夏仁虎》，頁136。
[8]　《北海小志》稿送中央文史館，佚失，因此具體印行時間不可攷。《北夢錄》稿
　　佚，亦不可攷。

俗掌故，而是寄寓了「遺民」的故國之思。

　　「遺民」是時間的產物，沒有朝代的興替、時間的裂變，便沒有「遺」，趙園（1945-　）在討論明遺民時曾指出：「不同於忠義的以死為完成，遺民人生既然在時間中展開，就不能不經歷種種的調整、修訂。……遺民的身分自覺，使得他們較之其他同時代人，更緊張地感受著時間，體驗著時間之於他們的刻痕——不止在肌膚上，或者說更是在『心靈上』。」[9]王德威（1954-　）更是一針見血地指出：「『遺民』的本義，原來就暗示了一個與時間脫節的政治主體。」[10]因此，「遺民」對於時間有特別的敏感和自覺，夏仁虎念念不忘「舊」京，良有以也。舊京風物的書寫與考證，本就源自對於時間變遷的焦慮，夏仁虎〈舊京瑣記引〉自剖寫作緣由：「重以改革，凡百變更。公羊三世，隙鹿一夢。及今所述，已為陳跡。告諸後生，或疑詆汝。」正是出於對朝代更迭，一切「已為陳跡」的憂慮和恐懼，夏仁虎遂決定「著之簡篇」以「告諸後生」，以文字留存他心目中的「舊京」。[11]

　　夏仁虎的北京撰述主要可分為三種類型：一是方志類的集大成者《北京市志稿》；二是追慕「夢華錄」傳統的《舊京瑣記》；三是志在以詩存史的《清宮詞》。上述大致囊括了異代之際遺民野老追懷前朝的三種基本手段：方志、筆記和宮詞，在盛朝修史的官方系統之外，提供一種相對邊緣、也因之相對客觀的視角與立場。觀之《舊京瑣記》、《清宮詞》二書序跋，無論是作者自身還是友人，都有意將其與前代遺民書寫相比附。[12]不過，這樣充分調度各

---

[9]　趙園，《想像與敘述》（北京：人民文學，2009），頁129。

[10]　王德威，《後遺民寫作》（臺北：麥田，2007），頁34。

[11]　夏仁虎，〈舊京瑣記引〉，《枝巢四述‧舊京瑣記》（瀋陽：遼寧教育，1998），頁75。

[12]　如夏仁虎〈舊京瑣記引〉：「《夢華》一篇，況乃異代。」又如《清宮詞》自序：

種方式，盡可能最全面、大規模地追憶前朝的努力，即使在源遠流長的遺民傳統中，也是十分罕見的。這緣於夏仁虎對於時間的自覺、對「史」的追求，〈舊京瑣記引〉曰：「薦申羞言，是曰《瑣記》。若其大者，有史官在。」著意區隔與「史官」的不同，恰流露了其「補史乘之闕」的用心。其《清宮詞》沿襲唐代以來王建（約767-約830）開創的「宮詞」詩體，然一掃浮豔靡弱之氣，賦予其更宏闊的抱負：「僕以為宮詞雖細，亦史氏之支流也。可以存一代之典章，紀一時之風尚，明一朝之得失，見一事之是非。」[13]老友郭則澐（1882-1946）及後人鄭騫（1906-1991）皆稱道其為「詩史」，[14]鄭騫更進一步指出《舊京瑣記》與《清宮詞》可相互參照：「合浦珠還，延津劍合。彼紀社會，此詠宮廷。清代十朝二百六十餘年中，鉅聞細事，得此二書而備陳眼底。」林海音選擇重印《舊京瑣記》與《清宮詞》兩部代表作，的是知味之選。

　　林海音曾評述尊翁的《舊京瑣記》「是一個北居南人的見聞和感想，因為作者是南方人，所以能客觀的描述幾百年帝都的生活，而品評其優劣得失」，[15]「客觀」二字誠然把握到夏仁虎舊京文字的精髓。無論《舊京瑣記》抑或《清宮詞》，夏仁虎的書寫立場／姿態頗富意味。一方面，他津津追述有清一代朝／宮廷逸聞祕事，採取的是以親歷者自居的內部視角，《舊京瑣記‧發凡》特強調所述之事皆為耳聞目睹：「所記斷自清同光以來，其非見聞所及者，有昔賢之紀錄在，寧闕焉。若徵引舊聞，不在此例。」另一方面，

「遺山異代，非無野史之亭。元老歸來，亦有夢華之錄。」郭則澐序：「夫夢華之戀，人有同情。」《國學家夏仁虎》，頁140-143。

[13] 夏仁虎，〈清宮詞自序〉，《國學家夏仁虎》，頁143。

[14] 郭則澐序：「倘次舊聞，是為詩史。」鄭騫序：「詩註合編，彙為詩史。」《國學家夏仁虎》，頁140-141。

[15] 林海音，《家住書坊邊‧我的京味兒回憶錄》，頁133-134。

他又始終保持一個冷靜客觀的立場，能夠論議持平，不溢美，不
隱惡，〈舊京瑣記引〉即申明原則：「匪曰勸懲，美惡並錄。」然
而，林海音提示我們的這種「北居南人」的異質視角，對於解讀她
自身的北京記憶確實是行之有效的，下一節將具體討論，但在夏仁
虎這裡，地域恐怕並非最關鍵性的因素。

　　理解夏仁虎舊京記憶與「遺民心態」的起點，與其說是「北
居南人」，不如定義為「北居漢人」更為精確。夏仁虎對於清廷的
立場與進退出處的態度，值得深究。據〈枝巢九十回憶篇〉，其於
戊戌年間通籍京師，在動亂頻仍的清季，一位漢族小京官的日子不
會太如意：「授職小京官，秋曹學裁判……清末十四年，一事未
卒辦。」[16]《枝巢編年詩稿》卷一《舸夢稿》收錄其己丑迄辛亥年間
（1889-1911）的詩作，可以窺得彼時寓居京城、懷才不遇的寥落心
境，京城在尚未成為「舊京」時並非那麼美好，夏仁虎頻發「長安
雖好非吾土」一類感慨。[17]《舸夢稿》收有一組〈四箴詩〉，分別題
為〈審處篇〉、〈慎言篇〉、〈緩行篇〉和〈遠覽篇〉，頗能體現夏
仁虎對於清末時勢的判斷與立場。在夏仁虎看來，「方今之世」，
是「邦無道，危行言遜」的末世，[18]「匪唯君擇臣，臣亦擇君」。[19]夏
仁虎置身於一個新舊交替的時代，如何應對每一次政權更迭，又如

---

[16] 《國學家夏仁虎》，頁134。

[17] 夏仁虎，〈書感四首〉其一。又如〈得京寓訊母病趣駕北上〉：「京洛非吾土，方
　　圓百不宜。」引自《枝巢編年詩稿》（北京：民國庚申至甲戌〔1920-1934〕家刻
　　本），卷一《舸夢稿》。

[18] 夏仁虎，〈慎言篇〉序：「仲尼有言，邦無道，危行言遜，君子一言以為知，一言
　　以為不知。立仗之馬日食五品料，苟奮首嘶鳴，或且餓死。然則世之所望於馬者，
　　在立仗耳，為慎言篇。」同前註。

[19] 夏仁虎，〈審處篇〉序：「鳳凰翔於九仞，覽德輝而下之。昔人有言，方今之世，
　　嗚呼，今何時哉，為審處篇。」同前註。

何在此「千年未有之大變局」中自處？他在詩作中常以「長樂老」自居，「長樂老」乃五代時期的馮道（882-954），一生事四朝相十帝，因自號「長樂老」，歐陽修（1007-1073）《新五代史》對其頗加非議，指斥為「無廉恥者」。[20]夏仁虎則對歐陽修的譴責不以為然，在其1925年追隨張作霖出關時所作的組詩〈讀五代史六首〉之〈長樂老〉一詩中為其辯護，提出「十君四姓何足論，所貴當官能救民」的史觀。[21]這種以「事功」為衡量準則的忠逆觀，出離了單純的「遺民」心態，從而奠定夏仁虎的舊京書寫不同於傳統遺老的黍離麥秀之思，既能「入乎其內」，又能「出乎其外」。[22]

　　一方面，夏仁虎在評述清廷的時候，力求忠實呈現其不為外人所知的本來面目，而非迎合獵奇想像的窺探心理。如《舊京瑣記》卷四〈宮闈〉開篇曰：「清代宮闈整肅，蓋由立法嚴也。」清廷后妃的綱紀整肅，[23]宮女的節制簡樸，[24]皇室的自律甚嚴，[25]敘述頗詳，判

---

[20]〔宋〕歐陽修，《新五代史》，卷五十四，襍傳第四十二：「禮義，治人之大法，廉恥，立人之大節。蓋不廉則無所不取，不恥則無所不為。人而如此，則禍亂敗亡而無所不至。況為大臣而無所不取，無所不為，則天下其有不亂，國家其有不亡者乎？予讀馮道長樂老敘，見其自述以為榮，其可謂無廉恥者矣，則天下國家可從而知也。」

[21]夏仁虎，〈讀五代史六首〉，《枝巢編年詩稿》，卷七《出塞後稿》。

[22]譬如同代另一位追述舊京掌故的大家——滿族世家出身的震鈞，其代表作《天咫偶聞》與夏仁虎《舊京瑣記》的觀察視角與發言姿態就有差異。

[23]《清宮詞》多記后妃謹慎外戚往來之事，又如記乾隆年間惇妃因杖斃宮女飭降為嬪。

[24]如《舊京瑣記》卷四〈宮闈〉記載：「宮女定制不得逾五百人……宮女妝皆紅襖綠褲，常服惟藍布衫，粗劣已極，以視歷史所傳，奚啻霄壤，其不擾及民間，猶盛德事也。」又如《清宮詞》兩首：「秀女春來應點時，娥媌家世總包衣。布衫辮髮平梳洗，那有三千殿腳兒。」「六宮粉黛不輕施，宮裡梳妝禁入時。昨日大堂嚴諭止，寬袍燕尾漢裝衣。」

[25]《清宮詞》多見對皇室子弟嚴厲約束之例，若舉止行動不合規制，即使最受寵的皇子也須依律受責。又如記清公主下嫁，與翁姑講家人禮，不得援公主例。

然有別於對宮廷的一般印象。尤其是對於外戚和宦官，能予以持平
之論。夏仁虎肯定清代立法綦嚴，終世無外戚之患與黨錮之禍，特
別對同治皇后的父兄崇綺（?-1900）與葆初，光緒珍妃的伯愚、仲
魯昆仲，給予極高評價。《舊京瑣記》與《清宮詞》多處述及庚子
事變崇綺舉家殉國難之事，稱道其「為尤不可及」。[26]即使對於慈
禧（1835-1908）的是非功過，亦較為客觀公允，如《清宮詞》詠
慈禧：「卅年手定中興業，一怒終貽末造哀。他日史官論功罪，應
持彤管費疑猜。」詩後自註尤有意味：「孝欽功罪，論定實難。若
其生平，則某西人之論曰：凡太后所行之道，有足為障礙者，如石
與木自然僵仆。嗚呼！此語可謂嚴冷而深曲。」[27]「嚴冷而深曲」一
語同樣適用於夏仁虎自身的書寫，在賦予清政權應有肯定的同時，
亦不諱言其肇致覆滅的矛盾與問題。有趣的是夏仁虎對於清亡國根
源的思考，《舊京瑣記》卷四指出：「清之失國，由於漢滿之見太
深，此無可諱言者。」以下述胡林翼（1812-1861）、曾國藩（1811-
1872）、李鴻章（1823-1901）事，「至以海軍經費充頤和園經費，遂
至甲午之敗，一蹶而不可復振矣。因果之來，所謂自耕自獲矣！」
卷七〈時變〉重申這一思路，篇首即道：「時無變也，變於人心而
已。清自洪楊事平，而疑忌漢族之心轉甚……夫以向來之藐視漢
族者，一變而為疑忌，則君臣之局變矣。」滿漢矛盾被推到不可調
和的突出位置，聯繫夏仁虎自身「北居漢人」的背景立場，頗耐人

---

26 《舊京瑣記》卷四〈宮闈〉：「至於穆宗后父崇綺與其子葆初皆精文學書法，在滿宮
　　中為最傑出者，然皆不得與政。庚子之變，闔門掘地為深坑，皆殉國難，為尤不可
　　及云。」卷七〈時變〉亦有記述：「庚子之變，殉難最烈者為崇文山一家。崇固孝
　　貞后父，又為帝師。既自縊，其子葆初，集家人掘地為大坑，同殉焉。」又《清宮
　　詞》詠穆宗后：「回天無力已堪嗟，何意威姑責問加，仰藥自隨龍馭去，女宗不愧
　　狀元家。」

27 夏仁虎，《清宮詞》，卷上，《國學家夏仁虎》，頁158。

尋味。夏仁虎對於清末朝廷的腐敗無能直書不隱，將覆亡的肇因徑
指皇室：「拳亂之起，起於民乎？實起於宮掖間耳……一曰好聽
戲，一曰愚昧……自清以來，上以之自負，下是以貢諛，固應收
後來之果耳。」對於清末迫於時勢的革新自救，夏仁虎也報以冷眼
旁觀的清醒態度：「自辛丑至辛亥，十年之中，由屬行新政，進而
為批准立憲，再進而為實行憲政，更進而為虛君共和，然皆無實心
誠意以行之，徒為敷衍文章而已，故終至於遜位亡家。」鑒於此等
認識，夏仁虎對待「忠義」的態度就變得意味深長了。上文談到夏
仁虎多次稱許崇綺一門的節烈，卷七〈時變〉亦旁及庚子事變其
餘殉難之士：「文臣之殉者，徐蔭軒相國桐、王蓮生祭酒懿榮皆自
縊。吾鄉成漱泉大令，詞章峻潔，時為直隸某縣令，聞變，慷慨以
殉。疏逖卑官，視諸公為尤難已。」夏仁虎獨推重小縣令「視諸公
為尤難已」，至於相國徐蔭軒的殉國原委，則在卷三〈朝流〉中揭
露其為逆子逼迫自縊以邀身後名的隱情，[28] 犀利地點出「造就忠義」
的虛偽與弔詭，這與前代遺民面對「忠義」時總不免些自慚形穢形
成鮮明對比。而對於易代之際各種姿態的「忠義」與「逸民」，夏
仁虎亦自有褒貶：

> 清之亡也，仕宦中變道士服者，寧藩李瑞清。為僧人服者，
> 大理定正平。誓必死而卒未引決者，貴東道文悌。惟宗人府
> 供事張瑞斌者，投牒都憲張英麟與前，請代奏收回遜位詔
> 書，勿失祖業，都憲懼，勿敢受。瑞斌遂引刃自殊，此為一

---

28 夏仁虎，《舊京瑣記》，卷三〈朝流〉：「徐蔭軒相國以講理學名。雖稱頑固，故
無大過。若其子承煜者，則真梟獍矣……迨兩宮倉皇出，蔭軒年過八十，且已在
告，承煜力勸父殉國，以邀身後名。持繩逼之，其父遂自縊。說者謂渠自知罪魁，
冀父殉國，可邀寬典也。卒正典刑，當時快之。」

代之終應有之點綴。然但出於府史小胥，愚不可及矣。[29]

將殉清之舉視作「一代之終應有之點綴」，「點綴」二字冷峻而輕巧地消解了行為本來附載的壯烈色彩與道德分量，甚至直指府史小胥為「愚不可及」的無謂犧牲，由此可見夏仁虎對於崇綺等人的肯定主要在其人格氣節，而非選擇。將夏仁虎對於「忠義」的理解與其以「長樂老」自許的立場對讀，頗能見出新舊過渡末代士大夫的複雜心態與新意。

　　因此，夏仁虎以文字保存舊京的努力，也就異於前代遺民以「存國史」為「後死之責」的情懷，[30]而更多是著眼於傳承與延續，期冀存往以開新、古為今用。除《舊京瑣記》與《清宮詞》等私人著述而外，夏仁虎參與編撰的大型官修方志《北京市志稿》得以流傳後世，亦端賴其保存之功。《北京市志稿》係1950年代初由夏仁虎以中央文史館館員名義捐獻給北京市政府，據與事者回憶，編纂諸人於1939年秋交稿之後便各奔東西，無暇顧及此書下落，不意夏仁虎獨力將此鴻篇鉅製完整保存下來，經歷了戰亂，於建國初獻給國家，交接之際手稿卷帙浩繁，文物組出動了好些工作人員參與搬運。[31]該書塵封六十餘年，最終於1998年出版十五冊精裝本，填補了自清末至1938年間北京市志史的空白，極具象徵性地總結了夏仁虎半生對於存史—傳史事業的不懈追求。

---

[29] 夏仁虎，《舊京瑣記》，卷七〈時變〉，《枝巢四述·舊京瑣記》，頁117。

[30] 對於明遺民以「存國史」為「存明」的討論，可參見趙園《明清之際士大夫》（北京：北京大學，1999）。

[31] 參見趙其昌，〈關於《北京市志稿》的一點回憶〉，蘇晉仁，〈《北京市志稿》的編寫和出版〉，《國學家夏仁虎》，頁257-259。

三、「移民」的「城南」地圖

　　1920年枝巢老人自刊《嘯盦詩存》，自序緣由曰：「往者世家子弟，咸以刊錄先集為要事。我生今時，乃有所謂新文學出者，諸兒皆在學校，間有能為新詩歌者。彼之所謂詩歌，我一不識；我之所謂有韻之文，彼又焉知者。即使他日本其孝思為我刊集矣，而自念平生交遊，率為先輩長者，其作古人，未必後我，又何從覓得刪定之人而付與之。則何若自作之，而自刊之，亦自娛之一法也。」[32] 兩代人趣味的隔膜，新舊文學的分野，由此可見一斑。對此林海音的回憶文章中亦常提及：「公公很少跟子女們談他的寫作、讀書，因為他的八子一女雖都是大學畢業，但是沒有一個是讀國文系或研究國學的，即使有寫作，也是新文學。」[33] 因此，老人「雖然是滿腹詩書，卻是衣缽無繼」，「偌大的書房裡，顯得那麼冷清」，倒是跟新文學出身的六兒媳林海音偶有互動。林海音《婚姻的故事》曾憶及兩段往事，一是公公推薦她去北師大圖書館做古籍編目的工作時，耐心地傳授她目錄學和國學的基本常識，「把什麼公羊穀梁，先經後傳的道理，詳詳細細地解釋給我聽」；二是公公饒有興致地向她借閱西方文學譯著，如巴爾札克的《從妹貝德》等，並津津有味地與她討論感想。[34] 這樣溫情的小細節又體現了新舊文學之間的往來流動。老人不會知道，正是這一位「國文是從『小貓叫，小狗跳』啟蒙的，對於舊學真可以說是一竅不通」的兒媳林海音，會在近半個世紀之後，於一水相隔的海角臺灣，四處搜集自己的著述，

---

[32] 夏仁虎，〈嘯盦詩存自序〉，《嘯盦詩存》（北京：民國庚申至乙丑〔1920-1925年〕家刻本）。

[33] 林海音，〈枝巢老人的著作和生活：《清宮詞》編校後記〉，《家住書坊邊‧我的京味兒回憶錄》，頁128。

[34] 林海音，《婚姻的故事》（臺北：純文學，1981），頁91。

且花大力氣請人重新標點、編校、出版。[35]林海音夫婦與《舊京瑣記》影印本重逢之後月餘，枝巢老人以九十高齡仙逝於海峽對岸其眷戀的京城，冥冥中似有因緣。「重讀《舊京瑣記》」，林海音對尊翁的著作頗心有戚戚：

> 「舊京」的意思，是指自清同治以來至清末的見聞。目錄分：俗尚、語言、朝流、宮闈、儀制、考試、時變、城廂、市肆、坊曲等十卷。雖然所記的是將近一世紀前的舊事，但是有些地方，現在讀來仍有親切之感。其寫北平風物之美，令做過「北京人」的看了，懷念不已。但是諷刺人情之偽的，又使人啞然失笑。這是一個北居南人的見聞和感想，因為作者是南方人，所以能客觀的描述幾百年帝都的生活，而品評其優劣得失。至於文筆的典雅簡潔，不可作一字增減，可稱是筆記中的上品。[36]

　　「北居南人」的微妙立場與情懷毋寧說是林海音的夫子自道。如果說理解夏仁虎北京記憶的起點在於「舊京」，則把握林海音北平想像的關鍵便在於「城南」，地域因素於林海音而言至關重要。與尊翁枝巢老人一樣，林海音雖「做過北京人」，卻並非北京出身。林海音的籍貫問題尤為複雜，她是大陸去臺的第七代移民，1918年生於日本，三歲隨父母返臺，五歲舉家移居北京，在城南度過童年和青年時代，1948年又攜家人隨國民政府遷臺。因此，北平於林海音而言，是「故鄉」，也是「異鄉」，其散文集〈《兩地》

[35] 林海音夫婦於1963年得到《舊京瑣記》「中央研究院」藏本後，決定不是簡單影印，而是加標點、改排鉛字出版，邀請著名文人學者林文月、林良、柯劍星等負責點校，最終於1970年由臺北純文學出版社出版。
[36] 林海音，《家住書坊邊‧我的京味兒回憶錄》，頁133-134。

序〉自言：

> 「兩地」是指臺灣和北平。臺灣是我的故鄉，北平是我長大
> 的地方。我這一輩子沒離開過這兩個地方。……當年我在
> 北平的時候，常常幻想自小遠離的臺灣是什麼樣子，回到臺
> 灣一十八載，卻又時時懷念北平的一切，不知現在變了多
> 少？[37]

日據時期臺灣人在北京／平的處境實際上是頗為尷尬的，「番薯
人」的稱謂飽含了無限辛酸。林海音於1951年3月返臺之初創作
〈英子的鄉戀〉，追憶早年寄寓北平之時，一家人常常在夜晚「打
開地圖，看看那一塊小小地方的故鄉」。自童年至青年時代在北京
／平生活，她始終難以擺脫內心深處的異域感：「從一無所知的童
年時代，到兒女環膝的做了母親，這些失鄉的歲月，是怎樣挨過來
的？雷馬克說：『沒有根而生存，是需要勇氣的！』」[38]回歸闊別多
年的故鄉臺灣，面臨自我定位與身分認同的問題，林海音首先尋求
的是臺灣的鄉土資源。她在臺最早參加的文藝團體，是臺灣青年文
化協會，該會於1951年主辦「夏季鄉土史」講座，林海音是唯一
的女學員；此外，她還閱覽大量臺灣風土民情的資料，甚至包括
日文的《民俗臺灣》，連每期細目都抄錄下來。[39]與之相應，其創
作也以臺灣為中心。至1964年《英子的鄉戀》正式發表時，林海
音附後記曰：「我現在很懷念第二故鄉北平，我不敢想什麼時候才
能再見到那熟悉的城牆，琉璃瓦，泥濘的小胡同，刺人的西北風，

---

[37] 林海音，〈《兩地》的自序〉，《兩地》（臺北：三民，1969），頁1。

[38] 林海音，〈英子的鄉戀〉，《林海音文集·英子的鄉戀》（杭州：浙江文藝，
1997），頁51。

[39] 參見林海音，〈初識鄉土文學〉，《剪影話文壇》（臺北：純文學，1984），頁6-10。

綿綿的白雪⋯⋯」[40]自1960年代起，她由臺灣尋根轉向大規模的北平敘事，相繼出版了三部以北平為背景的小說集──《城南舊事》（1960）、《婚姻的故事》（1963）、《燭芯》（1965）；1966年出版散文集《兩地》；此外，她還發表若干文章如〈在胡同裡長大〉、〈虎坊橋〉、〈天橋上當記〉、〈想念北平市井風貌〉等，後收入散文集《家住書坊邊》。也就是說，當林海音身處北平時，始終保持了一個外來移民的立場和視角；而1948年追隨國民政府渡海遷臺後，其又廁身一批民國新「移民」中，以「老北平」的姿態追懷民國時期的北平，帶領1960年代的臺灣讀者重遊故土。因此，當她書寫北平時，就具有「雙重移民」的獨特身分，在這個層面上，空間對於林海音的寫作存在特殊意義。

　　林海音的北平想像與記憶具有鮮明的空間意識，無論其小說還是散文，皆不約而同地呈現一種地圖式建構。在小說《城南舊事》中，地理空間是推動小說情節發展的關鍵因素。如第一章題名〈惠安館傳奇〉，惠安館即位於延壽寺街羊肉胡同路北的福建惠安會館，全篇圍繞惠安會館門前一個瘋女人秀貞的故事展開，她與曾寓居會館的一位北大學生互生情愫、私定終生卻又慘遭遺棄，篇末秀貞與好不容易重逢的私生女不幸喪生於火車輪下，英子的父母為使小英子忘卻這悲慘的記憶而搬家，遷居新簾子胡同。於是，第二章〈我們看海去〉的開頭即：「媽媽說的，新簾子胡同像一把湯匙，我們家就住在靠近湯匙的底兒上，正是舀湯喝時碰到嘴唇的地方⋯⋯」[41]在胡同盡頭一片廢棄的荒草地裡，小英子遭遇了小說的第二個主人公──將贓物藏在草叢裡的偷兒，從而引出他的故事。至第三章〈蘭姨娘〉，英子一家搬到虎坊橋，篇首即以「我」和妹

[40] 林海音，〈《英子的鄉戀》後記〉，《林海音文集・英子的鄉戀》，頁56。
[41] 林海音，《城南舊事》（杭州：浙江文藝，1983），頁60。

妹站在虎坊橋大街上看「出紅差」——這裡是槍斃革命學生——帶進北大革命青年德先叔的出場；篇末則是我們一家人在虎坊橋上為德先叔和蘭姨娘送行。地理空間是《城南舊事》中一個不可忽視的重要角色，它參與組織敘事結構，推進情節發展。此外，我們還能在《城南舊事》中看到許多熟悉的老北京地名，齊化門、興華門、哈德門、兵部窪、西交民巷、東交民巷、椿樹胡同、絨線胡同……一幅老北平城南的地圖，隨著小說情節的推進，慢慢鋪展在讀者眼前。而這一特點在林海音的一系列「京味兒回憶錄」中，更是得以淋漓盡致地體現。

　　林海音的「京味兒」散文多以具體地名為題，如〈家住書坊邊：琉璃廠、廠甸、海王村公園〉、〈文華閣剪髮記〉、〈虎坊橋〉、〈天橋上當記〉、〈騎毛驢兒逛白雲觀〉等。〈我的京味兒回憶錄〉開篇即自陳架構思路：「那麼我何不就從我在北京——北平——北京——北平——所居住過的地方：珠市口——椿樹上二條——新簾子胡同——虎坊橋——西交民巷——梁家園——南柳巷——永光寺街——南長街，順序以雜憶方式記錄下來呢！」[42]以下便以上述街巷命名各節標題，而行文更比比皆是地圖式的方位描述——

> 從謙安客棧向西走下去，就是虎坊橋、騾馬市，是南城的熱鬧大街。珠市口向南去，離城南遊藝園、天橋、天壇等地不遠，附近則是八大胡同——妓院的集中地……
>
> 南柳巷是個四通八達的胡同，出北口兒，是琉璃廠西門，我的文化區；要買書籍、筆墨紙硯都在這兒。我在〈家住書坊邊〉，曾詳細描述過，現在，我不但是家住書坊邊，而且是

---

[42]《林海音文集・英子的鄉戀》，頁85。

「家住報坊邊」了。出南柳巷南口兒，是接西草場、魏染胡同、孫公園的交叉口，是我的日常生活區；燒餅麻花兒、羊肉包子、油鹽店、羊肉床子、豬肉杠、小藥舖，甚至洗澡堂子、當舖、冥衣舖等等都有，是解決這一帶住家的每日生活所需。出西草廠就是宣武門大街，我的初中母校春明女中就在這條大街上。

林海音想像與追憶北平的線索是一種按圖索驥式的展開，寫作過程中，她腦海裡似乎鋪陳一張民國時期的北平地圖，思緒便循著這一條條街巷一點點延伸出去，點線面擴張，描繪出北平城南的每條胡同、每個角落，如同引領自己和讀者一一走遍。林海音自身對於這種「地圖式建構」非常自覺，當年寓居北平時，一家人便常在夜晚打開臺灣地圖，「看看那一塊小小地方的故鄉」；而離京去臺後，她又憑藉北平地圖寄託鄉思。林海音有一篇文章題為〈一張地圖〉，寫一對朋友夫婦給她帶來一張北平全圖，朋友說：「希望你看了圖，能把文津街，景山前街連起來，把東西南北方向也弄清楚。」

> 整個晚上，我們憑著一張地圖都在說北平。客人走後，家人睡了，我又獨自展開了地圖，細細地看著每條街，每條胡同，回憶是無法記出詳細歲月的，常常會由一條小胡同，一個不相干的感觸，把思路牽回到自己的童年，想起我的住室，我的小床，我的玩具和伴侶，……一環跟著一環，故事既無關係，年月也不銜接，思想就是這麼個奇妙的東西。[43]

「地圖式建構」不僅與作者有關，對於讀者也同樣富含意味。

---

[43] 林海音，〈一張地圖〉，《兩地》（北京：北京，1988），頁28。

林海音寫作《城南舊事》與一系列「京味兒回憶錄」之初的預設對
象是在臺讀者，因此，是「外鄉人」寫給外鄉人（以及在外鄉的本
地人）看的北平，作者與讀者都是遠離那座城市的。這就決定了她
的書寫需要清晰明確的地理定位，一個「北平坐標」。對於這種地
圖索引的回憶方式，作者與讀者皆抱有特殊的癡迷——

> 我漫寫北平，是因為多麼想念她，寫一寫我對那地方的情
> 感，情感發洩在格子稿紙上，苦思的心情就會好些。它不
> 是寫要負責的考據或掌故，因此我敢「大膽的假設」。比如
> 我說花漢沖在煤市街，就有細心的讀者給了我「小心的求
> 證」，他就畫了一張地圖，紅藍分明的指示給我說，花漢沖
> 是在煤市街隔一條街的珠寶市，並且畫了花漢沖的左鄰謙祥
> 益布店，右鄰九華金店。如姐，誰說沒有讀者呢？不過讀者
> 並不是欣賞我的小文，而是藉此也勾起他們的鄉思罷了！[44]

　　值得注意的是，林海音散文集《兩地》中關於臺灣的部分即無
此「地圖式建構」，而是抒寫臺灣風土民情。當身處一座城市時，
如魚飲水，冷暖自知，城市更多地體現為一段具體可觸的情調與氛
圍，而非城市地理指南；惟有不在地時，才需借助抽象的地理坐
標，建構對於城市的記憶與想像。與之相應，夏仁虎《舊京瑣記》
雖自詡追慕《東京夢華錄》，實際體例卻承襲漢《東觀雜記》。[45]目
錄分習尚、語言、朝流、宮闈、儀制、考試、時變、城廂、市肆及
坊曲十卷，惟有卷八〈城廂〉涉及地理空間。而〈城廂〉一卷對於
空間的表現，可與林海音的書寫做一有趣的對讀。其卷首即追述舊
京城門的名稱及其相關的歷史典故：

---

[44] 林海音，〈北平漫筆〉，《英子的鄉戀》，頁20。
[45] 〈枝巢九十回憶篇〉自註：「用漢《東觀雜記》體作《舊京瑣記》。」

明崇禎之際，題北京西向之門曰順治，南向之門曰永昌，不
謂遂為改代之讖。流寇入京，永昌乃為自成年號。清兵繼
至，順治亦為清代入主之紀元。事殆有先定歟？禁城東華西
華二門對峙，然至民國則中門易為中華，亦若預為之地者，
謂之巧合可矣。[46]

對於夏仁虎而言，城門的作用不僅在於東南西北的空間定位，更重
要的是其見證或曰負載（甚至是預言）的歷史。夏仁虎的空間不再
是橫向的平面地圖，而是帶進了歷史的縱深，〈城廂〉開篇即給定
了一個格局開闊的「歷史的坐標」。這種典故趣味終卷一以貫之，
以下諸節娓娓細數京師各處的名勝古蹟，無論是三海、團城、萬壽
山、圓明園等皇家園林，還是旃檀寺、碧雲寺、法源寺、花之寺、
長椿寺、崇孝寺、光明殿等古剎廟宇，抑或琉璃廠、積水潭、什剎
海、前門等處，皆引經據典，追本溯源。如「京師白塔」一條：

> 京師白塔，在阜城門大街。按《草木子》古今諺云：「元初
> 童謠有：『塔兒紅，北人來作主人翁；塔兒白，南人作主北
> 人客。』」之語。元世祖時，塔赤焰；明祖起兵淮揚，塔白
> 如故。《燕都遊覽志》：「成化元年，於塔座四周，鐫造燈
> 龕一百八座，相傳西方屬金，故建白塔以鎮之。」

夏仁虎追溯了白塔自元至明迄清的流變，空間不是孤立的，空
間之上層層疊疊地堆積著歷史，這種對於「空間中的時間（歷史）」
的追求，是與枝巢老人對於時間的關注相一致的。而林海音對於
空間的自覺，則將《舊京瑣記》失落的《東京夢華錄》一脈傳統
發揚光大。林海音以地理方位結構篇章的思路與《東京夢華錄》不

---

[46]《枝巢四述‧舊京瑣記》，頁118。

謀而合。《東京夢華錄》前三卷眾節標題皆冠以地名，如卷一：東都外城，舊京城，河道，大內，內諸司，外諸司；卷二：御街，宣德樓前省府宮宇，朱雀門外街巷，州橋夜市，東角樓街巷，潘樓東街巷，酒樓，飲食果子；卷三：馬行街北醫舖，大內西右掖門外街巷，大內前州橋東街巷，相國寺萬縣交易，寺東門街巷，上清宮，馬行街舖席，都市錢陌，天曉諸人入市……而具體各節更是藉由精確細緻的空間定位展開，如卷一首節「東都外城」：

> 東都外城，方圓四十餘里。城壕曰護龍河，闊十餘丈，濠之內外，皆植楊柳，粉牆朱戶，禁人往來。城門皆甕城三層，屈曲開門，唯南薰門、新鄭門、新宋門、封丘門皆直門兩重，蓋此係四正門，皆留御路故也。新城南壁，其門有三；正南門曰南薰門；城南一邊，東南則陳州門，傍有蔡河水門；西南則戴樓門，傍亦有蔡河水門。蔡河正名惠民河，為通蔡州故也。東城一邊，其門有四：東南曰東水門，乃汴河下流水門也，其門跨河，有鐵裹牐門，遇夜如閘垂下水面，兩岸各有門通人行路，出拐子城，夾岸百餘丈；次則曰新宋門；次曰新曹門；又次曰東北水門，乃五丈河之水門也。西城一邊，其門有四：從南曰新鄭門；次曰西水門，汴河上水門也；次曰萬勝門；又次曰固子門；又次曰西北水門，乃金水河水門也。北城一邊，其門有四：從東曰陳橋門（乃大遼人使驛路）；次曰封丘門（北郊御路）；次曰新酸棗門；次曰衛州門（諸門名皆俗呼。其正名如西水門曰利澤，鄭門本順天門，固子門本金耀門）。[47]

同是以京都四方城門開篇，卻不同於《舊京瑣記》的空間註史，而

---

[47]〔宋〕孟元老，《東京夢華錄》（清文淵閣四庫全書本），卷一。

是一目了然地勾勒出一幅文字版的東京地圖。又如卷二「朱雀門外街巷」，與林海音以筆代步的「地圖式建構」尤有驚人相似：

> 出朱雀門東壁，亦人家。東去大街麥稭巷狀元樓，餘皆妓館，至保康門街。其御街東朱雀門外，西通新門瓦子以南殺豬巷，亦妓館。以南東西兩教坊，餘皆居民或茶坊。街心市井，至夜尤盛。過龍津橋南去，路心又設朱漆杈子，如內前。東劉廉訪宅，以南太學、國子監。過太學，又有橫街，乃太學南門。街南熟藥惠民南局。以南五里許，皆民居。又東去橫大街，乃五嶽觀後門。大街約半里許，乃看街亭，尋常車駕行幸，登亭觀馬騎於此。東至貢院、什物庫、禮部、貢院車營務、草場。街南葆真宮，直至蔡河雲騎橋……[48]

朝代雖興替，「京師」淪為「舊京」，卻依然是枝巢老人熟悉的那座城市，不曾遠離，亦不曾失去。而汴京之於孟元老，北平之於林海音，皆是「喪失的城市」，正是因為不在地，反而要一一坐實，復原一幅舊京的立體地圖。林海音自身對於北京／平的認知經歷，影響到她的北平記憶。一方面，她是隨父母遷居陌生的京城，被領著去認識這座城市的童女小英子；另一方面，她也引導1960年代的臺灣讀者（包括在臺灣的「老北平」），與她一道跨越時間與空間的距離，靈魂歸鄉，重走「我的京味兒之旅」。這雙重因素決定了她獨特的書寫方式。林海音在離京十多年後才開始追憶北平，回首來路，故鄉杳渺，她筆下的北平，卻是如此講究寫實。而實際上，林海音自己也十分清楚，隔海遙望，地理上的空間早已阻斷她回歸第二故鄉的可能；而此時彼岸的北京也再不是她記憶中的那個溫情家園了。她所做的一切努力，不過是在重構一個虛幻的記

---

[48]〔宋〕孟元老，《東京夢華錄》，卷二。

憶之城——

> 常自誇說，在北平，我閉著眼都能走回家，其實，手邊沒有
> 一張北平市區圖，有些原來熟悉的街道和胡同，竟也連不起
> 來了。只是走過那些街道所引起的情緒，卻是不容易忘記
> 的。[49]

四、從「舊京」到「城南」：國族想像與市民趣味

〈重讀《舊京瑣記》〉一文，一方面可以提示我們林海音理解
《舊京瑣記》的線索，即她關注的是《舊京瑣記》的什麼方面，她
自身的趣味何在？另一方面，我們也可以透過林海音對於尊翁舊京
書寫的「洞見」與「不見」，重新審視夏仁虎的北京想像與文化記
憶。在這種參差互見中，更好地理解二者各自的北京／平，以及彼
此間的異同。

夏仁虎《舊京瑣記・發凡》曰：「是編所記，特刺取瑣聞逸
事，里巷俳談，為茶餘酒後遣悶之助，間及時政朝流，亦取其無
關宏旨者。」[50]林海音對於公公的用意可謂心領神會：「這本書雖是
『瑣聞逸事，里巷俳談』，但包括範圍極廣，從宮闈到市肆，從朝
廷的儀制、考因，到民間的俗尚、坊曲。作者雖然說，這不過是茶
餘酒後的遣悶之助，不上正史的。但是正因如此，反而更能看出清
末北京社會的真實現象。」[51]然而有趣的是，夏仁虎《舊京瑣記》類
分十卷，林海音饒有興致地大量摘引書中段落，所涉篇章卻只集中
於〈習尚〉與〈語言〉二卷。這正是林海音自身的興趣所在，即民

---

[49] 林海音，《家住書坊邊・我的京味兒回憶錄》，頁90。

[50] 《枝巢四述・舊京瑣記》，頁77。

[51] 林海音，《家住書坊邊・我的京味兒回憶錄》，頁138。

俗和土語。[52] 對都市物質生活與市民情趣的關注，起自南宋孟元老開創的「夢華錄」傳統，即以掌故的具體瑣碎對應正史的宏大敘述。夏仁虎對於「夢華」傳統的接續，同中有異，上文談到夏仁虎有意選擇「瑣記」體裁，實際出於「補正史之闕」的「遺民」心態，因此，其《舊京瑣記》最為關注、投入筆墨亦最多的，其實是朝政制度與時代變遷，包羅了〈朝流〉、〈宮闈〉、〈儀制〉、〈考試〉、〈時變〉諸卷。前文論述多徵引〈宮闈〉與〈時變〉二卷，此外，〈朝流〉品評清末「清流」名士，如「清季四公子」、「戊戌六君子」、「庚子三忠」等；〈儀制〉介紹清廷禮儀制度，如引見之制、南書房之制、行裝之制、祭祀、婚喪等制；「考試」記敘清代科舉體制及趣聞逸事。其實，不惟《舊京瑣記》，《清宮詞》〈作例〉曰：「是作分上下二卷：上卷百首，述帝后、妃嬪、皇子、公主以及侍臣、監御、宮中遺事；下卷百首，紀宮苑典禮、令節風尚雜事。」[53] 恰可與《舊京瑣記》之〈朝流〉、〈儀制〉、〈時變〉三卷相互補益，正如前引鄭騫言：「清代十朝二百六十餘年中，鉅聞細事，得此二書而備陳眼底。」因此，枝巢老雖自謙為「茶餘酒後遣悶之助」，而所謀者大，絕非「瑣聞逸事，里巷俳談」的單純掌故趣味可限。

倒是林海音自身的北平書寫，恰恰將這種掌故趣味發揚光大。林海音有篇文章題為〈陳穀子　爛芝麻〉：「陳穀子、爛芝麻，是北平人說話的形容詞彙，比如閒話家常，提起早年舊事，最後總不免要說：『唉，左不是陳穀子、爛芝麻！』言其陳舊和瑣碎。……

---

[52] 林海音曾撰文〈我的床頭書〉，列舉其最鍾愛的幾部作品，其中包括金受申著《老北京的生活》，徐世榮主編《北京土語辭典》，王羽儀所繪《舊京風俗百圖》等。《生活者林海音》（臺灣：純文學，1994），頁188-205。

[53] 《國學家夏仁虎》，頁143。

原來我所寫的，數來數去，全是陳穀子、爛芝麻呀！但是我是多
麼喜歡這些呢！」[54]林海音的北平想像與記憶，即貫穿了這種「陳穀
子、爛芝麻」的平民眼光和趣味。她的一系列「京味兒回憶錄」，
以生動細膩的筆觸，寫城南遊藝園、八大胡同、天橋、虎坊橋；寫
白雲觀廟會、廠甸廟會；寫西單牌樓及烤肉宛、花漢沖、瑞玉興等
老字號；寫胡同及胡同裡的人力車和叫賣聲；寫窩脖送嫁妝、剃頭
挑子、換取燈兒的、打糖鑼兒的、撿煤核兒的、拉洋片的、唱話匣
子的市井百態；寫「擠老米」、「賣凍兒」、「賣呆兒」等北平俗語
和歌謠；她還津津有味地細數北平小孩子的童玩，小腳兒娘、摑子
兒、跳繩踢毽子、吊死鬼兒、蛤蟆骨朵兒等等。

　　夏仁虎與林海音兩代人筆下的北京／平，為何會呈現如此
截然不同的面向？北京是一座特殊的城市，它既是「京」，又是
「城」，既是城市，又不僅是城市；同時，自晚清迄淪陷時期，它
經歷了「北京」──「北平」──「北京」的嬗變。因此，對於夏
仁虎而言，它是前朝的「舊京」，「京」是帝都，與時代變遷、國
族想像有關；而對於林海音而言，它是北平的「城南」，「城」是
城市，與日常生活、市民趣味有關。夏仁虎象徵了宣南末代士大夫
的風采，而林海音則體現了城南平民文化的風情，他們也因此有著
各自的北京／平文化地圖。

　　同為舊京遺老的陳曾壽（1878-1949）有詩云：「宣南士夫跡已
掃，內城暴貴多朱門」，[55]從宣南士夫到民國新貴再到北洋遺老，夏仁
虎〈枝巢九十回憶錄〉呈現了新舊交替之際最後一代士大夫的晚景：

---

[54] 林海音，《兩地》，頁16。

[55] 陳曾壽，〈自來官京朝者，皆居宣武門外，屋宇湫隘，依然寒士家風，所謂南城士
　　夫也。國變後，王侯第宅皆易新主，速化者率居東西內城，然盛衰不常，倏焉滅
　　跡，予因病請急來京，僦居景山下，蓋有不勝今昔之感，爰成長句一首〉，《蒼虯
　　閣詩集》（上海：上海古籍，2009），頁318。

> 我身既退閒，生活近流浪。六友會青雲，一元供晚膳。推長
> 中山園，日日任遊賞。茶團號元老，棋局詡慈善。文讌復不
> 乏，四園盛儔黨。元宵奪錦燈，詞社掣斑管。敲詩亦看竹，
> 缽擊與鐘撞。[56]

「四園盛儔黨」自註云：「傅沅叔藏園、郭嘯麓蟄園、關穎人稊
園、張伯駒似園，皆有亭榭之美，詩詞會月數舉。」夏仁虎自宦海
退隱後，與老友傅增湘（1872-1950）、郭則澐、關穎人、張伯駒
（1898-1982）、吳廷燮、趙椿年（1869-1942）等詩酒交遊，常流連
於京城各公園，如中央（山）公園、先農壇公園、北海公園、中南
海公園等，留下大量唱和之作。[57]林海音回憶尊翁的文字中也多有
記載——

> 公公自宦海退休後，讀書、寫作自娛，過著瀟灑的文學生
> 活。和傅增湘（沅叔）、吳廷燮（向之）、趙椿年（劍
> 秋）、郭則澐（嘯麓）、張伯駒（叢碧）等國學界前輩最為
> 友好，酬唱往來，享盡文人的樂趣。多年來的夏日黃昏，
> 他幾乎每天和這些好友在中山公園柏樹林下的春明館茶座聚
> 晤，談談天，下下棋，入夜各自返家。[58]

正如林海音所說，中山公園是枝巢老人最鍾愛的去處，夏仁
虎亦自言：「推長中山園，日日任遊賞」，值得關注的是他的自
註：「中山公園為朱桂莘先生手創，任董事長，以余身閒副之。朱
出京，余任其事，無所建設，惟於圓明園舊址中，覓得清初『蘭亭

---

[56] 《國學家夏仁虎》，頁135。

[57] 參見夏仁虎，《枝巢編年詩稿》。

[58] 林海音，〈枝巢老人的著作和生活：《清宮詞》編校後記〉，頁129。〈婚姻的故事〉中亦有生動詳細的敘述。

八柱』石刻，甚有名，運歸公園，將重建，力未逮也。八柱今尚存公園庫中。」朱桂莘即朱啟鈐（1872-1964），這裡牽涉到北京近代市政沿革的大背景。1914年，時任北洋政府內務總長的朱啟鈐倡設京都市政公所，由此啟動一系列「公共工程運動」，如皇城和牌樓的改造、新興市民空間的開闢、街道的鋪設和公共交通的修建等等。[59]其中重要的一項「公園開放運動」，將清朝遺留的皇家園林廟宇改造為公共娛樂空間。首當其衝的是社稷壇，由朱啟鈐親自主持於1915年底更名為「中央公園」向公眾開放，成為北京有史以來第一個近代公園，朱啟鈐自任董事長，後由夏仁虎繼任。有了中央公園的先例，其餘皇室苑囿如先農壇、太廟、地壇、故宮、三海、景山、頤和園等也先後開放。[60]北京的公園與上海的照搬西方不同，它同時是傳統與現代，既是最新的都市公共空間，也是最舊的封建皇家遺跡，空間之上重重疊疊著歷史的印痕。遺民野老遊宕其中，不經意難免會迎面撞上塵封的時間，而生今昔之嘆。如夏仁虎於1918年前後所作〈暑夕中央公園納涼四十均〉曰：「謫居傷李白，遺事說唐玄。世運悲寒暑，流風嘆變遷。未妨長樂老，誤入小遊仙。薄詠防多露，微詞異感甄。滄桑關許事，此會但綿綿。」[61]而其間的複雜曖昧之處在於，正是這一批自居「舊京遺老」的朱啟鈐、夏仁虎輩本身，親手推動北京城市近代化進程，打破故朝皇城的封閉格局，重構以封建等級為基礎的都市空間。這恰與夏仁虎以文字存舊京的出發點相一致，即將傳統化為今用。公園亦成為夏仁虎舊京書寫的一部分，他對公園情有獨鍾，曾撰《北海小志》，甚

---

[59] 參見史明正著，王業龍、周衛紅譯，《走向近代化的北京城：城市建設與社會變革》（北京：北京大學，1995）。

[60] 參見王瑋、閆虹主編，《老北京公園開放記》（北京：學苑，2008）。

[61] 夏仁虎，《枝巢編年詩稿》，卷三《篋塵稿下》。

至創作小說《公園外史》，可惜二書皆已亡佚，唯可從林海音的零星記載中窺得一二：「公公的《公園外史》，說是仿《儒林外史》之作，敘述當時朋輩狀況，靈感當然就是得自多年在公園『黃昏之遊』的談聞。」[62] 值得注意的還有夏仁虎筆下「中央／山公園」稱謂的變更，也有其歷史背景。1928年北伐後國民政府遷都南京，改北京為北平，中央公園亦更名為「中山公園」，原社稷壇的祭壇改稱中山堂，拜堂也闢為革命圖書館；1937年盧溝橋事變後，日偽政權又改北平為北京，且將與國民政府有關的地名一律廢止，「中山公園」重新回復「中央公園」。淪陷時期的中央公園愈添荊棘銅駝之悲，夏仁虎穿行園中的身影也漸形寥落：「他總是獨來獨往，沒有曼姬的陪伴，沒有子女的扶持，他七十歲了，腰板還挺直，但是他是多麼寂寞呢？就像春明館中的老朋友，也日漸凋零了。」[63] 伴隨歷史流轉、政權興替，都市文本反覆被修改、塗抹，像化石的岩層一樣覆蓋著時間的痕跡，而社稷壇──中央公園──中山公園──中央公園的變遷，正是北京都市空間不斷被時間改寫的一個具體而微的象徵，生動地印證了夏仁虎於《舊京瑣記‧城廂》中表達的時空觀。

　　而對於地域如此敏感的林海音在〈重讀《舊京瑣記》〉一文中，竟不提及與空間有關的〈城廂〉、〈市肆〉二卷，這是因為她有自己的地圖。不同於夏仁虎念茲在茲的「舊京」，林海音留戀不已的是「北平」。1928年起失落了國都地位的「北平」，不再負載帝京的國族想像與政治內涵，而更多是復歸城市的日常生活與平民趣味，這是林海音北平經驗的底色。上節討論林海音寫作的「地圖式建構」，我們甚至可以根據其詳盡描述勾勒出一幅屬於她的城南

---

[62] 林海音，〈枝巢老人的著作和生活：《清宮詞》編校後記〉，頁129-130。

[63] 林海音，《婚姻的故事》，頁98。散文〈難忘的姨娘〉中亦有相似描述。

地圖。在北京／平生活二十六年，搬家八處，其居住區域基本集中於城南東北部的椿樹地區，椿樹上二條的永春會館、梁家園胡同的小樓、南柳巷五十五號的晉江會館、永光寺街一號的夏家大宅、她的母校師大附小、春明女中和「家住書坊邊」的琉璃廠西街，都不出這個範圍。其生活區域則會擴展到椿樹地區以東的大柵欄地區，此為城南的商業區，林海音作品中津津樂道的廠甸廟會及其他老字號，如花漢沖、六必居、蜀珍號、第一舞臺、富連成、豐澤園等就屬於這個區域，林海音一家最初下榻的謙安客棧及此後寓居的蕉嶺會館，更是位於主幹道珠市口西大街上。而娛樂區域則當數位於大柵欄南部的天橋地區，林海音兒時鍾愛的天橋、城南遊藝園都在這一帶。[64]從地理方位看，「城南」其實即清時的「宣南」，夏仁虎《舊京瑣記·城廂》記載：「舊日漢官非大臣由賜第或值樞庭者，皆居外城，多在宣武門外。土著富室，則多在崇文門外。故有『東富西貴』之說。士流題詠，率署宣南，以此也。」[65]民國後由於城市空間重組，文化中心由外城向內城轉移；同時由內務總長朱啟鈐首倡，京都市政公所提出在城南開放香廠、建設「新市區」，據《京都市政彙覽》，其主導原則有二，一是為整治舊城區樹立模範，二是建立一處先進的包容購物、遊樂（也包括妓院）、餐飲、居住於一地的標準商業娛樂區。由是，先農壇一帶公園、遊藝園的引入，壇北新市區的興建，以及東部天橋市場的興起，相互作用，城南平民文化在民國時期達到巔峰。[66]夏仁虎筆下那個「士流題詠，率署

---

[64] 關於民國時期北京的地理布局，以王世仁主編的《宣南鴻雪圖志》（北京：中國建築，1997）為主要參考，並比照《北京古建築地圖》（北京：清華大學，2009）及段柄仁主編的《北京胡同志》（北京：北京，2007）。

[65] 《舊京瑣記》，卷八，《枝巢四述·舊京瑣記》，頁118。

[66] 參考王世仁主編，《宣南鴻雪圖志》，張次溪，《天橋一覽》（出版者不詳，1936），及史明正，《走向近代化的北京城：城市建設與社會變革》。

宣南」的宣南士鄉不復存在，取而代之的是一個五方雜處、喧囂流動的市井城南。林海音就是在這種平民文化的滋養下成長起來的，因此她對於城南的市井趣味有特別的鍾愛與體貼。新興的城南遊藝園是其童年時代的樂園，林海音曾回憶孩提時母親常「交給老媽子一塊錢（多麼有用的一塊錢！），叫她帶我們小孩子到『城南遊藝園』去，便可以消磨一整天和一整晚」。[67]城南遊藝園係民國時期北京／平最大的商業性遊樂園，林海音在文中多有描述，尤得神韻：

> 看穿燕尾服的變戲法兒，看繫著長辮子的姑娘唱大鼓，看露天電影鄭小秋的《空谷蘭》。大戲場裡，男女分座（包廂例外），有時觀眾在給「扔手把巾兒的」叫好，擺瓜子碟兒的，賣玉蘭花兒的，賣糖果的，要茶錢的，穿來穿去，吵吵鬧鬧，有時或許趕上一位發脾氣的觀眾老爺飛茶壺。戲臺上這邊貼著戲報子，那邊貼著「奉廳諭：禁止怪聲叫好」的大字，但是看了反而使人嗓子眼兒癢癢，非喊兩聲「好」不過癮。[68]

如果說，中央／山公園折射出夏仁虎複雜的時空觀及北京作為都城的變遷，則城南遊藝園象徵了林海音心中的城南及其所代表的市民文化——

> 在那樣的環境裡：台上鑼鼓喧天，上場門和下場門都站滿了不相干的人，飲場的，檢場的，打煤氣燈的，換廣告的，在演員中穿來穿去。台下則是煙霧瀰漫，扔手把巾兒的，要茶錢的，賣玉蘭花的，飛茶壺的，怪聲叫好的，呼兒喚女的，

---

[67] 林海音，〈《城南舊事》代序〉，《林海音文集‧生命的風鈴》（杭州：浙江文藝，1997），頁165。

[68] 同前註。

亂成一片。我卻在這亂哄哄的場面下，悠然自得。我覺得在
我的周圍，是這麼熱鬧，這麼自由自在。[69]

「我覺得在我的周圍，是這麼熱鬧，這麼自由自在。」林海音
對於城南的市井風情和平民娛樂體貼入微、樂在其中，一個鮮活豐
富、生氣淋漓的城南躍然紙上。即如小說《城南舊事》，其貫串全篇
靈魂的核心主人公，實際上不是任何一個人物，而是「城南」──

> 這部小說我是以愚駭童心的眼光寫些記憶深刻的人物和故
> 事，有的有趣，有的感人，真真假假，卻著實地把那時代的
> 生活形態如北平的大街小巷、日常用物、城牆駱駝、富連成
> 學戲的孩子、撿煤核的、換洋火的、橫胡同、井窩子……
> 都在無意中寫入我的小說。[70]

其實，無論是夏仁虎的《舊京瑣記》還是林海音的《城南舊
事》，都是對於一個城市的感覺和追懷，其主角都是北京。而北京
是一座特殊的城市，它既是傳統的，又是現代的，既是貴族的，又
是平民的；它自身蘊藏的豐富性與複雜性，使其得以在書寫立場
與文化背景各異的作者筆下開啟不同的面向。夏仁虎的「遺民」身
分決定了他對時間尤為敏感，因此，北京對他來說是「舊京」，是
整體的故都，他的北京追憶聚焦於時代變動和帝國想像；而林海音
的「移民」背景導致她對空間特別關注，因此，北平對她來說就是
「城南」，是具體的城市，她的北平經驗落實於物質空間與日常趣
味。夏仁虎身為林海音尊翁，他的事蹟，包括他的北京書寫，作為
一種真實的歷史，是林海音北平想像的重要參照及敘述對象；而編

---

[69] 林海音，〈台上　台下〉，《兩地》，頁26。

[70] 林海音，〈童心愚駭：回憶寫《城南舊事》〉，《林海音文集・生命中的風玲》，頁
264。

撰其《舊京瑣記》的經驗又實實在在地作為契機，引發林海音一連串的北平記憶。從《舊京瑣記》到《城南舊事》，本身就是一段鮮活的文學史。

引用書目

王世仁主編，《宣南鴻雪圖志》（北京：中國建築，1997）。

王德威，《後遺民寫作》（臺北：麥田，2007）。

王瑋、閆虹主編，《老北京公園開放記》（北京：學苑，2008）。

王景山主編，《國學家夏仁虎》（杭州：浙江文藝，2009）。

史明正著，王業龍、周衛紅譯，《走向近代化的北京城：城市建設與社會變革》（北京：北京大學，1995）。

李瑞騰主編，《霜後的燦爛：林海音及其同輩女作家學術研討會文集》（臺南：國立文化資產保存研究中心籌備處，2003）。

吳建雍、赫曉琳，《宣南士鄉》（北京：北京，2000）。

汪淑珍，《文學引渡者：林海音及其出版事業》（臺北：秀威資訊科技股份有限公司，2008）。

李路珂等編著，《北京古建築地圖》（北京：清華大學，2009）。

〔宋〕孟元老，《東京夢華錄》（清文淵閣四庫全書本）。

林海音，《兩地》（臺北：三民，1969）。

林海音，《婚姻的故事》（臺北：純文學，1981）。

林海音，《城南舊事》（杭州：浙江文藝，1983）。

林海音，《剪影話文壇》（臺北：純文學，1984）。

林海音，《家住書坊邊　我的京味兒回憶錄》（臺北：純文學，1987）。

林海音，《生活者林海音》（臺北：純文學，1994）。

林海音，《林海音文集‧英子的鄉戀》（杭州：浙江文藝，1997）。

林海音，《林海音文集‧生命的風鈴》（杭州：浙江文藝，1997）。

林海音，《林海音文集‧城南舊事》（杭州：浙江文藝，1997）。

林海音，《林海音文集‧金鯉魚的百襉裙》（杭州：浙江文藝，1997）。

段柄仁主編，《北京胡同志》（北京：北京，2007）。

夏仁虎，《嘯盦詩存》（北京：民國庚申至乙丑〔1920-1925〕家刻本）。

夏仁虎，《枝巢編年詩稿》（北京：民國庚申至甲戌〔1920-1934〕家刻本）。

夏仁虎，《枝巢四述　舊京瑣記》（瀋陽：遼寧教育，1998）。

夏祖麗、李瑞騰主編，《一座文學的橋：林海音先生紀念文集》（臺北：臺海文化資產保存研究中心，2002）。

夏祖麗，《從城南走來：林海音傳》（北京：三聯，2003）。

陳平原、王德威主編，《北京：都市想像與文化記憶》（北京：北京大學，2005）。

張次溪，《天橋一覽》（出版者不詳，1936）。

梅家玲，《性別，還是家國？：五〇與八、九〇年代臺灣小說論》（臺北：麥田，2004）。

舒乙、傅光明主編，《林海音研究論文集》（北京：臺海，2001）。

趙園，《明清之際士大夫》（北京：北京大學，1999）。

趙園，《想像與敘述》（北京：人民文學，2009）。

但使主人能醉客，不知何處是他鄉
鍾理和的原鄉經驗與倫理弔詭

蔡建鑫[*]

一、前言

我奶奶對這些地方似乎很熟，彷彿昨天才來過；對那深幽壯偉的山谷似乎一點不覺得希罕和驚懼，也不在乎爬山。登上山頂時她問我是不是很高興？然後指著北方一角山坳對我說，她的娘家就在那裡，以後她要帶我去她的娘家。……

奶奶時時低低地唱著番曲，這曲子柔婉、熱情、新奇、它和別的人們唱的都不同。她一邊唱著，一邊矯健地邁著步子；她的臉孔有一種迷人的光彩，眼睛栩栩地轉動著，周身流露出一種輕快的活力。我覺得她比平日年輕得多了。

她的歌聲越唱越高，雖然還不能說是大聲，那裡面充滿著一個人內心的喜悅和熱情，好像有一種長久睡著的東西，突然帶著歡欣的感情在裡面甦醒過來了。有時她會忽然停下來向

---

* 美國德州大學奧斯汀分校亞洲研究學系。

> 我注視，似乎要想知道我會有什麼感想。這時她總是微笑
> 著，過後她又繼續唱下去。……

> 起初我只是默不作聲，後來終於熬不住內心的孤寂之感而撲
> 向奶奶，熱情地激動地喊著說：

> 「奶奶不要唱歌！奶奶不要唱歌」……
> 奶奶不再唱歌了，一直到回家為止，她緘默地沉思地走完以
> 下的路，我覺得她的臉孔是憂鬱而不快。但一回到家以後，
> 這一切都消失了，又恢復了原來的那個奶奶；那個寧靜的、
> 恬適的、清明的。[1]

　　在自傳小說〈假黎婆〉中，鍾理和回憶他跟奶奶（祖父二房）登山的記憶。讀者可以驚嘆鍾理和小小年紀就對聲音如此地敏感，但我以為上面段落最值得我們注意的是聲音所承載的情感重量。相對於奶奶歌聲背後柔婉迷人的鄉愁，鍾理和的吶喊無疑是一種自私的命令（imperative），迫使身為原住民的奶奶走在家鄉的路上轉身背對家鄉。鍾理和的文字透露出他當時知道奶奶有兩個家：她的娘家以及鍾家。雖然如此，畢竟當時他還過於年輕，還不能確實掌握家的多重意義以及奶奶心情的轉變。事隔多年，鍾理和總算是理解了奶奶「假黎婆」的身分，他是理解了主人在家路上吟唱而被來客喝止的不堪。奶奶面容的變化——從「迷人」到「憂鬱而不快」到「寧靜的、恬適的、清明的」——提示了主客之間的繁複辯證。與客家家族鍾家相比，奶奶身為原住民自然算是土地的主人。在她因為婚姻關係進入鍾家之後，她的身分隨即成為客人，期盼與鍾家人以禮相待。如果說客家人的身分長久以來不停地轉變，那麼原住民

---

[1] 鍾理和，《鍾理和全集·一》（高雄：高雄縣立文化中心，1997），頁10-11。

的身分變動其實更加劇烈。逝者已矣，來者可追。這自傳小說既是
鍾理和對自己喧賓奪主遲來的道歉，也可以是探討鍾理和寫作中主
客倫理的一個起點。

　　仔細查看臺灣歷史，我們不難發現幾乎所有的重大事件都與
主客的定義與衝突有關。從葡萄牙人、西班牙人與荷蘭人之間的
齟齬，到鄭成功（客家後裔）與荷蘭人之間的軍事衝突；從甲申國
變到乙未割臺、二二八事件、乃至二次政黨輪替，臺灣人民的身分
持續分裂增殖。臺灣人民當然非常清楚自身處境，臺灣知識分子與
作家對此課題也長期經營。陳映真的〈山路〉以及〈歸鄉〉裡，蔡
千惠和楊斌的處境體現了主客倫理以及恩義怨懟拿捏之不易；李
昂《迷園》裡，鹿港移民大戶朱家千金（朱影紅）與臺北房地產大
亨（林西庚）的你來我往見證了「家」的搖搖欲墜。在漫長的二十
世紀裡，回不去的何止張愛玲？早些時候的現代主義小說家如白先
勇、朱西甯、郭松棻、李渝、劉大任、李喬、李永平，到稍微後期
之朱天文、朱天心、黃錦樹、張貴興、舞鶴、瓦歷斯・諾幹、駱以
軍、陳玉慧、甘耀明都曾經在不同細節上處理過原住民和移民的相
處以及客與家的意義，豐富了我們對身分以及土地的認識。時至今
日，再談某種固定的身分認同似乎不夠政治正確，恐有族群分化之
嫌。正因如此，在後遺民的二十一世紀裡，我們才更有必要重新閱
讀鍾理和。若有人問起，鍾理和想必會說，他的旅途就是他的寫
作，他的文字就是他身分的依歸。我以為臺灣還沒有一位作家和鍾
理和一般，如此細膩深刻地以文字處理了客與家在認識論上和本
體論上的意義。鍾理和在他的小說裡不但沒有刻意凸顯他的客家身
分，相反地他以自身的經驗闡釋身分的羈絆與先來後到的邏輯。他
的寫作展示出一種先於其時代的世界主義關懷，將當代華語語系文
學（Sinophone literature）寫作與認同的境界陡然放寬。

　　本文分三個部分。第一部分探究「客家」族群的歷史，以及這

個詞語中「客」與「家」的意義。第二部分討論鍾理和在滿洲國與
北京時期的寫作。我以為鍾理和這個時期的作品嘗試多元寫作技
巧，最具實驗風格。鍾理和在瀋陽和北京描寫的本地人與外來人的
互動，挑明了殖民主義以及主客倫理當中一個隱而不宣的弔詭，值
得一探究竟。第三部分分析鍾理和自中國歸來之後的寫作。我以為
鍾理和雖然此時身體為肺結核摧殘，極為孱弱，他的作品反倒不見
瀋陽北京時期的怨懟。經歷過二次歸鄉（second homecoming），長
期臥病的鍾理和或許參透生死無常，不再感時憂國，但願透過文字
描摹，傳達其心中良善淳樸的人世風景。

二、認識客家

　　臺灣人中每四位就有一位是客家人，多分布於桃竹苗地區以及
高雄美濃。[2] 鍾理和即生長在美濃。客家作者對二十世紀臺灣文學
貢獻遠大。從晚清民初的丘逢甲、臺灣新文學之父的賴和、臺灣現
代主義音樂家及詩人江文也、小說才子呂赫若、到鍾肇政、李喬，
都是臺灣文壇耳熟能詳的客家作者。曾經跟隨胡蘭成學習的朱家姊
妹，她們的母親日文翻譯家劉慕莎女士也是傑出的客家人士。丘逢
甲的一首臺灣竹枝詞簡短地說明了臺灣客家族群的背景：

> 唐山流寓話巢痕
> 潮惠章泉齒最繁
> 二百年來蕃衍後
> 寄生小草已深根[3]

---

[2]　http://www.hakka.gov.tw/public/Attachment/922415151571.pdf, 5。

[3]　丘逢甲，《丘逢甲集》（長沙：岳麓書社，2001），頁12。

　　儘管客家移民與臺灣的建設發展息息相關，臺灣文學，特別是所謂的「臺語」文學的討論通常不包括客家作品。究竟客家的由來為何？客家族群長久以來的流離又如何體現在客籍作者的文字裡？透過思考這些問題，我們可以擴展對「臺語」以及臺灣文學的理解。

　　客家學者梁肇庭的研究指出，客家一詞首見於1687年的《永安縣志》。當時這個新創的詞彙帶有多重含義，所有使用不同語言，來自不同地區的人民（包含原住民）都可以稱為客家。[4] 要到了十九世紀中，客家才成為一個常見的特定族群標籤。客家族群以其機動性、淳樸刻苦，婦女的天足，以及深具特色的語言而為人矚目。[5] 除此之外，客家族群的凝聚力強大，給其他非客家的漢人留下非我族類其心必異的印象。客家族群或許特意保持距離，但是他們並沒有斷絕與外界的溝通。除了其他漢人族群，客家族群和原住民亦有往來。鍾理和的〈假黎婆〉自是一例。正是因為客家族群和外部經常來往，客家這個詞彙才更加流傳。與「客家」對應的詞彙是「本地」。已經在一個地區長久居住的客家人也經常自稱為「本地人」，藉此宣誓土地所有權。[6] 然而究竟孰主孰客，往往不是先來後到的邏輯可以清楚決定。再者，一些十九世紀中的地方縣誌作者以「客民」、「客紳」，或是更具貶義的「客匪」、「客賊」、

4　Sow-Teng Leong（梁肇庭）, *Migration and Ethnicity in Chinese History: Hakkas, Pengmin, and Their Neighbors* (Stanford: Stanford University Press, 1997), p. 64.

5　Mary S. Erbaugh, "The Secret History of the Hakkas: The Chinese Revolution as a Hakka Enterprise," *The China Quarterly* 132 (December 1992): 937-968.

6　如同 Elizabeth Johnson 的研究指出，在1898年之前抵達香港的客家後裔稱自己為「本土人」，亦即「本地」的同義詞。見 Elizabeth Lominska Johnson, "Hakka Villagers in a Hong Kong City: The Original People of Tsuen Wan," *Guest People: Hakka Identity in China and Abroad*, ed. Nicole Constable (Seattle: University of Washington Press, 1996), pp. 80-97。

甚至「逆首」、「賊首」來稱呼廣東地區的客家族群。[7]上述各類稱
呼最弔詭的是「客匪」和「客賊」。既然為客，又何來匪賊之說？
客在「客匪」和「客賊」裡已經成為一個不具本義的代名詞，單純
指涉為外人，而不全然是客人、客賓等需要待之以禮。

　　且不論客家命名，目前學界大都認為客家族群起源於中原地
區。[8]客家研究先驅羅香林指出，客家族群從中原輾轉流散南方大
致可以分為五個時期。第一個時期（317-879）以五胡亂華為始；
第二時期（880-1126）以黃巢之亂為始；第三時期（1127-1644）則
從南北宋更迭到明清鼎革之際；第四時期隨著明朝滅亡展開直到晚
清（1645-1867）；第五時期（1867-）以洪秀全太平天國之亂後期
為序幕至今。值得注意的是，這五個時期與中國歷史上外族入侵多
有重疊。第四時期開端的甲申國變所帶來的大量遷移更是將傳統
的遺民論述推上高峰。不願身仕異族的明遺民，或如鄭成功奔走臺
灣，伺機而動，或如朱舜水移居東洋，禮失求野。此時的主客之爭
或提供一個重新審視「移」與「遺」互訓的可能。

　　此外羅香林也注意到客家族群的移動往往伴隨著遷墳的習俗。
祖墳的遷徙和安置是記憶的殘遺與創發，是家的毀壞與重建。客家
族群的遷墳習俗也因此暗示了只要客無所不往，家便無所不在。
如果客家族群找到可以永久定居的地方，或是回到了原鄉，「客
家」便失去了其意義。在自己的家裡，客便不再是客。換句話說，
「客家」是一個對身分認同在語義上以及在本體論上的不斷調適

---

[7]　Myron Cohen, "The Hakka, or 'Guest People': Dialect as a Sociocultural Variable in
　　Southeastern China," *Ethnohistory* 15:3 (Summer, 1968): 275.這些帶有貶意的稱呼或與
　　洪秀全是來自廣東地區的客家人有關。

[8]　但也有學者如房學嘉曾指出，客家祖群並非來自中原，也非完全是南方的住民，而
　　是屬於古代中國大陸的「越族」。相關討論見房學嘉，《客家源流探奧》（臺北：武
　　陵，1996）。

（configuration）。我要說客家的遷徙所搬演的不只是一種「想像的鄉愁」，更是一種無止境的悼亡。是在不斷地處理離鄉背井的抑鬱之中，客家族群才得以建立起一則又一則的原鄉神話。[9]

　　除了提示「移」與「遺」或可互訓，客家一詞也點明了「客」和「家」在意義上的曖昧重疊。從這個角度出發，我們可以探討「待（客）人如己」（hospitality）的弔詭及其與客家的關聯。客家族群的祖墳難道不正象徵了鬼魅感的無所不在？客家族群遷徙祖墳是否在悼亡家非家的同時處理復返的壓抑？客家族群在海內海外的離散是否懸置了家國的意義？「待人如己」的弔詭確實存在客家一詞裡。客家這個詞語是一個不尋常（uncanny）的組合。不尋常的英文為uncanny，德文原文為unheimlich，亦即「非家的」。當離家者回到家之後，一種不尋常的鬼魅感幽幽而生。在佛洛伊德的討論裡「非家的」與「壓抑的復返」（recurrence of the repressed）相關。離家者回家之後之所以會產生恐懼，之所以會產生不尋常的感覺，是因為早先不斷壓抑的情感或記憶又因熟悉的景象而蘇醒。然而恐懼很快地將原本熟悉的家體現為非家。離家者也因此再一次地試圖壓抑回歸的恐懼，減低家非家的不尋常感覺。巴巴（Homi Bhabha）便曾以非家的概念來探究離散，家國，與書寫之間的聯繫。[10]顛沛流離的（客家）移民每到一地便要處理（新）家非（舊）家的抑鬱。書寫可以是悼亡。在書寫當中感時憂國的執著（obsession with "nation"）得到暫時的舒緩，家國的界線也得以重繪

9　有關「想像的鄉愁」，見王德威，〈想像的鄉愁：沈從文與鄉土小說〉，《茅盾，老舍，沈從文：寫實主義與現代中國小說》（臺北：麥田，2009）。客家學者郭思嘉（Nicole Constable）也指出客家族群歷史的神話與想像特質，見 Nicole Constable, *Guest People: Hakka Identity in China and Abroad* (Seattle: University of Washington Press, 1996), p. 7.

10　可見 David Huddart 對此的討論。"Uncanny," *Homi K. Bhabha* (New York: Routledge, 2006), pp. 77-100.

（dissemi*nation*，斜體部分為筆者所強調）。

　　由此，我們可以再次回到客的多重意義上（紳，賊，匪）。有什麼詞彙可以比「客家」一詞更為貼切地解釋了「待人如己」、「家非家」、「本地」與「客匪」的不同詞彙之間的衝突？當主人對客人說「請不要客氣，把這裡當成自己的家」的同時，主人的「待人如己」所指涉的難道不是「家非家」的弔詭？如果客人當真將人家當成己家，那麼主人應如何自處？主客難道沒有因此易位？客人難道不會因此成為賊匪？客匪與客賊的稱呼是否不經意地凸顯了本地人對客家族群，以及某種家非家的恐懼？先來的福佬化的客家人稱後到的客家人為客匪之時，我們看到的是族群標籤的自我解構？還是自我矛盾、自我分化、自我攻擊？

　　德希達將「待人如己」改寫為「待客如己」（*host*ipitality，斜線部分為筆者所強調）。呼應了「客家」一詞的弔詭，凸顯了主與客二者（hôte）的齟齬轉圜。[11]德希達認為絕對的待人如己（absolute hospitality）必須是以客為尊的。就算客人僭越掠取，主人還是必須無條件給與。主人一旦拒絕客人的要求、一旦制止了客人的逾矩，待人如己便無法成立。[12]維秀葛洛（Edith Wyschogrod）也曾經從語源學的角度演繹了德希達對「待人如己」的看法。她的討論引人深思：

> 敵／友的關係在 *hospitality*（待人如己）一詞的字根中難道不是顯而易見？我們可以說印歐文中的 *ghosti* 是拉丁文

[11] 傅士珍將 hospitality 翻譯成「悅納異己」，或許不經意地強調了「異」和「己」的對立。相反地，本文著重主客的重疊，因此採取了較為常見的「待人如己」來對應 hospitality。見傅士珍，〈德希達與悅納異己〉，《中外文學》34卷8期（2006.1），頁87-106。

[12] 見 Jacques Derrida, *Acts of Religion*, "Hospitipitality," trans. Gil Anidjar (New York: Routledge, 2002)。另見雅克‧德里達‧安娜‧杜弗勒芒特爾著，賈江鴻譯，《論好客》（桂林：廣西師範大學，2008）。

hospitalitas 以及古北歐語（old Norse）*gestri* 的字根。這個字根同時代表了 guest（客）與 host（主），以及兩者待人如己的回饋責任關係。Hospitality 也同樣來自拉丁文 *hostis*，意指敵人或陌生人，而這個拉丁字根也同樣構成了 *hostile*（敵意）。德文的「待人如己」——*Gastfreundlichkeit*，字根為 *Geist*，意為「精神」或「鬼魂」——不也提示了敵人可能如鬼魅般地存在於客人之中？[13]

維秀葛洛的說文解字對照了德希達後期兩個重要的理論——友誼的政治（politics of friendship）與魂在論（hauntology）。如同前文所述，客家一詞是反覆無常的敵我矛盾。客家的本體論正是一種魂在論，因為它難以捉摸，不是先來後到的邏輯可以清楚道盡。客家如此，客家人的原鄉又何嘗不是如此？如果客家本身就是一個恆動不安的存在，那麼客家原鄉的本體及所在也同樣善變。如同客家是一個被發明想像的族群，原鄉也同樣可以無中生有，不必然是一個可以緬懷復興的歷史，而更是一種驅力、一個欲望的對象。[14]

三、原鄉裡的異鄉人

鍾理和從小聽說他的先祖來自原鄉。同父異母的二哥鍾和鳴到中國大陸去後，他對原鄉更多了一層浪漫的想像。但真正讓鍾理和下定決心回歸原鄉，發誓不再返回從小生長的美濃的主要原因是他和妻子鍾臺妹的婚姻。當時鍾理和的家族在美濃社會經濟地位較

---

[13] Edith Wyschogrod, "Autochthony and Welcome: Discourses of Exile in Levinas and Derrida," *Journal of Philosophy and Scripture* 1:1 (Fall, 2003): 36-42.

[14] 換句話說，客家就是後遺民的代表。有關後遺民的討論，請參見王德威，〈後遺民寫作〉，《後遺民寫作：時間與記憶的政治學》（臺北：麥田，2007）。

高，鍾臺妹除了來自較為貧困的家庭之外，更年長鍾理和三歲，再加上二人同姓，鍾家自然不願意予以二人祝福。鍾理和曾經在不少作品中娓娓描述二人認識交往的經過。這些自傳作品的語言樸素，情節並無刻意修飾，顯示出二人真切的情意。最後二人不顧身分地位差異以及家人親戚反對而成婚。但是觸犯禁忌的同姓之婚也讓他們身心交瘁。面對各方壓力，鍾理和決定先隻身出走原鄉，之後再返回美濃迎接妻子。鍾理和從來沒有交代鍾臺妹在1938到1940年兩年間在美濃如何一個人面對旁人眼光，雖然他也從來不吝於讚美妻子的堅毅剛強。鍾理和終究沒有失約，兩年過後從東北回到美濃，與妻子二人重新回到原鄉，二人先從美濃到基隆，再乘船經由日本北九州輾轉來到當時滿洲國的首府瀋陽（時稱為新京、奉天）。

　　1938年鍾理和隻身抵達瀋陽。當時瀋陽為鐵路運輸的樞紐，四通八達。日本帝國在國內也大力鼓吹移民滿洲國，一時之間瀋陽確實為東北最發達的「新天地」，有來自臺灣、日本，以及朝鮮的移民。[15]憑著流利的日文，鍾理和當時很容易可以在這個移民之城找到一個待遇不錯的翻譯職位，但是他決定在「滿洲自動車學校」註冊，專心考取駕照，不替日本殖民政府工作。

　　鍾理和並不喜歡五光十色的瀋陽，然而他在一篇未完成的作品〈地球之黴〉中，描繪了令人印象深刻的瀋陽夜景：

> 遍地是光明的交錯，光明的泛濫，光明的逆射。像夢一般幽
> 幻的路燈，不住向時代的摩登男女誘惑著，魔性的陳列櫥窗
> 的裝飾燈，在半空中明滅著光怪陸離的霓虹燈，彷彿猛獸的
> 兇悍圓睜的眼睛，種種樣型的汽車的照明燈，還有關在四角

---

[15] 相關研究可見許雪姬，《日治時期在「滿洲」的臺灣人》（臺北：中央研究院近代史研究所，2002）。

> 玻璃盒子裡，昏黃的馬車燈；靜的燈與動的燈……燈光的
> 海呀！地面上，則有影兒的世界，他們交織著，跳躍著，顫
> 抖著；有靜靜地躺在地上的，有像靈魂似的跟在人和車的後
> 面滿街疾去的……人與鐵，在這裡奔流、翻滾、衝撞。[16]

上述段落很容易被誤認為新感覺派作家的文字。如果不指名道姓，
這個段落很容易可以嫁接到任何描寫1930年代的上海段落上。當
然鍾理和與新感覺派作家之間決定性的差異在於前者視城市的發達
為骯髒腐敗的「地球之黴」，而後者則盡情享受聲光化電的刺激。
雷蒙・威廉斯（Raymond Williams）對城市和鄉村的討論，在來自
鄉村的鍾理和的文字裡找到了進一步的對應。[17]就威廉斯來看，瀋
陽的興盛和資本主義的想像與實踐脫離不了關係，但在鍾理和眼
裡，殖民主義或許與瀋陽的發達更為貼身迫切。

　　從故鄉到原鄉，從美濃到瀋陽，他親身體驗殖民主義帶來的各
種矛盾，當中自然包括了主與客的消長。鍾理和自然不滿日本殖民
主義，但他也注意到殖民經驗竟然有另一個奇特的面向促成了跨越
國境的移民友誼。寫於瀋陽的〈都市的黃昏〉以及〈柳陰〉講述的
正是鍾理和與一個朝鮮青年跨越彼此家鄉境界的故事。〈柳陰〉為
〈都市的黃昏〉的改寫，兩篇故事中朝鮮青年的名字雖然不同，但
是情節走向雷同。在〈柳陰〉裡，朝鮮青年朴信駿和敘事者為自動
車學校同學。朴信駿的交往對象也不為家人接受，女方最終賣身過

---

[16] 《鍾理和全集・三》，頁272。

[17] Raymond Williams, *The Country and the City* (New York: Oxford University Press, 1973). 綜
觀來說，為數眾多的現當代華語文學都在處理鄉村和城市的辯證。從1920年代中
國的鄉土文學到1970年代臺灣的鄉土文學；從1980年代的尋根文學到持續進行的
留學生文學，海外文學，在臺馬華文學，其核心或許可以歸結為家鄉的失落，搜
尋，以及（象徵性）回歸。

活，男方則遠走他鄉。〈都市的黃昏〉的朝鮮青年成了金泰基。鍾理和以白居易的一句「同是天涯淪落人，相逢何必曾相識」詮釋他與金泰基的移民經驗。

類似的生活經驗增進了兩位青年的友誼，但是真正讓他們二人相互理解的，當然不是他們不同的家鄉話，而是作為「客語」（guest language）的日語。換句話說，兩位青年的移民友誼是建立在同樣的殖民語言和溝通之上。儘管友人的日語帶著厚重的朝鮮口音，二人還是得以溝通。在此，語言的使用彰顯了一個倫理難題，一個政治弔詭，與「待人如己」的可譯性，與臺灣韓國的殖民經驗，與一種自願的失語（voluntary aphasia）息息相關。鍾理和為了與他的朝鮮朋友溝通，而自願拋棄母語，使用殖民者的語言。從一個基進的角度來看，他們的友誼的確是由於殖民主義而成立的。現今臺灣文學與殖民經驗的研究多著重在母語或者雙語的使用，對於臺籍作家選擇使用日語寫作的倫理抉擇面向研討尚不多見，值得持續探索。

〈都市的黃昏〉以及〈柳陰〉在我看來，不是為了歌頌超越語言的友誼或是人性光輝。我以為鍾理和是從友誼的結論出發，重新反向思考殖民主義以及「待人如己」（在語言層面上）的矛盾。兩人的友誼自然是建立在殖民主義（語言）之上。雖然不免招來事後諸葛之批判，我們可以說，如果臺灣朝鮮沒有分別在1895和1915年被日本殖民，鍾理和與朴信駿／金泰基便不會離鄉背井，也便不會在異鄉用他者的語言溝通。然而，如果我們同意上述推論失之偏頗，我們也必須承認所有的歷史意義都是海登‧懷特（Hayden White）所說的（語言的）暴力，在事後透過斷簡殘篇試圖還原過往；所有對歷史的解讀都不得不在某些時候忽視（或強調）歷史的偶發特質（historical contingency）。鍾理和面對的和歷史學家面對的畢竟不是同樣的挑戰。他思考的不是如何才能合乎邏輯地呈現歷

史。他在意的是，面對歷史他所做的一切決定是否反映出自身的倫理思考以及其盲點。因此我們透過鍾理和的故事要追問的自然不是沒有殖民主義，世界會變得如何的問題，而是：我們可以怎樣透過「待人如己」來思考殖民主義以及世界主義（cosmopolitanism）？解構主義所思考的（世界主義的）「絕對的待人如己」是否成了殖民主義興盛的條件？我們對客家歷史的認識跟殖民主義又有什麼樣的關係？[18]

　　鍾理和在瀋陽待人如己的經驗不僅止於殖民主義。如果面對日本殖民者，鍾理和屬於主人的話，他在原鄉瀋陽裡面對瀋陽人反倒成了客。在〈泰東旅館〉裡，鍾理和處理的就是他身為原鄉中異鄉人的經驗。是在瀋陽裡，鍾理和的原鄉情結再次幻滅。〈泰東旅館〉是鍾理和過世十六年之後才在1976年於臺灣出版。故事講述來自臺灣的一對夫妻在瀋陽「泰東旅館」的見聞生活。小說出場人物眾多，情節枝節繁雜，故事雖然沒有完成，但已經具備中長篇的架構。標題裡「旅館」自然呼應了待人如己裡的以客為尊。但

---

[18] 重複我在上文的討論：客家和「待人如己」密不可分。從「待人如己」來思考殖民主義，我們也可以更加認識客家一詞的不穩定性，藉此我們可以討論臺灣移民／新移民與世界主義的問題。回到殖民主義上，簡單地說，如果臺灣人民是主，那麼日本殖民者自然是客。根據待人如己的律法邏輯，主必須隨客便，如果是「客隨主便」，待人如己便不復存在，也因此臺灣人民作為主，必須無條件地滿足日本殖民者的要求，不論合理與否。此外，二十一世紀臺灣社會外籍人士比例增加，族群結構也因之持續改變。客家的問題、待人如己的問題變得更為複雜。德希達自然是清楚待人如己的難題（aporia）在現今的世界或許無法找到完美解答；然而我們如果不思考並試圖解決這個難題，我們永遠不會找到答案。他有關待人如己的討論提示我們，面對殖民主義的後果（難民，經濟差異等等），二十一世紀需要的不是寬恕（forgiveness），而是待人如己。寬恕明示了位階以及差異，待人如己才能真正的解決紛爭。德希達生長於法屬阿爾及利亞，親身體驗法國殖民主義，也因此他在面對法國移民政策之時，更願意以宏觀超越的角度來討論政治的倫理與道德難題。

是中文的「旅館」或許沒能像英文的 "hotel" 一詞，明示 hotel 與 hospitality 之間的聯繫。從字源出發，hotel、hospitality、hospice（收容所）、hospital（醫院）、hostel（青年旅舍）、host（主人）都有同樣的字根，也就是 hôte——法文裡同時指涉客／主（或曰客／家）。這些詞彙所指涉的空間很明顯都是接待客人的所在，「泰東旅館」顧名思義自然也不例外。

在鍾理和的描述裡，黃昏中的泰東旅館憂鬱陰暗恰恰似鬼屋。當故事主角陳先生和妻子抵達旅館辦理住房手續之時，人們從他們的普通話口音判斷出他們不是本地人。一如鍾理和在朴信駿／金泰基的日語中聽到了朝鮮的口音，旅館裡的一些房客甚至以為他們是朝鮮人，因為他們聽起來既不像中國人又不像日本人。是在口音的流轉中，殖民地人民曖昧的身分再次鬼魅化：他們可以什麼都是，但就不能是中國人。然而，這個聽音辨識只是原鄉夢醒的序曲，後來的生字測驗更讓陳先生（鍾理和）喟嘆不如歸去。

在得知陳先生及夫人來自臺灣之後，旅館的劉帳房問了一連串的問題。劉帳房看到陳先生客房裡擺設的書籍之後，決定更進一步地測驗他對中國文字的熟悉度，要求他的房客寫下「紈袴」兩字。值得我們注意的，當然不是陳先生能不能正確無誤地寫下「紈袴」，而是這個看似不傷大雅的請求精巧地包裝劉帳房對歷史的無知以及傲慢與偏見。在劉帳房眼裡，臺灣人就是日本人，而陳先生更屬於紈袴子弟一類。如果日本人答不出他的漢字測驗，那麼劉帳房或可挽回一些民族尊嚴。陳先生為這個突如其來的請求感到困惑，他不確定劉帳房是裝模作樣還是真心請教：

> 他的狡猾藏在似有似無的、神祕的淺笑裡。眼光迫住我，像蛇，執拗的嚙著我的心。他的臉部的表情，完全把我迷糊住了。我同時想起幾個問題，同時都解答不出來。「紈袴」二

　　字包含很多意思。我不知道他真意問我，抑或藉此諷刺我。[19]

　　除了他的無知之外，我們也必須注意到劉帳房不僅是以旅館主人身分，更是以中國文化正統繼承人的身分來質疑問難陳先生。儘管他知道「紈袴」的寫法，他還是假裝請益。鍾理和可以讓漢字測驗點到為止。但他筆下的陳先生稍加思索，決心訴諸善意的謊言，佯稱不懂「紈袴」二字。透過帳房與客人的兩兩欺騙，鍾理和開展待人如己的多重弔詭。陳先生假裝不懂紈袴是客隨主便，透過妄自菲薄來討劉帳房歡心。陳先生透過消弭自己對中國文化文字的理解，讓劉帳房確認自己中國人的地位。但我們不禁要問：如果陳先生正確無誤寫下二字，確認了他對中國文字的熟稔，那麼他算不算反客為主？更弔詭且廣義地說，在「泰東旅館」這個應該以禮待客的地方，主人反倒擺出高姿態。**一個來自臺灣的客人難道要拋棄了他與中國文化的任何淵源，才可以在瀋陽受到歡迎？**更有甚者，「紈袴」兩個正體字既是國體／中國性的代表，也是異鄉人的代表（Chinese host of guest-ness）。[20]這個漢字測驗似乎是說：惟有拋棄原鄉才能為原鄉人接納。我以為鍾理和透過〈泰東旅館〉說明了，主客二者的待人如己不僅僅是共存（symbiotic），更是寄生（parasitic）的關係，一方面兩者極力相互抗衡不為對方所吸收，一方面又相濡以沫共享共有。[21]殖民主義一方面讓臺灣和朝鮮人成為友人，另一方面卻又讓臺灣人成為原鄉中的異鄉人。

---

[19]《鍾理和全集・三》，頁272。

[20] 我的讀法得益於黃錦樹對文字的討論。見〈幽靈的文字：新中文方案，白話文，方言土語與國族想像〉，《文與魂與體：論現代中國性》（臺北：麥田，2006），頁37-78。

[21] 我要感謝Andrea Bachner（白安卓）教授在這個點上對我的啟發。

　　鍾理和在瀋陽常懷憂思，抑鬱寡歡。滿洲國的所見所聞證明此處非原鄉。鍾理和與妻子希望文化古都北京（時稱北平）會是他們的棲息所在。二人於是在1941年遷移北京。他們在北京住了五年，直到1946年3月才再次返回故鄉美濃。當時北京有不少來自臺灣的文人如張我軍、張深切、江文也、林海音等人，但鍾理和與眾人並沒有往來。曾經為鍾理和作品出版費心奔走的林海音，也是後來才明白二人都曾有過北京經驗。

　　1945年對鍾理和來說是值得紀念的一年。當年鍾理和首度出版了他的個人小說集《夾竹桃》，描繪他在北京的生活。鍾理和的長子鍾鐵民甚至認為《夾竹桃》跨越了族群以及地理界線，可與各地華人讀者產生共鳴。[22]《夾竹桃》比林海音膾炙人口的《城南舊事》早了十五年出版。如果說《城南舊事》滿溢作者對北京生活的眷戀，那麼《夾竹桃》則恰恰相反。鍾理和文字雖不至於火爆，但字裡行間率直批判戰爭時期胡同深處大雜院裡的人事糾葛，反映出作者內心的焦躁不安。《夾竹桃》收錄四篇小說，包括同名的中篇。中篇小說〈夾竹桃〉的主角曾思勉來自臺灣。

　　〈夾竹桃〉一開頭便寫道：

> 天棚、魚缸、石榴樹！這所院子證實了研究北京人的生活風景的各種文獻。也就是說，這所院子典型地代表著北京城的全部院落。[23]

老北京可能對北京的一切習以為常，但北京的一切對曾思勉來說都是不同的，都是比較的契機。然而鍾理和對文化古都北京近幾冷感，讀者不會在鍾理和的文字裡看見他對北京絲毫的熱情。同樣

---

[22] 趙莒玲，《美濃：鍾理和原鄉風景》（臺北：貓頭鷹，2002），頁114。

[23] 《鍾理和全集・二》，頁99。

是客家人的江文也在北京則如魚得水，北京的一切都讓他著迷讚嘆。[24]北方人的嗓門，對鍾理和來說太過嘈雜，與美濃人相比，北京人又太過冷淡；對江文也來說北京的聲喧市囂成了協助他出神入定的背景音樂，是北京的喧嘩讓他忘了此身是客。相較於江文也的浪漫氣質，鍾理和毋寧更腳踏實地；相對於江文也時而華麗時而古樸，多變的現代主義，鍾理和的寫實主義特別循規蹈矩，透露出他不以自己為中心，廣闊的人文關懷。

　　所謂的人文關懷不代表完全沒有批評。鍾理和經常透過小說人物表達他在原鄉做客體驗到的文化衝擊。他下列的文字尖銳直接：

> 曾思勉對這院子裡的人，甚為同情憐憫，但也厭惡，同時，也為此而甚感煩惱與苦悶，有時，他幾乎為他自己和他們的關係，而抱起絕大的疑惑。他常狐疑他們果是發祥於渭水盆地的，即是否和他流著同樣的血、有著同樣的生活習慣、文化傳統、歷史、與命運的人種。
>
> 自他發現了和他有著那麼截然不同的思考方法與生活觀念，並且發現了他們那差不多喪失了道德的判斷力與人性的美麗和光明以來，他一變其向來的信仰與見解。他對他們深惡而痛絕。[25]

鍾理和／曾思勉結尾語言顯而易見地帶有負面情緒。這是他理想中的原鄉失落所造成的，也是他認清待人如己弔詭的後果。[26]身為日本殖民之下的臺灣人，鍾理和理解他的客家原鄉想像終究不可能實

---

[24] 見王德威，〈史詩時代的抒情聲音：江文也的音樂與詩歌〉，《臺灣文學研究集刊》3期（2007），頁1-50。

[25] 《鍾理和全集・二》，頁108。

[26] 可見陳映真的評論。陳映真，〈原鄉的失落：試評《夾竹桃》〉，《孤兒的歷史，歷史的孤兒》（臺北：遠景，1984），頁97-109。

現。他不管到哪裡去，他都沒有辦法回到家。他從美濃輾轉抵達北京的旅程，不過是呼應了客家先民的不斷遊移離散。儘管〈夾竹桃〉裡鍾理和批判火力猛烈，鍾理和畢竟是對事不對人。他強烈不滿的對象不是人，而是他在文化原鄉裡體驗到的陌生感覺。也就是說，他的不滿來自事與願違，來自幻滅，來自他對自己天真想法的批判。他在回到離開多年的故鄉美濃之後也有同樣的念頭。想像的鄉愁與記憶總是美好過現實。他是理解到這種現實的陌生感，恰恰是他的客家身分與原鄉情結的主要支撐。

　　1945 年日本戰敗，中日戰爭結束。戰爭時期，北京城民或許沒有對來自殖民地的臺灣人多加刁難，但是日本投降之後，臺灣人在北京的處境**變得岌岌可危**。鍾理和在〈白薯的悲哀〉中所記述的悲哀，又何嘗不是客家先民長久以來所面對的不堪：

> 北平是很大的。以它的謙讓與偉大，它是可以擁抱下一切。但假若你被人曉得了是臺灣人，那是很不妙的。那很不幸的，是等於叫人宣判了死刑。那時候，你就要切實的感覺到北平是那麼窄，窄到不能隱藏你了。因為，它──只容許光榮的人們。因為，你──是臺灣人。然而悲哀是無用的。而悲憤，怨恨，於你尤其不配。記著吧，你──是那──**白薯**。──白薯，也就這樣，被北平的臺灣人用了起來！
> ……
> 白薯是不會說話的，但卻有苦悶！
> 秋天是風雨連綿的季節，而白薯，就是在這時候成熟的。
> 仔細別讓雨水浸著白薯的根。如此，白薯就要由心爛了起來！
> 爛心──那就是白薯苦悶的時候！[27]

白薯無疑是苦悶的象徵。鍾理和的苦悶自然來自異鄉人／原鄉人，
客／家長久以來的辯證拉扯。在〈白薯的悲哀〉中，鍾理和哀莫大
於心死，最終將自己從原鄉情結中剝離出來，**決心回到美濃**。在美
濃他的原鄉是中國，在中國他的原鄉是美濃。鍾理和的經歷讓讀者
不禁要問：一個人只能有一個原鄉？原鄉和異鄉、本地人和外來人
只能透過血緣關係來確認嗎？原鄉歸路渺茫漫長，是時空的距離還
是心靈的距離？原鄉難道只存於紙上？祖國歸來，事過境遷。在美
濃家鄉，鍾理和轉而更為廣闊地思考有關生命的問題以及原鄉的多
重面相。

四、原鄉歸來

　　1946年3月鍾理和與家人回到臺灣，準備重新出發。然而同年
8月，鍾理和隨即因肺疾病倒。他的肺結核以及併發症一發不可收
拾。鍾理和為求根治，一人住進臺北松山療養院。1947到1950年
三年之間，鍾理和接受了大大小小的治療，也曾經開刀取出六根肋
骨。肺結核並未立即奪走他的生命，但他也從來未曾真正康復。住
院期間，鍾理和勤於寫作。透過寫作日記，鍾理和與自我對話。其
中不少日記與書信篇幅成為後來小說的素材，讀者可以透過這些心
境小說，一窺作者內斂的思緒。現當代中國文學裡有不少以書信體
例描繪（心理）疾病的著名故事，如丁玲〈莎菲女士的日記〉以及
茅盾的〈蝕〉，但絕少有人如鍾理和一般坦率。〈手術臺前〉正是
一篇抹消公私界線的日記體小說，描繪了病人的心境起伏。

---

[27] 《鍾理和全集・三》，頁3、9。

　　1950年底，鍾理和終於離開松山返回美濃。他的身體狀況不允許他外出工作。經濟重擔由鍾臺妹一人扛起。他只能在家裡從事極為輕便的**雜事**和寫作。1950年到1960年是鍾理和創作最為豐富的時期。此時期的作品二三如下：《笠山農場》以鍾家為藍本，建構出日本殖民時期劉家經營農場的大河故事；《故鄉四部曲》由〈竹頭庄〉、〈山火〉、〈阿煌叔〉、〈親家與山歌〉組成，描繪家鄉人事的改變；〈原鄉人〉反思個人身分歸屬，廣為人知。評者曾經指出鍾理和講述歸鄉故事的《故鄉四部曲》可以與魯迅的〈故鄉〉一比。[28]兩位作者回到家鄉後，都發現家鄉有所改變。魯迅的主角是知識分子，但鍾理和似乎更為低調不特別強調自己讀書人的身分。或許二人都異常苦悶，但是鍾理和沒有魯迅慣有的尖銳。此外二人「故鄉」真正可以比擬之處不是單純的故事名稱，而是鍾理和可以怎樣改寫魯迅〈故鄉〉的結尾：「希望本是無所謂有，無所謂無的。這正如地上的路；其實地上本沒有路，走的人多了，也便成了路。」[29]回顧鍾理和的經驗，讀者可以套用魯迅的句法說：「原鄉之虛妄一如絕望，無所謂有，無所謂無的。路走多了，他鄉即故鄉。」路漫漫其修遠兮，鍾理和上下求索的原鄉行旅折射出另一種閱讀鄉土**鄉愁**的方法，也提示了另一種理解客家移（遺）民的根源與路徑（roots and routes）的實例。

　　鍾理和的妻子鍾臺妹是他的經濟和文學支助。沒有鍾臺妹，鍾理和的文學成就必定失色。鍾理和要在從原鄉回到故鄉之後，才開始「小說」他和妻子不被祝福的婚姻：〈同性之婚〉、《雨》、〈奔逃〉、〈貧賤夫妻〉，還有《笠山農場》，或正寫或側寫二人禁忌的

[28] 見澤井律之，〈兩個「故鄉」：魯迅對鍾理和的影響〉，中島利郎編，《臺灣新文學與魯迅》（臺北：前衛，2000）。亦見《鍾理和全集・六》，頁108。

[29] 魯迅，〈故鄉〉，《魯迅小說合集》（臺北：里仁書局，1997），頁7。

羅曼史，在在令人動容。鍾理和因為同姓之婚而遠離美濃，數年過後返家，儘管家人比從前願意接納二人，街坊鄰里還是「不客氣的擺著難看的臉孔」。[30]鍾理和或許因此決心以文字抵抗詆謗、以文字見證他和妻子的情感。在一封1957年10月30日給廖清秀的信裡，鍾理和提到：

> 故鄉，那是我們傷心之地，我們曾立誓不再見到它的面。然而我們到底回來了，這是我們做夢也不曾想到的一著。尤其是妻，她是那樣的不願意。[31]

儘管面對考驗，鍾理和的語言依舊樸質謙遜。評者古添洪曾以佛洛伊德的「愛欲驅力」（eros），來解釋鍾理和面對眾人質疑的力量與寫作動機。[32]古添洪的討論自有見地。熟悉佛洛伊德理論的讀者可以繼續闡發，與「愛欲驅力」相對的「死亡驅力」（thanatos）——來自疾病的威嚇——也是鍾理和寫作不輟的原因之一。然而我以為不管是愛欲也好死亡也好，鍾理和本身的情感特質（ethos）都沒有因之改變，當然他和妻子也都具備客家族群刻苦耐勞的性格（Ethos）。[33]這種天生人道關懷就是鍾理和「安住的所在，他的家，一個熟悉的棲息處……藉此我們和他人羈絆，待外人一同自己」。[34]是在他自身的良善裡，鍾理和找到了依靠和歸宿，是在文字裡，他確實回到了故鄉。

---

[30] 《鍾理和全集・六》，頁117。

[31] 《鍾理和全集・六》，頁116。

[32] 古添洪，〈關懷小說：楊逵與鍾理和〉，彭小妍編，《認同、情欲與語言》（臺北：中央研究院，1996），頁56。

[33] 我以大小寫ethos和Ethos來區分個人與族群的性格。大寫的Ethos甚至可以廣義地涵蓋社會的思潮。

[34] Jacques Derrida, *On Cosmopolitanism and Forgiveness* (New York: Routledge, 2001), pp. 16-17.

　　我對鍾理和、客家以及待人如己的討論將以〈原鄉人〉作為結束。這是鍾理和最為人討論、最具爭議的小說。在鍾理和所有的文字中，沒有任何一篇像〈原鄉人〉一樣，引起眾多政治人物的競相折腰。其中的一句話是討論原鄉形象的經典，也是政治意識形態的口號：「原鄉人的血，必須流返原鄉，才會停止沸騰！」[35]不僅臺灣政壇人士琅琅上口，連溫家寶更曾經藉此政治喊話，只不過他錯將「原鄉人」說成「原野人」。有心人當然可以**持續解讀這個**佛洛伊德式的失言（Freudian slip）。然而我關注的不是政治層面上的，而是認識論層面上的原鄉（epistemological homeland）。聲嘶力竭的主旋律底下，我們必須要問：此疆彼界辨何真，究竟何處是原鄉？「血」究竟是什麼？如果「血」所指的必定是血統系譜論，那麼我們又該如何理解所謂停止沸騰的血液？

　　〈原鄉人〉不是一開始就如此揮灑熱血。評者論及此短篇之時，多著重小說結尾的慷慨激昂。我認為小說的起首轉折都和結尾呼應，不容忽略。小說開頭的「人種學」早已替後來的血液論埋下伏筆：

> 我幼年時，登上我的人種學第一課的是福佬人（閩南人）……人種學的第二種人是日本人……六歲剛過，有一天奶奶告訴我村裡來了個先生（老師）是原鄉人，爸爸要送我到那裡去讀書。但這位原鄉先生很令我感到意外。他雖然是人瘦瘦的，黃臉，背有點駝，但除此之外，我看不出和我們有什麼不同。這和福佬人日本人可有點兩樣。他們和我們是不同的。[36]

---

[35] 《鍾理和全集·二》，頁14。

[36] 《鍾理和全集·二》，頁1-2。

「人種學」一詞為日文詞彙，早在明治初期便開始使用。提倡「脫亞入歐」為人熟知的福澤諭吉，在1869年出版的小眾作品《掌中萬國一覽》裡便大談「人種論」，呼應自身對「文明」的詮釋。[37]他的五色人種分類——白哲、黃色、赤色、黑色、茶色——直接得益於日耳曼醫師布魯門巴赫（Johann Friedrich Blumenbach）的研究。[38]不過福澤更進一步地將布魯門巴赫的「高加索人」（Caucasian）闡釋為「皮膚亮麗，毛髮柔細……容貌骨骼皆俊美，其精心聰慧為文明之極致」的「白哲人種」。[39]白色不僅是顏色更是哲學思辨的直接反映。此類人種論看法歷久彌新，於希特勒之日耳曼第三帝國時期達到巔峰。希特勒假借人種學（種族科學〔rassenkunde〕）之名，一方面推行優生造人計畫，一方面屠戮非我族類。[40]另外陳培豐的研究也指出，日本在殖民臺灣時期也曾運用「血液」的討論來強調「國體」的維持。[41]由此看來，我們可以追究鍾理和是否應該使用「人種學」一詞，畢竟他的〈原鄉人〉是在1959年——日本投降十四年之後——寫成的，他應該熟悉「人種學」背後深刻的歷史。無可否認地，鍾理和沿用了（挪用了）殖民地時期日人「人

---

[37] 見http://project.lib.keio.ac.jp/dg_kul/fukuzawa/flipper/F7-A10/book200.html。

[38] 布魯門巴赫（Blumenbach）1775年的討論於1865年翻譯成英文 *Natural Varieties of Mankind*，在英國出版。福澤或參考此英文版本。有關布魯門巴赫的精簡討論，可參見 Raj Bhopal, "The Beautiful Skull and Blumenbach's Errors: The Birth of the Scientific Concept of Race." *BMJ* 335 (December 2007): 1308-1309。

[39] 見http://project.lib.keio.ac.jp/dg_kul/fukuzawa/flipper/F7-A10/book200.html, 21。

[40] 見 Robert Proctor, *Racial Hygiene: Medicine under the Nazis* (Cambridge: Harvard University Press, 1988)。特別是頁223至250的討論。

[41] 這裡我想起制定近代日本語言同化教育中重要人物上田萬年將日本的國語稱為「日本人精神的血液」。上田認為日本的「國體」是由「國語」的血液所維持的。參見陳培豐，王興安、鳳氣至純平編譯，《「同化」的同床異夢：日治時期臺灣的語言政策、近代化與認同》（臺北：麥田，2006）。

種學」以及血液的看法。但是我認為鍾理和不是為了突出種族的概念。他要強調的毋寧是族群標籤（人種）的虛妄以及身分歸屬（血液）的難題。他的挪用以子之矛攻子之盾，然而當今有多少熱血沸騰的讀者曾經靜心思考鍾理和早在五十年前便在小說中替讀者開班授課的人種學？

　　人種學之後，鍾理和旋即為讀者提供另一個更為淋漓的例子。鍾理和的村子曾經住過三個令他印象深刻的原鄉人。第二個和第三個原鄉人都愛吃狗肉，但是第三個原鄉人「並不是外處人……是從來就住在村子裡」。[42]幼年時期的鍾理和對第三個原鄉人殺狗的情節印象深刻。這又是另一個**原鄉**、人種、與沸騰血液的聯繫：[43]

> 他家門口有株木棉樹，他就把他的狗繫在樹頭下，兩手揮起杯口粗的木棍使盡力氣向狗身上打下去。他的眼睛的不靈，使他的木棍不能每次都擊中要害，很快結束狗的生命；唯其如此，徒然增加了狗的痛苦。狗在繩子許可範圍內閃來閃去，踉蹌掙扎，叫得異常淒慘，血順著牠的舌頭、嘴唇滴落。全村的狗都著了魔似的瘋狂地吠著，但圍著的人卻屏聲靜氣，寂然不動。二哥叫我不要吐唾沫，並要把兩隻手藏在身後。
>
> 紅的血和瘋狂的犬吠，更刺激了打狗者的殺心，木棍擊落：叭啦！叭啦！突的，狗的腦袋著了一棍，蹶然仆地；鼻孔，眼睛，全出血了。狗的肚子猛烈地起伏，四肢在地上亂抓一轉。狗掙扎著又爬了起來。但無情的木棍又擊下去了。
>
> 我緊緊地靠著二哥。二哥一手挾抱我的腦袋，鼓勵我「不要

---

[42] 《鍾理和全集·二》，頁2-3。

[43] 無獨有偶的是，李永平在《吉陵春秋》裡也以文字建構了一個原鄉，也同樣書寫了殺狗的細節。這是一個沈從文式的原鄉跟暴力的連接。

怕！不要怕」，一聲淒絕的哀號過後，我再睜開眼睛。只見
那可憐的動物直挺挺地躺在血泊裡，肚子起伏得更兇猛，四
肢不住抽搐。[44]

這個情節之所以重要有兩個原因：第一，之前奶奶曾說：「我們原
來也是原鄉人；我們是由原鄉搬到這裡來的。」[45]然而等到鍾理和目
睹了這次事件之後，「奶奶對於『我們是哪種人』的說明，卻叫人
納悶。」[46]後來他又看見了各式各樣的原鄉人，奶奶已不能幫他多少
忙了。第二，我們不知道鍾理和幼年是否曾經親身經歷上述不愉快
的經驗，但是無論虛構與否，我聯想到了魯迅著名的幻燈片事件。
魯迅在仙臺研讀醫學課程之時所看到的一張日本人砍中國人頭的
幻燈片，促使他棄醫從文。我認為魯迅的幻燈片事件也是一堂改變
現代中國文學圖景的人種學。殺狗和砍頭同樣牽涉了奇特的視覺經
驗。魯迅並未親眼目睹砍頭，而是從幻燈片中一窺究竟（且不論學
者懷疑事件真偽）。細究之下，我們也發現在殺狗的關鍵時刻，鍾
理和閉上了眼睛，靠迴盪填滿了對原鄉人殺狗的想像。其象徵意義
是，當鍾理和再度睜開眼睛之時，原鄉業已失落。

　　如果〈原鄉人〉是虛構的故事，那麼鍾理和是以一個回到過去
的姿態來敘事。這樣一個姿態讓他可以專心經營細節。相較於這樣
一個循規蹈矩的讀法，我更願意提倡一個症狀式閱讀。換言之，我
願意相信〈原鄉人〉真有其事。那麼，鍾理和面對原鄉採取的是一
個更為激烈的姿態。他講述的是一個回到未來，或者說是「未來」
永恆回歸的故事。簡單地說，他是在記憶裡書寫未來將會發生的故
事。這不是一個處於現在的未來完成式，而是處於過去的未來完成

---

[44]《鍾理和全集‧二》，頁4。

[45]《鍾理和全集‧二》，頁2。

[46]《鍾理和全集‧二》，頁5。

式。這個隱蔽的時間路線，恰恰呼應了原鄉的永恆回歸——不，永劫回歸——並在半個世紀之前便預示了當代臺灣對家國與族群定位的反覆爭論。

假作真時真亦假，無為有處有還無。是在這樣的基礎上，我們可以重讀〈原鄉人〉的結尾：

> 其後不久，我就走了——到大陸去。
>
> 我沒有護照；但我探出一條便道，先搭船到日本，再轉往大連；到了那裡，以後往南往北，一切都隨你的便。
>
> 我就這樣走了。
>
> 我沒有給自己定下要做什麼的計畫，只想離開當時的臺灣；也沒有到重慶去找二哥。
>
> 我不是愛國主義者，但是原鄉人的血，必須流返原鄉，才會停止沸騰！
>
> 二哥如此，我亦沒有例外。[47]

事過多年，當時依靠在二哥身旁的鍾理和也不再是個孩子。中日戰爭發生之後，二哥移住中國參加抗日活動。昔日的小男孩也下定決心離開臺灣到大陸去。在結尾裡，鍾理和坦率地表白：「我不是愛國主義者。」這個起頭被幾乎所有的引用者砍去，因為它解消了接下來命令式的陳述——「但是原鄉人的血，必須流返原鄉，才會停止沸騰！」一旦還原這個讓政壇人物棘手的「我不是愛國主義者」，我們便應該追問原鄉跟「國」有什麼樣的關係？如果「國」就是原鄉，那麼回到原鄉讓血液停止沸騰，難道不算「愛國」？還是說原鄉不是「國」？果真如此，鍾理和愛不愛國跟血液返不返回原鄉（臺灣或中國）便沒有關係。我在上文提及，評者認為客家原

---

[47]《鍾理和全集・二》，頁14。

鄉是經過長時間的口耳相傳而形成的神話。我們可以接下去說，雖然原鄉人的血要流返原鄉才會停止沸騰，但是客家族群一旦離開想像的原鄉，遂迷不復得路。由此看來，原鄉人的血液終將不會停止沸騰，因為現實生活中原鄉還未存在，已然消失。

最後，讓我們再次回到第三個原鄉人暴虐殺狗的場景。幼年時期的鍾理和詢問他的奶奶，如果我們是原鄉人，那麼我們為什麼不吃狗肉？換言之，他是在問，因為我們不吃狗肉，所以我們不是原鄉人？原鄉究竟是臺灣還是中國？正因為有這個殺狗的情節，不論我們以臺灣或是中國來替代原鄉，〈原鄉人〉的完整結尾都不應該、也無法讀成一句政治口號。正如魯迅在〈狂人日記〉經歷同類相食一般，鍾理和透過人種學和殺狗鋪排〈原鄉人〉的細節直達高潮。鍾理和最後的結尾，難道不是為了替故事中受到強烈刺激，對原鄉開始幻滅的小孩子（從前的自己），所發出的遲來的吶喊？我以為這是鍾理和對「救救孩子」的變奏，是他對想像的鄉愁，對身為客家人的意義與身為原鄉人的倫理所留下最引人深思的寓／預言。

希柏斯（Tobin Siebers）對倫理的難題（dilemma）有如下精闢的解釋：「倫理令人作嘔。它不斷地循環，既不是為了歡笑，也不是為了眼淚。倫理一再重複我們早已熟悉，早已親密無比，甚至毫不需要的難題，讓我們深陷其中。」[48]客家、待人如己、原鄉都是我們再熟悉不過卻又不得不面對的倫理難題。鍾理和經歷過的難題——不由己意的誤會，無可奈何的妥協——恐怕比他任何當代的讀者都來得複雜深遠。在他的小說裡，他拒絕提供方便法門，一探身分認同之究竟。所有他拋出來的難題，都是我們在二十一世紀重新思考臺灣文學、華語語系文學、中國文學之時，不得不參考的線索。

---

[48] Tobin Siebers, *The Subject and Other Subjects: On Ethical, Aesthetic, and Political Identity* (Ann Arbor: University of Michigan Press, 1998), p. 2.

引用書目

中文

王德威，〈史詩時代的抒情聲音：江文也的音樂與詩歌〉，《臺灣文學研究集刊》3期（2007），頁1-50。

王德威，《後遺民寫作：時間與記憶的政治學》（臺北：麥田，2007）。

王德威，《茅盾，老舍，沈從文：寫實主義與現代中國小說》（臺北：麥田，2009）。

丘逢甲，《丘逢甲集》（長沙：岳麓書社，2001）。

古添洪，〈關懷小說：楊逵與鍾理和〉，彭小妍編，《認同、情欲與語言》（臺北：中央研究院，1996）。

房學嘉，《客家源流探奧》（臺北：武陵，1996）。

許雪姬，《日治時期在「滿洲」的臺灣人》（臺北：中央研究院近代史研究所，2002）。

陳映真，〈原鄉的失落：試評《夾竹桃》〉，《孤兒的歷史，歷史的孤兒》（臺北：遠景，1984），頁97-109。

陳培豐，王興安、鳳氣至純平編譯，《「同化」の同床異夢：日治時期臺灣的語言政策、近代化與認同》（臺北：麥田，2006）。

傅士珍，〈德希達與悅納異己〉，《中外文學》34卷8期（2006），頁87-106。

黃錦樹，〈幽靈的文字：新中文方案，白話文，方言土語與國族想像〉，《文與魂與體：論現代中國性》（臺北：麥田2006），頁37-78。

趙莒玲，《美濃：鍾理和原鄉風景》（臺北：貓頭鷹，2002）。

德里達、杜弗勒芒特爾著，賈江鴻譯，《論好客》（桂林：廣西師範大學，2008）。

魯迅，〈故鄉〉，《魯迅小說合集》（臺北：里仁書局，1997）。

澤井律之，〈兩個「故鄉」：魯迅對鍾理和的影響〉，中島利郎編，《臺灣新文學與魯迅》（臺北：前衛，2000）。

鍾理和，《鍾理和全集》（高雄：高雄縣立文化中心，1997）。

英文

Bhopal, Raj, "The Beautiful Skull and Blumenbach's Errors: The Birth of the Scientific Concept of Race," *BMJ 335* (December 2007): 1308-1309.

Cohen, Myron, "The Hakka, or 'Guest People': Dialect as a Sociocultural Variable in Southeastern China," *Ethnohistory* 15:3 (Summer, 1968): 237-292.

Derrida, Jacques, *On Cosmopolitanism and Forgiveness* (New York: Routledge, 2001).

——. *Acts of Religion,* "Hostipitality," trans. Gil Anidjar (New York: Routledge, 2002).

Erbaugh, Mary S., "The Secret History of the Hakkas: The Chinese Revolution as a Hakka Enterprise," *The China Quarterly 132* (December 1992): 937-968.

Huddart, David., "Uncanny," *Homi K. Bhabha* (New York: Routledge, 2006), pp. 77-100.

Johnson, Elizabeth Lominska, "Hakka Villagers in a Hong Kong City: The Original People of Tsuen Wan," *Guest People: Hakka Identity in China and Abroad,* ed. Nicole Constable (Seattle: University of Washington Press, 1996), pp. 80-97.

Leong, Sow-Theng, *Migration and Ethnicity in Chinese History: Hakkas, Pengmin, and Their Neighbors* (Stanford: Stanford University Press, 1997).

Proctor, Robert, *Racial Hygiene: Medicine under the Nazis* (Cambridge: Harvard University Press, 1988).

Siebers, Tobin, *The Subject and Other Subjects: On Ethical, Aesthetic, and Political Identity* (Ann Arbor: University of Michigan Press, 1998).

William, Raymond, *The Country and the City* (New York: Oxford University Press, 1973).

Wyschogrod, Edith, "Autochthony and Welcome: Discourses of Exile in Levinas and Derrida," *Journal of Philosophy and Scripture* 1:1 (Fall, 2003): 36-42.

二、知識生產與文化傳譯

思想史視野中的章太炎與臺灣

彭春凌*

一、引論

　　1898年底至1899年6月，章太炎受戊戌黨禍牽連，旅居臺灣，任職《臺灣日日新報》。[1]現在學界對章太炎與臺灣的關係有兩種認知：第一，因為章氏對臺灣的山川邑落、物產謠俗、民生日用等

---

* 中國社會科學院近代史研究所助理研究員。

[1] 就太炎此時期的言論文章、生活交往諸情狀，目前在資料輯錄、言說觀念整理等領域已進行了一定的拓掘，但未見結合《臺灣日日新報》及《清議報》分析太炎與日本近代思想互動的研究。已有介紹和研究可參〔日〕阿川修三，〈《臺灣日日新報》所載章炳麟論文について〉，《中国文化：研究と教育》（漢文学会会報，第40号，1982.6），頁83-98；湯志鈞，〈《章太炎年譜長編》補：光緒二十四年十月至光緒二十五年五月〉，《文史》18期（1983），頁151-164；湯志鈞，《章太炎傳》（臺北：臺灣商務印書館，1996）；王飛仙，〈章太炎與臺灣〉，《新史學》12卷3期（臺北，2001），頁105-127等。姜義華，《章炳麟評傳》（南京：南京大學，2002）認為，〈儒術真論〉是章太炎對康有為建立孔教的駁議（頁315-332），是比較準確的判斷。但姜氏並沒有涉及到〈儒術真論〉的出爐與章太炎跨文化經驗的關係，而這卻是本文著力論述的。

外部描寫不深，對日人及日本統治臺灣政策的直接評騭也不多；所以，就以為章太炎對於臺灣的了解很有限，鮮少觸及當時的臺灣實狀，他也沒有批評日本殖民臺灣、欺壓臺灣人的言論，反而與日人接觸甚多，關係比較友好。第二，認定1900年章太炎「割辮與絕」的革命行動，1902年《訄書》重訂本刪除〈客帝〉、增添〈訂孔〉的觀念抉擇，是章太炎徹底與康有為劃清界限、衝擊傳統儒學思想的標誌；因此就比較忽視章氏旅臺時期的文章與言論的價值，將之歸入他思想上精彩「革命」的「前史」，視臺灣時期的章太炎不論是外在生活或是內在思想的轉變，皆無突破性的發展。

　　不同於上述觀點，本文主張，臺灣時期是太炎衝擊傳統儒學思想形成的關鍵期。臺灣對於章太炎由批評日本近代的儒教主張過渡到反思晚清以康有為為代表的「孔教」思想，有重要的橋梁價值。具體而言，晚清思想史上舉足輕重的康、章經今古文之爭，除了傳統學術自身的內部緊張關係蛻變出的差異外，還擁有特定的跨文化的觸媒，即章太炎在臺灣批判日本明治以降被吸附到「國體論」中的儒學是一個重要推動。這以往被忽視的歷史淵源，通過考察章太炎旅居臺灣時期的論述，將大白於世。由此，在中、日兩國的言論空間之外，擁有多層次的文化及表意空間的臺灣之特殊意義亦將豁然開朗。

　　日人將支撐日本近代政治運作原動力的「國體論」及維繫天皇萬世一系的「天意論」施諸對臺灣的殖民統治。章太炎在《臺灣日日新報》上以署名「支那章炳麟」的論文，與該報圍繞「國體論」的種種輿論展開隱晦而複雜的思想纏鬥。與此同時，章太炎的思想時刻又與康有為對話，康章「論學雖殊，而行誼政術自合」。[2] 旅臺後，章太炎與康有為通信，即刊發於《臺灣日日新報》1899年1月

---

[2]　章太炎，〈《康氏復書》按語〉，《臺灣日日新報》，1899年1月13日，漢文第3版。

1日漢文第十二版的〈寄康氏書〉,[3]力圖修補《時務報》時期受損的私交;章氏亦獲邀於梁啟超創辦的橫濱《清議報》上發表署名「臺灣旅客」的文章。比照《臺灣日日新報》與《清議報》太炎文章的源變、殊別,鑑於這批文章大都構成太炎1900年刊行的學術專著《訄書》的原型、奠定章氏一生學問根基,章太炎、康有為(梁啟超)、日本近代儒教三方的對話,支那、日據臺灣、日本本島三個空間的互動,呈現出中國近代以康章為代表的變革期之儒教思潮與日本吸附到近代國體論中的儒教,在倫理根柢、政治圖景與宗教信仰三個層面幾乎難以逾越的分歧與鴻溝。日本近代支撐國體論的儒教,不僅如照鏡般廓清中國近代變革期儒教自身的特性,亦作為文化觸媒實際作用於中國儒教內部的鬥爭與變遷。

　章太炎《臺灣日日新報》上與日本近代被吸附到「國體論」中的儒教之對話,有〈答學究〉代表的倫理根柢的差異,〈客帝論〉等彰顯的政治圖景的歧途,及〈絕頌〉、〈人定論〉到〈儒術真論〉表徵的宗教信仰差異三條線索。受篇幅所限,加之前兩條線索更多涉及章太炎就康有為的評價及思想問題跟日本報人的論爭,與臺灣關係略遠,本文將著力探討章太炎與日人的治臺策略直接較量的第三條線索,即信仰層面的交鋒。[4]

　「宣布神道,表揚神威,糾合人心」,對超絕於人間的神力、無道理可講之「天意」無限欽服,是「鞏固國體之基礎」。[5]擁抱現在,無條件順應似乎「自然而然」發生的現實與形勢,則構成行為之邏輯。日本殖民統治臺灣,輸入國體論,培養忠於帝國的皇民、

---

[3] 請參閱拙文,〈章太炎致康有為的一封佚信〉,《文史知識》2011年3期,頁74-81。

[4] 另外兩條線索筆者有別文詳細解說。

[5] 此為1899年《臺灣日日新報》載日本三重縣人在皇祖天照皇太神之地建立伊勢教會的用意。〈追崇盛烈〉,《臺灣日日新報》,1899年3月19日,漢文第5版,「國政」欄。

順民的基礎，同樣是宣傳日本佔領臺灣乃不可抗拒的「天意」，要求臺灣人衷心欽服與歌頌皇國、神國所謂的「仁政」、「德政」。佔有臺灣的土地、資源等物質之後，馴服當地人的精神，就成為官辦媒體《臺灣日日新報》最重要的工作。當意識形態落實為符號層面的漢字時，同屬於漢字圈的日本，宣揚神道的管道，竟是模仿儒家「天意」的理論，複製經典中那些最優雅、最崇高的語句。

　　章太炎在《臺灣日日新報》上就日本統治臺灣的政策和論述，與他們進行了隱晦但卻決絕的思想鬥爭。太炎甫抵臺時，1899年1月1日曾署名「菿漢閣主」發表〈正疆論〉，似乎對日本領臺的合法性表示認同，如稱（臺灣）「歸于滿州，則無寧歸于日本」；「下關之盟，臺灣東屬，斯猶如晉疆杞田，與仲尼之返鄆、讙、龜陰于魯，于義未虧，于名則正」。[6]這個表態可謂其有資格在日方官辦媒體《臺灣日日新報》上發表文章的「政治審查合格證書」。其實，〈正疆論〉中太炎已經表明了自己對臺灣的情感，在「歸于滿州，則無寧歸于日本」之前總有一句，「（臺灣）歸于日本，誠不若歸于支那」。[7]聯日抗滿是後來革命黨的基本策略，這裡先不論其是非得失。雖然在日本人看來，當時的支那就是「滿州」政權統治的國家，太炎所謂的漢文化主導的「支那」不過空中樓閣，太炎不承認滿洲對臺灣擁有合法的統治權，就支持了日本對臺灣的佔領。但在太炎心目中，「支那」才是切切實實的文化歸宿和身分認同，支那

---

[6]　此句的大意是：下關條約，臺灣東屬日本，就好像晉國平公代母親的母國弱小的杞國追還魯國霸佔杞國的土地，魯國以孔子為相後，迫使齊景公歸還了以前侵奪的鄆、讙、龜陰等魯國三邑一樣；符合大義，名正言順（相關典故參見《左傳》襄公二十九年「晉侯使司馬女叔侯來治杞田，弗盡歸也」；及《左傳》定公十年「齊人來歸鄆、讙、龜陰之田」等記載）。這裡章太炎似乎暗示，日本只是代替支那向滿洲討回了臺灣，他日支那漢人作主時，日本應將臺灣歸還給支那。

[7]　菿漢閣主，〈正疆論〉，《臺灣日日新報》，1899年1月1日，漢文第11版。

也是和臺灣有共同「故國之思」、最休戚與共的共同體。太炎後解釋自己旅臺時看臺灣的心態，即曰「臺灣隸日本已七年矣，猶以鄭氏舊事，不敢外視之」。[8] 隨著他對日人治臺政策和邏輯的進一步了解，太炎蓄憎惡與激憤於胸，堅決予以對抗。這也是他在《臺灣日日新報》上署名從「清國章太炎」，到「菿漢閣主」，最後穩定為「支那章炳麟」的主因。署名「支那章炳麟」的〈人定論〉（1月24日）、〈絕頌〉（2月7日）等文，意味著在臺灣的殖民地經驗愈加刺激了太炎自身民族及文化的情感認同，日本在臺灣的每一項殖民政策，對「支那章炳麟」而言，都有作為被殖民者的切膚之痛，臨別臺灣時詠詩「聽樂李陵悲朔氣」，[9] 悲憤之情，更溢於言表。

　　章太炎從〈人定論〉批判禨祥之說、根本否決超人間之神力的存在，〈絕頌〉宣告《詩經》的一大類別「頌詩」與現代文明徹底無緣，到〈儒術真論〉斷然去「偽」存「真」，將「以天為不明及無鬼神二事」[10] 作為「真儒術」的標準；他此時的奮起抵抗，更像是一名手持柳葉刀的外科醫生。他直接觸碰到支撐明治日本「國體論」深層的「主奴邏輯」與「順民文化」，用中國的「真」儒教思想與之對決。重要的動力，來自於對臺灣現狀的體驗。臺灣的殖民化，不僅是近代化過程中，日本強行插入中國心臟的一把尖刀，它也使中國的知識人章太炎勢必將日本明治後的「國體」問題，楔入到中國儒教自身的血肉中進行思考，痛恨並痛苦著，如同舔舐自身潰爛的傷口。然而，當他將跨文化的創傷經驗嫁接到中國儒教自身

---

[8]　章太炎，〈《臺灣通史》題辭〉，《章太炎全集‧五》（上海：上海人民，1984），頁137。

[9]　章枚叔，〈將東歸賦此以留別諸同人次韻〉，《臺灣日日新報》，1899年6月10日，第2版。

[10]　章氏學，〈儒術真論〉，《清議報》第23冊，1899年8月6日（北京：中華書局〔影印〕，1991），頁1507。

的脈絡中時，他要切割的儒教病灶，已經不僅是作為明治日本「國體論」裝飾品的儒教話語了；他似乎終於獲得長期以來與經今文學家康有為的艱苦思想鏖戰中，最為穩固堅定的理論構架，並自豪地冠名為「章氏學」。本文以下即是梳理「章氏學」的〈儒術真論〉成立之歷史脈絡與邏輯過程。

二、「天意論」與〈人定論〉

　　日本報人頻繁使用儒家經典中的「天意」二字，來描繪神不可抵抗的意志，如介紹宮崎宮神苑時，強調「天祖肇建鴻基，位即天位，德即天德」，授予皇孫三神器「比德於玉，比明於鏡，比威於劍，體天之仁，則天之明，奮天之威，以照臨萬邦」，神器既是「天胤之尊，嚴乎其不可犯，君臣之分定，而大義以明矣」的象徵，又是「神人相感」的媒介。[11]報紙上甚至有〈承天意論〉一文，將「臺灣歸我帝國」的原因解釋為「天意實足顯徵」。[12]事實上，章太炎後來對經今文學的批判，主要是其「感生」之說對超人間的天神之認可，「《詩》齊、魯、韓，《春秋》公羊，說聖人皆無父，感天而生」，比如〈生民〉之言「履帝武敏」，[13]周王祖先承天意而生，就非常類似日本「記紀」神話中，天照大神傳神器給天孫。他在反擊《臺灣日日新報》解釋日本領有臺灣原因所持的「天意」論的同時，又進一步加深了對超絕於人間的神力之警惕和戒備，亦將這一層厭惡轉嫁到對經今文學的批判中。

---

[11]「宮崎宮神苑、宮崎大社」（圖文），《臺灣日日新報》，1899年4月2日，日文第2版。

[12]〈承天意論〉，《臺灣日日新報》，1899年1月14日，漢文第3版，「論議」欄。

[13] 章太炎，〈獨聖〉（下），《訄書》初刻本，《章太炎全集‧三》，頁105。

〈承天意論〉，登載於該報1899年1月14日漢文版「論議」欄最上方的顯要位置，以「天數存焉」、「天意顯徵」，來解釋日本對臺灣的佔領。「天意」的表現有以下三點：(1)「方兵戎之有事在遼陽，不在瀛島，操勝券者何嘗料將來結和必以臺灣相授受哉？」臺灣不是甲午海戰的發生地，卻承擔了清廷甲午戰敗的後果，日本順從和約，「不便舍此他求」地領有了臺灣，在沒有人力主動作用的情況下，日本領臺，乃是天意。(2)臺灣1895年雖擁戴唐景崧為總統，成立民主國，但「我軍甫臨港口，各營兵聞風盡走，諸市商望塵爭迎，無復能如昔年協禦法人之勇」，為何1884年中法戰爭中，臺灣抵抗法國能成功，而不能於乙未年抵禦日軍呢？也只能用「天意」徵驗解釋。(3)中法戰爭後臺灣建省，巡撫劉銘傳「力圖興利，以裕久長」，「人力車非悉由東洋購也，而民共稱曰東洋車。鑿噴水井，非專仿東洋制也，而民共稱曰東洋井。他如東洋器物，民多愛而便之，於龍銀尤競，重用一切朕飾，大都喜效洋裝」；[14]從人力車、鑿噴水井皆取「東洋」之名，民眾對日本器物包括龍銀、洋裝的喜歡上，就能看出人心也驗證了天意的存在。

中國儒家思想中的「天道」，乃超越性的倫理法則和道德理性，是終極的人類社會的規範及「道理」。日本人舉出的領有臺灣的「天意」徵兆，卻是必須依賴人的精神感應加持才能建立的神祕性聯繫，可以說以感受者的執信及對自我的不斷催眠為基礎，不是中國的「天道」，而是無思想可言、無道理可講的獨斷的神道。然而，在駐臺日本人中，存此「感應」的人恐怕還不少。比如，臺灣首任民政局長官水野遵，1897年在巡視恆春時訓話，稱日本領有臺灣並非「人為」，而是「天為」，「因緣」注定，因為明治七年（1874年）時，他曾跟隨西鄉從道，參與「征臺之役」（牡丹社事

---

[14] 〈承天意論〉。

件），登陸的地方是恆春，戰役後日清簽訂條約，日本佔領琉球，
得到清國償金，承認清國對臺灣的主權；水野認為二十年之後臺灣
歸日，當時就已見因緣徵兆。就他本人來說，如今作為民政長官的
身分重旅故地、重見故人，更證明了日本領臺乃「天為」之意。[15]

　　這種將社會的現有秩序及歷史視作自然而然發生，乃一個接一
個不斷生成的趨勢，與人的能動性無關的思想，和日本戰後思想家
丸山真男分析「記紀」神話的思維模式，得出的「日本歷史意識的
古層」，或日本思想史中「執拗的持續低音」，若合符節。此種歷
史想像的核心不在「過去」或「未來」，而是擁抱「現在」，[16]無是
非善惡標準、無條件地順應當前的形勢。在丸山看來，這一「執拗
的持續低音」使日本樂於接受外來思想，而阻礙了日本人民具有能
動性的現代自我主體之生成。或許對內而言，當日本衰弱或國內出
現強權時，此類基於神祕感性的順應邏輯，用魯迅的話，的確會使
日本普通人安於「做穩了奴隸」。[17]但在日本強勢對快擴張時，類
似「天意」、「因緣」的話語，讓受害者順應現實，無疑更加凸顯
武力強權背後思想的專制和奴役，無道理可講的蠻橫與霸道。

　　比如，〈承天意論〉寧願選擇宣傳「天意」作為領臺的依據，

---

[15]〈水野遵民政局長の巡臺日記〉，明治三十年（1897年），《日本領有初期の台湾：
　台湾総督府文書が語る原像》，中京大学社会科学研究所台湾史料研究会（東京：
　創泉堂，2006），頁33。川島淳在解說水野遵日記時，認為「水野所持的『因緣』
　的邏輯並非臺灣總督府官僚共通的意見，而是水野的個人見解」（頁53），然而比
　照《臺灣日日新報》的〈承天意論〉，兩者的觀念完全相似。由此可見，至少在對
　臺宣傳時，「天意」「因緣」之說是比較常見的，落實到報紙論文、尤其是漢文論
　述裡，的確是很好用的、製造順民的邏輯；同時，在大多數日本人心目中未始沒有
　感受到這種不可抗拒的「神意」。
[16] 參見丸山真男，〈歷史意識の「古層」〉（1972），《丸山真男集》10（東京：岩波
　書店，1996）。
[17] 魯迅，〈燈下漫筆〉，《墳》，《魯迅全集・一》（北京：人民文學，2005），頁225。

而放棄經營日本古代對臺灣有實際「佔領」關係的傳說，所謂「足利氏末葉，民有棄家變產，航海聚群，將入明之邊境，為風送至臺灣，遂登陸而開疆」，目的是表明日本可憑沒有任何制約條件的「天意」去爭奪世界霸權，「我帝國承天眷顧，增廣版圖，將必有進乎此焉。豈必泥開此疆域者與我有瓜葛緣始，得復舊而撫治之乎？或者不察，謂土地可以力爭，蒙故作〈承天意論〉」。[18]同樣，日本人在澄清任何抵抗勢力將捲土重來的「謠言」時，祭出那不成為道理的「道理」，仍舊是用漢字「天時」、「天命」表現的「神道」與神意，如謂劉永福「豈不識天時與人力哉」，[19]本島「跳梁之輩」是「昧機而抗新命，失勢而走他方，斧鉞幸逃，飄零羈旅」；[20]此類言語，在顯露自身無價值是非、惟時勢是從的思想「原型」時，還要滅人鬥志，讓臺灣人安心順從被統治的命運。「天意」論，顯示了日本統治臺灣強權、奴役的實質。

　　章太炎1899年1月24、29日連續發表的〈人定論〉與〈論亞東三十年中之形勢〉，可視為對〈承天意論〉的直接反駁。在《臺灣日日新報》上就臺灣論述挑戰日本，需要相當的智慧。章太炎巧妙地選擇了「理」與「事」、「虛」與「實」分離的論述策略。〈人定論〉從務虛的「道理」層面梳理〈承天意論〉的荒謬，但並未直接觸及日本領臺的事實，反而顧左右而言他，選擇日本報人也會接受的事例進行批判。〈論亞東三十年中之形勢〉則完全是對東亞局勢的務實分析，客觀講述日本佔領臺灣背後帝國主義勢力之間的博弈，但卻有意迴避上升到「人力」與「天意」抗衡的高度。然而，一旦〈人定論〉的理論結合〈論亞東三十年中之形勢〉的事

---

[18] 〈承天意論〉。

[19] 〈廈島謠言〉，《臺灣日日新報》，1898年6月19日，漢文第5版。

[20] 梯雲樓主稿，〈闢謠〉，《臺灣日日新報》，1899年4月22日，漢文第3版「論議」欄。

實，〈承天意論〉即被徹底顛覆。

〈人定論〉標題即是對〈承天意論〉的宣戰，開篇曰：

> 乘焱風而薄乎玄雲之上，視蒼蒼之天者，其果能為人世禍福
> 乎？抑亡乎？……借曰有之，機祥之說，則上古愚人所以
> 自惑，而聖人因其誣妄，以為勸戒，亦猶蚩尤之作五刑，而
> 聖人因之，以為鯨〔黥〕墨劓刖而已矣。夫愚人之無識也，
> 蓋較蚩尤為尤甚。如京房、劉更生諸公，推迹五行，極陳災
> 異，以效忠於人主，其所救正，誠有足多者，而害亦自此
> 始。何者，不數見之事，以忤人為災，則必以其合人為瑞，
> 是故天有甘露，地有河清，木有連理，草有紫芝，鳥有爰
> 居，獸有角瑞，總是數者而得其一，則皆以為合符于上帝。
> 凡所以煩有司，謁財賦，興徵調，盡民力者，且不可勝數。
> 由是觀之，始以為勸戒，而終以致敗亡……實驗之學不
> 出，而上古愚人之惑，互千世而不解。是故前乎子厚者有王
> 仲任，後乎子厚者有王介甫，其所立說，蓋並以天變為不足
> 畏，而迫于流俗，猶時時蒙其訕議。自今之世，有實驗也，
> 而其惑始足以淘汰。[21]

　　章太炎究竟對建構日本思想「古層」與「執拗低音」的《古事
記》、《日本書紀》及日本的神道和國學思想，了解幾何，很值得
懷疑。然而，毋庸置疑的是，他迅速將日本報人對「天意」的宣
傳，整合到中國儒教傳統中來反思與批判，因為此問題已觸動了他
長期艱難思索的經今、古文異同。太炎認為蒼天能夠主宰人間禍福
的思想，肇禍於西漢經今文學的機祥、災異之論，這恐怕也因〈承

---

[21] 支那章炳麟，〈人定論〉，《臺灣日日新報》，1899年1月24日，漢文第3版，「論議」欄。

天意論〉開篇引用了五德終始說。

〈承〉文曰，「國家之得土地，何一不關乎天意乎？是故五德有遞嬗之機，一姓無再興之局。土地之得與喪，悉視天意為推移」。[22]章太炎早年的學術筆記〈子思孟軻五行說〉根據《荀子・非十二子》對子思、孟子的批判，將五行思想的源頭上溯到子思《中庸》「天命之謂性」以木金火水土對應仁義禮智信，及〈表記〉「以水、火、土比父母於子」，並認為董仲舒「以五行比臣子事君父」乃師承子思。太炎認定「子思始善傅會，旁有燕、齊怪迂之士，侈掉其說，以為神奇，燿世誣人，自子思始」，[23]子思──孟子──董仲舒，太炎勾勒了一條經今文學的早期學術譜系。如今日人宣傳「天意」、五德，他亦將之歸入這一學脈之中。

事實上，於無意間，章太炎已將西漢涉及禨祥災異、融合陰陽、墨家學說的儒學思想，與以感性為基礎、無道理可講、無人的能動性可言的神祕主義神道做了區分。因為無論是講災異的今文《易》學「京氏學」開創者京房，還是編撰《洪範五行傳論》、集「上古以來歷春秋六國至秦漢符瑞、災異之記」[24]的劉向（劉更生），他們「推跡五行，極陳災異」，是為有所「救正」；始終是基於天道代表道德正義的原則，以天聽自我民聽、天視自我民視為依據，宣揚「天人感應」、天之災異，目的都是為了制約皇權，警告統治者應時刻謹言慎行、選賢用能、使自己的統治策略符合民生

---

[22] 〈承天意論〉。

[23] 章太炎，〈子思孟軻五行說〉，《章太炎全集・四》，頁19。五行學說是否始於思孟，後來有很大爭議，比如顧頡剛，〈五德終始說下的政治和歷史〉，認為子思書不傳，《孟子》中也沒有一絲一毫的五行氣息。〈非十二子〉中所罵的子思、孟軻即是騶衍的傳誤，五行說當即騶衍所造（《古史辨》5〔上海：上海古籍，1982〕，頁408、409）。

[24] 〈楚元王傳〉，《漢書》，卷36（北京：中華書局，1962），頁1950。

道德的標準。太炎後來〈儒術真論〉、〈榦蠱〉等文，亦對儒學中「天人感應」之說表示了一定程度的理解，因為在皇權獨大、儒者制約皇帝的手段非常有限的情況下，最具有理性精神的儒家，「于巫方相，故未盡去也」，[25]實在有不得不然的無可奈何與胸中之苦。

　　當然，〈人定論〉主要還是指出經今文學家的禨祥之說與「天意」邏輯的聯繫。太炎認為，當儒家在借助「五行」、「災異」勸戒統治者時，遺留了巨大隱患，一方面，「不數見之事，以忤人為災，則必以其合人為瑞」，宣講使統治者懼怕的災異，就必然要連帶出讓其歡喜的「符瑞」，為了追求「天有甘露，地有河清，木有連理，草有紫芝，鳥有爰居，獸有角瑞」的符瑞，統治者不憚「煩有司，謁財賦，興徵調，盡民力」，反而危害民生。另一方面，儒者為推動胸中的道德理性，順應「無識」愚人的誣妄，縱容其對神祕性天象的敬畏，由此又必然會衍生出對超越人間之上帝的信仰，及木、草、鳥、獸等萬物有神論的氾濫，結合〈承天意論〉，可說間接導致凡事「視天意為轉移」的神祕主義思想之蔓延。

　　章太炎繼承王充、柳宗元、王安石一脈「天變不足畏」的思想，又稟賦清代樸學「無徵不信」的科學精神，同時抱持對西方近代格致學的巨大熱情，堅決要掃清儒學中殘留的神祕主義。〈人定論〉之所以在太炎從〈子思孟軻五行說〉（1893）到〈儒術真論〉（1899）的思想發展中佔有特殊位置，原因在於它表明，推動太炎決絕甄別「真」、「偽」儒術的動力中，有一層是來自殖民地臺灣的跨文化經驗，使其將支撐明治日本「國體論」的「神道」整合到對儒教的反思中。

　　當然，〈人定論〉不會將矛頭直接指向日人的臺灣論述，而是「顧左右」，聲明自己針對的是臺中地震後，百姓中流傳的「震于

---

[25] 章太炎，〈榦蠱〉，《訄書》初刻本，《章太炎全集‧三》，頁35。

冬者不崇朝而有兵禍」的恐懼心理。安撫人心，符合日本統治臺灣
的利益，這也是〈人定論〉能被報紙主管順利放行，並登載於當日
漢文報之首「論議」欄的原因吧。然而〈人定論〉中巧妙針對〈承
天意論〉的地方其實不少，比如他批評臺灣人「治禳而依巫祝以求
解者，猶上古之民」時，舉的例子是曾有兩次彗星出現，「數千人
爭相徵信，託于王相，以天道為果有知」，「第一星見于戊午（清
咸豐八年），適粵寇屠吳越；至壬午（清光緒八年），其第二星
見，則法越之難起；逾年遂蔓延閩□，伏屍積骸」，太炎認為戊午
（1858年）的太平天國運動，及壬午（1882年）的中法戰爭都跟天
道沒有什麼關係，這裡隱含著對〈承天意論〉涉及中法戰爭敘述的
批駁。

太炎指出戊午、壬午兩次彗星出現的情況，大概有第二層隱含
的深意。根據漢代《齊詩》學派的說法，逢「五際」，即卯、酉、
午、戌、亥之年，「陰陽終始際會之歲」，政治上就必然要發生大
變動。[26]老百姓既然相信「戊午、壬午」之亂有天意顯徵，那麼相
應也會迷信日人宣傳的「甲午」戰爭背後的天意。太炎再次認為此
亦是經今文學禨祥之說的流毒。《訄書》初刻本〈獨聖〉（下）即
聲討《齊詩》「五際」之說；[27]後〈清儒〉更直指「《齊詩》怪誕，誠
不可為典要」。[28]這裡澄清戊午、壬午，影射的最可能是之後「甲
午」（1894年）的中日戰爭。牽動臺灣當前命運的，其實是「甲
午」，既然戊午、壬午之戰都跟天道沒什麼關係，以此類推，甲午
中日戰爭的勝負當然與天道也毫無瓜葛了。〈人定論〉的結尾，太
炎指出：

---

[26] 《漢書》，卷75，〈翼奉傳〉顏師古注引孟康之言，頁3173。

[27] 章太炎，〈獨聖〉（下），頁106。

[28] 章太炎，〈清儒〉，《訄書》重訂本，《章太炎全集・三》，頁155。

> 天地之間，愛惡相攻，而情偽相攻，苟為人害，雖蠢蠹之
> 微，可畏也；苟不能為人害，雖天地之大，勿畏也。吾先師
> 荀子有言曰：「日月之有食，風雨之不時，怪星之黨見，是
> 無世而不有之。上明而政平，雖竝世起無傷；上闇而政險，
> 雖無一至無益。」嗚呼聖矣！[29]

　　太炎引用《荀子·天論篇》的話，的確語帶雙關，既要消解人
們對「天意」的執信和迷妄，又勸諫統治當局，少講「承天意」的
鬼話，而應實實在在做對百姓有利的事。

　　隨後的〈論亞東三十年中之形勢〉則「一槍一彈」地分析亞東
帝國主義爭霸的局勢，俄、德勢力在中國北方擴展，遏制了日本北
上的步伐。文章對〈承天意論〉涉及的「日本馬關之盟，能得志于
臺灣，而不能得志于遼東」的原因解釋如下：「如駕長轂矣，雖有
筴策不可以及驂驪之腹，而及之者其脊也。俄之于南北，譬則臺灣
腹而遼東脊也；日本割之，譬則臺灣脊而遼東腹也。」[30]遼東是地處
北方的俄國侵略中國的核心利益，就像日本要在大陸擴張勢力，
以臺灣為南進的跳板一樣。甲午中日海戰發生在遼東附近，但日本
最終不能獲得遼東半島，完全是俄國保護自己的利益所致，與「天
意」無關。

　　非常有趣的是，日本一方面視俄法德三國干涉還遼為國恥，極
度憤怒。另一方面，如〈承天意論〉所言，日本人又似乎說服自
己，這背後或許真是「天意」注定，於是乎產生一種認命、順應的
柔軟姿態。比如日本明治天皇當時對外發表自己「三國干涉還遼」
的感受，稱「與清國交兵，亦欲永遠鞏固東洋平和也。今三國政府

---

[29] 支那章炳麟〈人定論〉。

[30] 支那章炳麟，〈論亞東三十年中之形勢〉，《臺灣日日新報》，1899年1月29日，
　　 漢文第5版，「論議」欄。

以友誼切偲，其意亦存乎此。朕固不吝乎容之，若更滋事端，使遲滯治平之回復，以釀生民之疾苦，沮國運之伸張，實非朕意」。[31] 擴張是「天意」的不可抵抗，失敗是「天意」的注定，得勢時必然劍拔弩張，失勢時也能低眉順目。這或許就是日本思想的「原型」、順應邏輯之內在意涵吧。

太炎稱「知其不可奈何而安之者，命也；知其不可奈何而必不能安之者，亦命也。亞東之究極雖定于南，非得恢卓雄略之士以征撫朔漠者，其能為南部雄伯乎哉」。[32] 強調「知其不可奈何而必不能安之」，人要跟命運做抗爭，某種程度上，也有鼓動日本向俄國開戰的意思。事實上，讓帝國主義列強彼此牽制，為中國贏得喘息時機，是太炎此一時期的外交思路。後來陸續發表〈非島屬美利害論〉，認為美國佔據菲律賓利大於弊，〈三門割屬意國論〉，[33] 主張割三門給義大利，激化俄國和英、義之間的矛盾，都著眼在此。鼓動日俄之戰，暗合日本擴張的心願，這應是報紙主管不顧及此文有對〈承天意論〉臺灣歸屬日本原因的直接駁斥，將之放在當日漢文版「論議」欄之首的原因。當然，太炎怕沒有料到，未來的日俄戰爭發生地會在中國，但他對日俄在東北亞之爭態勢的分析，確有相當的預見性。

〈人定論〉與〈論亞東三十年中之形勢〉以事、理分離的曲折方式，從虛與實兩個面向駁斥了日人「馴服」臺灣的〈承天意論〉。太炎針對國內的黨禍，擁護康有為、批評張之洞時，時刻將道德正義與否作為判斷是非的標準；然而就日本佔領臺灣，作為佔

[31] 重野安繹，《大日本維新史》（東京：善鄰譯書館，明治三十二年〔1899年〕），頁97。

[32] 支那章炳麟，〈論亞東三十年中之形勢〉。

[33] 支那章炳麟，〈非島屬美利害論〉、〈三門割屬意國論〉，《臺灣日日新報》，1899年3月5、19日，漢文第5版。

據道德優勢的被侵害方，太炎辨析的卻始終是「實力」，而拒絕對日方進行道德批判，反倒是日本人從不忘宣傳他們所謂的仁德之政。太炎此時的心理，借用後來弟子周作人面臨日本全面侵華局面時的感受，十分貼切：「日本人最不配對中國來談什麼道德」；「日本對中國就最不講道德，帝國主義的字典上本沒有道德這一個字」；[34]「手裡拿著西洋新式的兵器，而口裡仍是說著假道學話，如王道、大乘、和平云云，乃更是由矛盾而進於滑稽矣」，「大家還是老實的憑了物質文明亦即是力來硬挺，且莫說所謂文化，強者說了是髒，弱者說了也不免是醜」。[35]太炎對帝國主義的擴張只分析物質文明的「實力」而避談「道德」；也因為日本說「道德」固然玷污此二字的神聖、是「髒」，衰弱的中國跟侵略者講道德，不僅毫無效果，還難免顯出一副乞憐的醜態而已。

三、「祝頌」與〈絕頌〉

　　章太炎〈絕頌〉的激憤，源於「祝頌」之氾濫。通覽《臺灣日日新報》，日本統治者與臺灣本地人交流有三種十分有意味的言語方式：「剿匪」、「闢謠」與「祝頌」。「剿匪」和「闢謠」是通過日本人之口描述的臺灣人，要麼是抵抗政權的武裝匪徒，要麼是聽信謠言的無知群眾，報紙上更多能聽到的臺灣人自己的聲音，可說是讚美皇國的「祝頌」。其實，大可以逆著媒體刻意塑造的方向，觀察三種言語方式背後，通過暴力方式獲得政權的殖民者與被殖民者的關係。

---

[34] 周作人（署名「豈明」），〈山東之破壞孔孟廟〉，《語絲》4卷33期（1928.8），頁41。

[35] 周作人，〈談東方文化〉（1936年12月2日），《周作人文類編》7（長沙：湖南文藝，1998），頁726。

　　即使到1898年（明治三十一年），島內「土匪」橫行，所謂「土匪」，不僅是無賴漢，還有清朝遺留的土匪問題和不滿日本統治的屯丁、礦工和坑夫等等，[36]「剿匪」新聞頻頻，恰恰是臺灣民眾抵抗運動未有止息的表現。「剿匪」新聞司空見慣，時常出現的「闢謠」報導之「謠言」則大略可分為兩類。

　　一類是抵抗勢力將捲土重來，這或許反映了臺灣人心思光復的民意。如1898年6月，廈門「謠言倡起」，「民人三三五五議論紛紛，都云廣東劉永福率領數千精裝士卒要來攻打臺灣」。[37]又如1899年4月謠傳「本島跳梁之輩，有未經就撫投誠而次第亡命出奔者，近日或傳其在異地募資集黨，效秦庭之求救圖復然」[38]等等。

　　另一類是日本統治當局官方政策的民間「另類」解讀版本。如1898年兒玉源太郎上任總督後推行懷柔新政。籠絡人心的饗老宴，宴請臺灣年滿七八十歲的老人，是其中一項。然而「街坊有一種無稽謠言，風飄草說」，「謂兒玉督憲欲假行此典，將該老人載回內地以資人人觀覽，驚得年高老人家有畏縮不前之勢」。闢謠者認為這太過荒誕，令人「不禁噴飯」。[39]事實上，臺灣的老人懼怕被拉回日本國內展覽，與日人在臺一向灌輸的「文明」觀念有關係。他們視臺灣人為「未開化地」之「蕃」，才會讓臺灣老人懷疑自己會被當作奇珍異獸展覽。又如官方欲丈量土地、定地方稅，「民間之造謠者，謂丈土地，將合墳墓溝窟，亦按額以陞科。謂定稅金，將分食器眠床，亦逐件以抽費，一人唱而眾人和。不但僻壤愚民，以

---

[36] 檜山幸夫，〈台湾総督府の刷新と統治政策の転換：明治三一年の台湾統治〉，《台湾総督府文書目録》第3卷，中京大学社会科学研究所，中華民国台湾省文献委員会監修（東京：ゆまに書房，1996），頁353。

[37] 〈廈島謠言〉。

[38] 梯雲樓主稿，〈闢謠〉。

[39] 〈立證狂謠〉，《臺灣日日新報》，1898年6月19日，漢文第5版。

此等語訛傳，即近光識字之人，亦或述此」。[40]臺民恐懼丈量土地只會加重稅負，以致連墳墓、食器、眠床都會被徵稅，這應該和他們感受到的日本的高壓統治緊密相連。

「闢謠」完全可以視為對「祝頌」的證偽。「謠言」側面呈現了臺灣民間承受殖民統治時驚惶未定的心態，普通百姓對日本殖民者的懷疑和不信任；亦間接證明了臺灣並沒有出現如「祝頌」所言的太平盛世與王道樂土，日本人營造的所謂「和諧社會」相當脆弱。「剿匪」、「闢謠」反襯下的滿紙「祝頌」文章，才格外顯得虛偽與荒誕。

在兒玉之前任總督的是乃木希典，乃木時期《臺灣新報》上的「祝頌」尤其氾濫。日本駐軍軍官的撤離、調任、履職，在報上都能讀到臺灣人的「感德書」、「送別文」，諂諛的華麗言詞愈加凸顯此類文章的空洞，但統治者或許就是需要這樣的裝飾吧。如南北投士庶投稿，讚頌辦務署長荒賀君，「才德兼備，道義素嫻，胸藏尹呂韜略，志協諸葛忠貞。弱冠公車，聯標名于史冊；壯行錦邑，丕著績于封疆。……雲漢章天，共仰星貂〔軺〕之遠布；鐘鏞震世，咸知風聲之流傳」；[41]臺中縣大肚中堡的區長、郊商投書，讚頌憲兵曹長海野謹次郎等「斷事如神，愛民若赤」；[42]數量繁夥，茲不類舉。[43]當承受讚頌的普通日本軍官每個人頭上都頂著如「雲漢章天」、「萬民戴德」的誇張道德大帽時，這樣的讚頌本身難道不是一種諷刺嗎？

---

[40] 〈勸闢訛言〉，《臺灣日日新報》，1898年9月16日，漢文第3版。

[41] 〈仁風共沐〉，《臺灣新報》，1898年1月8日，漢文版。

[42] 〈恭頌〉，《臺灣新報》，1898年1月22日。

[43] 類似的還有〈海軍少將角田秀松公榮旋北上公餞祝辭〉，《臺灣新報》，1898年1月25日；〈感其栽培〉（2月10日）；〈歌功頌德〉（3月12日）；〈感德書〉（5月20日）；〈送別文〉（5月22日）等等。

　　各地國語傳習所的開校儀式，更是「祝頌」高唱之所。1898年後台北國語傳習所大稻埕分教場，台中縣梧棲國語傳習所分教場，鹿港國語傳習所移於彰化，新竹國語傳習所中港、新埔分教場，基隆國語傳習所景尾分教場、台南國語傳習所大穆降分教場等陸續舉行開校儀式。最重要的流程當然是誦讀〈教育敕語〉，然後有教場主任「訓辭」，如謂「聖天子在於上，仁風被四海，稜威冠絕萬國矣。此故新附之民，亦浴一視同仁之皇化」；[44]生徒代表朗讀「祝辭」，如謂「嘗考唐虞之世，五穀既熟，必教人倫，孔聖之道，富庶而後則曰教之，學校之興，由來久矣，恭惟我大日本帝國天皇陛下，乃聖乃神乃武乃文，竊慮初領之地，新附之民性情各異，言語不通，故烽煙甫淨，戎馬纔平，各地建設學校其培養人材，尤殷殷之致意者」；[45]或「考之古明王棫樸作人，菁莪造士，蓋即培養人材以為鄉黨。……帝國大皇帝陛下壽考作人之思，固有此美舉也」。[46]

　　這些祝詞無一例外的都歌頌天皇的神聖，並讚美日本在臺灣推行同化政策（教習日文）如同中國古代的聖君賢主重視教育，符合孔聖之道，儒教精髓。「棫樸作人」、「壽考作人」、「菁莪造士」，更是出典《詩經・大雅・棫樸》，《小雅・菁菁者莪》，古雅文華，乃高雅的諂媚。這與其他臺民恭叩天恩、讚頌天皇、語出《詩經》《尚書》等經典的語言「相映相輝」，如謂「吾皇上陛下之天稟聰睿，眾臣庶之誠懇智果可謂窮古今之絕無而僅見者」；[47]「我天皇陛下之御宇也，聖教覃敷，文治昌明……屢見呦呦鹿鳴，

---

[44] 〈台北國語傳習所大稻埕分教場開校式諸辭報告及訓辭〉，《臺灣新報》，1898年1月19日。

[45] 〈中港國語分教場開場之狀況〉，《臺灣新報》，1898年4月1日。

[46] 〈新竹國語傳習所新埔分教場開學祝詞（續）〉，《臺灣新報》，1898年4月16日。

[47] 李春生，〈海軍少將角田秀松公榮旋北上公餞祝辭〉，《臺灣新報》，1898年1月25日。

笙簧迭奏；皎皎白駒，縶維編殷」。[48]「天亶聰睿」語引《尚書·泰誓》；「呦呦鹿鳴」，「皎皎白駒」典出《詩經·小雅·鹿鳴》、《小雅·白駒》。然而，此類雅頌太平之美辭，被放在「兵馬倥傯」[49]後的臺灣，透過鮮血的腥味，聞之不禁令人作嘔。

　　1898年兒玉源太郎任總督、後藤新平任民政長官後，《臺灣日日新報》改版，「送別文」、「感德書」等「濫竽」之讚頌有所緩解，但征服者渴望被征服者的歌頌、從而驗證自己權威的心理需求並沒有降低，只是集中到各地國語傳習所的活動及「饗老宴」等政策上。如果不了解《臺灣日日新報》「雅頌昇平」的輿論氛圍，很難理解〈絕頌〉的創作動機，亦難以體會身深陷黨禍政治漩渦、聲援康有為、思考「孔子改制」政治制度的章太炎，在急迫的時代裡，為何會跟《詩經》的一類文體「頌詩」過不去，聲明「絕」之。當然，除了報紙滿紙祝頌的大背景外，發表於1899年2月7日的〈絕頌〉，似乎還有非常具體的寫作衝動。

　　2月5日，章太炎給梁啟超的長信〈答梁卓如書〉在《臺灣日日新報》上刊載，從中國近代思想史的角度，這兩位重要人物間涉及孟荀異同、鬼神等儒教問題的對話相當有分量。然而，在報紙刊載時，這篇文章被置於版末，同一版上臺南第一公學校速成科的〈卒業祝詞〉結結實實地壓在了章太炎文章的前面。報紙排版的輕重緩急，當然體現著日本主持者的權重考量。但太炎應該因關心自己文章的發表，而閱讀過這篇用中國「頌」詩的體式，以臺灣人的身分，頌揚天皇、讚美日本「皇化」的文章吧。讀該文後的激憤之感，恐才是提筆創作〈絕頌〉的導因。

---

[48] 沈傅、黃舟，〈恭叩天恩小引〉，《臺灣新報》，1898年1月10日。

[49] 如《臺灣新報》1898年1月1日〈特別廣告〉就稱：「本嶋新屬帝國領土，承兵馬倥傯之後，係百事草創之際。」

　　據報導，臺南第一公學校速成科卒業儀式當日，「設明倫堂，綵旗懸日，翠幙揚風，花語草香，鵲笑鳩舞」，四年級生總代黃辛夷撰祝詞一篇，文章追溯學校的由來，「竊聞天地大，生成萬物，咸知造就，帝王宏，教養人材，胥受範圍。是以臺閣煥經綸，南鰈西鶼，同敷雅化」，隨即歌頌天皇對臺灣教育的重視，「今上天宣聰明，皇圖普治，陛繪鸞旗之典，下頒鳳詔之書，訓誥輝煌，海隅率俾」；最後代表學生立誓「庶幾上報天皇教養之恩，無負造物成之德，而列憲栽培之功，亦感且不朽矣」。文後還附有一首四言頌詞，內言「日出扶桑，國運丕昌，臺隸版籍，南東我疆」，「生逢盛世」，「業精在勤」[50]等等。好一派盛世歡歌、皇恩浩蕩、萬民稱頌的場面。

　　太炎既要戳破這一偽景幻象，又盡量避免與日本報人起正面衝突，他選擇了從批評古老《詩經》中「頌」的文體入手，是之謂〈絕頌〉。文章先追溯「頌」之源流：

> 詔諛之美名謂之頌。古者之有頌，其注盛德，足以高世，故受之而無所忸。且非其臣子，固莫為言者。然大小〈雅〉至百篇，而〈頌〉特三十一章，亦各惜其詞矣。自尊主抑臣之論作，而詔諛取容之士以頌自效。然法家之真者，固未嘗以頌為韙。韓非曰：「鐘鼎之銘，皆華山之棋、番吾之跡也。」雖李斯之頌秦皇帝，刻石于會稽諸山者，其言猶有分際。試取〈封禪典〉引以校李斯之文，則其誇誣翔實為有間矣。夫倡法家之說者，莫過韓非。竊法家之說，而以文其尊主抑臣之義者，莫過李斯。然絕之者至甚，而用之者其歸美僅如是。[51]

---

[50] 〈卒業場式〉、〈卒業祝詞〉，《臺灣日日新報》，1899年2月5日，漢文第5版。
[51] 支那章炳麟，〈絕頌〉，《臺灣日日新報》，1899年2月7日，漢文第3版。

　　太炎既肯定古老的「頌詩」在上古三代的確是人們衷心表彰聖賢的心聲，所歌頌者因自身的盛德，有資格毫無慚愧地接受。儘管如此，古人對受頌者的德行要求極為苛刻，所以比起描述士民生活的大小〈雅〉達百篇的數量，諂諛之文，周、魯、商三〈頌〉僅三十一章。同時他又表明「尊主抑臣之論」盛行，法家治理體系逐步完善之後，「頌」卻成為諂諛取容之士的工具。太炎認為法家並不忌諱言頌，但或如法家的倡導者韓非子根本否認「頌」的道德價值，或如竊法家之說而用之的李斯，懂得非常有分寸地運用頌。

　　韓非子否定頌詩道德層面的價值。《韓非子·外儲左上經三》曰，「且先王之賦頌，鐘鼎之銘，皆播吾之跡，華山之博也。然先王所期者利也，所用者力也」。「播吾之跡」的典故是趙武靈王（主父）命令工匠使用帶鉤的梯子登上播吾山，在上面刻上寬三尺、長五尺的腳印，並刻上「主父常遊於此」的文字。「華山之博」說的是秦昭王命令工匠使用帶鉤的梯子登上華山，拿松柏樹的樹心做了一盤棋子，並刻上字，昭王曾經在這裡與天神打過棋。[52]韓非子認為先王的賦頌和鐘鼎上的銘文，都不過如播吾山上的足跡與華山上的棋子一樣，一場騙局而已。古代的帝王所期望的是自己的利益，所使用的卻是讚頌他的人的力量。劉勰《文心雕龍》亦曰「趙靈勒跡於番吾，秦昭刻博於華山，夸誕示後，吁可笑也！」[53]章太炎在《臺灣日日新報》滿紙的祝頌之文中，看到的正是統治者為實質利益，自我誇誕的可笑吧。

　　章太炎特別選用法家對「頌」，「絕之者至甚」、「用之者」「言猶有分際」的態度，含蓄批評報紙上的頌詩，還跟章太炎對日本自江戶時代荻生徂徠與太宰春臺以降思想的認知有關。太炎《訄

---

[52] 王先謙，《韓非子集解》（北京：中華書局，2003），頁262-263、276。

[53] 劉勰，《文心雕龍·銘箴》，《文心雕龍譯注》（南京：江蘇教育，2005），頁187。

書》初刻本以〈尊荀〉始，他認為荀子講求合群明分的禮俗外治之
學，相比於孟子的心性之學，更得孔子真傳。在給日本學者照井一
宅的遺書題序時，章太炎寫道：

> 仲尼不死，荀卿不作。荀卿作，孟氏不得不斂衽。程、朱、
> 陸、王之橫出，推孟子祀之于明堂，而荀學不得不為虛屬。
> 顧、閻起于西，物、太宰起于東，稍崇漢學，則心性始絀。[54]

　　在給好友館森鴻的《拙存園叢稿》作序時，太炎又將「物、太
宰之學」與中國的惠、戴相提並論。[55]在他看來，日本的物（荻生
徂徠）、太宰（太宰春臺）與清代樸學顧炎武、閻若璩、惠棟、戴
震等，是兩國孟子心性之學漸衰、荀子漢學逐步興盛的表徵。當
然，韓非、李斯學出於荀子，認同荀子的「性惡」說及禮樂隆盛
之治，必會導向欣賞法家。尊荀的太炎，對法家也頗為讚賞，聲明
「儒者之道，其不能擯法家，亦明已」，[56]太炎此時「尋求政術，歷
覽前史，獨於荀卿、韓非所說，謂不可易」。[57]他已比較明確地認知
到，日本明治維新的思想動力之一是江戶時代荀學興起推動的法家
治理觀念；[58]〈絕頌〉提及法家「尊主抑臣之論」，也很可能影射日

---

[54] 章太炎，〈照井氏遺書序〉（1899），關儀一郎編，《日本儒林叢書》第六冊（東京：東洋圖書刊行會，昭和四年〔1929年〕）；照井一宅，《莊子論》，卷首，頁1、2。

[55] 章太炎，〈《拙存園叢稿》後序〉（1901），稱「日本館森子漸者劬為經術，彈見惠、戴以降及物、太宰之學，治其國古史又為革政諸臣事狀」。《拙存園叢稿》，卷8（東京：松雲堂書店，大正8年〔1919年〕），後序，頁2。

[56] 章太炎，〈儒法〉，《訄書》初刻本，《章太炎全集・三》，頁10。

[57] 章太炎，《菿漢微言》，《菿漢三言》（瀋陽：遼寧教育，2000），頁60。

[58] 中文研究中，韓東育，《日本近世新法家研究》（北京：中華書局，2003）以荻生徂徠與太宰春臺等為對象，展示了明治維新前江戶思想所發生的「脫儒入法」運動這一歷史性轉變，可以佐證太炎的認知。

本「國體論」天皇地位神聖不可動搖。但太炎認為真正的法家，雖有「尊王」之說，但無論是韓非，還是李斯，或者絕頌，或者言有分際，根本不會去「誇誣」的媚上。章太炎〈答學究〉等文顯示，中國儒學中，追求正義公道的善之治理的「革命」，是政治倫理的根柢、君臣關係是基於天地間道義的契約關係，日本無條件忠君之「儒」，不是中國的「真儒家」；〈絕頌〉進一步指出，日本媚君之「法」亦非中國的「真法家」，這確實是非常有意味的發現。

太炎認為，「後世之為頌，垂頭悲鳴，以覬旦夕之廩祿者，特人主迫之，使必出于是也」，君權的淫威才是頌詩頌文不衰的根源，諷刺的是，「頌」的存在，恰恰是人主「自彰其過，而非以自彰其美」的表現。太炎的話鋒隨即轉到當下：

> 至于今世，則雖有成、康之德，而〈周頌〉亦不得作，又非直漢、唐以來誇詞之當絕也。何者？懷隨侯之珠、結錄之璧而以自衒者，其取信必不遽于市人之稱譽。古者五洲未開，文教未被，與自冠帶之國而外，不過蠻夷；蠻夷之言，不足以為法，故使蠻夷頌之，誠不若使其臣子頌之之為得也。今者四鄰之國，皆文明矣。伐有可旌，德有可錄，必無不著之豪素以頌其美者。有鄰人之頌而臣子復自頌之，是不足于市人之稱譽，而復以其美自衒，斯則適以取疑，而非以取信也。由是言之，頌之當絕，豈不信哉！[59]

太炎用世界交通發達、文明普及帶來的評價機制轉變，看待「頌」這個文體。現代社會必須斬絕「頌」，即使出現「成、康之德」，太平盛世，也不能再現〈周頌〉。原因是「四鄰之國，皆文明矣」，周邊的國家都逐步進入現代文明社會，即使統治者的確

---

[59] 支那章炳麟，〈絕頌〉。

「伐有可旌，德有可錄」，也大可由鄰國來做客觀評價。令臣子作頌來為自己歌功頌德，「以其美自衒，斯則適以取疑，而非以取信也」，不僅不能表彰自己的美德，反而足以使市人懷疑統治者的心術與治術。此言當然具體針對明治後以「文明國」自詡，但臣子仍頻頻稱頌天皇的日本，同時，也試圖為即將步入現代社會的儒教文明建立新的「治者」與「被治者」間的話語交流方式。

〈絕頌〉篇末辨析「祝」和「頌」兩種文體「名相類而其實固殊」，批評〈卒業祝詞〉那樣的文章，打著「祝」的旗號，行的是「頌」的事實。因為「祝」只是「驪歌祈福之言」，「頌」則是媚上的表德之文。民間社會日常生活中「祝壽」等祈福性的話語，屬人之常情，可以保留；但頌揚的諂媚之語，則「一切當付有司燔之，使無餘燼而後已」。

章太炎抵制《臺灣日日新報》上的「頌」，並斷然拒絕給予頌詩頌文在現代社會中任何空間，一定要把儒家經典中崇高絕美的雅頌拉下馬，其反傳統的姿態激烈如斯，大概可以用周作人後來〈逆輸入〉予以解釋。1927年日本相法大師川西龍子來北京相面，周作人憤而提筆，曰，「日本文化裡的謬醜的東西，特別是根本於中國的，我們難免感到一種厭惡，尤其是他要逆輸入到中國來的時候」。[60]對天皇無條件地效忠和諂諛，或許就是日本近代「國體」中謬醜的東西吧，當它用根本於《詩》《書》中雅頌的語詞包裝後逆輸入到臺灣、後隨著日軍侵華的腳步逆輸入到大陸，成為「王道」的宣傳品時，對中國知識人的刺激尤大。而當太炎決絕但自信地擯棄、否決「頌」時，或許同時又有另一種有資格處置自己文化的驕傲心情在背後，即「中國的文化以及一切道德都是自己的，並不是借來的。

---

[60]　周作人（署名「山叔」），〈逆輸入〉，《語絲》132期（1927.5），「中國現代文學史資料叢書」（乙種）（影印本）（上海：上海文藝，1982），頁12-13。

自己的東西要的時候就要，不要時也就可以丟開，不必問別人的意見。中國舊道德的應因應革我們全有自主之權，日本毋庸容喙」。[61]

四、〈儒術真論〉的成立

　　當然，章太炎以〈絕頌〉抗拒「祝頌」，既不能阻擋日本殖民者需要「誇讚」的欲望、王道宣傳的政策，更不能消除接受「國體論」教育的日本臣子對天皇、對超絕於人間的神之衷心歌頌。太炎隱晦曲折、精心結撰的幾篇文章，〈人定論〉號召根本摒棄天意、神道的價值固然是自說自話，〈絕頌〉呼籲斷絕歌功頌德之詩文也只能碰壁而已，絲毫不能改變《臺灣日日新報》的方向，更遑論日本對臺灣的統治政策了。日本殖民當局1899年3月花三十萬元，修建臺灣神社，紀念於征臺過程中染疾而亡的皇族北白川宮能久親王；[62]4月9日總督兒玉源太郎在臺中縣彰化中學校內再舉行「饗老宴」，依然渴求的是老人們「伏願鏡清砥平，攘槍悉靖，於以奠聖天子億萬年之丕基」，「願爵帥精神矍鑠，如喬松之壽，更願天皇陛下萬壽無疆，受天之佑」[63]的頌聲。對此，章太炎無可奈何，既然說也無用；沉默，或許算一種抵抗吧。4月「饗老宴」後，除了連載宣傳實驗之學的〈東方格致〉，[64]太炎幾乎不再於《臺灣日日新報》上發表論文。唯一的例外，是4月19日的〈書甘莊恪公事有感〉。

　　〈書甘莊恪公事有感〉講述康熙末年甘汝來任淶水知縣，在「滿蒙暴橫，視漢民如臺隸」的民族壓迫情況下，斷然拘繫毆打漢

[61] 周作人（署名「豈明」），〈山東之破壞孔孟廟〉。

[62]〈臺灣神社建設工事の着手〉，《臺灣日日新報》，1899年3月11日，日文第2版。

[63]〈饗老紀略〉，《臺灣日日新報》，1899年4月15日，漢文第3版，「島政」欄。

[64] 章炳麟，〈東方格致〉，《臺灣日日新報》，1899年4月6、7、8、9、11、12、13、14、15、16、20、21、25日。

民的滿人侍衛畢里克，贏得民心的故事。太炎感慨曰：「吾安知夫
文明進步之國，非有大吏撫循于上，而旽隸恣睢于下者乎？其勿知
則已矣，知之而勿問、問之而或戾其曲直，則達于兼愛之道而不足
以懷遠人」。[65] 他不但逐漸將日本對臺灣的佔領與當年滿人入關統
治漢人的歷史加以類比，還委婉勸戒臺灣的統治者，既然自稱「文
明進步之國」，就應該消除日本人作為統治者的特權，真正行仁
政、善政於地方。這可視為在無力改變臺灣的統治與歸屬局面的情
況下，太炎對日人的臨別贈語吧。

　　太炎在臺灣的經驗，及伴隨的一系列思考、論爭，雖然無助於
改變日人治臺的任何細節；但卻潛在刺激並影響了他自身對儒教思
想的認知和判斷，從而直接作用於中國近代儒教轉型及經今古文學
論爭的格局。〈儒術真論〉的出爐就是最明顯的表徵。

　　〈儒術真論〉從1899年8月17日至1900年2月10日，連載於
《清議報》第二十三、二十四、二十五、二十八、三十、三十一、
三十二、三十四冊「支那哲學」欄，從時間上推算，在太炎自感
「旅食臺灣，不怡于眾」、1899年6月「東詣日本」[66]之後。〈儒術真
論〉由正文及兩篇附文〈視天論〉、〈菌說〉三部分構成。理解章
氏早期思想的格局及太炎對儒術的認知根柢，〈儒術真論〉都是至
關重要的作品，太炎本人對此文也特別重視。1900年4月他回上
海後，致信夏曾佑，表明自己曾「以拙著二種示之」嚴又陵，對
照嚴復致章太炎的回信，所謂「前後承賜讀《訄書》及〈儒術真
論〉」，[67]可知〈儒術真論〉與《訄書》，正是贈與嚴復的得意之作。

---

[65] 支那章炳麟，〈書甘莊恪公事有感〉，《臺灣日日新報》，1899年4月19日，漢文
　　第3版。

[66] 章太炎，〈旅西京記〉，《章太炎全集·四》，頁142。

[67] 章太炎，〈致夏曾佑〉、〈嚴復致章太炎〉，朱維錚、姜義華編著，《章太炎選集》
　　（上海：上海人民，1981），頁110、112。

　　這裡就要談談〈儒術真論〉和《訄書》的關係。〈儒術真論〉和《訄書》並非關涉不同主題的兩部作品，而是有互文關係的著作。〈儒術真論〉附文〈菌說〉發揮荀子性惡論，闡述合群明分、禮樂外治之政治哲學，可與《訄書》〈尊荀〉、〈儒法〉、〈平等難〉、〈明群〉、〈商鞅〉、〈正葛〉諸篇對照互觀。〈儒術真論〉正文及附文〈視天論〉涉及的宇宙天體知識，與《訄書》〈公言〉（上）、〈天論〉相重合。而〈儒術真論〉對「感生」說的駁斥，與《訄書》〈獨聖〉（下）相似。〈儒術真論〉正文判斷真儒術的價值核心，並以此為標準安排相關儒家人物的座次，如謂「仲尼所以凌駕千聖，邁堯舜，軼公旦者，獨在以天為不明及無鬼神二事」；[68]乃至論述《易》「精氣為物」、「游魂為變」的原理，更和《訄書》的〈榦蠱〉篇完全相同，只是在表述上〈儒術真論〉行文頗恣肆，〈榦蠱〉則修飾得更簡練，像是〈儒術真論〉的精編本。在太炎未來對《訄書》的數次修訂中，〈榦蠱〉篇進入《訄書》重訂本時更名為〈原教〉（下），進入《檢論》時則編入〈原教〉，主體內容一直被保留。可以說，〈儒術真論〉思想構成了太炎對儒教的根本認知，這一認知在《訄書》重訂本及《檢論》中非但未刪除，反而得到沉澱與強化。

　　〈儒術真論〉的出爐，當然是太炎稟承清代樸學無徵不信的科學傳統，融會西方近代科學知識，長期思索的結果。然而，在〈儒術真論〉的邏輯得以「成立」的所有文化資源中，不能忽視中日之間那一層跨文化的觸膜，即臺灣的殖民地經驗，尤其是近代日本以儒教個別條目、觀念及言語包裝的「國體論」意識形態對太炎的刺激。因為，第一，就時間點來看，〈儒術真論〉恰好刊於太炎剛離臺之後，大有總結〈絕頌〉、〈人定論〉等文的用意，內涵上

---

[68]　章氏學，〈儒術真論〉，頁1507。

也的確與此兩文前後相繼；第二，太炎甫抵臺後，1899 年 1 月 8 日在《臺灣日日新報》上曾發表〈視天論〉，而《清議報》〈儒術真論〉附文之一也是〈視天論〉，兩篇〈視天論〉不但題目相同，主體內容也幾乎一致，只是在結尾的論述方向上出現了差異。〈儒術真論〉對〈視天論〉的修改，最終是為了和〈儒術真論〉的正文形成完全呼應。因此，可以大膽推測，太炎旅居臺灣半年的經驗，就是〈儒術真論〉、〈視天論〉結尾發生改變的觸因，也構成〈儒術真論〉成立的部分背景。換言之，從〈視天論〉兩個結尾的差異出發，可以窺知臺灣經驗對近代儒教自我認知的作用。

　　《臺灣日日新報》〈視天論〉與《清議報》〈儒術真論〉附錄〈視天論〉皆是講述近代天文學，宇宙、太陽、行星運轉的知識，以啟蒙理性的姿態，破解古往今來人們對「天」迷妄的認知，批評上帝、造物主的神話，揭示人類蒙昧時代宗教信仰的虛妄。《臺》報版結尾曰：

> 嗚呼！吾輩生息壤間，豈不若蝸牛之角哉？以星體而論，北極最大，古人以北極為帝星，或亦有見于此。雖然，天且非有真形，而況上帝哉？古者言帝，亦猶言道言自然而已。墨子泥之、耶穌張之，斯其尊信也過矣。[69]

《清議報》〈儒術真論〉所附〈視天論〉結尾是：

> 以恆星之體言，北極最大，古者以北極為帝星，宜亦有見于此。雖然，圓球則無不動也。北極雖大，寧獨無所繞乎？若是則天固非有真形，而假號于上帝者，又安得其至大之盡限而以為至尊也。故曰：知實而無乎處，知長而無本剽，則上

---

[69] 菿漢閣主稿，〈視天論〉，《臺灣日日新報》，1899 年 1 月 8 日，漢文第 5 版。

帝滅矣，孰能言其造人與其主予多殃慶耶？綦文理，制等
殺，則曉然可見可捫者，以日為繼晷而已。日雖能以光熱生
白昌，若養氣熅火之活人，猶非能以其知識為予奪殃慶耶！
嗚呼，吾于是知神道設教之故矣。佛氏之約，不得祠諸天鬼
神，窮理盡性，斯可謂大智哉！然而復謂以世界付帝釋者，
其諸婆羅門之信金人，非以權辭誘之，則不能致其尊信歟？
叡哲如公旦，其知上帝之有無，與不知上帝之有無，吾不敢
知也，苟知之則其心苦矣。[70]

　　太炎根本否認人格神上帝的存在，抨擊尊信天神與上帝的思
想。《臺》版〈視天論〉曰「墨子泥之、耶穌張之」，將矛頭指向
中西的宗教家墨子、耶穌。然而《清議報》版〈視天論〉卻反思
一切「神道設教」的主張。如佛教雖有「大智」，「不得祠諸天
鬼神，窮理盡性」，但卻「復謂以世界付帝釋者」，保留了最高的
神。如《易·觀》彖辭之言，儒教內部同樣殘留周公旦「以神道
設教，而天下服矣」的思想。批評佛教，「救浮屠之害政、絕桑門
之蠱俗」，固然是章氏庚子前後思想的主題之一，但他同時認定
「儒、佛、莊子三家，皆屬理想，亦皆參與實驗，較之祆教各家，
誠若玉之視燕石矣。而佛必以空華相喻，莊子間以死沌為詞，斯其
實之不如儒者」。[71]儒家比西方的祆教（這裡是對基督教的蔑稱）、
東方的佛、道都高明，前提必須是要摘除儒家內部那些「空華」、
神道設教的部分。因此，以「真儒術」來廓清「偽儒術」就成為當
務之急，這也即是〈儒術真論〉正文核心。

---

[70] 章氏學，〈儒術真論〉附〈視天論〉，《清議報》第25冊，1899年8月26日，頁
　　1644；《清議報》第28冊，1899年9月25日，頁1835。
[71] 章氏學，〈儒術真論〉附錄，《清議報》第32冊，1899年12月13日，頁2104；
　　《清議報》第29冊，1899年10月5日，頁1903。

由此可見，《臺》報版與《清議報》版〈視天論〉的根本區別，不在批評天神上帝的虛妄；而在批評對象的轉移，從墨子、耶穌，落實到佛、儒，一定要辨明「偽儒」與「真儒」。換句話說，臺灣的跨文化經驗真正刺激太炎的地方，恐怕是將日本近代國體論吸附的那些儒教倫理條目和敬天明鬼意識，納入到中國儒教自身的脈絡反省。「敬天尊鬼」並非墨子、耶穌專有，儒教自身亦有「神道設教」、敬天明鬼的部分，是在樹立「真儒術」時必須切除的「偽」之病灶。〈視天論〉「睿哲如公旦，其知上帝之有無，與不知上帝之有無，吾不敢知也，苟知之則其心苦矣」，呼應的正是〈儒術真論〉「仲尼所以凌駕千聖，邁堯舜，軼公旦者，獨在以天為不明及無鬼神二事」。在儒家的聖人序列堯、舜、禹、湯、文、武、周公、孔子中，章太炎於周公和孔子間劃了一「沾偽」與「純真」的界限。

當章太炎的「孔子」凌駕諸聖之上、成為創制「真」儒術之「素王」時，章太炎已經決意以是否「敬天明鬼」為依據，要和康有為進行一場「孔子」的爭奪戰。章太炎在〈儒術真論〉前署名「章氏學」，看似循古人著述署名之成例，但比較太炎同時期文章「支那章炳麟」、「臺灣旅客」等署名，則殊不尋常。應該講，〈儒術真論〉「章氏學」之署名與《訄書》〈榦蠱〉自稱「章子」[72]象徵意義一致，都是章太炎學問的主體獨立意識橫空出世的標識，要挑戰的當然是「康子」康有為。

《清議報》「支那哲學」欄刊出〈儒術真論〉前，一直在連載譚嗣同的《仁學》和康有為〈闔闢篇〉、〈未濟篇〉、〈理學篇〉、〈愛惡篇〉、〈性學篇〉、〈不忍篇〉、〈知言篇〉、〈濕熱篇〉、〈覺識篇〉（現統稱為《康子內外篇》），及體現經今文學立場的〈讀春秋界說上〉、〈讀孟子界說〉，梁啟超演繹康氏宗教改革思想之

---

[72] 章太炎，〈榦蠱〉，頁34。

〈紀年公理〉、〈論支那宗教改革〉。[73] 章氏赴日後曾寄寓於橫濱《清議報》館內，應閱讀過前此諸文，〈儒術真論〉的發表也未嘗沒有區別譚、康、梁，獨樹一幟的用意。

康有為自稱「康子」，以「深思天人之故」自命。他不但推崇「敬天」，如〈未濟篇〉謂「人之氣質，受成于地，感生于山川物質，觸遇于風露寒暑，爭欲相熾，心血相構，奈之何哉！躁者不知察此，急于一時以赴事功，事功有天焉，即天眷助之，其成也于人之益無幾矣」；[74] 而且包容「明鬼」，如〈性學篇〉稱「鬼神巫祝之俗」與「君臣父子夫婦兄弟之倫，士農工商之業」、「詩書禮樂之教，蔬果魚肉之食」一樣，皆屬「孔氏之教」。「鬼神巫祝」的信仰民俗本乎人性，聖人只是「調停于中，順人之情，而亦節人之性」，[75] 勸導民眾勿氾濫、尚節制而已。康有為還為天下與中國，勾勒了「其覺識益大，其愛想之周者益遠」的人物譜系，認為「堯、舜、禹、湯、孔、墨，是其人矣」。[76] 將具有「天志」、「明鬼」思

---

[73] 《清議報》「支那哲學」欄中，譚嗣同《仁學》連載於第2、3、4、5、7、9、10、12、14冊；康有為的《康子內外篇》諸文，則連載於第11、13、15、18、19冊。事實上，譚嗣同《仁學》、康有為《康子內外篇》、章太炎〈儒術真論〉涉及到人性論時，論點相當接近，三部作品的比較及可能存在的影響、對話關係，是值得進一步研究的問題。〈讀春秋界說上〉載於第6、8冊。〈讀孟子界說〉，載於第21、22冊。梁啟超〈紀年公理〉及〈論支那宗教改革〉分別載於第16、19、20冊。

[74] 康有為，〈未濟篇〉，《清議報》第13冊，1899年4月30日，「支那哲學」欄，頁813。〈未濟篇〉提出天人問題，成敗在於天命，「事何必求其成」，與康氏戊戌變法失敗，自我安慰的心理十分吻合。由此，雖然〈闢闔篇〉後表明此為「南海先生二十歲前舊稿」（《清議報》第11冊，1899年4月10日，頁685），考慮到康氏向有「倒填日期」的習慣，〈未濟篇〉的成文時間值得懷疑。

[75] 康有為，〈性學篇〉，《清議報》第15冊，1899年5月20日，「支那哲學」欄，頁953、952。

[76] 康有為，〈覺識篇〉，《清議報》第18冊，1899年6月18日，「支那哲學」欄，頁1164。

想的墨子歸入傳統儒家聖人譜系之列；兼容墨家，符合康有為以基督教為參照，對儒教進行宗教改革的思路。而且，如此改革的基礎在於，墨學與儒學共同享有「天」的部分理論範疇，尤其是宗教信仰層面。[77]當然，康有為的「敬天明鬼」，無論是倫理根柢、所涉中國文化的歷史背景與現實關懷，都和近代日本國體論吸附的「天」與「鬼」，有本質上的差異，不過所用的漢字符號相同、描述的對象也都涉及人的感性經驗而已。

　　章太炎《臺》報版〈視天論〉批評墨子，對儒學與墨學共用的「天」之理論範疇部分幾乎不予置評；《清議報》版〈視天論〉抵制儒術中「敬天」的「偽儒」，意味著太炎要樹立的「真儒術」，是完全不能和墨學有任何瓜葛的思想。從不否認儒學墨學或許於源頭處有相似點，到聲稱「真儒術」與墨學完全不能有任何交集，這種非此即彼、非友即仇，敵我勢不兩立的姿態，如果說不了解太炎在臺灣耳聞目濡的經驗衝擊，及之前〈人定論〉、〈絕頌〉等文的決斷，大概很難完全準確地予以理解和把握。而這樣的思路卻恰恰構成了〈儒術真論〉正文的邏輯結構，即「真儒術」不是從「六經」之記錄甚至孔子本人的任何言論出發，竟然是通過《墨子》中墨學的論敵之口闡述出來的！

　　〈儒術真論〉認為自戰國之季，儒術「已有雜糅無師法者」，秦漢時期諸術攙雜的情形愈演愈烈，董仲舒、劉向等「已不能以一家名」，公孫弘、張湯之法行，「而儒雜刀筆」，「參以災祥鬼神，而儒雜墨術」。儒術之真，只在「《墨子・公孟篇》公孟子、程子與墨子相問難者，記其大略」。[78]1897年章氏寓居上海時，和

[77] 關於諸子在天人問題上的異同，儒家與墨家「敬天」說的關係，傅斯年〈性命古訓辨證〉第3章「諸子天人論導源」可參。《傅斯年全集・二》（長沙：湖南教育，2000），頁594-604。

[78] 章氏學，〈儒術真論〉，頁1505。

他身邊的朋友曾積極閱讀討論康氏《新學偽經考》與《孔子改制考》，[79]可以說，章太炎從諸子學出發論證孔子為玄聖素王，及由此總結出「真儒術」的思路和方式，與康有為《孔子改制考》完全一致。以康對《墨子‧非儒》的評註為例，一方面認為墨子言說了孔子之「真」，因為「賴墨子此文」，可以考見孔子三年喪、親迎、立命等「傳教之法」；另一方面又指出「墨子在孔子之後，有意爭教，故攻孔子者無所不至」，[80]很多材料都是誣衊孔子，遮蔽了孔子之真。說到底，如何判定《墨子》所言儒術之真偽，孰捨孰取，其實更多的依賴於擇選者自身的主觀意識和能動性。章太炎提煉「真儒術」的方式與康有為如出一轍，他得出的「真儒術」之結論，卻與康氏大相反悖，很有「師夷長技以制夷」的意味。

章太炎採《墨子‧公孟篇》三段引文：

> 1. 公孟子謂子墨子曰：「昔者聖王之列也，上聖立為天子，其次立為卿大夫。今孔子博於詩書，察於禮樂，詳於萬物。若使孔子當聖王，則豈不以孔子為天子哉！」
> 2. 公孟子曰：「無鬼神。」又曰：「君子必學祭祀。」子墨子曰：「執無鬼而學祭禮，是猶無客而學客禮，是猶無魚而為魚罟也。」
> 3. 子墨子謂程子曰：「儒以天為不明，舊脫天字，畢本據下文增，以鬼為不神，天鬼不說，此足以喪天下。」

章氏憑此與康有為爭奪「真孔子」，用心有二：

---

[79] 相關詳情，可參孫寶瑄，《忘山廬日記》1897年10月以後的記載（上海：上海古籍，1983）。

[80] 康有為，《孔子改制考》，《康有為全集‧三》（北京：中國人民大學，2007），頁186。

　　第一，康章雖同以孔子為聖王，章太炎抬出第1條公孟子論孔子的材料，表明自己在承認孔子為聖王的依據上與康氏分庭抗禮。在該條目下，章氏按語為：「玄聖素王，本見《莊子》。今觀此義，則知始元終麟，實以自王，而河圖不出，文王既喪，其言皆以共主自任，非圖讖妄言也。……知此者獨有梅子真爾？」[81]與〈客帝〉一樣，章氏此時期文章凡提及西漢經學家梅福（字子真），皆指涉康有為，此處亦不例外。[82]康氏《孔子改制考》引《莊子·天道》「恬澹，元聖素王之道」證明「孔子為素王」[83]。章太炎卻反問，「知此者獨有梅子真爾？」難道知道孔子為素王的只有康有為一人嗎？難道只有《孔子改制考》所引《莊子》的證據嗎？公孟子同樣曾言孔子為聖王，章太炎也同樣有資格來定義儒術。康有為論證孔子為素王時，的確未採用《墨子·公孟篇》的材料，原因恐怕是《墨子》原文中，公孟子的言說後，有墨子對孔子為聖王的批評，認為孔子不講「尊天、事鬼、愛人、節用」之知，只重視《詩》、《書》、《禮》、《樂》詳博之學，如果說可以稱天子，那不過是「數人之齒以為富」，數著別人刻在竹契上的齒刻而自以為富有而已。墨子對孔子學說的總結，所謂不講「尊天事鬼」，對孔子地位的評價，都是康有為絕不能接受的。

---

[81] 章氏學，〈儒術真論〉，頁1507。

[82] 章太炎，〈客帝〉，《訄書》初刻本（《章太炎全集·三》，頁65-69）三次提到西漢經學家梅福，其所言的梅福思想都指涉此時期康有為的思想，筆者另有別文考釋。

[83] 康有為，《孔子改制考》，《康有為全集·三》，頁104。康有為多次引用《莊子》言論，證明孔子為聖王。除了〈天道〉篇外，還比較喜歡本於〈天下〉篇的「莊子以為本天地，育萬物，大小精粗本末，四通六辟，無乎不在，推為神明聖王」（如康有為，〈請尊孔聖為國教立教部教會以孔子紀年而廢淫祀摺〉，《康有為全集·四》，頁97）。

　　第二，〈儒術真論〉引《墨子・公孟》的三段話，《孔子改制考》皆以為是「異教相攻不可聽聞」。[84]然而，康之所棄，正是章之所取也。章引第2條「公孟子曰無鬼神」，《孔子改制考》批註為「儒者未嘗言無鬼神，而公孟子言之，未知是墨子藉以自張其說否？墨子主張明鬼，立意難儒，大義所在，故欲自專其義也」。[85]康有為認為這是墨子為了將「明鬼」一意據為己有，而否認儒學在某些層面上共用此義、「立意難儒」的表現。章太炎卻堅持「仲尼所以凌駕千聖，邁堯舜，轢公旦者，獨在以天為不明及無鬼神二事」，並再次重申〈人定論〉、〈視天論〉的觀點，援引近代天文宇宙知識，力陳「天本無物」、駁斥上帝鬼神說的虛妄；強調「墨家敬天尊鬼，遂與儒術相訾」，[86]一切敬天明鬼之說，皆與真儒術無緣。

　　「六經」二千年來陳述儒術真理的地位神聖不可動搖，章氏〈儒術真論〉不從「六經」出發；《論語》是記載孔子言行的作品，章氏自己亦嘆服孔子為玄聖素王，〈儒術真論〉也不從《論語》出發，卻擷拾儒學曾經最大的論敵《墨子》中一二語予以發揮，所為何來？

　　首先，不從「六經」出發。因為「《詩》《書》所記，言必稱天」，[87]敬天祈上帝話語之氾濫使其根本不能為太炎心中與「敬天明鬼」無緣的真儒術，提供支撐。太炎直言，「六經言天言帝，有周公以前之書，而仲尼刪述，未或革更」；並在世界歷史與比較文化的背景下進行分析，認為「太古民俗，無不尊嚴鬼神，五洲一也。

[84] 康有為，《孔子改制考》，頁202。
[85] 同前註，頁187。
[86] 章氏學，〈儒術真論〉，頁1507；《清議報》第25冊，1899年8月26日，頁1641。
[87] 梁啟超，〈志三代宗教禮學〉（1918），《飲冰室合集・專集》49（上海：中華書局，1936），頁1。

感生帝之說，中國之羲、農，日本之諾、冊二神，印度之日朝、月朝，猶太之耶穌，無不相類。以此致無人倫者，中外亦復不異」。天帝與感生之說，造成「夏、商以來，六世而通婚姻」，倫理廢弛。自周朝起，文教和人道精神勃興，顯示周公旦高於堯舜武湯，但是他仍舊「依違兩可，攻其支流，而未堙其源窟」，比如《詩經・大雅・生民》篇「猶曰履敏，則獷俗雖革，而精意未宣，小家珍說，反得以攻其闕」，造成《詩》《書》中殘留了大量的「天」「帝」之言。相較而言，「惟仲尼明于庶物，察于人倫，知天為不明，知鬼神為無，遂以此為拔本塞源之義，而萬物之情狀大著。由是感生帝之說詘，而禽獸行絕矣。此所以冠生民橫大陸也」。[88] 章太炎堅信，反對禨祥感生之說、完全擯棄周公旦都未曾徹底革除的「史巫尸祝」文化，乃「仲尼橫于萬紀」[89]的主因。

　　既然確認「知天為不明，知鬼神為無」是真儒術或曰真理的標準；而《詩》《書》為代表言天言帝的「六經」實在不能承載如此的真理。那麼在中國思想文化史中曾處於核心地位的「六經」，就一無是處了嗎？解決「六經」的價值問題，恐怕就成為自認「上天以國粹付余」[90]的章太炎必須直面的問題，而這是後來「六經皆史」的古文經學基本立場樹立的邏輯起點。簡單的說，從〈儒術真論〉、《訄書》初刻本的〈獨聖〉（下）等文章從世界歷史視域中考察《詩》《書》，認為它們的記載表明五洲上古民俗具有相似的特點，到《訄書》重訂本〈清儒〉將這一視野推廣到《易》《樂》《禮》《春秋》，正顯示了太炎認知漸次清晰，思想逐步推進的軌跡。當太炎把經今文家的六經闡述，完全歸入「神話之病」、「以

---

88 章氏學，〈儒術真論〉，頁1508；《清議報》第24冊，頁1563。
89 章太炎，〈獨聖〉（下），頁103-104。
90 章太炎，〈癸卯獄中自記〉，《章太炎全集・四》，頁144。

宗教蔽六藝」的對立陣營後；「六藝，史也」，「夷六藝於古史，徒
料簡事類，不曰吐言為律，則上世社會汙隆之迹，猶大略可知。以
此綜貫，則可以明進化；以此裂分，則可以審因革」。[91]「六經皆史」
邏輯上要解決的問題，正是真儒術與「敬天明鬼」無關的情況下，
六經如何在現代中國持續發揮作用的關鍵問題。換言之，近代經今
古文的根本分歧，邏輯處肇端於〈儒術真論〉對真儒術的確認。

　　其次，不從《論語》出發。這裡恰恰體現了章太炎的猶豫和擔
憂。如後來〈訂孔〉所言，「《論語》者晻昧」，[92]孔子本人「祭神
如神在」，「獲罪於天，無所禱」（《論語·八佾》）的話語，在時
人、比如章氏好友孫寶瑄眼中，是「摩西教理與孔子近」處，祭神
敬天恰是基督教與儒教相通的地方。[93]深受〈儒術真論〉影響的章
門兩大弟子錢玄同、魯迅後儘管用語刻薄，但似乎恰當地描述出了
太炎的心情，錢玄同描述孔子：

> 大概是不相信鬼神的，但是他只肯說「未能事人，焉能事
> 鬼」，「敬鬼神而遠之」這種油腔滑調的官僚話，不肯爽爽
> 快快說沒有鬼神（也許是他的見解不澈底）。他的徒子徒孫
> 輩裡有一位公孟子便說「無鬼神」（見《墨子·公孟篇》），
> 這比孔丘明白多了，乾脆多了。他一面對于鬼神既已懷疑，
> 偏又要利用它來矇人，說什麼「祭如在，祭神如神在」，這
> 是昭明知道它們不「在」、偏要叫人家「如」一下子，矇人
> 詭計，昭然若揭。[94]

---

[91] 章太炎，〈清儒〉，頁154、155、159。

[92] 章太炎，〈訂孔〉，《訄書》重訂本，《章太炎全集·三》，頁134。

[93] 孫寶瑄，《忘山廬日記》，頁126。

[94] 錢玄同（署名「疑古玄同」），〈廢話：原經〉，《語絲》54期（1925.11.23），頁
136-137。

　　魯迅認為孔子「祭如在，祭神如神在」的話，既「不肯隨俗談鬼神」，又「不肯對鬼神宣戰」。[95]事實上，孔子言天道「在若隱若顯之間」，「與其詳言而事實無徵，何如虔敬以寄託心志」，雖「並不盤桓於宗教思想中」，但又「默然奉天以為大本」[96]的態度，對急於撇清真儒術與「敬天明鬼」關聯的章太炎來說，實在不好著力。

　　拒絕「敬天明鬼」的真儒術，與「六經」無關，與《論語》無涉，甚至公孟子在太炎眼中也「不得為孔子之徒」，他的言論同樣需「捃摭祕逸，灼然如晦之見明者」，仔細摘取，如在黑暗中發現亮光一般，才能尋得一些「宣尼微旨」。[97]那究竟誰在摘取，誰來闡述，當然是「章子」章太炎；既然從《論語》到後世儒者，沒人真正是孔子之徒，那究竟誰才是真孔子的傳人，當然還是「章子」章太炎！

　　章氏評價荀子隆禮義、殺《詩》《書》時稱「蓋宗旨有違則殺之，此固古今所同也」。[98]太炎1897年就聲明與康有為「論及學派，輒如冰炭」，[99]但如何簡潔有力地表述兩者間「冰炭」般的學問思想差別，太炎之前並未完全清晰地予以界定。而當確立「以天為不明及無鬼神」的根本宗旨後，太炎終於獲得了與經今文家康有為的長期思想鏖戰中最為堅固的理論基礎，並從此可以縱橫捭闔地「殺」有違之學。雖然，此時的「真儒術」依然託於素王孔子，但它本就不從《論語》出發，與孔子本人關係不大，所以章氏日後〈訂孔〉、批評孔子時，毫無阻遏。雖然，此時的「真術」還打著「儒」的招牌，但它本不取自六經，與通經致用的儒生共同體亦無

---

[95] 魯迅，〈再論雷峰塔的倒掉〉，《魯迅全集‧一》，頁202。

[96] 傅斯年，〈性命古訓辨證〉，《傅斯年全集‧二》，頁617。

[97] 章氏學，〈儒術真論〉，頁1506。

[98] 章太炎，〈獨聖〉（下），頁106。

[99] 章太炎，〈與譚獻書〉（1897.4.20），《章太炎書信集》，頁3。

生死血脈聯繫，因此，太炎他日〈原儒〉以達、類、私三科之名解構「儒」之價值，[100]亦並無窒礙。〈儒術真論〉不但是近代經今古文分歧的邏輯起點，也成為章太炎開訂孔反儒風潮之理論原點。

　　否決「敬天明鬼」，不源自「六經」與《論語》的真儒術，的確驚世駭俗。嚴復尚未讀完，即評價太炎「寒寒孜孜，自闢天蹊，不可以俗之輕重為取捨」，[101]亦褒亦貶中驚詫不已。同樣熟讀「六經」的日本友人館森鴻，認同章太炎自己的陳述，即「撿拾諸子，旁採遠西」[102]是「真儒術」知識上的來源，指出〈儒術真論〉「自天地鬼神、陰陽五行、性理，無不綜貫，而集九流百家之說，參諸天毒、歐羅巴之異旨，以折衷於經義」，「綜覈千百人之智識，以折千百年之案」。儘管如此，他仍語帶委婉地稱「其說當否，余雖難遽言」，似乎不能完全認同章氏對「真儒」的定義。但難能可貴的是，館森鴻畢竟見證了章太炎旅居臺灣的所有經歷，他深刻地觀察到〈儒術真論〉成文背後除了知識學的因素外，那段牽動太炎生命情感的日據臺灣經驗發揮的作用，稱彼時的太炎，「其言不行，其身中道顛跋」，「其胸中鬱積，發為著作，著作哀然，優成一家言，即〈儒術真論〉一書，其所抱負，可見一斑」。[103]至於怎樣的「其言不行」，如何的「胸中鬱積」，恐怕就要從太炎戊戌政變受黨禍牽連客居臺灣，又遭遇到日本近代國體論中吸附的儒家經典之巨大衝擊講起，才能深刻體會吧。

　　可以說，從在臺灣刊文《臺灣日日新報》自稱「支那章炳麟」，投稿橫濱《清議報》署名「臺灣旅客」，總是用迥異於報刊

[100] 章太炎，〈原儒〉，龐俊、郭誠永疏證，《國故論衡疏證》（北京：中華書局，2008），頁481-495。

[101] 〈嚴復致章太炎〉，朱維錚、姜義華編著，《章太炎選集》，頁112-113。

[102] 章太炎，〈儒術真論〉，頁1505。

[103] 館森鴻，〈《儒術真論》序〉，《拙存園叢稿》，卷1，頁1-2。

出版地的「他者」視野予以思考，到那個尋找到「真儒術」的「章氏學」，正是在「支那」與日據「臺灣」兩種文化經驗的衝撞中，才走出了學問子然獨立，即將掀起中國近代儒教自我批判浪潮的「章子」章太炎。

引用書目

一、報刊及專書

《清議報》。

《臺灣日日新報》（1898-1899）。

《語絲》。

丸山真男，《丸山真男集》10（東京：岩波書店，1996）。

王先謙，《韓非子集解》（北京：中華書局，2003）。

中京大学社会科学研究所台湾史料研究会，《日本領有初期の台湾：台湾総督府文書が語る原像》（東京：創泉堂，2006）。

朱維錚、姜義華編著，《章太炎選集》（上海：上海人民，1981）。

周作人著，鍾叔河編，《周作人文類編》（長沙：湖南文藝，1998）。

重野安繹，《大日本維新史》（東京：善鄰譯書館，明治三十二年〔1899年〕）。

姜義華，《章炳麟評傳》（南京：南京大學，2002）。

班固，《漢書》（北京：中華書局，1962）。

孫寶瑄，《忘山廬日記》（上海：上海古籍，1983）。

章太炎，《菿漢三言》（瀋陽：遼寧教育，2000）。

章太炎，《章太炎全集·三·四·五》（上海：上海人民，1984）。

章太炎著，龐俊、郭誠永疏證，《國故論衡疏證》（北京：中華書局，2008）。

康有為，《孔子改制考》，《康有為全集·三》（北京：中國人民大學，2007）。

湯志鈞，《章太炎傳》（臺北：臺灣商務印書館，1996）。

魯迅，《魯迅全集》（北京：人民文學，2005）。

劉勰著，周振甫譯注，《文心雕龍譯注》（南京：江蘇教育，2005）。

館森鴻，《拙存園叢稿》（東京：松雲堂書店，大正八年〔1919年〕）。

韓東育，《日本近世新法家研究》（北京：中華書局，2003）。

關儀一郎編，《日本儒林叢書》第6冊（東京：東洋圖書刊行會，昭和四年〔1929年〕）。

二、論文

王飛仙，〈章太炎與臺灣〉，《新史學》12卷3期（臺北，2001），頁105-127。

阿川修三，〈《臺灣日日新報》所載章炳麟論文について〉，《中国文化：研究と教育》（漢文学会会報第40号，1982.6），頁83-98。

梁啟超，〈志三代宗教禮學〉，《飲冰室合集・專集》49（上海：中華書局，1936），頁1-13。

傅斯年，〈性命古訓辨證〉，《傅斯年全集・二》（長沙：湖南教育，2000），頁499-666。

湯志鈞，〈《章太炎年譜長編》補：光緒二十四年十月至光緒二十五年五月〉，《文史》18期（1983），頁151-164。

檜山幸夫，〈台湾総督府の刷新と統治政策の転換：明治三一年の台湾統治〉，《台湾総督府文書目録》第3卷，中京大学社会科学研究所，中華民国台湾省文献委員会監修（東京：ゆまに書房，1996），頁351-460。

顧頡剛，〈五德終始說下的政治和歷史〉，《古史辨》5（上海：上海古籍，1982），頁404-617。

揚文策略下「文」與「文明」的交錯
以1900年揚文會為例*

許時嘉**

一、前言

　　1900年3月15日，總督府為安定民心，於臺北淡水館（原址是清領時期的登瀛書院）召開「揚文會」，向全臺發出一百五十一封請帖，邀請全臺傳統士紳參加。受邀的士紳為清國時代的舉人、拔貢、歲貢、恩貢、廩生等，擁有生員以上資格者。其中有七十二位出席此場盛會。[1]揚文會會前以「保存廟宇」、「旌表節孝」、「救濟賑恤」三個題目向臺灣士紳徵稿，與會的士紳事前完成文稿後，當日攜往會場，這些文稿後來與當日兒玉源太郎與後藤新平的演說稿集結成冊，隔年以《臺灣揚文會策議》（漢文）為名出版。參加

*　本論文於會議宣讀時經李文卿博士與廖振富教授悉心批評指教，後經匿名審查委員意見修改而成。文責由筆者負責。

**中央研究院臺灣史研究所博士後研究員。

[1]　關於第一回揚文會的內容可參考《揚文會記事》（臺北：臺灣總督府，1901）。日後的活動概況則可參考吳文星，《日據時代臺灣社會領導階級之研究》（臺北：正中書局，1992），頁65-66。

者扣除往返時間，在總督府的全額招待下，分別在臺北停留一週到十天的時間，帶領參觀臺北各地的建設與新興產業。[2]總督府的這番作為，除了討臺灣士紳開心外，也希望藉此宣傳總督府重視實學的理念，讓臺灣人能夠「移風易俗」。[3]從1898年招待臺灣耆老的饗老典，到1900年揚文會的召開，這些活動表面上都由兒玉主辦、後藤協辦。根據後藤事後的追憶，此舉乃為了維持總督府在人民心中充滿威信與慈愛形象。[4]

諸多先行研究已指出，總督府企圖藉由揚文會，達到籠絡臺人、確立統治的目的。其中不乏以下觀點：總督府召見眾臺人士紳是為了重新打造屬於新帝國的上流階級、[5]針對臺人士紳舉行「改朝換代」的儀式，讓臺人透過「朝貢」式的北上活動、建構出新的「想像的共同體」；[6]而兒玉總督本身也利用「同文」性、以「中華帝國的宰相」「擬似皇帝」的形式，模仿清國時代封建政權的權力體系，[7]透過這些程序，重新將臺人士紳收編進新的帝國統治秩序。而陳培豐與川路祥代則進一步指出，總督府與臺人士紳間存在著各自不同的期待與想像，總督府等於是利用了臺人士紳對儒學的認識，操弄了一場政治盛會。陳分析後藤新平的演說內容指出，演說大意雖是提倡公學校教育完成臺人的文明化，但字裡行間透露著書

---

[2] 根據《揚文會記事》記載，揚文會員們自3月16日至22日，分兩組人馬前往各地巡視。參觀內容包括：軍艦觀覽、法院、醫學校、醫院、製藥所、郵便電信局、度量衡調查所、商品陳列所、國語學校、小學、炮兵工廠、樟腦試製所等。

[3] 井出季和太，《臺灣治績志》（臺北：臺灣日日新報社，1937），頁351。

[4] 鶴見祐輔，《後藤新平》（東京：勁草書房，1965），卷2，頁379。

[5] 吳文星，《日據時代臺灣社會領導階級之研究》，頁67。

[6] 川路祥代，《殖民地臺灣文化統合與臺灣傳統儒學社會（1895-1919）》（臺南：國立成功大學中國文學研究所博士論文，2002），頁98-104。

[7] 齋藤希史，〈「同文」のポリティクス〉，《文学》10卷6號（2009），頁42、44。

房教育或漢文教育無法有效率吸收近代文明的事實，並將公學校教育與日本國體相互銜接，暗示近代教育得以完成一視同仁、達到與日本的同化。但另一方面，後藤卻未曾提及忠君愛國的精神與對國民性的要求，對照後藤之後反對提升臺灣公學校的教育內容、主張對臺人施以實學為主的實業教育，在在顯現後藤對臺人擁有「文明流的思想」一事抱持警戒的態度。陳指出，此種兩面手法，乃意圖使臺人成為低日人一等的從屬者、把臺人排除於「（日本）民族的同化」而來的。[8] 換言之，總督府乃是透過揚文會，將保存中國固有「文」的傳統與導入日本近代教育的必要性揉合在一起，有條件地將臺人收編進殖民統治的權力構造當中。然而，臺人士紳的反應則以一種出乎意料的方式，與總督府的企圖擦出火花。川路祥代一方面確認揚文會是「改朝」儀式，另一方面則以與會者吳德功日後寫成的觀後感〈觀光日記〉為例，指出吳德功面對後藤所強調的天皇意識形態或國體概念，反應其實相當薄弱。吳德功之所以對後藤提出的「文明化」，又或是對臺北觀光所見識的新建設，抱懷正面肯定的態度，其實是出於對儒學「格物致知」的認識與認同而來，因為在吳的眼中，儒學的存續與「近代文明」的推進，兩者是相容的概念，並非相剋。[9] 換言之，揚文會這趟盛宴之所以喚起臺人士紳的同感，主要是儒學中「格物致知」的價值觀發揮作用，而非後藤演說中的國體論或是對近代教育的宣傳真的達到什麼預期中的功效。從川路的觀點可以明確地發現，殖民統治中文明化的推進，未必是依循著總督府所預期的途徑而成立的。

---

[8] 陳培豐，《「同化」の同床異夢：日本統治下台湾の国語教育史再考》（東京：三元社，2000），頁73-78。

[9] 川路祥代，《殖民地臺灣文化統合與臺灣傳統儒學社會（1895-1919）》，頁106。

　　這兩個分析結果，一方面暴露日方苦口婆心的宣傳，往往會礙於彼此認知構造與途徑的不同、未能被全盤接收的現實。一旦思及揚文會風光落幕、日臺官紳們心滿意足各自離去的景況，浮現眼前的則是另一種弔詭：揚文會的成功，竟是透過某種「誤讀」式的作業而達到意思相通、水乳交融的效果。

　　當然，誠如許多學者指出的重點，臺日之間的同文性乃締造此「美麗的錯誤」的重要關鍵。[10] 儒學思想與漢詩文書寫能力的共同背景，使總督府聰明地透過漢詩文與儒學的同文傳統，達成統合殖民地的策略。然而，從日本儒學發展的歷程看來，江戶時代到幕末，在「陽朱（熹）陰王（陽明）」的影響下，日本志士對儒學的理解，逐漸出現內在意涵的轉變（從幕末志士蜂起的心理變化即可窺得其中端倪），這點與清朝強調科舉文化的朱子學思想已有差距。換言之，使用「同文」此一統合性的概念解釋殖民初期日臺官民交流之餘，若是從儒學質變的角度檢視，則可以提出另一層疑問：當時日臺雙方間，是否存在著因本身儒學思想的差異，而對「文」之概念抱懷某種觀念或精神認知上相互矛盾、對峙，卻彼此渾然不自覺的可能性？若將「文明」解釋為一種現世理想形象的終極表現，那麼這種對「文」的態度有可能具備什麼樣的功能或意義？

　　為探索以上問題，本論文將從臺日之間「異心同體」式的儒學觀切入，分析揚文會上日、臺雙方對「文明」的認知與反應，探討

---

[10] 如陳培豐〈日治時期的漢詩文、國民性與皇民文學：在流通與切斷過程中走向純正歸一〉（《跨領域的臺灣文學研究學術研討會》，臺南：國家臺灣文學館籌備處，2006）、黃美娥〈日臺間的漢文關係：殖民地時期臺灣古典詩歌知識論的重構與衍異〉，《臺灣文學研究纂刊》2期（2006），頁1-32。與〈跨界傳播、同文交流、民族想像：賴山陽在臺灣的接受史（1895-1945）〉（「臺灣文學藝術與東亞現代性國際學術研討會」會議論文，行政院文化建設委員會、政治大學臺灣文學研究所主辦，2006.11）等文，皆討論東亞漢字圈的同文現象如何在殖民統治中發揮影響力。

日臺雙方對「文明」此一概念的理解，具備何種概念上的錯綜與
變異；另一方面則以《揚文會策議》（1901年）臺人士紳對文昌信
仰的肯定態度為輔助線，討論支撐雙方對揚文產生共識的同「文」
性，各自乘載了何種意念或理念的差異與相似性。透過這些議題的
分析，試圖掌握殖民初期日臺雙方在溝通彼此文明觀的場面下所出
現的思想融合／對立／質變的錯綜過程，釐清促使其成立的可能條
件。

二、虛文與實學的交錯──後藤新平演說稿的重層性

　　揚文會的名稱，源於唐玄宗在將軍王晙巡邊前所賜的五律送別
詩，詩中寫道：「振武威荒服，揚文肅遠墟」。[11]當揚文會還在籌畫
階段，總督府的官員除了「揚文」，還另外提出幾組名稱給兒玉參
考，其中有：「尚賢會」（《易經》「履信思乎順，又以尚賢也」）、
「頤賢會」（《漢書・敘傳》「平津斤斤，晚躋金門，既登爵位，祿賜
頤賢」）、「蘭臺會」（《隋書・經籍志》「鴻生鉅儒，負囊自遠而至
者，不可勝算。石室蘭臺，彌以充積」）、「漱芳會」（陸機〈文賦〉
「漱六藝之芳潤」）等。[12]從典故看來，這些名稱僅具備尊賢或追求
學問知識等片面的意涵，故兒玉特意從中選擇充滿政治意味的「揚
文」一詞，不難想見是著眼於文字中「以文服人」之政治色彩。[13]
兒玉於揚文會召開隔日，便對日本內地的新聞記者表示以下看法：
臺灣社會長期以文治為中心，若無法取得傳統士紳的信賴，勢必無

---

[11] 前揭《揚文會記事》，頁1。

[12] 同前註。

[13] 同前註。

法順利統治新領之地。[14] 從中可見，兒玉本身對這場聚會懷抱著相當程度的政治性期待。

揚文會當日，兒玉以總督身分率領文武官員親蒞現場，會中朗讀以下祝辭：

> 溯臺島夙稱文物之區，其學教莫不有興，而名士豈無輩出？憶開物成務誠可勝量哉。迨改隸帝國版圖之初，戎馬倥傯，未遑文治，致其文物廢頹，名士屏息大半退居梓里，屈而不伸。撫昔思今，良可慨也已。現際，茲六易星霜，百廢俱舉，凡闕增補，及其政令制度，煥然一新，而國運漸已盛隆，文運亦期進步，遂計及振興文教，而舉行揚文會者焉。夫揚文會者，搜羅文人學士畢集一堂，施優待文士之典隆，敦風勵學之儀，希冀各展所長，抑又望共贊文明之化也。然我帝國於文教之中，每期實行實用，專心講究而致知格物之學，銳意者歷有年所矣。惟茲新領之區，假因循而不講，曷增完美之風。故凡屬本島才人名士，想亦有此同心者，樂從我帝國取長補短之美意也夫。[15]

兒玉的演說簡短，概略介紹揚文會招待文人舊士是為了重振文風、希冀臺人共展所長、共進文明。並強調日本國內因為在文教方面注重「致知格物」的實用之學，長期下來培養眾多人才，臺灣如今成為新附之民，應當從善如流，追隨帝國的腳步。兒玉點到為止的敘事方向，在後藤的演說中被進一步地擴大解釋。後藤從「致知格物」的觀點，引用《大學》說明如下：

> 夫揚文會者何也？是溫故知新之機，實於此會存焉。諸君此

---

[14]〈兒玉総督の談話（三月十六日国民）〉，《台湾協会会報》19號（1900）。

[15]〈揚文會辭〉，《臺灣揚文會策議》（臺北：臺灣總督府，1901），1葉。

次之會同，即在發揚大人之學；大人之學者，即大學之道。
大學者，即在明明德，在新民，在止於至善。欲明明德於天
下者，先要講究致知格物之理；而新民者，一如湯之盤銘，
並康誥所云，止於善者，在於知止不迷也。斯皆諸君常所研
究，固不待言者也。所謂揚文者，並非徒事虛文，乃發揚俗
儒記誦詞章之習也。督憲閣下之意，在普及日新之學，文明
之德，期興期〔其〕民之福利，欲解世人眩惑新故之教育不
一，使悟其道為一理，方開此會。畢集高識諸君，苟諸君豁
然冰釋，夫所有書房教學之徒，亦能靡然矯風易俗，而就日
新之域者必矣，此實臺民將來胚胎福利之根源也。[16]

　　後藤引《大學》之三綱（明明德、親民、止於至善）、八目
（格物、致知、誠意、正心、修身、齊家、治國、平天下），指出
從誠意到平天下，至善之所在皆從「格物致知」的基礎出發，呼
籲臺人士紳勿拘泥於「虛文」之學、囿於「俗儒記誦詞章之習」，
唯有回歸「格物致知」之理，才能達到「日新」又新的「新民」之
境。此處的「格物致知」，意指相對於傳統書房教育的新式教育，
廣泛地用來指涉屬於近代科學範疇內的知識。明末清初時期，「格
致」一詞常用來解釋西方科學技術的知識，十九世紀中後期則成為
一種固定式的用法。[17]

---

[16] 〈後藤民政長官揚文會演說〉，《臺灣揚文會策議》，1葉。

[17] 十五世紀中期耶穌會士高一志將亞里斯多德的《四元素理論》譯成《空際格致》
（1633年），湯若望則將阿格里柯拉的《論金屬》譯成《坤輿格致》（1640年），
其標題上所保有拉丁文scientia（後演變為英文science）的意義，都在中文轉換過
程中以「格致」一詞代替。到了十九世紀中後期，轉譯西方科學的著作開始大量
出現，如丁韙良編譯《格致入門》、傅蘭雅編《格致彙編》，以及一系列以「格
物」為名的西方科學相關論述。金觀濤、劉青峰在分析「格致」、「窮理」、「經
世」、「科學」、「科技」諸語彙在清末民初時期所產生觀念上的融合與分離時，

　　然而，後藤巧妙地運用《大學》新民說時，則可能蘊含著中日面對儒學內部派別差異的問題。眾所周知，程朱學派「性即理」與陸王學派「心即理」的立場不同，造成兩者在《大學》解釋上的差異。朱熹在《大學章句》認為，「親民」的親是「新」的誤字，故「親民」當解釋為「革新人民」的「新民」，「新者，革其舊之謂也，言既自明其明德，又當推以及人，使之亦有以去其舊染之污也」，[18] 傳二章中「日新」、「作新民」、「維新」等字眼皆證明如此。[19] 根據朱熹的解釋，君子一旦自明其德、完成自我革新，還當推己及人、革新人民，使人民皆能達到明德的境界，「作新民」一詞則有「作育人民、使其自新」之義。然而，王陽明對「新民」一說不以為然，認為「親民」一詞當作字面解釋為「親」，意即親近人民、時時與人民同一陣線，「作新民」則為「作為自新之民」的自覺。換言之，相對於朱熹單單強調由上而下地教化人民，王陽明主張「親民」與「作新民」間君子與人民之間沒有隔閡、相互親近的理念。[20] 王陽明批判朱熹「性即理」的主張，認為這不過是尋求

　　則指出：「格致」原包含「窮理」與「經世」兩種具有傳統儒家思想層面的意涵，但在清末1900年代以後，清廷為了推行新政與廢科舉，不得不用中西二分的二元論意識形態來定義「格致」，這使得「格致」一詞逐漸被沒有道德色彩的分科之學的「科學」一詞所替代。金觀濤、劉青峰，〈從「格物致知」到「科學」「生產力」：知識體系與文化關係的思想史研究〉，《中央研究院近代史研究所集刊》46期（2004），頁105-157。

[18] 朱熹，《大學章句集注》，傳二章。

[19] 見《朱子語類》，卷第十六。本稿引用版本為《朱子語類　附索引》（臺北：正中書局，1962年影國立中央圖書館藏明成化九年江西藩司覆刊宋咸淳六年導江黎氏本）。

[20] 《傳習錄》卷上與弟子徐愛問及朱熹與王陽明對親民／新民解釋的差異時，王陽明便指出：「『作新民』之『新』，是自新之民，與『在新民』之『新』不同。此豈足為據？『作』字卻與『親』字相對。然非『親』字義。下面治國平天下處，皆於『新』字無發明。」並具體引《大學》其他章節「君子賢其賢而親其親。小人樂其

外力、以外補內的想法。相對於朱子學將格物視為致知的手段，陽明學則主張「心即理」，格物即為致良知、致良知即為格物，強調知行合一。[21] 故島田虔次解釋王陽明的親民說時便指出，王陽明認為心的本質乃明德、乃良知，是萬物一體的仁的體現。於是，明明德為致良知的表現，而親近人民則是致良知、發揮仁心的延長線上所必然發生的結果。[22] 這也發展出陽明學本身民本主義的性格，有別於朱子學制度主義氛圍下民眾主體的缺席。[23]

江戶初期，陽明心學流傳到日本。江戶幕府雖崇朱子學，但不少儒者兼容兩者，有人表面上以朱子學為重，但私下對陸王學說抱懷同情、肯定的陽朱陰王態度（藤原惺窩、佐藤一齋）；又或是對陽明學大為傾倒、進而成為日本陽明學派的先驅（中江藤樹、熊澤蕃山、三輪執齋）。[24] 寬政年間異學之禁（1787-1793）雖獨崇朱子學、將陽明學打為異端，但陽明學私下仍受儒者所重，朱子學與陽明學之間亦非絕對性的對立，「尊王亦敬朱」乃日本陽明學不同於中國陽明學的一大特徵。[25] 陽明學派「心即理」、「致良知」、「知

樂而利其利」、「如保赤子」、「民之所好好之，民之所惡惡之。此之謂民之父母之類」，以及《孟子》「親親仁民」、孔子《論語・憲問》篇「修己以安百姓」等篇章中所出現的君民相親形象，來論證作為「親民」解釋的合理性。「『修己』便是『明明德』。『安百姓』便是『親民』。說親民便是兼教養意。說新民便覺偏了」。

[21] 關於王陽明學說中「致良知」、「知行合一」與「親民」之間的因果、對應關係，見島田虔次，《朱子学と陽明学》（東京：岩波書店，1967），頁119-146。

[22] 島田虔次，《新訂中国古典選　第四卷　大学・中庸》（東京：朝日新聞社，1967），頁29-30。

[23] 關於陽明學思想所衍生出民眾意識的問題，可參見島田虔次，《中国における近代思惟の挫折》（東京：筑摩書房，1970）第四章。

[24] 安藤英男，《日本における陽明学の系譜》（東京：新人物往來社，1971），頁31-42。

[25] 張崑將，《陽明學在東亞：詮釋、交流與行動》（臺北：臺大出版中心，2011），頁164。水戶學派的朱子學者賴山陽與陽明學者大塩平八郎間的友誼亦可為佐證。

行合一」的思想主軸，延伸到日本，表現在政治作為上最廣為人知的，則為幕末維新志士尊攘起義的革命行動論。這種存在於儒教內部「制度化／草莽化」的對立與分合，形成日後幕末勤王志士思想鬥爭的核心。[26]

另一方面，「心即理」的思想表現在文藝上最明顯的，則是排斥虛文的作風。例如中江藤樹曾表示：「文藝乃求道之捕魚簍，既得魚，簍則無用」（《翁問答》）、「心法明，文理自通」（《翁問答》），展現其輕文藝的態度。其弟子三輪執齋亦推崇其師將陽明學於日本發揚光大、並明確指出「改革訓詁詞章之陋」（《拔本寒源論私抄》）[27]。西鄉隆盛從佐藤一齋《言志四錄》中抄錄出一百餘條警句，其中亦提到：「為學緊要，在心一字。把心以治心，謂之聖學」、「讀經宜以我之心讀經之心，以經之心釋我之心，不然徒爾講明訓詁而已，便是終身不曾讀」。[28]幕末的陽明學者對虛文訓詁之弊的批判，可以從岡田武彥的先行研究看到清楚的輪廓。例如吉村秋陽（1797~1866）即認為讀書講學乃作學入門，體驗躬行

---

[26] 1837年大塩平八郎之亂為典型之一。大塩平八郎不忍幕府酷吏與貧民無端受饑荒之苦，本著陽明學的民本性及「致良知」、「知行合一」的理念，憤而起義。尊攘派吉田松陰被幕府關入大牢時寫下《講孟箚記》（又名《講孟餘話》），出現許多對孔孟思想的反思（最著名的論點為易性革命不適用於日本），以及面對制度與身為人臣者應盡義務間的辯證思維，其中很多思考脈絡都是來自於陽明學。同樣的氣息亦可見於西鄉隆盛的哲學思考與行動理念之中。有關大塩中齋、吉田松陰、西鄉隆盛對陽明學的思考與行動原理的呈現，可見張崑將，《德川日本「忠」「孝」概念的形成與發展——以兵學與陽明學為中心》（臺北：臺大出版中心，2004）之第六章〈大塩中齋與吉田松陰的「知行合一」之行動論精神〉與《陽明學在東亞：詮釋、交流與行動》之第七章〈東亞陽明學與維新革命〉。

[27] 安藤英男，《日本における陽明学の系譜》，頁37-38。

[28] 山田濟齋編，《西鄉南洲遺訓　附手抄言志錄及遺文》（東京：岩波書店，1939年影明治二十一年本），頁44、54。

才是作學根本，感嘆世人多重文字言語而不重實行（《讀我書樓文草》隨筆七十五條）；他還批判崎門派金子霜山之學，認為其「文字精究無比，但實功不足」（〈致楠本端山書簡〉）；並指責朱子學者安積艮齋雖善文才、好議論，但行為輕佻、體驗淺薄（〈致草庵書簡〉）。[29]最經典的莫過於他以警句三條自戒：「不落訓詁之陋，不立門戶之見，不賴知解之精」（《讀我書樓遺稿》附存語錄），類似的言論也頻繁出現於林良齋（1807-1849）、池田草庵（1813-1878）、春日潛菴（1811-1878）等人的見解中，在在顯見對虛文之警戒。[30]

　　另一方面，江戶末期以來日本受蘭學啟發，對實學發展奠定一定的基礎。故虛文的警戒之心，大部分可能是蘭學洋學本身的實學性格使然。然而，從佐久間象山與魏源的事例，可以觀察到中、日思想家同樣主張積極吸收實學思想，但在行動上卻有很大的出入，呈現他們在儒學認識與實學之間微妙的捨取態度。魏源於鴉片戰爭失敗後撰寫《聖武記》與《海國圖志》，前者主要講海防，後者說

---

[29] 岡田武彥，〈解說　幕末の陽明学と朱子学〉，《陽明学大系10　日本の陽明学（下）》（東京：明德，1972），頁29。

[30] 岡田武彥，〈解說　幕末の陽明学と朱子学〉，頁29-31。當然，朱子學派論者當中亦有有識之士對虛文之風感到憂心，但囿於立場上無法徹底脫離，終究未能如陽明學派論者批判得如此徹底。這可能是受到朱熹本身文藝觀的影響。例如朱熹在《朱子語類》卷第一百三十九即指出：「道者，文之根本。文者，道之枝葉」，明確點明文字華妙的虛文之害。但隨後卻又表明：「惟其根本乎道，所以發之於文，皆道也。三代聖賢文章，皆從此心寫出，文便是道」，主張「文以載道」的實現，乃來自於「文」與「道」兩者間相輔相成、表裡合一的性質。朱熹並批評蘇東坡「吾所謂文，必與道俱」之言論乃是「文自文而道自道」，指責他將「文」與「道」分別視之為不同的個體、待必要時才將兩者相融使用的認知誤謬。這種「文」與「道」之一體不可分式的觀念深植於朱子學的思想脈絡當中。關於朱熹之文、道合一的相關研究，可參閱潘立勇，《朱子理學美學》（北京：東方，1999）。

明西洋科學技術相關的汽船、地雷、水雷、望遠鏡等製造法。兩作皆於1842年12月完成，前者《聖武記》於1844年傳入日本，後者《海國圖志》在之後十年陸續增補至百卷，並於1851年傳入日本，吸引橫井小楠、佐久間象山等知識人廣泛的注目。佐久間象山早年即接觸蘭學，並於1842年開始戮力於玻璃、電信機、電氣治療器等實物的發明與親手製作，他在隨筆集《省侃錄》（1854年）中推崇《聖武記》「師夷長技以制夷」的觀點，並稱呼魏為「海外的同志」，意喻彼此的志同道合，但同時亦批評魏源本身未親身實作，導致《海國圖志》對槍炮的說明甚多誤謬，如同小孩兒戲。反觀魏源，他在出版《海國圖志》後，仍不斷熱中於科舉考試，直到1845年考上進士為止，期間他雖不斷對《海國圖志》進行補述，但相對於象山即知即行的親身實踐，魏源對西方實學的態度的確停滯於紙上談兵。[31] 這個事例透露出中日知識分子在面對實學時，雖都持正面積極的態度，但雙方在貫徹與親手實行上，日本知識分子似乎要顯得「知行合一」得多。

　　回頭檢視後藤新平講述「新民說」時的個人思想與社會背景脈絡。關於後藤新平本身是否直接受到過陽明學的薰陶，實不可考，亦非本文關懷的重點。透過時代背景、思想變化的爬梳，本文所企圖強調的是：後藤本身儒學思想的形構，有著時代背景使然下各式因子交互作用的可能性。例如少年時代拜安場保和為師，安場之師橫井小楠乃深受陽明學說影響的尊攘派論者之一，新平日後回想自己當時十分喜歡聽安場講述橫井小楠的生平逸事，亦崇拜西鄉隆

---

[31] 關於魏源與佐久間象山的科學思想比較，以及《海國圖志》對日本知識人的影響，見徐興慶，《近代中日思想交流史の研究》（京都：朋友書店，2004）第一部第二章、錢國紅，《日本と中國における「西洋」の發見：19世紀日中知識人の世界像の形成》（東京：山川，2004）第二、三章。

盛。[32]另一個則是後藤父親實崇對新平的影響。後藤實崇出身水澤藩士，少年時為藩主練槍馬術的學伴，日後在藩內頗受重用。他年輕時曾入藩黌（藩設官學）立生館，師從昌平黌（幕府直轄官學）出身的堀籠膽水，所學為程朱學派儒學，造詣頗深。但根據鶴見祐輔所言，實崇本身亦可見陸象山影響的影子。[33]新平十五歲時，隨水澤藩大參事上京，停留江戶期間，新平收到故鄉父親的來信，信上寫道：「學問之道無他」，當以「正心誠意」為本，絕非「靠輪讀講演逞口舌之快、徒作虛文、耗費時間於枝微末節、喪失文道之本、捨孝悌忠信之道、好權謀數術」，亦非「妄語批評人事政事、將修身齊家之事置之度外」。這份家書後來被新平做成畫軸，終生珍藏，每年新年懸於家中廳堂數日，為後藤家的例行儀式。[34]透過這些因素的交互作用，可以發現後藤對虛文的反感與批評，原本即多少與其重層的儒學思想背景有關，並非單純來自洋學思想的影響。

　　後藤在演說中續道：中國雖為「世界之舊國」、且「文教之起源久於我國」，但後世學者卻「拘泥於詞章訓詁之末技，不務實學，只取庸陋墨卷徒事浮華，於是文風日敝，士習愈衰，夫科名聲利之習，深入人心，積重難返，於是學不為己，徒供為科舉之具」。文章末節不足以救時患，徒作八股之文無法為經國之才，後藤在在顯現出對虛文的反感。然而，改掉虛文之弊是否能解決當前中國所有的問題？答案也不盡然。後藤又道：「彼清國既為國廣民多，若有高明達識之士，慨然振起文教，釐革庶政，則雄飛宇內決實不難」。然而中國的「國體與教育始終不一貫」，論及「人心之統一，國民之一致」，終究「不如我國之鞏固」，暗示中國在

國體與教育無法統一的情況下，無論如何急起直追，終究無法超越
日本。後藤雖表面上力斥虛文，但同時間也表明，人民對國體意識
的有無，才是造成日本與中國國力出現差別的最大原因。若是無法
將教育體制納入國家監督之下，則無法「養成國民、造就有用人
才」。後藤並將日本公學校教育與萬世一系的國體論相結合，認為
今日日本國運昌隆，正是因為「我之教育者與國體同體，始終一
貫，須臾不離」，才得以順利完成「人心之統一、國民之一致」，
教育敕語的出現正是此種教育理念產生的代表。[35]迥異於中國書房
教育注重培養記誦詞章的能力，這種以打造國民為目標的日本教
育，重視的是對國家發展有用的實學實用知識，也正是這種教育方
式，讓日本成為世界列強的一員。

　　後藤最後如此道：

> 余並非不識清國文學之氣韻高雅，尚且優美，又不是要廢棄
> 漢學也，惟求四民易學易識之方法，以期普及易通，故與其
> 勞神於山川風月、紫水明山等之對句，寧可講究實學實用之
> 方針，是余對諸君有所厚望焉……夫教育者，原與國家不
> 可乖離；且國民之賢愚，大關於國家之盛衰，故以國家有
> 教育國民之責成也。而國民為身為國，自有應受教育之責
> 成……諸君素為本島先覺之士，為後進子弟之模範，今歸
> 鄉之後，當襄贊本旨，益奏揚文之實務，以仰副督憲優待之
> 美意，是余所厚望於諸君者也。[36]

　　後藤最後特別強調，他並非不知中國文章之美，此番教育改革
亦非廢除漢文漢學，但與其浪費心力在文字遊戲上，更應該講究實

---

[35]〈後藤民政長官揚文會演說〉，《臺灣揚文會策議》，2葉。

[36] 同前註，3葉。

用之學。最後並責成與會士紳，結束回到鄉里後，務必善盡宣傳之
責。後藤的演說不只闡述書房教育的缺失與強調實學的重要，更巧
妙地提及教育與國體兩者相互結合的必要性，以及此種結合只有透
過公學校教育才可完成的方法論，完成公學校教育與教育敕語、天
皇意識形態三位一體的境界。

三、吳德功的「揚文」理解

有趣的是，後藤的重層訊息在臺人士紳眼中卻呈現出不同的面
貌。吳德功的〈觀光日記〉是個典型的代表。[37] 吳德功如此記錄後
藤演說的內容大意：

> 帝國皇統一系，國祚興隆，與天壤無窮，迄今二千五百年，
> 金甌無缺，國運之振興，教育之進步，漢文自王仁齎入，釋
> 教自印度流來，泰西文學亦喜為採納，皆能與之融合而得其
> 要領。余非不知漢文之高雅優美而欲廢之也，惟先示以易知
> 易學之方，故首教以國語，繼公學校、師範學校，將來文運
> 長進，更設專門學校以期鞏固利用厚生之根柢，養成有用之
> 才。此次之揚文會即發揚大人之學，即大學之道。大學言明
> 德新民，又曰格物致知，湯言日日新，康誥言作新民，無非
> 欲使人格考窮理，使德業富有日新也。爾等博學之士，歸去

---

[37] 吳德功（1850-1924）於乙未年間曾一度參與抗日活動，後因失敗避居鄉間。日本
領臺後，總督府意識到地方士紳在推動地方事務上具有重要功用，因此廣邀地方有
力人士擔任地方參事或要職。吳便是在如此背景下「重出江湖」，1897年開始陸續
擔任臺中縣參事、臺灣舊慣調查會事務囑託、總督府史料評定委員會評議委員，並
於1902年被授與紳章。關於吳的生平與介紹可參閱施懿琳，〈由抗日到傾斜：日治
時期彰化文人吳德功身分認同之分析〉，《從沈光文到賴和：臺灣古典文學的發展
與特色》（臺北：春暉，2000）。

當教迪後進，庶無負督憲表揚文之意。[38]

　　相對於後藤演說不時出現對虛文之弊與落後傳統教育的大量批判，吳卻將之簡縮成「余非不知漢文之高雅優美而欲廢之也，惟先示以易知易學之方」，簡單帶過。那些將虛文高高舉起的抨擊，在吳德功的筆下卻被輕輕放下。而後藤一而再、再而三地暗示公學校教育與天皇意識形態間所存在的關聯性，卻未曾見於吳的觀後感。這一點誠如川路所言，吳乃是透過「格物致知」、「明德新民」的說法，來理解公學校的必要性，對於後藤推銷天皇概念的本意，他的反應則相當薄弱。這種單一且直接的理解，或許與臺人士紳的思想基底多以朱子學為主有關。根據陳昭瑛分析清領時期以來臺灣書院學規時指出，歷年來主掌臺灣文教系統的學者與官員多「恪守朱子學，並時時以陽明末學為戒」，這種觀念反應在書院教育上，造成陸王學說被排除在道統之外。[39]朱子學風在臺灣一路延續，諸多臺人士紳身上都可看見其刻鑿的痕跡。[40]不同於後藤思想背景的重層與分化，科舉生員出身的吳是以何種對象為目標，將自己的期

---

[38] 吳德功，〈觀光日記〉，《吳德功先生全集　戴案紀略／施案紀略／讓臺記／觀光日記／彰化節孝冊》（南投：臺灣省文獻委員會，1992），頁172-173。原作為1901年。

[39] 臺灣於1885年建省之前文教方面多受福建閩學影響，號稱福建閩學重鎮的鼇峰書院即為臺籍子弟最嚮往的「留學」之地，乾隆年間於臺灣府儒學西創立的海東書院即以鼇峰書院為典範，並訂下明確學規。而鼇峰書院的創立者張伯行則為清初福建朱子學的先驅人物。陳昭瑛，〈道東之傳：清代臺灣書院學規中的朱子學〉，《臺灣與傳統文化【增訂再版】》（臺北：臺大出版中心，2005），頁28-39。

[40] 例如連橫的詩教觀即可謂《大學》在詩歌理論上的最佳體現。他指出詩之為物，「小之為仳雅揚風之篇，大之為道德經綸之具；內之為正心修身之學，外之為齊家治國平天下之道，我詩人之本領，固足以卓立天地也」。見陳昭瑛，〈儒家詩學與日據時代的臺灣：經典詮釋的脈絡〉，《臺灣儒學：起源、發展與轉化》（臺北：臺大出版中心，2008），頁253-254。

待投射在上面？當揚文會的圓滿落幕被解釋為總督府懷柔政策的成功，臺灣士紳又是描繪出何種「揚文」的理想圖，進而支持總督府的揚文政策？這些疑問，從揚文會回來的歸途上，吳在蔡蓮舫舉辦的酒宴上所吟的五律，或許可以獲得解答。

> 勝會揚文赴，歸來笑語溫。友朋欣共述，姻婭喜開罇。大道千鈞挽，吾儒一線存，作人歌棫樸，士貴國彌尊。[41]

參加完揚文會的吳德功滿懷欣喜地離去，對總督府的揚文會抱懷肯定的態度。「大道千鈞挽，吾儒一線存」當中無意流露出的如釋重負，透露吳德功對於傳統儒學及傳統知識分子得以獲得政府重視的安心。

然而，對照先行研究總督府懷柔臺人的說法，揚文會上後藤再三指責虛文之弊的演說，若真要用來懷柔人心，毋寧是顯得過分「辛辣」。如此辛辣的言論，為何仍獲得吳德功等人的肯定？另外，相對於後藤指謫虛文與企圖透過新式教育取代舊式教育，吳德功卻是站在傳統教育得以獲得一線生機的角度，樂觀看待此事。為何他完全未曾預想過，新式公學校教育的出現會對書房教育產生排擠效應，進而導致傳統教育衰落的問題？這些問題存在一種可能的答案：若非吳德功對後藤所指的虛文問題抱懷同樣的意識，這種交錯式的誤讀，自然不可能成立。吳並非不明白後藤所指出的書房教育的弱點，倒不如說是他了解虛文對書房教育形骸化的影響，才有可能對後藤的說法如此認同。換言之，吳最初所期望的，並非徹底廢棄具備教養功能的四書五經教育，反而是強烈意識到儒學教養化為虛文，變得空汎化、形骸化的危機，才進而認同實學教育活化原本教育內容的可能性。吳從總督府對揚文政策與公學校教育的提倡

---

[41] 吳德功，〈觀光日記〉，頁188。

中強烈意識到的，不是傳統教育的廢除，而是導入新式實學讓傳統
教育重生的新契機。吳的喜悅充分透露出這樣的思維。這或許也透
露出，為什麼他對公學校教育重要性的認知，僅能停留在實學教育
的優點上，而無法將思考層次延伸到教育與國體間的相關問題。

　　吳的認知與後藤存在相當大的歧異。當後藤直指詞章訓詁、吟
風誦月等虛文之弊，這些「文」的缺點是擺在機能性的尺度上被衡
量著。然而，吳卻是把「文」的意義擺在傳統書房教育的漢詩文教
養上看待。其中雖有虛文之弊，但書房教育中經學課程的價值，不
是在於學習撰寫文章上，而是被當成一種幫助「生活規範」形成的
事物被尊重、維持著。[42] 視中國傳統為不可割捨的教養與價值觀，
這種堅持讓清朝遺民的臺人士紳與後藤新平之間，出現了根本性的
差異。

　　〈觀光日記〉的最後，吳帶著滿心歡喜的心情回到彰化，途中
經過大肚溪、路過中寮，他看見園內的婦女正忙著播瓜種豆，吳特
意寫下：「午後過大肚溪，抵中寮，見園中芸瓜種豆，子婦皆忙，
不復如春冬相交飛沙揚塵也。即吟五律云：四月閒人少，經營子婦
忙。蔬園多下種，蔗廍尚研漿。雨後薯藤秀，風前麥浪揚。叮嚀
鋤草者，勿使豆根傷。行至薄暮，抵家」，為〈觀光日記〉寫下句
點。[43] 其中，「叮嚀鋤草者，勿使豆根傷」這句話，畫龍點睛地透
露出前後呼應、補強整篇文章的強烈意涵。相較於乙未年間政治紛

---

[42] 作為一個外國觀察家，日本中國文學者吉川幸次郎於二戰期間曾著述探討中國人面
　　對古典的精神態度，該著後半明顯有戰爭協力的味道，但前半對中國人古典精神認
　　同的詮釋仍屬中肯。他指出：在中國社會，四書五經等於所有道理的想法，經過千
　　年的演變被流傳下來。中國人不只在精神上將這些古典視為規範，在具體的生活中
　　也不斷地尋求與其道理相互結合的可能性。吉川幸次郎，《支那人の古典とその生
　　活》（東京：岩波書店，1964年影1944年本），頁107。

[43] 吳德功，〈觀光日記〉，頁188。

亂、兵馬倥傯、文教不興的狀態，現在社會逐漸回歸安定，在總督
府的扶植下，逐漸回歸至培育新生的狀態。吳將重視文教的執政者
的身影與播種者的姿態交互重疊，將揚文會的召開視為儒學存續的
重要活動。「勿使豆根傷」的叮嚀，無疑反映出吳對揚文會抱懷的
龐大期待。原本後藤的演說是批評書房教育之落後、排除虛文之必
要、教育與國體必須合體，但在吳德功的眼裡，卻倒映成一種重視
文教的上位者形象，以及實學導入能幫助衰敗文教活動的「復興」
的理想姿態。

四、重文精神：「文明」概念與文廟、書籍、文字的一體化

　　臺人士紳對「文」、「文教」重視之深的模樣，從《臺灣揚文
會策議》中，臺人士紳面對「修保廟宇」的問題亦可發現。他們多
半支持文廟、城隍、媽祖等官廟，且對各式淫祠小廟徹底批判。然
而，這種二分化的明確態度，表現在儒家正統的文廟與道教色彩濃
厚的文昌信仰上，卻呈現出一種有趣的模糊與曖昧。

　　關於保留文廟的問題，臺人士紳多從儒教思想的價值與孔子
的聖人之學來強調孔廟的重要。蔡蓮舫、呂桂芬等人批判日軍進
駐臺灣後，將文廟轉變成軍營、病院或公學校的做法，呂桂芬並暗
示新政府不修文廟將難挽人心。[44]他們一邊主張撤出軍隊，一邊懇
請上位者修復廟宇與孔教的精神地位，認為保存文廟與否與民族藩
籬或執政者的更替無關。例如蔡國琳從日本與中國同受儒家思想薰
陶為立論點，認為文廟修建牽動儒家思想的延續，故維持與傳承不

---

[44]《臺灣揚文會策議》本文並未標點，為求方便，以下《臺灣揚文會策議》的引用
　　皆參照黃哲永、吳福助主編，《全臺文》（臺中：文听閣，2007），卷30、31，頁
　　274、444。本文僅標明頁數，不再另附說明。另外，《全臺文》所收錄之後藤新平
　　演說稿內容有所佚失與出入，故本文前半部後藤新平演說稿的引用，仍參考1901
　　年原始稿本。

單單是漢民族的責任，同樣依存儒家文化而生的日本帝國也負有相同使命。[45]另外還有人指出：俄羅斯尚能容忍異教的基督教在國內流行，與中國同處東亞、共享同文的日本，豈能坐視廟堂成為敗宇頹垣。[46]而文廟興，則斯文興。如許宗濂道：「自明治二十八年，滄桑一變，廟貌皆非文廟也……雖基址徒存，而祀典每缺。有心人竊嘆斯文之喪、神道之衰，莫此為甚！」。[47]陳作淦指出：「有如文廟，此廟之至尊而至貴者也。道德文章，立千秋之訓典；仁義禮智，開萬世之愚蒙……教非一端，道無二致，斯文主宰，即極之代遠年湮，不能廢乎文，即不能廢乎廟，則廟之宜修者，一也。」[48]蔡路亦指出：「金聲玉振，實開千百世文學之宗，欲崇聖學，則文廟在所必修。」[49]文廟與道德文章之彰顯有相對性的指標效果，欲振斯文，則不可不復興文廟。他們強烈認為，文廟之興等於斯文之興，文廟若衰則斯文亦衰，「斯文」這個抽象的學問道德概念，首次透過「文廟」這個具體事物而得以具象化。

另外，文廟的存續代表文明化的結果，這種想法普遍存在於臺人士紳當中。例如蘇雲梯道：「文廟、書院，均屬聖賢祀典，非尋常廟宇所可比擬於其間。惟望轄免附加稅，減輕地租，文教昌明，賴茲不墜，則庶乎得其崇其廟貌，壯其觀瞻，俾後生小子知所矜式，而進文明，此修保之第一急務也。」[50]文廟與書院既為奉祀聖人先賢之場所，則後世之人見文廟其雄偉的外觀，自然會心存敬意，知所效尤，並努力以進文明，故希望政府透過減租免稅的方式，讓

---

[45] 黃哲永、吳福助主編，《全臺文》，卷30、31，頁288。

[46] 同前註，頁72。

[47] 同前註，頁55。

[48] 同前註，頁66。

[49] 同前註，頁78。

[50] 同前註，頁380。

文廟書院等機關得以維持財源，避免衰敗。蔡夢蘭亦主張減稅，以為：「免其徵稅，加以助金，立萬世有道之基，俾闔郡蒼黎均被文明之雅化，是又議者之拜首，薰香而默祝矣。」[51]二人皆認為文廟或書院非一般小廟，執政者不可等閒視之，並具體提出減稅等維護方針，供上位者參考。另外，陳朝楨則認為：聖人之道與五倫思想的形成相輔相成，一旦文廟破敗，聖教泯沒，則人近禽獸，君臣父子關係將出現動搖。他道：「蓋孔聖為斯文之祖，文教之宗，其垂訓後人也，刪詩書以端其趨，定禮樂以正其志，修春秋以立其範圍。所以聖教興，人知禮義，而亂臣賊子之徒泯；聖教衰，人近禽獸，而無父無君之輩生。是文廟有關於人心風俗，所宜尊崇也明甚。」[52]

在臺人士紳眼中，文廟的保存與修復與文教活動的再興同義。站在此種角度，有人策略性地將文廟保存視為政府普及公學校的重要條件之一，主張政府若想要推行、普及公學校教育，則勢必要保存文廟，例如黃子庚便主張：「今日，而廟宇改為學校者多矣。我國家培育人才，增設學校，以昔時之廟宇為今日之學校，廟宇之損壞，亦即學校之損壞也。」[53]另外，為反駁學校即可明人倫，故不需要再興廟宇的言論，張捷元以文廟具有教化人心、以正風氣的功能來主張「學不離廟」，他道：「設廟即設學也。古之人本身徵民考建質俟，動而世為天下道，行而世為天下法，言而世為天下則。我也生當其後，不獲親炙門牆，迄今遠溯前徽，誦其詩，讀其書，考其言，信其行，則必盡其道……理學名賢之代興，濂洛關閩之蔚起，無非本學校為甄陶，視文廟為坊表，是建廟即建學也，建文廟即建文學也。」[54]

---

[51] 同前註，頁394。

[52] 同前註，頁458。

[53] 同前註，頁213。

[54] 同前註，頁450。

　　在臺人士紳的眼中，文廟的重要性與道德思想的形成、人心的教化，以及文明的進步密不可分。[55]對他們而言，「文」的概念除了是有形的文字外，同時也指涉因學問而深化的精神道德。不論是有形的文字、經典、文廟，又或是無形的知識學問、道德、五倫思想，這些全部廣義且有層次地被吸納於「文」的意涵之中。這種「文」的多義性，使有形的文廟復興與知識道德倫理等無形觀念，出現隨時可以結合的親和性，進而讓臺人士紳可以高舉文道之興與新政府公學校教育之盛相互依存的說詞——儘管日本政府體制下的公學校教育，在日後逐漸顯露出排斥漢文、漢學的本性。

　　臺人士紳的重「文」精神，還可從他們對文昌信仰的態度中窺知一二。清朝政府將文廟設為官設，除釋奠之禮以外，禁止人民參拜，另外在各街庄設立奉祀文昌帝的廟宇，作為平日民間私人式的崇拜。各地書院大多設有祭拜文昌帝之處。《揚文會策議》中，臺人士紳普遍主張文廟維持與修建的同時，亦對文昌信仰的存續抱懷肯定支持的態度。文昌信仰雖為道教，但與儒教象徵的文廟之間卻出現相當濃厚的親和性。文昌帝的原型為四川梓潼地方的蛇神，具備強烈的道教色彩，自元代開始被文人當成科舉之神崇拜。然而，以蛇神為信仰對象的行為本身，有違儒家思想的合理主義；且追求個人功名的目的性，也與儒家思想本位的道德觀出現牴觸，因此到了明朝時代，文昌信仰被視為「淫祠」而被官方下令禁止。儘管

---

[55] 雖然臺人士紳對於維持文廟有共識，但在是否要回復過去舊禮的問題上卻出現歧見。如吳德功積極主張回復一切清朝時期舊禮；呂鶴巢則認為乙未戰亂祭器多已佚失，懂得儀式做法的耆老們亦皆凋零，回復過去舊制已有困難，不如趁早與日本內地同步，引進內地祭孔做法。鄭鵬雲則建議仿東京大成殿，東西兩廡改放中外圖書典籍、地圖等，後殿則改為博物館，明倫館改設教育會，羅列中外各式教育相關用品，並延請講師授課，教導日文、中文、英文等各國語言，講授「一切有用之學」（黃哲永、吳福助主編，《全臺文》，頁150）。

如此，文昌信仰在文人之間依舊十分風行。到了清朝中期以後，在朝廷政治性的考量下，終於將之「扶正」，成為儒教的官設祠廟之一。[56]文昌信仰最主要的特徵，便是「敬惜字紙」的表現，這行為也普遍見行於清朝時期的臺灣社會當中。[57]梁其姿實際考察清代惜字會的流行中指出，敬惜字紙習慣的普及與文昌信仰有直接的因果關係。因為惜字會的普及，使得原本被視為異端的文昌信仰在一般大眾間引起廣大的流行。這使得朝廷與儒者不得不將文昌信仰納入公權力底下，也不得不透過儒家的思考理論，重新合理化文昌信仰原本的道教色彩。[58]陳昭瑛討論到清朝臺灣的文人官員看待文昌信仰的角度時，亦抱持著與梁其姿同樣的觀點，認為其中有關文昌信仰的論述，多具備削弱其中充滿功利主義式的道教神祕色彩、並站在儒學立場將這些行為重新道德化的傾向。[59]附帶一提，陳雖與梁其姿持同樣觀點，認為士紳有將文昌信仰儒教化的現象，但相對於梁其姿悲觀地視這種不得不儒教化的現象為「儒者對民眾信仰普及的無力感」之表現，陳則將這種儒教化的過程樂觀解釋，認為這種

---

[56] 文昌信仰研究可參見森田憲司，〈文昌帝君の成立：地方神から科舉の神へ〉，梅原郁編，《中國近世の都市と文化》（京都：京都大學人文科學研究所，1984）。嘉慶六年（1801），文昌帝君被視為幫助平定白蓮教之亂的神力之一，自此獲得官方承認。

[57] 文昌信仰將珍惜文字與行善視為積陰德，有助於追求個人功名與子孫成功。殖民初期日本人類學家伊能嘉矩來臺時已注意到臺人間「敬惜字紙」的風氣，這些記錄存在於伊能嘉矩，《台灣文化志》，中卷（東京：刀江書院，1928）第六章第四節。李季樺則以清代淡水地區的官文書《淡新檔案》與清領時代臺灣的地方志中所記載的「敬惜字紙」的相關言說與行為為考察對象，解釋清領時期臺灣地區的文昌信仰與敬惜字紙風俗的形成與變容。李季樺，《文明と教化：19世紀台湾における道德規範の構築と変容》（東京大學大學院人文社會系研究科博士論文，2005）第二章。

[58] 梁其姿，《施善與教化：明清的慈善組織》（臺北：聯經，1997），頁146-155。

[59] 陳昭瑛，〈臺灣的文昌帝君信仰與儒家道統意識〉，《臺灣儒學：起源、發展與轉化》（臺北：臺大出版中心，2008）。

「補救」式的行為代表道統學派儒者具備隨時收納、融合他者的思想互動能力。

　　當文昌信仰在新統治者的到來而面臨存廢時，這種企圖將文昌信仰重新儒學化、合理化的意識便強烈地反映於《揚文會策議》當中。楊馨蘭討論到媽祖與觀音時，認為其中神祕不可解的部分過多，雖擁有廣大信徒，仍屬邪門歪道，不宜入官祀。但提到文廟時則主張：「《易》所謂『大人者，與天地合其德，與日月合其明，與鬼神合其吉凶』，非至聖之孔子，孰能與於斯哉」，[60]強調孔子身為萬物之尊的絕對神聖地位。另一方面提到文昌信仰時，則不把文昌視為蛇神梓潼，而改以《周禮》的文昌與魁星形象解釋之，指出文昌與魁星皆為星斗之名，乃支配人類出仕入相的神祇，「文昌廟魁星樓之建，古雖無是，然以義求之，亦在幽宗祭星之例」，故維持相關廟宇建設，亦不枉「古人祭星之義」。[61]這種將文昌視為星斗化身、並加以正統化的意見亦見於趙璧的言論當中：「與文閣上應天星，下主文運，能使雅化昌明，人才蔚起，皆所謂明德也」。[62]

　　不否定其蛇神信仰的成分、改而強調其教化功能，則是另一種將文昌信仰儒教化的方式。主張文廟昌盛等於文明化的蘇雲梯面對文昌信仰的存廢時，主張梓潼帝君有助名教宣揚：「文昌祠以祀梓潼帝君，皆有功名教，任吾道之干城，固宜享食千秋而勿替也」。[63]李葆英亦主張：「梓潼世傳陰騭、勸孝等文，大裨風化」，[64]強調文昌信仰中的陰騭文具備教化功能。所謂「陰騭文」乃文昌信仰中善書的總稱，該讀物多以士人為對象，內容主要講述行善與積

---

[60] 黃哲永、吳福助主編，《全臺文》，頁167。

[61] 同前註，頁168。

[62] 同前註，頁248。

[63] 同前註，頁381。

[64] 同前註，頁430。

陰德有助於獲得功名云云。[65]明清時代以來，陰騭文的流行，讓原本以考科舉為目的的文人階層為主的文昌信仰逐漸普及於庶民，文人們亦認為其流行有助於一般庶民的教化，這種想法也深植於臺灣社會與文人之間。

　　值得注意的現象則是，臺人士紳的言論中，具有將孔廟與文昌信仰兩者功能等同視之的傾向。陳肇芳將文昌廟與聖廟同列文廟之位：「至若文廟，則因名核實，如文昌廟、聖廟，皆斯文所在，學士文人所瞻仰也」。[66]湯登漢提到文廟時則讚嘆：「其曰文廟也，曜含天上，瑞應人間，默操士類之權衡，永作文章司命。德煥圖書，育億萬人之靈秀；功覃翰墨，耀千百世之文明。」[67]湯登漢將文廟當成星曜般的神聖存在，其行文之間卻與前者趙璧主張的文昌「上應天星、下應文運」的論述，出現高度的相似性。湯登漢凸顯「文章」、「圖書」、「翰墨」等詞章相關能力的同時，對於儒家思想著墨最深的道德倫理，卻顯得過於輕描淡寫。鍾發春的言論中，則將文昌視為「有宰制文明之運，綱維德教之宗」。[68]換言之，原本屬於文廟、孔教的儒家倫理道德與文明性，竟被文昌信仰的功能所替代。主宰文章之文昌信仰過度膨脹化的結果，不但出現這種將文廟與文昌混為一談的現象，甚至還發生強調文昌信仰更甚於文廟的情形。[69]

　　另一方面，作為文昌信仰一環的惜字習慣普及後，出現將文字、文章的神聖性與神祕性特權化的現象。為了達到「尊文輕武」

---

[65]　參閱酒井忠夫，《中国善書の研究》（東京：國會刊行會，1960）第六章。

[66]　黃哲永、吳福助主編，《全臺文》，頁176。

[67]　同前註，頁256。

[68]　同前註，頁319。

[69]　陳昭瑛曾以乾隆時期臺灣彰化曾出現孔廟大成殿與文昌祠在建造時互爭高度的事例，生動點出清領時代臺灣文昌信仰與儒學之間道統之爭的問題。陳昭瑛，〈臺灣的文昌帝君信仰與儒家道統意識〉，《臺灣儒學：起源、發展與轉化》，頁104-105。

的統治功效，清朝政府意圖性地開始推行珍惜字紙的風氣，凡寫有文字的紙片都須送到敬字亭或惜字亭的字紙爐內燒毀。[70]最能象徵這種風氣深植於臺灣的現象，當屬以下事件：揚文會舉行當中，與會的臺人士紳中有人竟煞有其事地收集起丟棄在場內的香菸頭送往敬字亭燒掉，只因這些香菸上印有文字。[71]臺人重視字紙的現象，深受當時考察統治方法的日本學者重視，相對於臺人極度尊重寫有文字（僅限漢字）的紙張、避免褻瀆「聖蹟」（對筆跡、字跡的尊稱），日本人卻隨便丟棄舊報紙，或是使用不要的紙張來擤鼻涕，學者們深深擔心這種行為可能會引起臺人反感、甚至輕視。[72]劉廷玉在《揚文會策議》中便大聲呼籲日人養成重視字紙的習慣：「通飭陸軍、海軍，聖蹟勿令拋棄，須效公校、私校，字紙善為珍藏（現公司學校已設敬惜聖蹟亭收貯）。知事為長民之官，警察亦臨民之吏，更宜愛惜收貯，勿使遺棄穢場，以狎神聖」。[73]重「文」的精神普遍存在於臺人士紳之中，這種心理時而與古典、書籍、文字等文教活動相關的所有象徵出現價值相通的現象。

---

[70] 清廷在統治中國時多文武並重，有時甚至出現厭惡「文弱」「虛文」等氣質、格外強調武藝的現象。孔復禮討論乾隆年間發生一系列剪辮疑雲時，認為乾隆之所以如此重視此案，部分原因是看不慣派守江南地區的滿族官員因沉溺當地豐饒糜爛的社會風氣，而忘記身為滿族踏實的本分。由此多少可看出清廷對於文弱、虛飾氣質的警戒。孔復禮著，陳兼、劉昶譯，《叫魂：乾隆盛世的妖術大恐慌》（臺北：時英，2000）。但根據李季樺分析，清廷統治臺灣時，卻格外重視尚文之風。這應與臺灣為新附之地、且位居邊陲有關，為了加強對臺灣的統治力，故在臺灣標榜「文風」、大興文教，並透過官府推行敬惜字紙的習慣，企圖削弱臺人尚武風氣。參閱李季樺，《文明と教化：19世紀台湾における道德規範の構築と変容》之第二章。

[71] 黃得時，〈敬惜字紙と聖蹟亭〉，《民俗台湾》1卷5號（1941），頁23。

[72] 町田則文，〈台湾に於ける創業時代の教育〉，《台湾協会会報》48號（1902），頁38。

[73] 黃哲永、吳福助主編，《全臺文》，頁62。

五、結語

本論文以揚文會為分析對象，討論日本殖民統治下所出現的「揚文」現象，具備何種重層性的意涵，特別是在臺人士紳身上能讀到何種訊息，而這種訊息與總督府的原意展現出何種交錯的模樣。主要內容分兩部分探討臺人士紳對「文」與「文明」的態度與反應。其一，透過後藤新平演說內容的涵義與吳德功觀後感所表現出的理解，可以發現兩者之間存在一種交錯式的「誤讀」，這種誤讀不只存在於臺人士紳對天皇意識形態的認知闕如，更表現在兩者因社會思想背景的根本差異（儒學的分化）而對「虛文」態度的不同：一方是主張徹底根除（後藤），另一方卻樂觀地認為是以維持為前提的改革修正（吳）。另一方面，透過《臺灣揚文會策議》中諸位臺人士紳對文廟、文昌信仰的絕對肯定，可以發現支撐其理念的背後，不外乎是出自一種對「文」之肯定態度，以及以各種形態的衍生。

黃美娥討論日治時期舊文人對近代文明攝取的積極態度時即指出，受日人統治與西學東漸的社會氛圍所圍，他們雖積極擁抱新興文明，但基於文學傳統的擁護、文化命脈的延續、國族認同的堅持、社會地位的確立、文學典律的歸依等多樣性的考量，舊文人在看待新文學時不免有所疑慮，進而排斥，故「舊文人／舊文學本身內部即潛藏著既『迎新』又『抗新』的矛盾性文學結構」。[74]此種「既迎新又抗新」、看似自相矛盾卻又同時成立的行為表現，其背後所隱藏的，或許正是此種極度重「文」的精神構造。另一方面，韋伯（Max Weber）描繪近代西方理性主義的發展時，呈現

---

[74] 黃美娥，《重層現代性鏡像：日治時代臺灣傳統文人的文化視域與文學想像》（臺北：麥田，2005），頁73。

出的是一幅「除魅化」（Entzauberung）的系譜。他認為，從外在形
式的束縛與迷信中不斷尋得解放，乃文明社會發展的必然條件，
而源源不絕支持這種精神的條件，正是與此一世界（welt）之間存
在緊張性與否的問題。[75]相對於基督新教信徒堅信自己背負「原罪」
（sünden）重擔，而不斷與世界處於緊張的關係，儒教徒們「人性
本善」的樂觀主義信念，卻不斷將自己與此一世界的緊張性降至最
低。在他看來，士大夫們為求政治統治方便，僅是不斷地向外適應
現世的狀況，這使得他們面對巫術迷信時，僅僅是將「異端」吸納
進「正統」了事，而不求徹底根除，進而形成與巫術共生的思想土
壤。儒教這種徹底的入世主義與樂觀主義，難以造就一種統一的生
活態度、一種由內而外地以單一價值基準（Wertmaßstab）為取向
的行動準則。這也難怪韋伯對信奉儒教的士大夫階層的批評似乎一
點也不留情面：「儒教徒本身，從來沒有認真想要根除一般的巫術
或特別是道教的巫術。他們只想到要獨佔官職俸祿」。[76]而臺人士
紳對道教色彩濃厚的文昌信仰表現出絕對的支持，看在韋伯眼中，
想必也躲不過嚴詞批評的命運吧。在本文有限的篇幅內，筆者無力
討論韋伯所提出的理性範型（paradigm）之是非對錯。不過，若將

---

[75] 韋伯在判斷儒教的理性主義與基督新教的禁欲式理性主義之間的差別時，便曾明
言：要判斷一個宗教所代表的理性化水平，可從以下兩個條件判別。一是「它對巫
術之斥逐程度」，一是「它將上帝與世界之間的關係，及以此他本身對應於世界的
倫理關係，有系統地統一起來的程度」。當然，相對於儒教對道教這種巫術式的存
在所展現「非理性」的包容與默認，韋伯誠實地承認基督新教「對超世俗上帝的絕
對不可臆測的確信」亦有失理性定義，但前者衍生的是將傳統不斷定型化、神聖化
的結果，後者將自己與上帝之間的關係視為唯一信念、避免過度崇拜被造物的精神
表現，卻足以時時鬆動、挑戰傳統之絕對性。換言之，足以顛覆傳統、不斷改變現
世與否，是決定兩者理性「高低」的主因。見韋伯著，簡惠美譯，《中國的宗教：
儒教與道教》（臺北：遠流，1989）第八章。

[76] 韋伯，前揭《中國的宗教：儒教與道教》，頁292。

「文明」解釋為現世社會最美好的理想形象，臺人士紳對「文」的執著，似乎透露出一種迥異於韋伯一元式認知、且完全不同層次的「文明想像」（此種執著並不限於臺人，當然也有可能包括所有的中國士大夫）。而這種「文」的執著，有沒有可能是一種專屬於士大夫社會對近代化產生趨光性的動力來源？或許是個值得繼續深究的問題。

引用書目

一、專著

《臺灣揚文會策議》（臺北：臺灣總督府，1901）。

《朱子語類　附索引》（臺北：正中書局，1962年影國立中央圖書館藏明成化九年江西藩司覆刊宋咸淳六年導江黎氏本）。

井出季和太，《臺灣治績志》（臺北：臺灣日日新報社，1937）。

孔復禮著，陳兼、劉昶譯，《叫魂：乾隆盛世的妖術大恐慌》（臺北：時英，2000）。

臺灣總督府編，《揚文會記事》（臺北：臺灣總督府，1901）。

伊能嘉矩，《台湾文化志》中卷（東京：刀江書院，1928）。

吉川幸次郎，《支那人の古典とその生活》（東京：岩波書店，1964年影1944年本）。

安藤英男，《日本における陽明学の系譜》（東京：新人物往來社，1971）。

吳文星，《日據時代臺灣社會領導階級之研究》（臺北：正中書局，1992）。

吳德功，《吳德功先生全集　戴案紀略／施案紀略／讓臺記／觀光日記／彰化節孝冊》（南投：臺灣省文獻委員會，1992）

町田則文，〈台湾に於ける創業時代の教育〉，《台湾協会会報》48號（1902）。

韋伯著，簡惠美譯，《中國的宗教：儒教與道教》（臺北：遠流，1989）。

島田虔次，《中国における近代思惟の挫折》（東京：筑摩書房，1970）。

島田虔次，《朱子学と陽明学》（東京：岩波書店，1967）。

島田虔次，《新訂中国古典選　第四卷　大学・中庸》（東京：朝日新聞社，1967）。

徐興慶，《近代中日思想交流史の研究》（京都：朋友書店，2004）。

酒井忠夫，《中国善書の研究》（東京：國會刊行會，1960）。

張崑將，《陽明學在東亞：詮釋、交流與行動》（臺北：臺大出版中心，2011）。

張崑將，《德川日本「忠」「孝」概念的形成與發展：以兵學與陽明學為中心》（臺北：臺大出版中心，2004）。

梁其姿，《施善與教化：明清的慈善組織》（臺北：聯經，1997）。

梅原郁編，《中国近世の都市と文化》（京都：京都大學人文科學研究所，1984）。

陳昭瑛，《臺灣與傳統文化【增訂再版】》（臺北：臺大出版中心，2005）。

陳昭瑛，《臺灣儒學：起源、發展與轉化》（臺北：臺大出版中心，2008）。

陳培豐，《「同化」の同床異夢：日本統治下臺灣の国語教育史再考》（東京：三元社，2000）。

黃美娥，《重層現代性鏡像：日治時代臺灣傳統文人的文化視域與文學想像》（臺北：麥田，2005）。

黃哲永・吳福助主編，《全臺文》卷30、31（臺中：文听閣，2007）。

潘立勇，《朱子理學美學》（北京：東方，1999）。

錢國紅，《日本と中国における「西洋」の発見：19世紀日中知識人の世界像の形成》（東京：山川，2004）。

鶴見祐輔，《後藤新平》（東京：勁草書房，1965）。

二、論文

山田濟齋編，《西鄉南洲遺訓　附手抄言志錄及遺文》（東京：岩波書店，1939年影明治二十一年本）。

岡田武彥，〈解說　幕末の陽明学と朱子学〉，《陽明学大系10　日本の陽明学（下）》（東京：明德，1972）。

金觀濤、劉青峰，〈從「格物致知」到「科學」「生產力」：知識體系與文化關係的思想史研究〉，《中央研究院近代史研究所集刊》46期

（2004），頁105-157。

施懿琳，〈由抗日到傾斜：日治時期彰化文人吳德功身分認同之分析〉，《從沈光文到賴和：臺灣古典文學的發展與特色》（臺北：春暉，2000）。

陳培豐，〈日治時期的漢詩文、國民性與皇民文學：在流通與切斷過程中走向純正歸一〉，《跨領域的臺灣文學研究學術研討會》（臺南：國家臺灣文學館籌備處，2006）。

黃得時，〈敬惜字紙と聖蹟亭〉，《民俗臺灣》1卷5號（1941）。

黃美娥，〈日臺間的漢文關係：殖民地時期臺灣古典詩歌知識論的重構與衍異〉，《臺灣文學研究叢刊》2期（2006），頁1-32。

齋藤希史，〈「同文」のポリティクス〉，《文学》10卷6號（2009）。

三、學位、會議論文

川路祥代，《殖民地臺灣文化統合與臺灣傳統儒學社會（1895-1919）》（臺南：國立成功大學中國文學研究所博士論文，2002）。

李季樺，《文明と教化：19世紀台湾における道德規範の構築と変容》（東京大學大學院人文社會系研究科博士論文，2005）。

黃美娥，〈跨界傳播、同文交混、民族想像：賴山陽在臺灣的接受史（1895-1945）〉（「臺灣文學藝術與東亞現代性國際學術研討會」會議論文，行政院文化建設委員會、政治大學臺灣文學研究所主辦，2006.11）。

「虛構」的想像與創造

李喬《寒夜三部曲》中福克納作品的影響為中心*

明田川聰士**

一、緒論

　　戰後臺灣文學界的知名作家李喬（1934-）生於日本統治下新竹州大湖郡大湖鄉香林村（今苗栗縣大湖鄉靜湖村）——清代稱為「蕃仔林」，其作品取向為取材於臺灣現代史的長篇小說以及向政治、社會禁忌挑戰的政治文學。代表作為《寒夜三部曲》，這部約莫上百萬字的大河小說是由《寒夜》（1980）、《荒村》（1981）、《孤燈》（1979）三篇所組成的長篇作品。[1]故事內容以客家人一族

---

* 本論文是在第九屆國際青年學者漢學會議發表的論文，隨後投稿給《日本臺灣學會報》（2011年5月、第13號），並在登載後再次修改。

** 日本東京大學大學院人文社會系研究科博士班。

[1]　根據《寒夜》（臺北：遠景，2001）中的序文，三部作品的起稿及脫稿日期如下：《寒夜》1975年起稿、1979年12月脫稿；《荒村》1979年7月起稿、1980年9月脫稿；《孤燈》1978年2月起稿、1979年3月脫稿。李喬在序文中表示：「「寒夜」於1975年起稿，1977年6月將初稿十萬字拋棄，另起爐灶，在1979年12月完成。」本文以下列版本為討論對象：《寒夜》（臺北：遠景，2001）、《荒村》（臺北：遠景，2001）、《孤燈》（臺北：遠景，2001），威廉‧福克納《聲音與憤怒》（臺

為中心，描寫從清末至日本統治期這段橫跨半世紀的臺灣現代史。
《寒夜三部曲》在1981年獲得第四屆吳三連文藝獎，當時臺灣主要
的兩份報紙《中國時報》與《聯合報》刊登了得獎報導及作者和
作品的相關介紹。《寒夜三部曲》在此後被評價為一部重要著作，
「李喬著重於闡發來到臺灣開疆拓土的漢移民，與臺灣這塊土地錯
綜複雜的情感，強調他們對土地的情誼，也描述了土地對這些移民
生死以之的密切關係」，[2]同時《寒夜三部曲》也被認為「在戒嚴時
代就不只是一部小說，還是一本教育了一整代新醒覺本土主義者的
重要教科書」。[3]換言之，《寒夜三部曲》是與臺灣社會緊密扣連，
並且作為國民文學的重要作品。

　　《寒夜三部曲》雖然對臺灣現代史進行了詳細地描繪，李喬卻
沒有選擇讓這部作品成為完全忠於史實的創作。[4]其原因在於李喬
的創作目的是從歷史之中「追求人類共同的東西」，[5]並從歷史性事
實當中揀選出真實事件，再以虛構之線將事件連綴起來，並以他自

北：書華，2000）、《聖殿》（上海：上海譯文，2004）、《八月之光》（上海：上海
　　譯文，2004）。

[2]　彭瑞金，《臺灣新文學運動四十年》（高雄：春暉，1997），頁180-181。

[3]　楊照，《文學、社會與歷史想像》（臺北：聯合文學，1995），頁105。

[4]　例如，《孤燈》中將赴南洋的年輕人描寫為正式士兵的志願兵，但歷史學者周婉窈
　　指出，作品裡的臺灣人身分是被徵用的軍屬身分，卻不能稱之為志願兵或是徵兵制
　　的正規軍人。對於周婉窈的這個說法，三木直大提出了意見，他認為作者撰寫《寒
　　夜三部曲》時，臺灣人的意識中也許沒有「徵用」或「徵兵」的區別。李喬承認三
　　木的說法，並回答這種設定是為了描寫「臺灣人歷史記憶的問題」的創作方法。參
　　見李喬、周婉窈、三木直大、黃華昌，〈縱談《寒夜》的歷史與文學〉，《文學臺
　　灣》61期（2007），頁239-245。

[5]　對於上述周婉窈的說法，李喬如此回答：「從文學的角度來講，歷史對我來說只是
　　一個素材。除非有重大的偏頗，我經過這個素材，追求人類共同的東西，所以後來
　　發現沒有衝突。」（同前註，頁246）

身的歷史觀來進行創作。[6]換言之,《寒夜三部曲》這部「歷史素材小說」[7]透過了虛構的臺灣現代史來重新思考「臺灣人歷史記憶的問題」。[8]

　　李喬所謂的「歷史素材小說」有自己特殊的定義:

> 我認為自己寫的是「歷史素材小說」,與「歷史小說」不同。「歷史小說」是:作者選定一段時代,配以當時的風習,特殊景觀;以一或數件事件或人物為中心,依歷史常識人事為主線,配以此人事的枝節虛構的作品。「歷史素材小說」,借重歷史素材的可信性,重點放在虛構的經營上,主題偏重在歷史人事的個人詮釋;出乎歷史底而歸趨於文學的純淨追求。[9](以下,本文引用部分的畫線為筆者所加)

6　李喬在〈文學與歷史的兩難〉(《臺灣文藝》100期〔1986〕,頁18)之中如此闡明:「文學是從歷史、人間的『事實』中挑出『真實』,以『虛構』之線連綴成『複合的』也是『複製的』歷史人間。歷史之於文學者,重在藉事件或人物來表達自己的觀念。如果文學創作也忠於歷史人物或事件,但重點也不在『重現它』而在解釋。」

7　李喬,〈「歷史素材小說」寫作經驗談〉,《文訊》246期(2006),頁54。

8　李喬等,〈縱談《寒夜》的歷史與文學〉,頁243。描寫日本統治期間臺灣的長篇小說,當時已有鍾肇政的《濁流三部曲》(1961-1965)與《臺灣人三部曲》(1968-1976)。但《濁流三部曲》在故事內容上,鍾肇政自身的自傳性非常濃厚,而且其時代背景也局限於太平洋戰爭結束前後的時間點。因此內容上與《寒夜三部曲》相當不同。相較起來,《臺灣人三部曲》與《寒夜三部曲》就顯得有很多共通點。但,《寒夜三部曲》描寫了跨越半個世紀的動亂時代,並且相當有意識性地勾勒出臺灣人對於原住民的感情,以及臺灣人的戰爭體驗則是相當特殊的部分。因此在臺灣文壇上取得了十分出色的評價。

9　李喬,〈「歷史素材小說」寫作經驗談〉,頁54。另外,李喬在《小說入門》(臺北:大安,1996)也以同樣方式論及「歷史素材小說」與「歷史小說」的區別。但,在《小說入門》之中的原文是「歷史素材的小說」。

　　李喬透過臺灣歷史所構築的風格也表現在其創作技法上，作者也對於作品本身的虛構性具有高度意識。這個特徵我們不難從李喬撰寫的文章中推測出來。

> 小說創作上，「虛構」（fiction）觀念至為重要。虛構的完成，端賴想像力的發揮。（中略）想像力，即是創造力；在文學上就是創作力。[10]

　　《寒夜三部曲》中，李喬充分發揮其「歷史素材小說」的特質，亦奠基於史實的虛構創作。筆者認為李喬所強調的作品虛構性與威廉・福克納（William Faulkner, 1897-1962）有著相當密切的關係。至今為止的李喬作品研究與評論，大都以李喬小說中的象徵主題為主，而李喬文學如何受到其他作品的文學影響這個層面，目前尚未有研究成果。[11]本文希望討論李喬對於福克納作品的受容過程，並從其奠基於作品故事上的虛構性著眼，討論《寒夜三部曲》與福克納作品的影響與淵源。

二、通過日本認識到的福克納

（一）在臺灣的福克納作品

　　福克納曾被稱為「現代美國作家之中最具創造力的作家」，[12]而李

---

[10] 李喬，《小說入門》，頁88。

[11] 先行研究中，至今幾乎尚未出現過李喬與福克納作品的關聯性。以筆者管見，賴松輝，《李喬〈寒夜三部曲〉研究》（國立成功大學歷史語言研究所碩士論文，1991）可能是作為學術論文唯一提及李喬與福克納作品關聯性的研究論文，但賴松輝的論文中，並沒有深入討論雙方作品間具體的類似性。

[12] 大橋健三郎，《フォークナー》（東京：中央公論社，1993），頁112。筆者自譯，原文如下：「現代アメリカ作家中最も創造力のある作家」。

喬於1984年在芝加哥舉辦的「北美臺灣文學研究會」演講時曾說：

> 「聲音與憤怒」「八月之光」是我平生最佩服的作家「威廉、
> 福克納」的偉大作品。[13]

又於2005年出版的《重逢》中提及：

> 威廉‧佛克納是個人唯一無上限、無預設前提的最佩服的作
> 家。[14]

　　事實上，李喬在創作《寒夜三部曲》之前早已透露出對福克納
的強烈關心。1974年8月李喬接受洪醒夫的採訪時如此回答：

> 我獨獨鍾情於威廉‧福克納。有沒有受到誰的影響，這個我
> 不清楚。[15]

又於1976年1月13日李喬寄給鍾肇政的書信上提及：

> 「フォーワ（ク──筆者所註）ナ」的陰魂將統罩我以後作
> 品的一切。（フォークナ即福克納──筆者所註）[16]

　　從這些李喬的自述看來，《寒夜三部曲》很有可能受到福克納
作品的文學性影響。後來，李喬在《新書月刊》（1985年5月）中
介紹他自身推薦的圖書。除了中國古典詩文及白話文學，日本《源
氏物語》、哥倫比亞作家賈西亞‧馬奎斯（Garcia Marquez）的《百
年孤寂》等海外古典及現代文學之外，其中也包含了福克納的《聲

---

[13] 李喬，〈從文學作品看臺灣人的形象〉，《臺灣文藝》91期（1984），頁58。
[14] 李喬，《重逢》（臺北：印刻，2005），頁235。
[15] 洪醒夫，〈偉大的同情與大地的鄉愁〉，《書評書目》18期（1974），頁19。
[16] 鍾肇政，《鍾肇政全集25》（桃園：桃園縣文化局，2002），頁435。

音與憤怒》（*The Sound and the Fury,* 1929）、《八月之光》（*Light in August,* 1932）以及短篇小說集。[17]內容可說是橫跨古今東西為數眾多的文學作品。儘管如此，李喬仍於1990年在國立成功大學的演講〈我的文學行程與文化思考〉中說：

> 寫作上影響我最深的有三位：鍾肇政先生的寬容、提攜後進
> 令人仰止；「語言文字在文學上的位置與限制」──這方面
> 的多年思考是鍾先生替我開導出來的。鄭清文先生為人寫作
> 上的真誠成為我的指標，他在作品上的求全細密使我時時警
> 惕在心。威廉・福克納的作品，開啟了我心靈的窗牖，我體
> 會到文學的世界是可以創造出來的。[18]

　　李喬從1970年代至現在一直論及福克納，因此福克納作品對李喬的影響也許遠大於其他海外作家。

　　而福克納作品是如何在臺灣被翻譯與擴展的呢？1960年代正是在「戰後」臺灣文學史中現代主義最繁榮的時期，但其萌芽期為1950年代初。陳芳明指出：「在反共文藝政策高度支配的階段，現代主義是以迂迴的方式次第在臺灣開展。在初期階段（1953-1956），以紀弦為首組成的現代派，正是與臺灣殖民地時期的現代主義者林亨泰從事結盟。在這個階段，法國現代主義的影響力特別旺盛。在後期階段（1956-1960），美國現代主義才漸漸佔上風，這種趨勢非常明顯表現在夏濟安所主編的《文學雜誌》之上。」[19]其後，在東西冷戰的影響下，美國對中華民國政府的支援漸漸擴展，「經

---

[17] 李喬，〈小說人「應讀書」書單〉，《新書月刊》20期（1985），頁14-16。

[18] 李喬，〈我的文學行程與文化思考〉，李喬，《臺灣文學造型》（高雄：派色文化，1992），頁341。

[19] 陳芳明，《臺灣新文學史》（台北：聯經，2011），頁318。

濟上的美援物資與跨國公司的陸續到達臺灣，使日據時期殘餘下來
的工業基礎得到復甦的機會。臺灣在政治、經濟、軍事的對美依
賴，也無可避免地形塑了一面倒的親美文化」，[20]在文學上產生的結
果便是帶來了臺灣的現代主義文學。

　　美國現代主義的潮流逐漸滲透到臺灣文化界中，1960年代以前
美國現代文學作品不斷地被翻譯出版；包括賽珍珠（Pearl Buck）、
海明威（Ernest Hemingway）、馬克‧吐溫（Mark Twain）、史坦貝
克（John Steinbeck）等作家。其中也出現了專門介紹美國現代文學
作品的文藝雜誌、美國現代文學翻譯家及評論家等。[21]但即使到了
1960年代，福克納作品在臺灣仍相當罕見。福克納雖然已於1949
年獲得諾貝爾文學獎，但當時臺灣出版界對福克納卻不甚關心。
原因可能是福克納獨特的文體就翻譯來說並非易事。著名的美國文
學翻譯家何欣於1970年翻譯福克納《熊》（ The Bear, 1970）時，在
〈譯者序〉中說道：

> 威廉‧福克納雖早已被認為是二十世紀偉大小說作家之一，
> 他的聲名也早已為國內讀者所熟知，但他的作品介紹到國內
> 來的卻還很少，少得幾乎近於零。這倒不是從事翻譯工作的
> 朋友們懶惰，而是他的文字十分難譯，有些幾乎無法譯成尚
> 能保持一絲兒原著風格的中文。[22]

　　福克納作品在臺灣的翻譯及介紹，與其他美國現代文學作品相
較起來晚了十年以上。例如，《野椰》（ The Wild Palms，沙文淵譯，

---

[20]　陳芳明，《臺灣新文學史》，頁347。

[21]　關於在「戰後」臺灣美國現代文學的受容過程，筆者參考李惠珍，《美國小說在臺
　　　灣的翻譯史》（輔仁大學翻譯學研究所碩士論文，1995）。

[22]　何欣，〈譯者序〉，威廉‧福克納著、何欣譯，《熊》（臺北：晨鐘，1970），頁1。

屏東：白沙書屋，1960）、《熊》（何欣譯，前述，1970；何欣譯，臺北：哲志，1973；黎登鑫譯，臺北：遠景，1979；黎登鑫譯，臺北：書華，1986）、《野棕》（*The Wild Palms*，杜若洲譯，譯者自刊，1976）、《聲音與憤怒》（黎登鑫譯，臺北：遠景，1979）等，則是到了1970年代才出版了中文翻譯。

（二）日譯福克納作品的讀書經驗

關於《寒夜三部曲》與福克納作品的關聯性問題，李喬於2010年出版的自傳性作品《我的心靈簡史》（臺北：望春風）之中提及：

> 《寒夜三部曲》這部大長篇小說，齊邦媛老師指為「抒情式小說」（Lyrical Novel），是「給大地母親的家書」。（中略）起筆時受福克納寫作《聲音與積（憤──筆者所註）怒》（*The Sound and the Fury*）的啟示（後略）[23]

李喬如何閱讀福克納作品也許是其影響關係的重要切入點。首先，李喬「最先接觸到的是何欣教授譯的《佛克納短篇小說選》」。[24]這本1959年翻譯出版的《佛克納短篇小說選》，其中收錄了〈愛密麗的玫瑰花〉（*A Rose for Emily*, 1930）、〈夕陽〉（*That Evening Sun*, 1931）等福克納的代表性短篇小說。另外，這本書的卷頭有一篇關於福克納的生平介紹短文，強調「（福克納──筆者所註）寫成不朽名著「聲音與憤怒（The Sound and the Fury）」。（中略）（福克納的──筆者所註）「聖堂（Sanctuary）」出版後，立刻（在美國引起──筆者所註）轟動了」。[25]而筆者認為李喬也許因為

---

[23] 李喬，《我的心靈簡史》（臺北：望春風，2010），頁59。

[24] 李喬，《重逢》，頁235。

[25] 〈威廉・佛克納〉，威廉・福克納著、何欣譯，《佛克納短篇小說選》（臺北：重光文藝，1959），頁1-4。

這篇介紹而對上述兩部作品感到興趣。從李喬以「壹闡提」這個筆名發表的〈我喜愛的書〉（1973）中，我們可以推測1973年時他已經閱讀過不少篇福克納作品。

> 不曉得到目前為止，福克納的小說，除了何欣先生譯的「佛克納短篇小說選」，和中篇「熊」外，還有沒有其他？如果沒有，實在是我們讀書界，也是文壇的一大遺憾。我擁有幾部福克納的日譯本長短篇小說，（中略）我希望，也可以說是祈求從事翻譯的學者先生，能把福克納的重要著作中譯過來；有魄力有眼光的出版社，能推出福克納的全集。[26]

當時在臺灣已翻譯出版的福克納作品，只有何欣及其他幾位翻譯者的作品。從李喬所說的「福克納的重要著作」尚未「中譯過來」，我們可以知道李喬已閱讀過其他語言的福克納作品，而從2005年的公開對談可以知道李喬所讀的正是日譯本。

> 我一面查字典一面讀日文的福克納，不過從他（福克納——筆者所註）的生平傳記，從他的短篇到長篇，對我的影響是很可怕的。[27]

由這段談話，我們也可以知道李喬是透過日譯文本來接觸福克納作品。

另外，李喬也用壹闡提的筆名撰寫過幾篇關於福克納作品的書評。〈威廉福克納的秋光（上）〉（1972年8月18日）及〈威廉福克納的秋光（下）〉（1972年8月19日）都曾在《臺灣時報》上刊載，即是李喬評論福克納的代表性長篇小說《八月之光》的作

---

[26] 壹闡提，〈我喜愛的書〉，《書評書目》5期（1973），頁61。
[27] 國立臺灣文學館編，《想像的壯遊》（臺南：國立臺灣文學館，2007），頁208。

品。另外一篇〈威廉福克納的聲音與憤怒〉（1972年9月17日）是
對於福克納成名作品《聲音與憤怒》的評論。〈威廉福克納的秋光
（下）〉及〈威廉福克納的聲音與憤怒〉中，李喬以「附註」的方式
說明自己寫該文章時參照的作品版本及文章題目：

> 本文取材於：高橋正雄的日譯本「八月之光」及大橋吉之
> （吉之輔──筆者所註）作：「八月之光的解說」，大橋健
> 三郎作「福克納：南部與現代」等。[28]

> 本文取材於高橋正雄的日譯本「聲音與憤怒」與解說。（講
> 談社版）[29]

　　根據筆者的調查，李喬參考的日譯福克納作品正是《世界文
學全集45　フォークナー》（東京：河出書房新社，1961）及《世
界文學全集41　フォークナー》（東京：講談社，1968）。前者收
錄了高橋正雄翻譯的《八月之光》，卷末附有大橋吉之輔撰寫的解
說。其內容簡介的第三節標題正是〈關於《八月之光》〉（『八月の
光』について──筆者自譯）。而後者則收錄了高橋正雄翻譯的
《聲音與憤怒》，卷末附有由譯者自身的〈解說〉。李喬可能在撰寫
上述書評時已讀過收錄在「文學全集」的福克納作品。因此，我們
可以推測前述李喬所謂希望中譯的「福克納的重要著作」正是《聲
音與憤怒》與《八月之光》等代表性長篇小說。

　　另外，1966年由日本的研究社出版的《二十世紀英美文學介
紹》（二十世紀英米文學案內──筆者自譯）是收錄著名英美作家
作品的一套叢書。其中有一本由西川正身編輯的《福克納》（フォ
ークナー──筆者自譯），內容上除了福克納的生平介紹之外，另

---

[28] 壹闡提，〈威廉福克納的秋光（下）〉，《臺灣時報》，1972年8月19日。

[29] 壹闡提，〈威廉福克納的聲音與憤怒〉，《臺灣時報》，1972年9月17日。

有《聲音與憤怒》、《聖殿》[30]以及《八月之光》等主要作品梗概及其內容簡介，也包含福克納研究相關的圖書文獻目錄，可以說是福克納作品的入門書。而且，在白色封面上有又大又粗的藍色字體：「W. FAULKNER」。我們從《重逢》中的記述，可以知道李喬也讀過該書。

> 那幾年我的日文書刊唯一來源是鄭清文兄代購的，其中佛氏親弟寫的《想起我兄》（佛克納傳），<u>和導讀性論集：《W. Faulkner》（西川正身等編著）</u>——是鄭先生贈送的。佛氏日譯書我大都擁有。[31]

李喬在此處所論及的「西川正身等」編輯且書名為「W. Faulkner」的「導讀性論集」的書，或許正是上述的《福克納》。另外，1973年1月7日李喬寄給鍾肇政的書信中也有相關的內容：

> 寄來一本<u>「西川正身」編的「福克納」</u>（フォークナー——筆者自譯），我目前要求的書已足！[32]

而李喬在1974年左右已設想了《寒夜三部曲》的基本構思，[33]

---

[30] 《聖殿》是 *Sanctuary*（1931）的中譯名字。本文採用了於2004年由上海譯文出版社翻譯出版的中譯本的書名。

[31] 李喬，《重逢》，頁236。

[32] 鍾肇政，《鍾肇政全集25》，頁353。

[33] 對於前述洪醒夫的採訪（採訪日期是1974年8月26日），李喬如此回答：「我希望寫甲午年前幾年到光復前幾年。分成三段。（中略）而整個大主題是以我的母親——母愛來貫穿。（中略）追求母愛，也是追求生命的本源，母親就是大地，大地就是人的本源。……有這麼一個大的東西在我腦筋裡面轉，我認為可以構成一個大長篇。」（洪醒夫，〈偉大的同情與大地的鄉愁〉，頁21）如上所述，《寒夜三部曲》是描寫日本統治期半個世紀的三部曲，同時以作者母親為模型創作出來的葉燈妹被設定為三部曲整體的中心人物。因此，筆者認為李喬接受洪醒夫的採訪時，已經設想了《寒夜三部曲》的基本構思。

因此閱讀福克納代表作品及《福克納》這些書的讀書經驗是與故事
內容的構思在大致同時的。筆者認為關於福克納作品的閱讀，給予
《寒夜三部曲》內容本身帶來了相當巨大的影響。

　　福克納作品的文學特徵是以自身的故鄉作為模型而擬造出「約
克那柏陶伐郡」（Yoknapatawpha County）這個想像空間。並以此想
像空間為背景創作出「約克那柏陶伐薩迦」（Yoknapatawpha Saga）
這些作品群。[34]關於約克那柏陶伐薩迦，上述的《福克納》中引用
福克納於 1956 年接受《The Paris Review》採訪時的內容。

> 我發現我自己的故鄉，即使是像郵票那麼小的土地，也極富
> 書寫價值，不管我的生命多麼長，也無法把那裡的事寫完，
> 只要把現實昇華為虛構，不論自己的才能到哪個程度，都能
> 具有毫不保留地發揮其才能的完全自由。[35]

　　這個採訪被稱為對於福克納「最出色的採訪」，[36]也因此該採訪
內容後來常在其他福克納作品簡介中引用。李喬在閱讀《福克納》
時可能也讀了收錄於這本書前面的採訪內容。福克納以自己的故鄉
作為故事舞臺，但他經常採用的創作手法是並不直接描寫眼前的

---

[34] 日本ウィリアム・フォークナー協會編，《フォークナー事典》（東京：松柏社，
　　2008），頁656。另外，「約克那柏陶伐」是美洲印第安人的語言，意思即「水緩
　　緩地在平坦地流動」（筆者自譯，原文如下：水はゆるやかに平坦地を流れる），
　　也是密西西比州約克那川的古名（大橋健三郎，《フォークナー》，頁99）。

[35] 西川正身編，《フォークナー》（東京：研究社，1966），頁16。筆者自譯，原文
　　如下：「私は自分の鄉土が、切手のように小さなものであっても、書くに値する
　　こと、どれほど長生きしても、とうてい書きつくすことができず、現実を虛構に
　　昇華しさえすれば、自分の才能がどの程度のものにせよ、その才能をあますとこ
　　ろなく使う完全な自由が持てることを知った。」

[36] 大橋健三郎，《フォークナー》，頁202。筆者自譯，原文如下：「最もすぐれたイ
　　ンタヴュー」。

景象，而是發揮自身的想像力，將現實狀況昇華為虛構故事。[37] 這種福克納獨特的創作手法如何影響李喬撰寫《寒夜三部曲》這個問題，希望在下節中能具體地討論。

三、《寒夜三部曲》中福克納作品的影響

（一）蕃仔林與約克那柏陶伐

如上所述，《寒夜三部曲》以客家一族為主要人物，時間上則從清末至日本統治期結束為止。架構上分為《寒夜》、《荒村》及《孤燈》，雖然這三篇都是各自獨立的故事，但登場人物與故事背景卻有緊密的關聯性，同時透過「蕃仔林」這個地理空間來加強故事中人物與背景的連結。

《寒夜》由客家彭氏一族入墾蕃仔林為始，描繪臺灣住民面對清朝將臺灣割讓給日本的狀況。一族的家長彭阿強帶著花囤女（童養媳）葉燈妹及隘勇劉阿漢等人入墾開拓蕃仔林。但，出現在他們面前的是猛烈的颱風與地主的剝削，他們的開墾艱難困苦。故事進行至日本統治時期，阿漢加入了抗日游擊隊。

接著，《荒村》取材於文化協會或農民組合發起的社會運動歷史，描述1920年代苗栗一帶的民族運動及與之相伴的抗日運動。阿漢與他第三個兒子劉明鼎參與了二林事件和中壢事件等歷史性的抗爭事件，《荒村》便是沿著抗日運動展開的故事內容。農民組合在二・一二事件後受到毀滅性的打擊，作為農民組合大湖支部長的阿漢也在山中被警察逮捕，並在監獄中受到嚴峻的拷問，最後被注射毒物身亡。

---

[37] 大橋健三郎，《フォークナー》，頁vii。

　　《孤燈》以阿漢的第六個兒子劉明基為主角，故事描寫太平洋戰爭時臺灣人在南洋的戰爭經驗。在呂宋島面臨敗戰的明基跟日本及臺灣人兵士一起盼望著能生還回到故鄉。明基他們在山中潛伏撤退，躲避敵軍攻擊的片段被描寫得相當鮮明，由於抗日的急襲或是瘧疾、饑餓等，同行者人數漸漸減少。故事內容大部分雖以菲律賓為舞臺，但是明基出征的起點與內心期盼的故鄉便是蕃仔林。因此，蕃仔林可以說是作為故事中心的象徵。

　　《寒夜三部曲》以蕃仔林或蕃仔林一帶作為故事的中心舞臺。如本文的開頭所述，李喬著重於「歷史素材小說」中虛構的運用。因此《寒夜三部曲》中的蕃仔林或是故事中的登場人物，雖然確有其模型的對象存在，但卻絕非完全依據單純的現實描寫或傳聞記錄，而是透過李喬自身虛構化的手法撰寫出來的東西。如此對於虛構的觀念，李喬在創作《寒夜三部曲》時已有所認識。李喬在得到吳三連文藝獎之後接受宋澤萊的採訪，問答中李喬有如此表述：

> 當我寫孤燈寫到太平洋戰爭時，對於"FICTION"我有了更深的解悟，所謂人的「想像力」實在是非常有限，小說必然是建築在許多真實的「點」之上的，「虛構」只是一種線；把真實給連結起來，這樣便是小說了。[38]

　　李喬有意識地經營《寒夜三部曲》的虛構性，蕃仔林這個虛構空間便是以李喬自身的故鄉苗栗蕃仔林作為模型而創造出來的地理空間。

---

[38] 廖偉竣（筆名：宋澤萊），〈走出「寒夜」的作家〉，《暖流》1卷4期（1982），頁49。如註1，《孤燈》是三部曲中最先完成的部分，因此筆者認為之後的《寒夜》及《荒村》的故事也反映了《孤燈》當中虛構的觀念。

此外，本文與《寒夜三部曲》進行比較討論的《聲音與憤怒》、《聖殿》、《八月之光》都是福克納的代表作品。這些作品即是李喬創作《寒夜三部曲》時已接觸過的作品。這些作品的故事都集中在二十世紀初的美國，場景則都是作家虛構的地理空間，即位於美國南方密西西比州的「約克那柏陶伐郡」以及其郡府所在地「傑佛遜」（Jefferson）。

《聲音與憤怒》描寫傑佛遜的沒落世家康普遜（Compson）家的衰敗。故事敘事者是康普遜家第三個兒子班傑明（Benjamin；或班吉〔Benjy〕），他患有智能障礙，並沉溺於與最心愛的姊姊康狄絲（Candace；或凱蒂〔Caddy〕）一起度過的時光。十八年前，同樣偏愛著凱蒂的康普遜家第一個兒子昆丁（Quentin）在哈佛大學讀書時，知道了凱蒂初夜被奪走後，便幻想與凱蒂近親相姦的情節隨後跳水自殺。後來，凱蒂和幾個不同的男生發生性關係，並生下了私生女昆丁（Quentin；與凱蒂的哥哥昆丁同名）。昆丁長大之後，同樣擁有如同母親一般奔放的性格，不斷地溜出學校並和男人私奔。

《聖殿》的故事則描寫男律師霍拉斯（Horace）與密西西比大學的女大生譚波兒（Temple），被捲進犯罪集團首領金魚眼（Popeye）引起的殺人事件中。譚波兒與男朋友一起前往棒球場的途中遇到汽車事故，並前往農園廢墟「老法國人宅院」（the "Old Frenchman" homestead）求援。老法國人宅院裡金魚眼和同夥們一起釀私酒。金魚眼射殺了他的手下湯米（Tommy），並用玉米穗軸強暴了譚波兒。其後，金魚眼的另一個手下戈德溫（Goodwin）卻以殺害湯米及強暴的罪名被逮捕，霍拉斯擔任戈德溫的辯護律師，並為其四處奔走。但因為譚波兒的偽證而使戈德溫最終被判了死刑，戈德溫受到傑佛遜民眾的強烈指責，結果憤怒的民眾在霍拉斯的面前對戈德溫施加私刑後，用汽油活活燒死了他。

　　《八月之光》的開頭則描述一位懷孕的二十歲女子莉娜（Lena）為了尋找過去拋棄自己的男人來到傑佛遜。莉娜到了傑佛遜後，來自北方一向反對奴隸制度的伯頓（Burden）家發生了火災，現場發現了遭到殘忍他殺的中年未婚伯頓女士的屍體。警察開始追捕白人男人克里斯默斯（Christmas），不久漸漸謠傳擁有黑人血統的克里斯默斯的過去以及他殺害伯頓的動機。其後，克里斯默斯在逃亡途中被捕並被移送到傑佛遜，狂熱的白人至上主義信徒海因斯（Hines）開始煽動群眾對克里斯默斯施加私刑。於是，克里斯默斯逃進傑佛遜當地的牧師海托華（Hightower）的房屋裡，但國民警衛隊的隊長格雷姆（Grimm）開槍並用刀子將瀕死的克里斯默斯去勢。

　　1897年生於美國南方密西西比州北部的福克納，五歲時舉家移居至同州拉法耶特郡（Lafayette County）的郡府所在地牛津（Oxford）。牛津是福克納從此之後度過一生的地方，小說中約克那柏陶伐郡傑佛遜的原型就是拉法耶特郡牛津。[39]福克納以自身故鄉為模型創造出虛構的地理空間約克那柏陶伐，並將此設定為自身作品的中心場景。

　　從上述內容，我們可以知道李喬與福克納小說都是以某地理空間作為基礎來進行創作。李喬作品中的「蕃仔林」及蕃仔林所屬的苗栗一帶，與福克納作品中的「約克那柏陶伐」及其中心地傑佛遜，這兩地都是以作者自身最為熟悉的故鄉——那裡並不是大都市，而是地方的小鎮——為原型來創作出來的作品舞臺。這兩地並非單純的現實複製，而是作者有意識地創造出的虛構的小說空間。這個特徵是李喬與福克納的作品之間最為類似的共同點。從下面的文章便能得知李喬對於約克那柏陶伐或傑佛遜有所關心。

---

[39]　大橋健三郎，《フォークナー》，頁10。

「聲音與憤怒」和「薩特利斯」以及「秋光」（已於8月18日介紹）一樣，是以架空的「傑弗遜」鎮為背景寫成的。這是描述名門「堪普森」家族沒落的故事。[40]

佛氏「納實存虛」地創造了「約克那柏陶伐郡」，讓我大膽地以童年生活基地「蕃仔林」，複製為李喬「歷史素材小說」的整個空間。[41]

　　前者是刊登於《臺灣時報》的書評〈威廉福克納的聲音與憤怒〉，因此我們可以確認李喬於創作《寒夜三部曲》之前，已注視了小說空間的虛構性。後者則證明李喬從福克納的約克那柏陶伐中得到啟發並創作了蕃仔林空間。也就是說，《寒夜三部曲》之前發表的短篇小說中所出現的蕃仔林，並不同於《寒夜三部曲》這部「歷史素材小說」中的蕃仔林空間。李喬於創作《寒夜三部曲》時，他充分意識地創造了像約克那柏陶伐那樣具有虛構性的地理空間。

（二）故事內容的時代性、地域性以及普遍性

　　李喬在登上文壇後持續描寫的是以蕃仔林為故事中心的作品——特別是收錄於短篇集《山女》（1970）中的短篇小說——但筆者認為《寒夜三部曲》中的「蕃仔林」是與之前作品截然不同的虛構空間。《寒夜三部曲》以前的作品大都奠基於作者個人的原體驗進行創作，而《寒夜三部曲》則是作者徹底進行歷史取材——李喬開始撰寫之前，解讀了臺灣現代史的龐大史料，並著實採訪了日本統治期的地方耆老——而生產的「歷史素材小

---

[40] 壹闡提，〈威廉福克納的聲音與憤怒〉。

[41] 李喬，《重逢》，頁236。

說」。[42]因此，《寒夜三部曲》超越了作者個人體驗的架構，具實地反映了臺灣的地域性以及臺灣現代史的時代性。

例如《寒夜》描述了彭氏一族開墾蕃仔林土地的始末，故事情節的背景是日本帝國主義統治下的臺灣。

> 然而，岳大人阿強伯的臉色十二分難看，人華更是冷言冷語；人興帶著阿枝仔回來了。阿枝仔的第一胎孩子夭亡，現在又已大腹便便。現在，阿漢在彭家，成了真正多餘的一口。
>
> 在這段時間，北臺灣動亂的消息不斷流傳過來。聽說街上的富裕人家都紛紛北上了；不，是南下逃亡，準備由安平、打狗一帶的港口出海逃難。因為北部已經陷落；東洋蕃在臺北城已經開府視事，於6月17日舉行「始政式」。在「臺灣民政支部」下設有「苗栗出張所」……[43]

這裡描繪了彭氏一族的家庭情況，同時敘述了日本佔領下的時代背景。故事內容以蕃仔林為場景展開的同時，同時代的歷史性事件也巧妙地鑲嵌於文本中。這便是《寒夜》的故事性特徵，但這並非《寒夜》的特有傾向。在《荒村》中也同樣出現了類似的安排，阿漢和明鼎加入了當時實際存在的農民組合，並與歷史上確實存在的簡吉和趙港等歷史性人物共同合作。其巨大的時代背景便是二林事件與中壢事件這類農民社會運動。

---

[42] 李喬在《小說入門》（頁200）之中如此撰寫：「自寫作「結義西來庵」——「噍吧年事件」，以至「寒夜三部曲」，我閱讀了千萬字以上史料文字，訪問過野老遺賢百人以上，寫下一百二十萬字歷史素材的小說」

[43] 李喬，《寒夜》（臺北：遠景，2001），頁321。

　　趙港是黃的最早同志。最後，他們取得協議：關於組織
「農民黨」部分免議；為了加強組織力量，擴大影響面，增
加抗爭實力和協助更多的農民大眾，決定改組「佃農組合」
為「農民組合」。
　　——這就是劉明鼎眼前的任務：協助成立「農民組
合」。
　　在這期間，明鼎有很多和簡吉接觸的機會。簡吉是一位
滿懷熱情，富於俠義心的年輕人；在農民運動上的理論與理
想，比郭秋揚、黃、趙等人高出許多；簡識見淵博，知道好
多明鼎完全陌生的東西；一些明鼎十分吃驚的立論與手段，
簡都好像十分熟悉，而且視作平常事物。[44]

　　眾所周知，1920年代是抗日鬥爭逐漸由武裝蜂起轉為自治運動
或左翼運動的轉換期。根據若林正丈的研究，這時期的社會運動給
予殖民地統治時期的臺灣社會相當大的影響。[45]而李喬即巧妙地利用
1920年代臺灣的時代背景，構建了《荒村》這部「歷史素材小說」。
　　但，值得注意的是《寒夜三部曲》的故事場景並不僅限於臺
灣，它同時擴展到與臺灣現代史頗有關係的南洋戰場上。李喬
在《寒夜三部曲》的序中撰寫「(《孤燈》——筆者所註)寫的是
臺灣光復前後臺灣山村的非人生活，以及十萬青年赴戰南洋的事
跡」。[46]《孤燈》講述了戰時蕃仔林的困窮生活以及作為軍屬或軍夫
前往南方前線基地戰死的臺灣青年。但《孤燈》的南洋戰場不僅描
寫了臺灣的戰爭悲劇而已，同時揭露了戰爭的慘烈。李喬曾說：
「(《寒夜三部曲》中——筆者所註)我寫了更大的人類共同的災

[44] 李喬，《荒村》(臺北：遠景，2001)，頁274。
[45] 若林正丈，《臺灣抗日運動史研究》(東京：研文，2001)，頁444。
[46] 李喬，〈序〉，《寒夜》。

難，那就是戰爭」。[47]正因此《孤燈》將戰爭體驗這樣人類悲劇凸顯出來了。《寒夜三部曲》可以說是描繪出了臺灣的時代性、地域性特徵，並同時朝向「人類共通的」普遍性問題邁進。

　　另一方面，現在我們將思路回到上述福克納的三篇長篇小說。福克納的作品非大河小說或歷史小說，作者利用約克那柏陶伐與傑佛遜這個地理性空間，並將二十世紀初美國社會中典型的風俗現象安插入故事情節之中，這個描述方法是作品特徵之一。例如，《聖殿》中，如此描繪了霍拉斯在泉水旁邊遇到金魚眼的場景。

> "聽著"，另外那個男人說。"我叫霍拉斯·班鮑。我是金斯敦的一個律師。我從前住在那邊的傑弗生；我現在正要上那兒去。這個縣裡，人人都會告訴你我從來不傷人。如果是為了威士忌，我才不在乎你們釀了多少，賣了多少還是買了多少。我只不過在這兒喘口氣，喝點水。我沒別的目的，就是要進城，去傑弗生。"[48]

　　這裡所引用的霍拉斯的臺詞，我們可以看到犯罪集團首領金魚眼將威士忌私造並私賣的情節。美國由於第一次世界大戰時期的禁欲性社會風潮，制定憲法第十八條修正案，並從1920年至1933年在全美規模性地施行了禁酒法。[49]另一方面，市井中卻流通了由犯罪集團私釀的酒或走私的進口酒。[50]

---

[47] 李喬等，〈縱談《寒夜》的歷史與文學〉，頁250。

[48] 威廉·福克納著、陶潔譯，《聖殿》（上海：上海譯文，2004），頁3。

[49] 岡本勝，《禁酒法》（東京：講談社，1996），頁3-44。州法律禁酒法實施最久的地區是美國密西西比州，遲至1966年才解禁（日本ウィリアム・フォークナー協會編，《フォークナー事典》，頁477）。

[50] 岡本勝，《禁酒法》，頁3-44。

　　福克納的作品中，有關禁酒法與私造酒的情節並非只在《聖殿》中出現。《八月之光》中，克里斯默斯半夜在「離城有兩英里，在一座古老的殖民地時代的莊園背後」偷偷將私釀威士忌賣給一般人。實際上，美國南方社會與私造酒文化有著緊密的連接。[51]根據森岡裕一的研究，福克納在作品的背景中巧妙地描述了已成為南方的私造酒文化。[52]福克納透過利用當時美國的時代背景並創造了具有獨特風格的作品。

　　同樣，福克納的小說中除了私造酒和犯罪集團之外，另外也描繪了當時流行的不受傳統拘束的年輕女子（flapper）。所謂flapper是指短髮、眼影、迷你裙裝扮的這些活潑又性感的年輕女子，她們常去舞場、電影院玩耍並追求快樂。flapper形象在1913年左右已經形成，1920年代之後便成為美國的時代性象徵。[53]《聲音與憤怒》中的喪失處女的凱蒂、奔放的女兒昆丁，《聖殿》中活潑的女大生譚波兒為flapper形象的代表。[54]

　　雖然福克納的小說中以私造酒、犯罪集團、flapper等要素表現出了1920年代美國的時代性及美國南方的地域性，但故事中顯出的種族歧視問題便成為南方地域性的最為明顯的部分。南北戰爭結束後，美國南方加深了對黑人的種族歧視。[55]尤其在福克納的故鄉密西西比州恰恰是種族歧視最激烈的地方，[56]該州的憲法成為合法性

---

[51] 森岡裕一，《飲酒／禁酒の物語學》（吹田〔大阪〕：大阪大學出版會，2005），頁181。

[52] 同前註。

[53] サラ・M・エヴァンズ著、小檜山ルイ・竹俣初美・矢口祐人・宇野知佐子共譯，《アメリカの女性の歷史》（東京：明石書店，2005），頁285-287。

[54] 日本ウィリアム・フォークナー協會編，《フォークナー事典》，頁108、110、574。

[55] 上杉忍，《公民權運動への道》（東京：岩波書店，1998），頁121。

[56] 日本ウィリアム・フォークナー協會編，《フォークナー事典》，頁485。

地奪取黑人參政權的模型，並在其後成為了其他州剝奪黑人參政權的原型。[57]《八月之光》中講述克里斯默斯的過去，看起來完全是白人男子的克里斯默斯，被孤兒院的女營養師罵：「你這小黑鬼！黑雜種！」而且克里斯默斯也對於一起過一夜情的女人說了「我身上有黑人的血液」，故事中黑人血統的問題便是作品主題之一。故事中舉起手杖興奮怒吼著要對克里斯默斯私刑的海因斯，他是平時在黑人教會中宣揚白色人種優越性的白人至上主義者，在故事的結尾說：「現在你會讓白人婦女安寧了，即使你下到地獄裡」，去勢克里斯默斯的格雷姆的信念便是「堅信白種人優於其他任何種族，堅信美國人優於其他任何白種人」那樣種族國家主義。克里斯默斯成了美國南方社會體制的犧牲者。[58]

　　但，我們應該留意的是福克納描寫出來的故事世界，它是深刻地顯露出懷抱著歷史性的南方社會之縮圖，其作品特徵乃是對於種族歧視問題與奴隸制度的道德考察。因此，福克納被評價為「南方國粹主義及美利堅邦聯的相傳者」，同時描繪出「從南方狀況中呈現出來的人類狀況」的作家。[59]而關於福克納文學的特色，李喬對於福克納作品中地域性與普遍性問題有如下的描述：

> 福克納的作品，往往被目為「地方性的」，也就是我們說的「鄉土文學」，這是他生長的大小環境悠（攸——筆者所註）關，但是他的作品絕不自限於「地方性」；福克納之所以偉大處，正是這種由美國南方獨特的自然底，風格底，道德底

---

[57] 上杉忍，《公民權運動への道》，頁122、124。

[58] 田中久男，《ウィリアム・フォークナーの世界》（東京：南雲堂，1997），頁206。

[59] 同前註，頁12。根據日本的美國文學研究者田中久男的研究，這句話是出自於美國著名文評家馬爾科姆・考利（Malcolm Cowley）所編輯的《福克納作品精選集》（*The Portable Faulkner*，1967年改訂版）當中編者的序文後記中的記載。

出發，然後和現代底人間的條件相通相融，構成屬於他的藝術世界。[60]

　　《寒夜三部曲》與福克納的這三部長篇小說，都可以明確指出作家以虛構化的故事來涵蓋當時的時代性、地域性、普遍性等共通項目。李喬自身也對於福克納作品的這些特徵有著深刻關懷。因此可以說李喬在創作《寒夜三部曲》時，已經明確意識到福克納的作品結構。

四、《寒夜三部曲》中臺灣本土性主題的開展

（一）昇華的共同體意識

　　如上所述，《寒夜三部曲》和福克納作品最大的類似點是以作者自身的故鄉作為故事背景的原型進行創作。但，筆者同時認為也可以將這一點看成雙方之間最大的差異點。《寒夜》是以彭氏一族入墾蕃仔林作為故事的開始，描繪彭氏一族移居蕃仔林的整個過程，這樣的描述意味著蕃仔林並非在故事開頭時就佔據了小說最中心的地位。而且，在一族的合作下所開墾的蕃仔林空間，阿強他們在地主的面前說了：

> 　　「人客。失禮喔。這不是阿添舍的墾地，就別量了。」
> 許石輝說，長長吁口氣。
> 　　「誰說不是？告訴你：蕃仔林地區，阿添舍請准開墾了。」
> 　　「小南勢也算在內。」另外一個說。
> 　　「住口！這是我們出血流汗，拿頭胿換來的活命地盤，誰也別……」

---

[60] 壹闡提，〈威廉福克納的秋光（下）〉。

「你說什麼？老貨仔！」

「我說：我代表蕃仔林所有的人說：頭胸可以拿去，田地，不行！」許石輝越說越激動，不覺拍胸擂拳要拚命了。[61]

從上述的臺詞也可以知道，他們以蕃仔林這塊土地作為媒介強力地團結起來。而這裡便表現出以蕃仔林作為基盤的一個共同體意識。

《寒夜》中以土地為中心的共同體意識，在《荒村》中昇華為對「臺灣人」這個名稱抱有連帶感的共同體意識。例如，阿漢在前往參加文化協會主辦的文化演講會途中，與同伴們的對話如下：

「你阿漢哥，也算出頭天啦，你………」古阿龍大概想起什麼，話突然中斷了。

「出頭天？哈，出頭天！」

「子女長大了嘛！你也不簡單啊，咬薑嚼醋，難為你們夫婦白手成家的。」

「子女長大又怎麼樣？多一張嘴，就是多一份受苦受難的野人！」

「嗯………」

「人，好像生下就是來受苦的。」

「話，不能這樣說——祇有我們才這樣。」

「臺灣人才這樣。」

「那些頭家，那些三腳仔就不一樣。」

「窮苦的臺灣人才這樣。」

「阿漢哥：什麼時代，我們臺灣人才能出頭天？」古阿

---

[61] 李喬，《寒夜》，頁140。

龍認真地，就好像把劉阿漢看作關老爺或恩主公來問。[62]

　　根據何義麟的研究，1920年代的臺灣社會受到第一次世界大戰後民族自決思潮的影響，出現了「臺灣人」這樣的自稱及臺灣全島之主體的自信和自覺。[63]在確立臺灣人共同體意識的時代中，阿漢他們互相承認自己是「臺灣人」，而不是內地人（「那些頭家」）或臺灣人中的親日者（「那些三腳仔」）。此處所描繪出的共同體意識，已經不限定在蕃仔林這個範圍之內，而廣泛地提升至臺灣／臺灣人意識的層面。

　　另外，雖然《孤燈》的故事空間從蕃仔林轉向遠方的南洋，在異國之地臺灣青年的共同體意識仍以臺灣作為依據。故事中明基獨白他自身的內面時，他如此說道：

> 　　他們一行三十多人，經過聖斐南多空蕩蕩的大街，朝北走去。砲聲隱隱，前途茫茫。路面，時時有輕微而持續的震顫，就不知道是戰車，還是大編制轟炸機群所引起的？
> 　　故鄉是否安然無恙？
> 　　蕃仔林是個偏僻的山村，總不會受到敵機的空襲吧？明基邊走邊想。
> 　　可是，整個臺灣島呢？[64]

　　在明基意識中流轉的是蕃仔林情景，掛慮的是故鄉的家族們是否平安，同時也考慮著臺灣全體的現狀，這也象徵著臺灣／臺灣人意識。因此《寒夜三部曲》中可以看到以蕃仔林土地作為媒介而形成的共同體意識，逐漸轉化為以臺灣為基盤的共同體意識，進而昇

---

[62] 李喬，《荒村》，頁16-17。

[63] 何義麟，《二‧二八事件》（東京：東京大學出版會，2003），頁34。

[64] 李喬，《孤燈》（臺北：遠景，2001），頁323。

華為臺灣／臺灣人意識的架構。

　　另一方面，福克納的三部長篇作品，雖然充滿著濃郁的美國南方色彩，卻不是三部曲的大河小說。這些作品都屬於約克那柏陶伐薩迦系列的作品群，且以福克納自身的故鄉約克那柏陶伐以及傑佛遜為中心，並將此地理空間擺置在故事情節的重要地位。

　　這些以約克那柏陶伐為作品中心的頗有強烈南方風味的故事，事實上是身為南方白人福克納對於南方和他自身關係所進行的反省，因此作者非常具有意識性地將南方題材納入故事當中，[65]並意圖徹底揭露南方社會的現實問題。[66]福克納的觀點主要在於構築自身價值觀上的南方王國於南北戰爭後崩潰的面向，以及舊南方社會的原罪，即黑人奴隸制度這個人類之惡本身。[67]

　　總而言之，福克納的作品對共同體進行懷疑以及批判，描寫了其解體之後的面貌。《寒夜三部曲》則是刻畫出來一個小地域的共同體意識從誕生而建構，乃至於昇華的一連串過程，著重於向共同體意識的憧憬及其建設。李喬與福克納的作品風格及指向性走向了相反的方向。

（二）從福克納的脫離

　　李喬創作《寒夜三部曲》的1970年代是臺灣史上政治變化相當激烈的時代。經過美麗島事件（高雄事件）後，臺灣作家主動地面對臺灣社會政治性現實，因而在1980年代的臺灣文壇中掀起了政治性、社會性禁忌的政治文學的風潮。至今為止的先行研究中，很多篇論文都將《寒夜三部曲》與當時社會脈絡的連接進行論述。

---

[65] 平石貴樹，《アメリカ文学史》（東京：松柏社，2010），頁388。
[66] 田中久男，《ウィリアム・フォークナーの世界》，頁190。
[67] 同前註，頁116。

李喬在戒嚴令時期利用具有史實性的虛構示意臺灣社會中建構以臺灣人為主體的共同體意識之意義。雖然從《寒夜三部曲》的脫稿日期推測，美麗島事件本身與寫作可能並非有直接關聯，[68]但李喬確實於1970年代末的政治思潮中意圖通過《寒夜三部曲》來描繪小地域的共同體意識昇華為臺灣／臺灣人意識的過程。[69]因此將《寒夜三部曲》的創作動機反推至1970年代的政治性社會氣氛的研究與推測可能具有相當的合理性。

　　但是，如果試圖從另外的視點來看，李喬將福克納作品作為自己的文學榜樣，而創作了具有獨自性的《寒夜三部曲》，並不能僅僅限定於當時的社會性背景。筆者希望能從李喬內心的層面談起。

　　如本文的開頭所述，李喬發表《寒夜三部曲》後得到了吳三連文藝獎，事實上李喬的創作過程中曾獲得不少文學相關獎項。自發表〈酒徒的自述〉（1959）後，李喬便開啟了作家人生，他一邊在中學教授國文課程，一邊繼續進行創作活動，1968年〈那棵鹿仔樹〉（1967）得到了第三屆臺灣文學獎。臺灣文學獎即是《臺灣文藝》的創刊者吳濁流所設立的文學獎，其目的便是為了鼓勵青年作家的小說創作。當時的臺灣文學獎的參選對象唯有刊登於《臺灣文藝》的作品，因此得到臺灣文學獎可能並非直接意味當時臺灣文壇對李喬的評價。但對李喬的作家生涯來說，臺灣文學獎確實成了一個重要標誌。李喬得獎時初次公然地表明了自己作為作家的決心。

[68] 美麗島事件發生於1979年12月10日，當時已經發表《孤燈》，《寒夜》也許已經完成了大部分的內容。關於各作品的脫稿日期，請參照本文註1。

[69] 1970年代的社會狀況給予李喬深刻影響的可能性，李喬自身如此表示：「真正使我成長的是「中壢事件」與「美麗島事件」。（中略）如果無「中壢事件」、「美麗島事件」的教育，我怕是老死也未長大呢！是的，由「寒夜」寫作的緣由，臺灣社會重大事件的刺激，李喬不得不由文學的自限而邁向文化的思考了。」（李喬，〈我的文學行程與文化思考〉，頁341）

　　我會更專心，更忠誠於文學墾植，直到老死。[70]

　　〈那棵鹿仔樹〉的故事描述住在苗栗市街的敘事者完成了心
願，回到自己出生而長大的大湖（即蕃仔林）。故鄉在物質上變得
相當富足，卻漸漸失去過往風景而使敘事者感到不耐煩。〈那棵鹿
仔樹〉發表時間為1967年，而1960年代恰巧是臺灣經濟高度發展
的時期，農村都市化也相當明顯。〈那棵鹿仔樹〉表現出對臺灣社
會的強烈關心，其後成為李喬作品的主要特徵。李喬於1970年代
前發表的〈捷克·何〉（1972）與〈孟婆湯〉（1973）都收錄了與時
事相關的社會問題及犯罪事件，以1970年代駐留在臺灣的美軍為
主題，並對當時的臺灣社會有相當強烈的批判。

　　但是，1970年代初的臺灣文壇出現了不少取材於現實社會的
作品。除了李喬之外，黃春明〈莎喲娜啦·再見〉（1973）相當
譏諷地描寫當時日本觀光客組成的臺灣買春團。楊青矗〈在室男〉
（1969）生動地描寫勞動者面對日常生活的殘酷現實和資本家的榨
取，並確定了「工人小說」的新類型。由於這些描寫現實的作品在
臺灣文壇上發光發熱，李喬不得不重新思考自己的創作姿態，並追
求「自己的真正的風格」。[71]李喬於1973年11月18日和1974年5月
3日寄給鍾肇政的書信中吐露了懷中的苦悶。

　　　半年來，文壇上「社會派」甚壯聲勢，而幾位學院派首腦提
　　　出主張云云，想起來好些一直自己就這樣做了（沒啥新鮮值
　　　得鼓之極之？）[72]

---

[70] 李喬，〈入選感言〉，《臺灣文藝》18期（1968），頁52。

[71] 李喬於1965年9月14日寄給鍾肇政的書信中如此撰寫：「我希望自己有屬於自己的
　　真正的風格」（鍾肇政，《鍾肇政全集·二五》，頁26）。

[72] 同前註，頁385。

從楊青矗先生崛起，以「社會路線」見稱後，我就漸想後退了，（後略）[73]

李喬於 1973 年前後遭遇了創作上的困難。[74]但是，使人覺得很有趣的是，同時也就是在這個挫折中李喬開始注目福克納作品。李喬對於福克納深感興趣，尤其著眼於故鄉的描寫，而領悟了誠如福克納說過的，只要將自己熟悉的故鄉「昇華為虛構，不論自己的才能到哪個程度，都能具有毫不保留地發揮其才能的完全自由」。[75]

但是，李喬不止於模仿福克納的作品風格，故鄉描寫在李喬的筆下成了共同體意識的誕生，進而昇華為臺灣／臺灣人意識，結果開展了獨特的臺灣本土性主體。李喬接受前述洪醒夫的採訪時，以林海音作為例子回答，剛練習寫散文的人不要學林海音，因為她已經寫成屬於她自己的風格。[76]這個採訪時間點發生在 1974 年 8 月，李喬的回答透露出自身並不滿足於單純地模仿其他作家的作品。因此，1973 年前後的創作挫折與艱難，更使李喬確認了追求「自己的真正的風格」的必要性。其後李喬發表了《寒夜三部曲》以及取材於二‧二八事件的《埋冤‧一九四七‧埋冤》等「歷史素材小說」。1970 年代初李喬接近了福克納，受到福克納的創作方法影響，並利用福克納作為創作上的觸媒，最後有意識地離開福克納並發掘自己獨特的道路。

---

[73] 同前註，頁395。

[74] 根據許素蘭的研究，「1974到1976年之間，李喬的小說創作，確實呈現由峰頂往谷底傾斜的走勢」。參見許素蘭，《給大地寫家書》（臺北：典藏藝術家庭，2008），頁109。

[75] 請參照本文註35。

[76] 洪醒夫，〈偉大的同情與大地的鄉愁〉，頁16。

五、結論

本文考證了李喬的福克納作品的受容過程，著重於故事本身的虛構性論述了《寒夜三部曲》中福克納作品的影響。李喬創作《寒夜三部曲》之前，1970 年代初已接觸了福克納的日譯版《聲音與憤怒》及《八月之光》等代表性作品。如福克納的「約克那柏陶伐」所表現出來的，有別於現實世界的虛構性世界。李喬接受了福克納的現實虛構化並以自己的故鄉「蕃仔林」為中心，創作了了《寒夜三部曲》這部「歷史素材小說」。《寒夜三部曲》雖然是虛構化的故事，但卻有意識地將具有的時代性、地域性及普遍性的部分故事化，這與福克納作品非常相似。李喬於童年期受到了短時間的日語教育，日語雖然會令他想起被殖民的傷痕，但如今卻成為他的文學武器，將福克納作為創作上的觸媒而積極地展開其創造性模仿。

李喬不只單純地模仿福克納，《寒夜三部曲》中以土地為基盤的共同體意識的誕生、建構與最後昇華為臺灣／臺灣人意識的過程，也成功地描寫出與福克納作品截然不同的獨創性。《寒夜三部曲》的共同體意識，可以看見李喬面對臺灣歷史與現實的真摯，同時也包含了李喬對自身的期許。從李喬的《寒夜三部曲》，我們可以觀察到作品中臺灣社會的緊張與緊迫，同時也可以感受到李喬通過日譯版的福克納受容過程。

最後，本文因為篇幅有限，沒有討論《寒夜三部曲》與福克納作品之間登場人物造型面的比較，以及《寒夜三部曲》中來自福克納作品的文體性影響。對於這一點筆者希望在另外的論文再詳細討論。此外，1970 年代的國民黨文藝政策的變化以及鄉土文學論爭的存在給予《寒夜三部曲》帶來了如何影響的部分也是很重要的問題，關於這一點筆者也希望以後能進行更詳細的研究。

引用書目

一、專書

サラ・M・エヴァンズ著、小檜山ルイ・竹俣初美・矢口祐人・宇野知佐子共譯,《アメリカの女性の歷史》（東京：明石書店,2005）。

上杉忍,《公民權運動への道》（東京：岩波書店,1998）。

大橋健三郎,《フォークナー》（東京：中央公論社,1993）。

日本ウィリアム・フォークナー協會編,《フォークナー事典》（東京：松柏社,2008）。

平石貴樹,《アメリカ文学史》（東京：松柏社,2010）。

田中久男,《ウィリアム・フォークナーの世界》（東京：南雲堂,1997）。

西川正身編,《フォークナー》（東京：研究社,1966）。

何義麟,《二・二八事件》（東京：東京大學出版會,2003）。

李喬,《小說入門》（臺北：大安,1996）。

李喬,《寒夜》（臺北：遠景,2001）。

李喬,《荒村》（臺北：遠景,2001）。

李喬,《孤燈》（臺北：遠景,2001）。

李喬,《重逢》（臺北：印刻,2005）。

李喬,《我的心靈簡史》（臺北：望春風,2010）。

岡本勝,《禁酒法》（東京：講談社,1996）。

若林正丈,《臺灣抗日運動史研究》（東京：研文,2001）。

國立臺灣文學館編,《想像的壯遊》（臺南：國立臺灣文學館,2007）。

許素蘭,《給大地寫家書》（臺北：典藏藝術家庭,2008）。

陳芳明,《臺灣新文學史》（臺北：聯經,2011）。

彭瑞金,《臺灣新文學運動四十年》（高雄：春暉,1997）。

森岡裕一,《飲酒／禁酒の物語學》（吹田〔大阪〕：大阪大學出版會,2005）。

楊照,《文學、社會與歷史想像》（臺北：聯合文學,1995）。

福克納,《聲音與憤怒》（臺北：書華,2000）。

福克納,《聖殿》（上海：上海譯文,2004）。

福克納,《八月之光》（上海：上海譯文,2004）。

鍾肇政，《鍾肇政全集25》（桃園：桃園縣文化局，2002）。

二、論文

〈威廉‧佛克納〉，威廉‧福克納著、何欣譯，《佛克納短篇小說選》（臺
　　北：重光文藝，1959）。

何欣，〈譯者序〉，威廉‧福克納著、何欣譯，《熊》（臺北：晨鐘，
　　1970）。

李喬，〈入選感言〉，《臺灣文藝》18期（1968）。

李喬，〈從文學作品看臺灣人的形象〉，《臺灣文藝》91期（1984）。

李喬，〈小說人「應讀書」書單〉，《新書月刊》20期（1985）。

李喬，〈文學與歷史的兩難〉，《臺灣文藝》100期（1986）。

李喬，〈我的文學行程與文化思考〉，李喬，《臺灣文學造型》（高雄：派
　　色文化，1992）。

李喬，〈「歷史素材小說」寫作經驗談〉，《文訊》246期（2006）。

李喬、周婉窈、三木直大、黃華昌，〈縱談《寒夜》的歷史與文學〉，《文
　　學臺灣》61期（2007）。

李惠珍，《美國小說在臺灣的翻譯史》（輔仁大學翻譯學研究所碩士論文，
　　1995）。

洪醒夫，〈偉大的同情與大地的鄉愁〉，《書評書目》18期（1974）。

壹闡提，〈我喜愛的書〉，《書評書目》5期（1973）。

廖偉竣，〈走出「寒夜」的作家〉，《暖流》1卷4期（1982）。

賴松輝，《李喬〈寒夜三部曲〉研究》（國立成功大學歷史語言研究所碩士
　　論文，1991）。

三、報刊雜誌

壹闡提，〈威廉福克納的秋光（上）〉，《臺灣時報》，1972年8月18日。

壹闡提，〈威廉福克納的秋光（下）〉，《臺灣時報》，1972年8月19日。

壹闡提，〈威廉福克納的聲音與憤怒〉，《臺灣時報》，1972年9月17日。

三、女性／原民書寫與跨界流動

自己的房間
當代臺灣女性小說中公寓／家的辯證

陳姿瑾[*]

一、前言

　　小說不必然是在真實的時空當中發生，但是文本內外的空間卻是形塑與閱讀小說的重要線索。在近來文化地理學的發展中，重視各種尺度下文化與社會的發展，可資閱讀參照。後現代地理學者索雅（Edward W. Soja）提出第三空間的概念是從列斐伏爾（Henri Lefebvre）的空間辯證出發，空間實踐、空間再現、再現空間聯繫上感知的空間、構想的空間與生活的空間。[1]由此，我們更可以更複雜化去閱讀小說內外的空間，其中包含了真實與想像、概念與隱喻。延伸而言，當我們在進行文本閱讀時，文本外的社會空間，以及文本內部的時空安排，更甚者其所引發文本外的效應，都可以是研究者討論的面向，值得探討其中的辯證關係。

---

[*]　臺灣大學臺文所碩士。
[1]　索雅著，王志弘、張華蓀、王玥民等譯，《第三空間》（臺北：桂冠，2004）。

　　當代臺灣的女性文學研究已頗有所成，透過陰性書寫到身分批
評，我們看到女性文學的豐富面貌。但是女性文學不能只停留在女作
家研究或是單一立場的研究，蘇珊・弗瑞蒙（Susan Stanford Friedman）[2]
所提出的「新認同地理學」（the new geographics of identity），[3]認為女
性文學的討論應該超越女作家批評（gynocriticism）與女性文學批評
（gynesis），積極與其他理論對話。從地理學（geographic）的概念出
發，弗瑞蒙將認同（identity）視為多種社會身分交錯的結果，從而複
雜化對於主體的認識，本文試圖在此基礎上進一步探討當代女作家
的複雜特性。在方法上企圖不以時序作為閱讀方式（但並非去脈絡
化），專注在單身女性居住空間為核心，探討空間意義與社會關係的
變化如何影響女性。選取不同的社會身分的女作家，以日常生活的居
住空間為尺度，探討女性身分認同的變化。在都市化的過程當中，女
性單身公寓是新形態的生活方式，過去曾被認為是女性離開原生家庭
進入婚姻的過渡階段，但是現在逐漸成為普遍的生活形態，這種轉變
挑戰了人們對「家」的概念。在當代的女性小說作品當中，城市中的
租屋空間、公寓是逐漸浮升的場景，此位置與過去的「家」空間的概

---

[2]　Susan Stanford Friedman "'Beyond' Gender: The New Geography of Identity and the
　Future of Feminist Criticism," *Mappings: Feminism and the Cultural Geographies of Encounter*
　(Princeton: Princeton University Press, 1998), pp. 17-35。中譯本請參見蘇珊・斯坦福・
　弗里德曼著，譚大立譯，〈超越女作家批評和女性文學批評：論社會身分的疆界說
　以及女權／女性主義批評之未來〉，王政、杜芳琴主編，《社會性別研究選譯》（北
　京：三聯書店，1998），頁441-450。這裡翻作弗瑞蒙是依范銘如《文學地理》的
　翻譯。

[3]　弗瑞蒙「新認同地理學」（the new geographics of identity），原翻譯為「新的社會疆
　界說」，涉及概念的轉譯，筆者翻作「新認同地理學」比較簡明易懂。弗瑞蒙提
　出六種論述方式：多重壓迫論（multiple oppression）、多重主體位置論（multiple
　subject position）、矛盾主體位置論（contradictory subject position）、主體社會關係論
　（relationality）、主體情景論（situationality）和異體合併雜交主體論（hybridity）。

念也有所不同，女性也可以在寓居的空間有安定、棲息之感，此處是否是產生了一種新形態的「家」的認同地理？

本文將先自「女性與家庭空間的聯繫」、「家在女性文學中的位置」，以及「『家』與九〇年代女性運動的聯繫」釐清此一命題的重要性，並從朱天文〈世紀末的華麗〉來討論文本中浮現的單身女子公寓空間。第二部分，以鍾文音《豔歌行》中對於女性租屋的描寫為主，來探討租屋與「家」空間的辯證關係。第三部分，以女同作家邱妙津《鱷魚手記》與陳雪《陳春天》的描寫，透過討論來探索自我與空間意涵的變化。

二、城市單身家／家屋

臺灣在八〇年代以後急遽的都市化，公寓的居住形式逐漸普遍化，居住形式的變化不但是空間上的變化，對於社會關係與生活形態也產生很大的轉變，其中一個最大的轉變就是人們對挑戰「家」的想像。「家」的意義一直在人類社會中佔有核心地位，而且具有重要的社會意義。「家」空間在女性主義的議題中一直都居於核心的概念，從「家」開始討論女性的城市空間有三個主要原因，第一是女性與家庭空間經常被聯繫在一起。第二，「家」在女性文學中一直是重要主題。第三，家在九〇年代發展的婦女運動之中，同樣也有高度的討論性。

首先，從女性與家庭空間被聯繫在一起談起。公／私領域的分野，家戶被視為私領域，「家」空間一直被視為女性的重要空間，但是對於女性而言，在城市中的女性「家」的意義是什麼呢？女性在城市中的居住空間是女性的「家」嗎？「家」的概念包含著不同層次的概念，畢恆達在〈家，自我的象徵〉一文中對於「家」的概念有三個層次：house（住屋／住宅）、family（家庭）與home

（家），[4]「住屋」是實質空間，「家庭」內含有親屬關係，而「家」
含有認同層次的意義。在探索「家」的內涵時，「家」空間的游移
與「家」概念的轉換是值得進一步的思索，「家庭」的親屬關係
在社會上有著約定俗成強制的束縛力量。琳達・麥道威爾（Linda
McDowell）認為：

> 在所有社會裡，家都不只是個實質構造而已。住屋（house）
> 是生活關係的所在，尤其是親屬關係和性欲的關係，它也是
> 物質文化與社會交往的關鍵連結；住屋是社會位置與地位的
> 具體標記。[5]

　　西方從海德格（Heidegger）以降的現象學對於空間性的理解，
把寓居（dwelling）的概念與家聯繫起來：「一切真正為人棲居的
地方，都有家這個觀念本質存在。」[6]巴舍拉（Gaston Bachelard）在
《空間詩學》（La poétique de l'espace）中，視家屋為承載人經驗的小
宇宙，是庇護與棲身之所，提供私密感的經驗，是記憶的儲存之
地。家庭空間是「社會秩序的物質再現」，而且「社會再生產，乃
透過再現於棲居場所的社會秩序的象徵性永存來達成聯繫」。[7]然
而，巴舍拉對女性的家屋想像顯然過於天真，將女性的家務工作與
家屋的關係過於浪漫化。[8]同時，在海德格與巴舍拉的棲居與築造

---

[4] 畢恆達，〈家，自我之象徵〉，《誠品好讀》27期（2002.11），頁42-44。
[5] 琳達・麥道威爾，〈家、地方與認同〉，《性別認同與地方》（臺北：群學，2006）。
[6] Gaston Bachelard, *The Poetics of Space* (Boston: Beacon Press, 1957).轉引自琳達・麥道威爾，〈家、地方與認同〉，《性別認同與地方》，頁98。
[7] 巴舍拉，引述自琳達・麥道威爾，〈家、地方與認同〉，《性別認同與地方》，頁98；Joelle Bahloul, *The Architecture of Memory: A Jewish-Muslim Household in Colonial Algeria, 1937-1962* (Cambridge: Cambridge University Press, 1992), p. 129.
[8] 巴舍拉引述昂利・博斯科筆下對僕人喜多瓦娜（Sidoine）的描述中，認為她在做家

的循環關係當中，女性經常被排除在外或被視為築造的一部分。男性在築造過程中是創造者，女性的角色是維護者，創造經常被視為比維護更重要。[9]艾莉斯・馬利雍・楊（Iris Marion Young）重新思索房子與家和女性之間的關係。早期的女性主義者對於「家」看作是壓迫的空間，瑣碎的家務讓女性無法完成自我，但是楊認為透過持家活動，女性可以再賦予生活上的意義。楊認為「家作為一種批判價值」[10]應該是要有安全、個體化、隱私權、維護四個面向，「家是個複雜的理想，它與認同和主體性的關聯是多義性的」。[11]女性是否能夠在「家」中尋找到主體認同呢？當都市變遷不論是家庭空間與家庭價值都逐漸在改變，女性在家中的空間與地位是否隨之提升，抑或是面臨其他困境呢？事實上「家」不是一個靜止的概念，對於家的認識應該從「靜態普同性的家到動態辯證的家」，[12]透過討論家庭的形塑過程，來了解家的動態性。並以「家」為一個基礎點，與社會產生聯繫：「家代表秩序（order）、認同，以及個人與人群、社會的一種聯繫，同時因為家具有秩序的屬性，所以當個人在特定的時空及社會文化秩序中獲得清楚的定位時，人們就有家的

事時天使圍繞在她的身旁而充滿喜樂，美化了家事勞動辛勞的一面。詳見：巴舍拉著，龔卓軍、王靜慧譯，《空間詩學》（臺北：張老師文化，2003），頁140。並且巴舍拉的《空間詩學》明顯地以男性思考者為中心，不論是閣樓思索或是地窖恐懼，都預設了屬於房子主人的思考。

9　艾莉斯・馬利雍・楊著，何定照譯，《像女孩那樣丟球：論女性身體經驗》（臺北：商周，2007）。

10　艾莉斯・馬利雍・楊，〈房子與家：女性主義主題變奏曲〉，《像女孩那樣丟球：論女性身體經驗》，頁264。

11　艾莉斯・馬利雍・楊，〈房子與家：女性主義主題變奏曲〉，《像女孩那樣丟球：論女性身體經驗》，頁269。

12　陳柔吟，《她的「家」：單身女人的成家行動與家空間體驗》（臺北：臺灣大學建築與城鄉研究所碩士論文，2006），頁15。

感覺。」[13]因此，家的意義可以透過主體不斷地定義而來，不同的主
體所定義出的「家」的意義也因此有所不同，不論是築造抑或是維
護，都向一個較為開放的態度來看待「家」的意義。

　　第二，「家」在女性文學中也是重要的主題。「家變」的議題
是現代文學經常出現的主題，早在五四的新文學時期巴金的《激流
三部曲》，到六〇年代王文興的《家變》，在文學史上代表與傳統
的決裂與反抗。[14]女性「家變」也開始得很早，中國改編自挪威劇
作家易卜生的戲劇《玩偶之家》[15]時，「娜拉出走」的主題即引發一
連串的討論，到底「娜拉」出走之後怎麼了？魯迅嘗試回答認為娜
拉在當時的社會只有兩條路：「不是墮落，就是回來。」魯迅以實
際的觀點討論經濟權的問題，缺乏經濟權的女性是無法獨立在社會
生存。但是娜拉的出走並不是來自於女性自我的覺醒，而是附加
於新文化運動所提倡的自我覺醒，女性仍然被視為討論的客體而非
覺醒的主體。[16]雖然很早就開始討論女性如何出走家庭，但是到了

---

[13] 陳柔吟引述Dovey的概念，參見K. Dovey, "Home and Homeless," *Home Environments,*
　　eds. I. Altman & C. M. Werner (New York: Plenum Press. 1985), pp. 33-64。陳柔吟，《她
　　的「家」：單身女人的成家行動與家空間體驗》，頁16。

[14] 范銘如，〈臺灣新故鄉：五〇年代女性小說〉，《眾裡尋她》（臺北：麥田，2002）。

[15] 在1918年《新青年》第4卷第6期推出了「易卜生專號」，發表了羅家倫、胡適合
　　譯的《傀儡家庭》（即《玩偶之家》）劇本）。有關於娜拉的研究可參考許慧琦，
　　《「娜拉」在中國：新女性形象的塑造及其演變》（臺北：國立政治大學歷史所博士
　　論文，2001.6），文章中詳細介紹娜拉如何被引介到中國，在五四新文化運動的推
　　波助瀾下，成為中國新女性重要的象徵。

[16] 許慧琦認為：「中國的娜拉是一個去性化（desexualized）了的形象。從眾人對娜拉
　　的描述與評估中，看不出任何獨有的特徵；論者從該形象所汲取的特質，包括覺
　　醒、反叛、追求獨立自主、教育自己、負責任，都沒有性別意識攙雜在內。借用西
　　方女性主義的理論來說，中國的娜拉論述與娜拉式的出走，從未啟發基進女性主義
　　（radical feminism）式的女性主體意識；『娜拉』在中國，不曾發揮性別上的『提高
　　意識』（consciousness-raising）作用。自五四時期以來，開始加入並參與中國歷史的

二十世紀末，「家」仍然是無數女性難解的謎。傳統中「從父」、「從夫」、「從子」的父權體制仍然影響著今日的社會，不過隨著臺灣社會經濟形態的改變，女性開始逐漸可以擁有自己的經濟自主權，同時發展的婦女運動，給予了婦女正面支持的力量，使女性身分、地位有更多的辯護與思考的空間。

　　臺灣的女性文學在萌芽之後，在碰觸女性自覺議題時幾乎都是從「家」出發。

　　范銘如嘗試以「家」空間的閱讀法，來討論五〇年代的女性小說作品，五〇年代女性作家在反共懷鄉的氣氛之下，書寫臺灣時更能接受並建立起自己的「家」，因為家鄉所指涉的可能是限制她與阻礙她的所在：「家對女性是暫時的、片斷的，無能製造單一連貫性、本質性的過去，或鄉愁。」[17]童真的〈穿過荒野的女人〉離開娘家、夫家，靠著一己之力在父權之力尚未穩固的年代建構自己的新家園。[18]在六〇年代現代主義興起時，女作家歐陽子的現代主義多描寫家庭空間女性的「異常」行為，透過衝突矛盾的女性心理改變探索女性的存在狀態，打破家庭純淨空間的想像揭露家中「魔女」的存在。在八〇年代李昂《殺夫》採取鄉土寫實的手法，尖銳地描寫女性在家中受到壓迫下激烈的反抗，「殺夫」之舉直搗父權制度的核心也震驚文壇。八〇年代「外遇」問題成為女人「家變」最重

『娜拉』，其形象的出現與迅速傳播，象徵個人主義思想的發展在中國達到高峰；但女性並未因一個（新）女性形象的出現及其盛行，而相應地掌握詮釋或發揮此形象的權力。五四之後的『娜拉』，成了男性主導、女性接受的新女性形象；男性藉由走出傳統與認同娜拉精神而做了人之後，女性卻仍須面對『做人或做女人』的兩難（either or）局面。」許慧琦，《「娜拉」在中國：新女性形象的塑造及其演變》，頁307。

[17] 范銘如，〈臺灣新故鄉：五〇年代女性小說〉，《眾裡尋她》，頁30。

[18] 同上註。

要的焦點，「離婚」、「外遇」挑戰了「家」的完整性，廖輝英從
《不歸路》[19]開始，以社會寫實的方法探討都會女性在出走「家」之
後面臨的一連串問題。以上都可以看到女性作家在創作與探討問題
的過程中，「家」的議題是值得重視也同樣是個重要的起點。

　　第三，「家」也是九〇年代女性運動所討論的重點之一。在婦
女新知所發行的《騷動》專輯第二期的主題，即為「離家出走——
不同女人反抗父權之運動報告」，以訪問、報導的方式「呈現在家
庭管理下，不同身分女人的處境與反抗」。[20]盧郁佳〈在家庭中流
浪的女人〉準確地說明了過去在倫理性的家庭認同中，女性在家空
間位置根著於家庭身分：

> 家庭佔有女人，但女人卻未相對歸屬於家庭。女性從流動的
> 到固著的家庭身分，都建立在看似穩定其實脆弱的基礎上。
> 不論主婦、女兒、子女的女友、媳婦、寄居的未婚姑姨、老
> 祖母、分租房客、女傭、家族小公司女職員，一個家庭中長
> 期或短暫的女性同居成員，她們在家庭中的存在，宛如屋簷
> 下搭起的帳篷，在她出門時隨時可以被摺疊收起，將她們生

---

[19] 廖輝英《不歸路》在1983年獲得聯合報中篇小說特別獎，是在短篇小說〈油麻菜
籽〉之後，再度獲得肯定。蔣勳在〈我看《不歸路》〉一文中談到此文的意義：
「在八〇年代閱讀廖輝英《不歸路》，使我有多重思考，關於女性在臺灣工商業化
之後的角色，農業人口湧入城市，農村女性變成加工出口區的女工，以勞力換取生
活，但是，工商業暴富的男性，依循著傳統的習慣，以女性的佔有為富有的另一滿
足，《不歸路》中的『外遇』似乎不只是單純的外遇，其實也往往溢出了甚至創作
者自己未必意圖到的層面，展開了七〇至八〇年代臺灣經濟轉型過程中兩性之間複
雜的糾葛。」故事中的女主角李芸兒陷入第三者的困境而無法自拔，《不歸路》也
引發社會現象的討論，並且浮現許多關於第三者的討論。廖輝英，《不歸路》（臺
北：聯經，2001，1983年12月初版）。

[20]〈編者言暨專題前言〉，《騷動》2期（1996.10），頁4。

活和佔有的痕跡清除一空。而她們所能做的，通常僅是以卑
微的善意討好其他人，以免失去這最壞卻也是唯一的棲身之
所。[21]

　　女人的情感、意識與空間上的關係息息相關，但是看似穩定的
家庭空間其實並不是固著穩定不變，在女人的一生當中，空間的變
換往往是隨著生命階段而轉換。在《民法親屬編》還未修改的時
候，在婚姻中的女性必須以夫居為居住地點。[22]但是隨著城市的發
展，女性出現更多元的居住形態，而不同的居住形態必須去跟父權
體制家庭結構協商的結果，被視為私空間的居住環境其實也成為了
論述的領域。過去，女性的移動經驗是「出嫁」，而在都市化的過
程當中，女性藉由求學、求職而往城市移動，突破了以往傳統家庭
的限制，重新思索「家」與個人之間的關係。從上述三點可以看到
女性與「家」豐富的議題性，同時也讓我們重新思索「家」作為一
個空間位置，是如何被形塑而成？當空間發生變化時，「家」的意
義又如何轉變？

　　在臺灣的本土性社會研究中，[23]處理了單身女性在城市中的
「家」，包括居住處境、家的認同與空間經驗等等面向，以「性別」

---

[21] 盧郁佳，〈在家庭中流浪的女人〉，《騷動》2期（1996.10），頁5。

[22] 在尚未修改的民法中：民法第一一二二條規定，「家」指的是「以永久共同生活為
目的而同居之親屬團體」。對已婚女人而言，此條與第一〇〇三條「妻以夫之住所
為住所」結合的結果，所指的自然是夫家。……父與夫優先的法律關係，被擴張
到非核心家庭之家長與家屬關係上。在這樣的家庭，媳婦明顯位於權力架構的最底
層。女性性學會著，劉毓秀主編，《臺灣婦女處境白皮書》（臺北：時報，1995）。

[23] 研究城市中單身女子的社會研究有：孫瑞穗《城市中的單身女人與家變：以八〇年
代以來臺北單身城鄉移民女人的居住處境與經濟為例》、歐宇帥《臺北都會區年輕
高學歷女性的居住處境以及家的認同》、陳柔吟《「她」的家：單身女人的成家行
動與家空間體驗》。

的視角重審城市「家」的意義。單身女人進入臺北都會區成為新興的城市無殼蝸牛族，從八〇年代末期的「無住屋運動」可知臺北城市因地價高漲，使得一般的受薪階層無法負擔購買房舍。單身女性的經濟更是相形弱勢，多只能夠租屋過日子。年輕女性往城市流動是由來已久，自1960年代末期，在都市化的過程中，已有不少鄉村女性因為經濟因素湧向都市，到了八〇年代末，都市新興服務業的興起更吸引女性進入城市。九〇年代出現「單身貴族」、「BOBO族」等名稱，因而對城市中單身女性有了新的想像視野。單身女性在城市居住的空間也歷經變化，在六〇年代女性以製造業工作為主，雇主提供大型而集中的「單身女工宿舍」，到了八〇年代末期，因為房價飆漲，雇主租賃以分散在住宅區與商業區中的公寓。政府也為舒緩社會壓力，提供補貼政策來安置離家的女人，但大多數的女性主要以個人自力救濟租賃住宅來解決問題。在無住屋運動開始之後，不論是政府部分抑或是民間團體的住屋空間規劃，皆以「核心家庭」為主，單身女子在城市的住屋條件相形之下更加邊緣化。[24]

在研究中「單身無殼女蝸牛」居住環境空間大小約是三至五坪，花費佔掉生活大部分的費用。住屋的類型包括公寓樓層、頂樓加蓋，也有少數的透天厝、閣樓、地下室等等。一般而言，依照價格與設備可以分為雅房分租與套房分租，主要差別在於是否共用衛浴設備，套房的私密性遠比雅房高，有些房屋具有公共區域，如廚房或客廳等空間。大部分的房舍都不是以單身女性的需求建造，臺灣公寓的普遍空間組織安排多為以「核心家庭」為主的三房兩廳，房東以分房出租，或是也有房東為了提高空間的使用效率而拆除公

---

[24] 孫瑞穗，《城市中的單身女人與家變》（臺北：臺灣大學建築與城鄉研究所碩士論文，2006.6）。

共空間出租。另一種房舍類型是公寓頂樓加蓋等違建空間，但是多數女性以安全性與夏天曝曬造成過熱而不喜愛這類空間，不過也有女性因為房東不同住、門戶獨立進出自由、擁有個人戶外空間和位居高樓遠離塵囂而選擇這類型的房舍。[25]

　　租屋環境的考量主要以租金、住屋品質、夜歸安全與獨立自主性作為順序考量條件，單身女性租屋的流動性極高，在研究中認為與「單身身分的過渡性」與「性控制的空間管理」最為相關。由於私人住宅式的租賃方式，房客與房客之間結構較為鬆散，因此讓女性能夠溢出父權社會的縫隙自組「非父權家庭」。孫瑞穗依「性欲主體」將單身女性的居住方式分為四類：女人單身獨居、女人互助群居、不婚同居、同性戀群居等，她們自力救濟採行的空間策略與模式，對於穩固的異性戀家庭模式兩種基進性的挑戰，包括是不再以男性為首的家庭形式，以及異性戀婚姻制度不再是維繫居住模式與家庭生活唯一的方式，女性多了自主選擇的權力，透過居住關係的改變與空間意義的轉變來建造自己的「家」，使得性別主體得以重組自身的經驗，同時也改變了女人的「家」認同與地方／空間的認同，「家」空間不再只是全然壓迫的地點，也可以成為反抗父權的中心。[26]

　　從社會科學的研究當中，我們可以看到臺灣單身女性在城市居住的「空間再現」，從中了解對於單身女性而言，賃屋居住是在城市中重要的生活情境，同時也是我們理解女性／城市間重要的中介空間。我們若將眼光放回文學的場域當中，公寓生活成為重要的生活形態之一，居住形態的改變造成人與人之間的關係與思維模式、感覺結構的改變。從六○年代郭良蕙就描寫了當時新興的公寓住

---

[25] 同前註，頁78-79。
[26] 同前註，頁103-109。

宅，到了八〇年代公寓生活逐漸成為城市生活的普遍模式，八〇年代的都市小說不少即是以「公寓大廈」作為書寫的主題，如王幼華〈健康公寓〉、〈麵先生的公寓生活〉，以蒙太奇切片的方式書寫面目模糊的都市眾生相。張大春〈公寓導遊〉[27]採用全知觀點，以戲謔的方式描繪公寓的住戶。公寓的居住環境處於被割裂的空間，巴舍拉《空間詩學》中明顯地對於這種缺乏地窖與閣樓的居住形式沒有好感，認為電梯的垂直移動廢除了爬樓梯的英雄光環，公寓空間無法成為家屋，缺乏縱深的私密價值，也缺乏遼闊的宇宙感，[28]因此這種垂直空間的延伸又如何去看待呢？女人居住空間一直都是女性文學的重要場景，透過文學作品可以呈現實際的訪談研究較無法表達的在外租屋情欲流動、自我情感生成等細緻的部分，作為理解城市／女性之間關係兩者之間能夠相輔相成，並且透過解析不同的租屋環境與空間，重新認識城市中女性如何安身立命的課題。

　　九〇年代關於城市與女性最為經典性的文本是朱天文〈世紀末的華麗〉，[29]內容描寫進入九〇年代全球化與商品消費的時代，以

---

[27] 張大春，《公寓導遊》（臺北：時報，1986）。

[28] 巴舍拉，〈家屋·從地窖到閣樓·茅屋的意義〉，《空間詩學》（臺北：張老師，2003），頁91-92。

[29] 朱天文〈世紀末的華麗〉是九〇年代城市與女性經典性的文本，相關討論極多，詹宏志認為《世紀末的華麗》一書描繪的是「青春消逝的寓言」，以「華麗熟豔的技法筆調寫人生腐壞前的一瞬」。王德威盛讚《世紀末的華麗》是朱天文「個人創作的里程碑」，「篇篇觸及臺北都會世紀末症候群的一端，頗見朱犀利的時代感」。王斑以商品消費與懷舊的角度討論朱天文的小說美學的形成。此外，張誦聖、劉亮雅、黃錦樹等人都有相當精采的論述，因此本處不在於討論朱天文〈世紀末的華麗〉所體現的文字技巧、後現代、世紀末等主題，此處延伸張小虹對城市─身體的論述形象，專門研究文本中居住空間的呈現。張小虹以身體的「穿衣打扮」和城市的「穿街走巷」聯繫在一起，討論身體─城市的體感經驗與空間肌理、瑣碎敘事相互交織的因緣纏綿，城市不僅以背景、主題、象徵符號的方式被再現（represented），也是以身體記憶與空間感知的方式被「體現」（embodied），讓

「文字鍊金術」（a verbal alchemy）的技藝描寫耽美的時尚模特兒米亞以感官消費為世界的主宰，論者多關注於小說中所展現的全球化面貌，以及米亞精於時尚如雜誌服裝目錄般地如數家珍所展現物質世界的千變萬化，所顯現商品拜物教的消費社會特質，同時拼貼的特質與後現代的精神相互呼應。有趣的是當米亞宣稱她的鄉土是「臺北米蘭巴黎倫敦東京紐約結成的城市聯邦」[30]時，她自始至終所深繫的地方卻是一處頂樓加蓋的違建鐵皮棚子。我們無法得知米亞是否有機會遊歷世界，但是在文本脈絡能夠到世界遊歷成為跨國飛人的是建築師情人老段，而米亞除了一趟令她以為到異國臺灣南方之行以外，實際上並未離開她稱為「家城」的「臺北」空間，從此可見得雖然資訊與商品的流通帶來了新的感官經驗，但是仍然是立基於無可逃脫的「在地」空間。

　　從文章脈絡的描述，我們可以看到一種新形態的單身女子家戶。對於二十五歲已覺得過老的時尚模特兒米亞而言，用「輕質沖孔鐵皮建材」搭建的篷架屋子，像是遺世獨立的烏托邦可以蒔草栽花，俯看城市。頂樓加蓋的房子與女子情感以互文呈現，她與老段之間也如同一段頂樓加蓋「輕質化」的愛情，老段與米亞年歲的差

城市不再只是「隱喻」（強調相似、認同、深度與意義的達成），更是轉喻（展開比鄰、連結、貼近的表面意符流動與身體想像），讓城市的「認知繪圖」也是「感官地點」。相關論述參考：張小虹，〈城市是件花衣裳〉，《中外文學》3卷10期（2006.3），頁168-186。王德威，〈從〈狂人日記〉到《荒人手記》〉，《世紀末的華麗》（臺北：印刻，2008），頁201-218。詹宏志，〈一種老去的聲音：讀朱天文的《世紀末的華麗》〉，《世紀末的華麗》（臺北：印刻，2008），頁5-11。王斑，〈呼喚靈韻的美學：朱天文小說中的商品與懷舊〉，收入於周英雄、劉紀蕙編，《書寫臺灣：文學史、後殖民與後現代》（臺北：麥田，2000），頁343-359。黃錦樹，〈神姬之舞：後四十回？（後）現代啟示錄？〉，《花憶前身》（臺北：麥田，1996），頁265-312。

[30] 朱天文，〈世紀末的華麗〉，《世紀末的華麗》（臺北：印刻，2008），頁155。

距使得對米亞的愛戀像是頂樓加蓋，不合法但是卻是因地制宜。在情人老段的口裡，鐵皮棚架是非常「在地化」建築之一，可以紓解應付臺灣氣候環境的建築方式，同時頂樓違建也是因應都市龐大人口所造成住房的壓力而生，與地爭空間。米亞以展現她的品味的方式建構她的家：

> 老段初次上來她家坐時，桌子尚無，茶咖啡皆無，唯有五個出色的大墊子扔在房間地上，幾綑草花錯落吊窗邊，一陶缽黃玫瑰乾瓣，一藤盤皺乾檸檬皮柳丁皮小金桔皮。他們席地而坐，兩杯百分之百橙汁，老段一手拿著洗淨的味全酸酪盒杯當菸灰缸，抽菸講話。問她墊子是否分在三處不同的地方買到，米亞驚訝說是。那兩個蠟染的是一處，那兩個鬱金香圖案進口印花布的是一處，這個繡著大象鏾釘小圓鏡片的是印度貨，還有這兩只馬克杯頗後現代。米亞真高興她費心選回的家當都被辨識出來，心想要買一個好的菸灰缸放在家裡。次日她也很高興，她的屋子是如此吃喝坐臥界限模糊，所以就那麼順水推舟的把他們推入纏綿。[31]

在她的生活中處處展現她的品味，略帶著波希米亞式的隨性作風，米亞的對於「家當」的選擇，充分地展現全球化底下商品物質的流動，異國情調在屋子裡展現，米亞裝飾她的房子一如她所喜愛的無國界無時差的服飾，處處是個性化的展現，也藉由物品展示自我的特性。在或坐或臥的獨立空間當中，便順水推舟地成為情欲發生的地點。

單身女子擁有自己的空間並不容易，米亞獨居是想要逃開大姊職業婦女雙薪家庭生活和媽媽的監束，但是同時使她生活面臨

---

[31] 同前註，頁154。

拮据，只好藉口離群索居，她以經營自己的小窩作為生活方式，並且培養出做乾燥花草、製作藥草茶、沐浴配備、壓花、手製紙等才能，米亞藉由手工藝來度過獨居生活，並且尋找到逝去青春之後：

> 年老色衰，米亞有好手藝足以養活。湖泊幽邃無底洞之藍告訴她，有一天男人用理論與制度建立起的世界會倒塌，她將以嗅覺和顏色的記憶存活，從這裡並予之重建。[32]

　　米亞所展現對於自己生活的自信是女性在城市中獨立生活的範例，並且建立了一個現代女巫的烏托邦，在米亞身上倒向一個光明化的開端，她所預言的世界彷彿就在眼前。米亞的住屋空間同時展現了全球／在地交織的特性，並且轉換為個性手工藝的生產空間。但是，手工藝市場是否能夠存活在龐大流行工業所建立的資本主義世界，從此角度來看，米亞的世界不免有著過於天真的想像。她描寫出一個單身女性的新生活想像，既可以打破監視又可以與情人相聚，並且脫離家庭形式的家戶模式，但是單身家屋是不是就是女性的烏托邦國度？前行代的女作家開啟了一種新形態的都會想像，但是這種想像根植於中產階級美好的願景。在新世代的作家又如何描繪她們所居住的環境呢？以下就由兩種租屋空間的形式，進一步探討在文學文本當中租屋空間的再現，以及女性主體與租屋環境交互影響與互動的關係。

三、租窩公社：公共與私密的中介空間

　　在城市裡租屋是女性的一種常見的居住形態，但是是否能夠滿足女性稱之為「家」呢？「家」作為一種社會價值是無可取代的，

---

[32] 同前註，頁158。

包含了四種理想：安全、個體化、隱私權與維護，公寓作為「家」的空間是否能夠滿足這些需求呢？關於「家屋」的研究巴舍拉《空間詩學》以現象學的方法提供哲學上的思考，他認為家屋應具有庇護的作用：「家屋庇護著日夢，家屋保護著做夢著，家屋允許我們安詳入夢。人類的價值，不僅僅只有思維和經驗，日夢的價值，標誌了人性深層的價值。」[33]巴舍拉尋找「幸福空間」（espace heureux）的意象，[34]透過「家屋意象」來了解私密感的形成。在潛意識當中我們需要有所「安頓」，[35]如何「安居」與「私密感的塑造」有相當大的關係，本節將以鍾文音的《豔歌行》[36]為例，帶著我們重新回到九〇年代單身女子公寓當中，以「私密感的塑造」來探討城市中的出租空間與家的辯證關係。

（一）租屋空間與私密情誼的塑造

　　鍾文音《豔歌行》主要以五個單身女子的遭遇為主，構成一幅臺北單身女子的浮世繪，作者試圖以「情欲、騷動、際遇」作為主題，以拼貼的手法將短篇故事連綴成篇。作為支撐近五百頁的故事，以「歡迎光臨娃娃屋」、「情欲風暴的奇特路徑」作為開場，刻意製造一種以「情感」為主軸的城市氛圍，新舊交陳的城市，充滿各種邂逅的可能。在作品當中我們可見各種奇觀式情欲，但是支撐這本作品的另一個主軸是女性的情感結盟。在作者採用租窩公社的空間形式作為書寫架構，透過此種書寫方法表現了女性情誼類同盟的感覺結構。

---

[33] 巴舍拉，〈家屋‧從地窖到閣樓‧茅屋的意義〉，《空間詩學》，頁68。

[34] 同前註，頁55。

[35] 同前註，頁57。

[36] 鍾文音，《豔歌行》（臺北：大田，2006）。

　　在租屋空間中，有五個主要的角色。首先是妮娜小姐，是作家的自我畫像，作者試圖將年輕時代的經歷做了一次完整的回顧，很多篇章都可以在過去的文章中找到清楚的相應。[37]美麗薇琪是都會時尚女子的代表，在威士忌阿哥哥當吧女；阿斯匹靈，白天上心靈勵志課程，晚上寫論文賣羅曼史；小莎彌亞，在還沒有變成堅貞的摩門教徒前是個浪蕩的導遊；阿拉巴馬是回教女子，後來遠嫁美國，成為恐怖分子的妻子。這些女子遠離父母，無夫無子來到異鄉，只有情人來來去去。在這幅浮世繪當中五位女子在職業上、身分來源上，甚至宗教信仰上都沒有任何交集，但是卻透過出租公寓的方式集居而住，也透過不同生命的觀照為彼此做註腳。而此租屋形式也呈顯了城市的異質色彩，「租窩公社」的分租公寓模式基本上是陌生人的群居，有趣的是如此住在同一個屋簷下，也可能發展出類似家庭的親密情感。以私人住宅的租賃方式與傳統家庭不同之處在於，傳統居住多以血緣與婚姻為基底，而租房因為缺乏此類的關係，因而社會關係與人際交往模式也有所不同。

　　在《豔歌行》的故事中，租窩公社遇到的美麗薇琪是妮娜除了大學時期認識的朋友以外，較可以交往談話的朋友。在許多段落中

---

[37] 鍾文音《豔歌行》採取一貫散文化文字來寫長篇小說，洋洋灑灑近五百頁的篇幅對於閱讀者而言負擔極大。在小說的語言形式上鍾文音慣用濃縮、警語、雙關、評論、囈語的方式書寫，如亂針刺繡一般繁瑣，承繼女性文學中「瑣碎政治」的延伸。令人詬病的是作者許多篇章幾乎是過去的原文搬動，未加改動擴寫，許多段落之間無緊密相關的聯繫，跳躍的時空與文字以至於在閱讀上經常是斷裂且不連貫的缺點。但是就研究而言，鍾文音提供了一份九〇年代女性在城市中完整的生活報告，也有一些特殊的觀察如午妻、外籍配偶（頁229）、孝女白琴（頁227）等等，只是不經剪裁全部呈現，對讀者而言就像是迷宮一般，故事情節總是片斷、不完整。這種寫作方式，作者自認為適宜以後現代拼貼作為描寫，延續的其實是前輩作家朱天文〈世紀末的華麗〉所開展出的美學風格，以大量議論雜入敘事、鋪陳故事的過程是作者個人觀感的延伸手法。

都是藉由與美麗薇琪的討論而展開，交換心得並給予彼此支持的力量。鍾文音以遭遇感情風暴之後關照彼此境遇為題材，女性因感情挫敗獲致結盟，這種同盟並不立基於血緣、宗族關係，而是來自於共享同樣的性別、階層與空間的經驗的相似性而來的情誼。鍾文音的書寫架構與分租公寓的形式相關，在分租公寓中房客之間的關係是鬆散而不具控制力，這種情況也反映在書寫內容上的鬆散。另一方面，因為房客之間彼此沒有絕對的位階關係，「情欲」不再是禁忌的話題，房客之間甚至透過彼此的境遇獲得情感上的安慰。

「情欲」的書寫是鍾文音小說的重點之一，作品中羅列了各種琳琅滿目「情欲」的形式、地點，「情欲」掙扎成為這些女子重要的生命體驗。我們可以看到鍾文音描寫這些女子的方式，就是藉由這些單身女子展演各種的情欲形式，在九〇年代中期「性解放」論述之後，女性「情欲」書寫的多元，但同時也隱藏著危機。我們可以看到小說裡，伴隨著「情欲」自主的另一面是「情感」的失落，這些女子或是成為情人的眾多情人之一，或是被隱瞞劈腿的情事，或是成為有婦之夫的地下情人。在文本當中，我們一方面看到女人「情欲」似乎獲得自主，但是另一方面卻又陷落在另一個陷阱當中——男人不需要為女人的「性」負責，也不需要付出相對應的情感。在《豔歌行》的開頭就是藉由對室友訴說其年輕時的經歷開始，兩者藉由訴說彼此的情感困擾而獲得撫慰的效果，經驗本身的分享構成姊妹情誼的聯盟，以生命的錯位來治療彼此的情傷。透過私密情感的塑造，補充彼此情感上的欠缺，達到抵抗外在世界的傷害的效果。

（二）外在的限制與監控

在租屋空間仍然避免不了外在的限制與監控，城市當中租屋選擇性雖多，但是品質與價錢成正比，為了節省開支，只能尋找到

「價錢便宜合理」，但是環境品質不佳的住所，例如頂樓加蓋的房子：「而你那幾年住在頂樓加蓋的房子，未蓋滿的水泥地總是有蜿蜒如蕨類攀爬附著在泥地的水表，有雜蕪的草，還有不知怎麼死的鼠屍。」[38]頂樓加蓋的房屋，簡陋又粗糙的房舍，終日與鼠類為伍，鍾文音筆下的租屋空間顯然與朱天文筆下的烏托邦世界有所不同，甚至作者將肉體與鼠屍並為一提：「看著看著，你那年輕正在這座城市飄流的肉軀，和那不知為何會死在一片石綿瓦或是塑膠皮破輪胎的屋頂老鼠乾屍合而為一。」[39]如鼠類般棲息，如鼠屍般風乾，低劣的租屋環境將自身命運連結在一起。在對於家的研究當中，認為住在不安全住所的女人也應該列入無家可歸的行列當中，[40]這些異鄉女子租屋而居，多半是作為暫時的居所，很少是以吳爾芙「自己的房間」的獨立意識自居。房東將房間分別租給互不相識的女子，這些女子因為居住的空間，而產生友誼，並且互相對照彼此的人生。

　　房東希望租給單純的女性，意指著無性生活並且不帶男人回家的女人，在搬入公寓之後，美麗薇琪向小娜抱怨房東問她問題像是身家調查，然而諷刺的是在嚴格遴選之下的房客，一個比一個還要荒唐：「經過房東品格品管嚴厲考核才住進來的女孩們，可個個都比你還沉淪。」[41]從性生活的控管當中，其實明顯地可以看出城市空間對於女性身分的預設，甚至以身家調查的方式進行盤問，其中又內含了房東與房客之間的緊張關係，房東將具有性欲的女性視為危險並且告誡房客不能留宿男性：

[38] 鍾文音，《豔歌行》，頁86。

[39] 同前註，頁87。

[40] 華森研究了寄宿工作的女人，或是住在旅社或臨時住所的女人。他認為，這些住在不安全住所的女人，也應該計入無家可歸的行列。引述自麥道威爾，《性別、認同與地方》，頁122。

[41] 鍾文音，《豔歌行》，頁99。

> 美麗薇琪曾經向你抱怨，房東問她的問題簡直是身家調查。
> 其中問題還包括她男朋友的年齡，她有過去租屋的經驗，知
> 道不能說男友年齡太老，房東會認為她是第三者，租給第三
> 者問題最多，不是搞自殺就是別人來公寓樓下鬧事。[42]

　　房東以一種檢查制度的方式判斷是否出租，其實反映了城市因
為陌生化而產生以各種偏見方式臆測分類人群的方式，但這種方式
並不能夠確切約束房客的作為。這種方式意味著一種外在社會的監
控形式，而且帶著性別偏見的預設眼光，但是這種監控方式相較於
傳統社會而言是較為鬆散、不具有強制性，因此即使房東租房子時
以各種尖銳的問題詢問，但是基本上在文本當中房東很少介入與涉
入房客的生活，並且並不具備主導性，也可以保留一個較完整的空
間。

（三）個人空間私密感的形成與外在威脅

　　在租屋空間中，單身女子對於她的房間擁有更多的主控權，將
外在世界的干擾隔絕在房門之外，形成個人空間的私密感。以主角
小娜為例，在她擔任電影製作的助理小妹的工作時，因為總是等待
不知何時開拍，她經常窩在自己的房間做自己的事：

> 這個房間鋪著榻榻米，你在榻榻米做許多事，寫著當時認為
> 永遠也不會發表的小說，角落有黑布圍起一個迷你暗房……
> 書架散亂著你在仁愛路經典藝術工作室買來的VHS錄影
> 帶，愛情神話、大國民、斷了氣……你把自己活成一支藝
> 術影帶，很少人花時間看。[43]

---

[42] 同前註，頁99。

[43] 同前註。

　　雜亂的空間可以看出主人的個性，甚至依自己的喜好在房間裡圍出一個暗房來沖洗自己的照片。在歐宇帥對於臺北地區都會女子的研究當中，對於女性的單身居住空間經常並不是因應女性為主體的需求規劃設計，因此女性在使用空間的過程當中，會對空間進行改造、重新使用，並賦予新的意義與價值。[44]單身居住的女性藉由布置與改變空間，可以擁有具有自我意義的空間。小娜將空間改造成暗房，「即使大白天也得遮起厚重的黑黑簾幕，主角是底片，顯影是欲望。」[45]雖然暗房跟〈世紀末的華麗〉中米亞的花草工坊性質不同，但是在意義的改造上卻是相當類似的。

　　在臥房當中起居是最重要的事情，但是城市幾乎少有為女性特別設計的租屋環境，房東除了出租空間並不提供其他生活所需的工具，「你的房東租給這些道德嚴選的女房客卻沒有附床和家具，好像不準備給你睡覺似的。但房租價格合理得便宜，實在也無話可說。」[46]因此僅能夠透過住戶對空間的改造，進而替空間塑造了不可取代性自我空間。[47]與過去從父從夫的居所相較，女性對空間位置的安排有了更多的選擇性，並且有更多運籌帷幄的籌碼。

　　在《豔歌行》當中的公寓空間「情欲」四處流動，女性有自主選擇伴侶的權力，但是其實也充滿危機。故事中美麗薇琪的前後任男友因爭風吃醋而大打出手，男子竟然爬上屋頂經過小娜房間，

---

[44] 歐宇帥，《臺北都會區年輕高學歷女性的居家處境以及家的認同》，頁92。

[45] 鍾文音，《豔歌行》，頁98。

[46] 同前註，頁99。

[47] 歐宇帥的研究中認為女性單身居住有助於發展經營空間的能力：「在自己租屋或是其單身居住的情況下，女性可以直接擁有對於所居住的實質空間的支配以及使用權，而且女性也在這樣的情況下，發展出獨立經營空間的能力以及技術，並且使用空間成為滿足自己社交以及情欲生活的工具。」（歐宇帥，《臺北都會區年輕高學歷女性的居家處境以及家的認同》，頁98）

「在我來不及尖叫時，他已經在我的背後蒙住我的嘴巴要我安靜，不然他就白刀子進紅刀子出。」[48]可見雖然女子擁有獨立自主的空間，但是對於外來者的入侵防備是薄弱而不堪一擊。在研究中單身女性如果要尋找相對安全的處所，在普遍所得女性低於男性的情況下，女性需要比男性付出更多的心力及代價，才能擁有相當水準的生活空間。[49]

　　出租公寓或是宿舍這類易於搬遷的地方，許多女性為了降低搬遷的成本而降低物質的需求，如小娜的房間因為房東未附任何寢具，而她也因陋就簡保持隨時可走的情況：「你的租窩當時只有木頭床，房東沒有附帶床墊，你總是懶得買這些以後要搬家的累贅品，鋪個厚棉被就過了一夜又一夜。」[50]激起女子想要去買床墊的欲望的起因是在激情過後情人膝蓋上有摩擦的痕跡造成不舒適，當她買了床墊之後，情人卻就消失了。床的出現代表著主角想要創造一個安適的空間，情人的消失意味著床墊失去了其意義，原本築造成一個舒適之處的願望因而消失。

　　出租公寓的私密感，在某些特定時間反倒會產生缺乏血緣親屬支持的孤單感，特別是在災難發生的時候更會想起「家」的氣味。大地震使得這些城市獨居單身女子憶起了家的感覺，突然發現沒有家人的生活有些不對勁，在文中，女性自我懷疑著到底是希望有人能在自己一手建構的家呼喚自己，還是恐懼獨自面對孤獨。[51]此

---

[48] 鍾文音，《豔歌行》，頁178。

[49] 歐宇帥認為在社會脈絡之中女性薪資所得平均低於男性，且單身女性為犯罪事件最可能受害的預期之下，女性要擁有相當水準的生活空間必須比男性付出更多心力與代價，因而單身女性在實質空間的層次上可視為社會上相對弱勢的群體（歐宇帥，《臺北都會區年輕高學歷女性的居家處境以及家的認同》，頁98）。

[50] 鍾文音，《豔歌行》，頁61。

[51] 同前註，頁374。

處對家的想望不完全是建立在實質的空間上，而是一種人與人之間的相互陪伴，以及危機來臨時的相互扶持，就如同〈傾城之戀〉描寫香港陷落時白流蘇選擇與范柳原進入婚姻。地震使得獨身女子面臨共同的處境，像是一種孤獨的絕境，缺乏家人似乎就可以隨時撒手：

> 地震之日……因為這樣絕然的孤境，你們突然獲致了一種頓悟，沒有家人的空空然是一種奇怪之感：好像隨時可以撒手和撤離，可以無所恐懼，沒有眷戀。雖然曾被片刻的孤獨強烈狂襲。[52]

當災難來臨想起「家」的庇護功能，使得「不在家」的感覺被凸顯出來。巴舍拉在《空間意象》當中提出兩個家的意象──窩巢與介殼，窩巢是較溫暖的意象，是為了保護而築造的場所，給予庇護美好溫暖的家，相對而言，介殼是較冰冷的意象，而且是已經被築造好的空間，當覺得空間窄仄不舒服的時候就會尋找另一個處所。從單身女子的孤絕處境來看，公寓的居住形式比較像是介殼而不是溫暖的窩巢。

（四）類家庭的互助情誼：公寓空間的相互滲透／依賴

出租公寓的特性是除了自己房間以外，還有客廳、走廊作為公共空間，因此原本互不相識的女子同住一個屋簷下，公寓空間就介於公／私領域之間，同時兼具個人空間的私密性質，又因為共同租屋而無可避免地他人的私密生活也會藉由聲音、氣味傳來。女子們住在一起有各自的生活，但彼此生活空間的重疊與相近，因而在有意無意間窺視到別人的生活，我們看到一段鍾小娜回到公寓的描述：

---

[52] 同前註，頁376。

> 回到麗水街，看見大樹在巷口忽感安然。這一帶的小巷是一
> 整排舊式無電梯的五層樓加蓋六樓公寓。緩慢爬行，開鐵
> 門，穿過客廳旁的室友房間，每間房外皆有無數的鞋子，也
> 有男人的鼾聲。[53]

　　她可以藉由鼾聲頻率知道男人何時來到這間公寓。女子們互不
干涉對方的感情生活，卻又時時看在眼底。「我們在自己的城市複製
別的城市，我們也在彼此的愛情裡看見自己的愛情倒影。」[54]公寓裡
的女子因為共同生活的空間而產生身世共感的情誼，在彼此的愛情
裡倒影出彼此的面貌，取代了過去依賴家庭的關係支持的社會系統。

　　喜歡靈修的阿斯匹靈是公寓女子裡第一次面臨生死的人，墮胎
與父親的逝世同時發生，憂鬱因而上身，室友們極力防止她自殺：

> 心理醫師給她藥吃，警告她不能停藥，而那時城市恰好流行
> 著日本渡海來的《完全自殺手冊》，我們都防止她讀到這本
> 書，連書店都不讓她進。醫生則在其藥方上附上另一個幸福
> 的小冊《自救十法》——尋求支持（室友都支持她）、運動
> （她每天到金華女中跑步）、信仰力量（她的宗教太強了）、
> 飲食（她蛋白質吃太多了）、心理諮商（她和心理醫師[55]上
> 床）、擔任志工（她是寺廟的功德主）、訓練正面思考（她
> 最常鼓勵別人了）、芳香療法（她對香味過敏）、與家人情
> 感連結（她父死母改嫁，無兄弟姊妹）、寵物治療法（她不
> 喜歡任何有毛的動物）。[56]

---

[53] 同前註，頁98。

[54] 同前註，頁191。

[55] 阿斯匹靈的故事出現在頁158-192。

[56] 鍾文音，《豔歌行》，頁168。

　　阿斯匹靈的家庭並不美滿，母親跟著別人離開，父親帶她在寺廟居住度過青春時期。她積極參與各類的心靈開發課程，但是卻無法修補自己破碎的內心。她並沒有真正的家：「她想告老還鄉，但才發現無鄉可告。她鄉已傾，己邦未建。」[57]也無處可去：「週日，像她這樣的單身熟女還真是無處可去，無處可逃。」[58]阿斯匹靈喜歡清晨在公寓裡以高分貝喊救世主，並且焚香祝禱，她總是想要渡化他人，但是卻常在愛情中受傷。阿斯匹靈在失戀之後，才發現自己懷孕，最後選擇了墮胎。阿斯匹靈在自己的愛情當中才發現情欲的本質無長久可言，室友們陪伴她度過愛情風暴。直到有一天聽到阿斯匹靈喊著咒語時，室友都為她能夠走出愛情風暴而感到欣喜。另一位室友瑪格麗特在幾次的愛情失利之後，就開始混亂的男女生活。瑪格麗特在狂歡之後，被棄置在空屋裡，小娜和美麗薇琪幫忙把瑪格麗特帶回替她淨身：「我記得她，我和美麗薇琪總是像親人般奔去認領她的一些畫面。」[59]這種情感與互助並不一定能夠持續，關係經常因為搬家而消散，這種短暫的關係是城市中一種補充性的情感，但對於無所依靠的單身女性卻有實質的扶助效果。

　　《豔歌行》裡的出租房舍既是實質存在的空間，而這種實質的空間滲入創作當中，就是將實質的空間轉換成象徵與想像的空間。在浮動的情愛關係當中，我們可以看到最能了解小娜並且有較長久較為親密關係的是美麗薇琪，這種關係有著情感扶持與依附的功能，也產生類似「家」的情感空間。與美麗薇琪之間的姊妹情誼，使得在租窩公社裡的社交空間的確帶來城市中另一種情感認同空間的可能。小娜在搬出租窩公社之後住進套房，終於有了獨立的空間，隔壁的一舉一動

---

[57]　同前註，頁170。
[58]　同前註，頁171。
[59]　同前註，頁328。

卻透過聲音而來，[60]在此之前，隔壁小套間住了一對夫婦，吵架的聲音也毫無遮掩。但是除了自己的生活以外，除了婦人因為冷氣的事外，與旁人再也沒有交集。套房與共同租屋的租屋形式造成不同的人際交往形式，雖然套房的空間也兼具私密性質與公共窺視的成分，但是與租窩公社相比，缺少了同情共感的親密性質。

在《豔歌行》當中的空間意義與社會關係，是奠基於異性戀女性的愛／欲為中心的地理想像，相較張大春的《公寓導遊》中的男性觀點便可知其中差異。張大春的《公寓導遊》採用全知的觀點，用類似電影長鏡頭的方式描繪人生百態，並且不斷以告誡的口吻要求讀者不要相信其所描述的內容與情節。張大春表現公寓生活中鄰居之間的漠不關心，表現公寓在空間上是緊密相連，但是實際上在人際關係上是很疏離的。而《豔歌行》所表現的公寓空間卻是另一種空間想像，即使沒有親屬血緣關係，仍然有可能發展出親密的情感。從個人的層面而言，租屋公寓給予個人建立屬於自己空間的私密感，但是這種私密感不等於「家」的空間，個人必須不斷地跟外在世界的威脅與監控協商，有時會在特定災難發生時，想起需要家人呼喊。然而，在租屋公寓所形成的女性情誼又有了類家庭互助情感，在受到情感傷害之後給予支持，產生了類似家庭的庇護功能。

四、逃離與追尋：家屋、自我與身分認同

（一）流動、租屋與城市空間

城市是各種社會群體所相遇交錯、混雜、共存的空間，生活在城市中意味著與眾多陌生人的遇合。不同類型的租屋空間形式帶給人的空間感完全不同，城市提供了多元化的選擇，同時也給予人們

---

[60] 同前註，頁403-404。

新的想像生活的空間。鍾文音筆下的城市世界，明顯地是以異性戀女性的生命經驗作為題材，在九〇年代以後女同志運動逐漸勃興，相對於女性，女同志更不被社會所見容，而更需要建立自我的空間。

　　邱妙津《鱷魚手記》是臺灣女同志書寫的經典作品，歷來的討論也不少，主要聚焦在邱妙津的女同志認同，[61] 本文主要以空間的角度切入討論，看待女同志的生活空間與城市空間之間如何協商。在文本中主要呈現了以臺大校園為中心的生活空間，考察其中的空間顯現，主角拉子不斷地租屋遷徙是很重要的生活基調，《鱷魚手記》猶如拉子學生時代的遷移史，並且在文本中租屋空間與自我有極度相關的互涉關係。[62] 在《鱷魚手記》裡大部分的場景是課堂與校園，不過細讀文本可發現拉子絕大多數的時間都在租屋處，拉子獨處於房間的姿態有如被囚禁在身體的自我，唯有等待人來打開。溫州街的房子[63]是拉子的第一個住所，房客有一對夫妻、一對姊妹，

---

[61]　可參考前人論著在此不作贅述：邱妙津《鱷魚手記》（臺北：時報，1994）是臺灣女同志書寫的經典作品，「拉子」一詞典出於此。相關論文可參考：紀大偉，〈發現鱷魚：建構臺灣女同性戀論述〉，《晚安巴比倫：網路世代的性欲，異議，與政治閱讀》（臺北：探索，1998），頁137-154。劉亮雅，〈世紀末臺灣小說裡的性別跨界與頹廢：以李昂、朱天文、邱妙津、成英姝為例〉，《中外文學》28卷6期（1999.11），頁109-131。劉亮雅，〈九〇年代臺灣的女同性戀小說〉，《欲望更衣室》（臺北：元尊，1998）。劉亮雅，〈愛欲、性別與書寫：邱妙津的女同性戀小說〉，《欲望更衣室》。

[62]　邱妙津的《鱷魚手記》可說是邱妙津生活記錄的改寫，反映了早期女同的生活處境，在2007年出版的《邱妙津日記1989-1991》、《邱妙津日記1991-1995》有著詳盡的記錄可資對照，但本文主要以《鱷魚手記》中的世界為主，尚無法處理其中虛實對應的情況，有待日後的研究考察。

[63]　「溫州街」房子出現於頁11、12、13、19、21、22、24、41、49、59、67（1987年10月至1988年5月）。其他住處：和平東路的家出現於頁73、74。汀州路頂樓加蓋的房間出現於頁89、115、128、136、175。公館街出現於頁138、143。鱷魚的茶藝館地下室出現於頁172。小凡的公寓出現在頁229、249。

但是大家過著平行無交流的生活，相較於前段鍾文音所描寫建立姊妹情誼的租窩公社，邱妙津形容她的住處如同「啞巴公寓」。年輕異性戀夫妻在公共空間很輕易地就展示了親暱的行為，租屋空間就因而分為公共／異性戀與私人／同性戀空間。[64]

　　拉子就關在自己的房間如同獨居般生活，直到在校園中不經意地遇到水伶闖入拉子的生命當中，當水伶要求進入拉子的房間，拉子第一次向外人打開房門的同時，在房間裡也是第一次拉子向他人展開自我：

> 溫州街的小房間。棗紅色雅緻的壁紙和黃色的窗簾。到底和她在那裡說了些什麼？木床臥置在地板，她坐在床尾，與衣櫥緊夾的縫隙間，背對著我，極少說話。我說很多，大部分的時間都說話，什麼都說，說過去慘不忍睹的遭遇，說我記憶中糾纏不放的人物，說自己複雜、古怪。她玩弄手中的任何東西，不以為然地抬頭，問我怎麼複雜、怎麼古怪。她接受我，等於否定我否定的我，純真如明鏡的眼神傷害我，但她接受我。我自暴自棄說你不懂，每隔三句話說一次，逃避她的接受。她眼裡泛著更深更透亮的光，像海洋，勇敢地注視我，安靜彷彿沒必要說一句話。不會了解的。她相信她

---

[64] 「秋天十月起住進溫州街，一家統一超商隔壁的公寓二樓。二房東是一對大學畢業幾年的年輕夫妻，他們把四個房間之中，一個臨巷有大窗的房間分給我，我對門的另一間租給一對姊妹。年輕夫妻經常在我到客廳看電視時，彼此輕摟著坐靠在咖啡色沙發上，『我們可是大四就結婚的哦。』他們微笑著對我說，但平日兩人卻絕少說一句話。姊妹整晚都在房間裡看另一臺電視，經過她們門外傳來的是熱絡的交談，但對於屋裡的其他居民，除非必要，絕不會看一眼，自在地進出，我們彷彿不存在。所以，五個居民，住在四房一廳的一大層屋裡，卻安靜得像『啞巴公寓』。」（邱妙津，《鱷魚手記》，頁11）

　　懂。無論如何，她接受我——多年後，知道這是重點。[65]

　　拉子向水伶敞開自己，在私密的空間毫無忌憚地告訴水伶她的內心世界，以及她所不能夠接受的自己。溫州街的房子成為兩人祕密約會的地點，[66]「我的愛情只是往返於溫州街和校園之間的單調弦線」。[67]拉子愛情路線就局限於居住地點和校園之間，這也是早期女同志空間都隱藏在私密的角落，房間的空間意涵一直貫穿著整部作品，實質／心靈空間經常疊合。當拉子在心中喊著：「水伶不要再敲我的門」，[68]意指的是水伶的來訪就如同打開拉子極力想要隱藏的同志情感，房間象徵著自我難以向外開放的私密空間。無法打開心房也明顯地出現在除了水伶以外，拉子不容許任何人來到她的房間：「不願意他（夢生）到我房間，只有水伶一個人能進來」。[69]對拉子而言，房間具有強烈的領域性質無法接受他人，拉子將世界隔絕在外以保護自己。每當拉子想要逃離水伶逃避內心的聲音時，採用的方式就是以搬家作為切斷過往人際關係的方法。城市中易於置換的租屋空間給予拉子高度流動性的可能，也是藉由搬家抽換人際關係。

　　《鱷魚手記》中租賃的獨居空間成為女同志隱身的重要空間，酷兒論述當中以「衣櫃」來隱喻同志空間被限縮在家中的角落，在《鱷魚手記》中也運用類似的手法將自己置於與他人隔絕的世界中：

---

[65] 邱妙津，《鱷魚手記》，頁22。

[66] 「每個星期一的傍晚下課，水伶都會自然地跟我回溫州街，宛如她回家的必經之途，然後我陪她等74路公車，在法式麵包店的長椅上，等待。祕密約會的形式，簡單而式樣整齊，清淡是高級犯罪的手法，一邊賄賂巡防的警署，一邊又任犯罪意慾在蜜糖培養皿中貪婪滋長。」（邱妙津，《鱷魚手記》，頁21）

[67] 邱妙津，《鱷魚手記》，頁64。

[68] 同前註，頁24。

[69] 同前註，頁43。

> 頂樓的住處，不到入夜之前，熱如烤箱。大約十點左右，回
> 到住處，把門鎖死，唯恐那對男女，在月黑風高時，會像地
> 獄派來的招魂者拖拉著死靈闖進我房裡。於是連與陌生人同
> 住在屋簷下的感覺，也乾淨地消失，這兒，成了我實踐純粹
> 孤獨的墓所。[70]

　　拉子汀州路的住所是頂樓加蓋的套房空間，不是一個烏托邦的
女巫世界，熱如烤箱的住所是居住品質低落且不安全的處所，為了
防備愛探人隱私且男友經常施行暴力的鄰居，她把門鎖死，避免潛
在可能的暴力行為，這時她所居住的處所成為獨立的地方。拉子離
開水伶，將套房空間視為實踐純粹孤獨的墓所。

　　相較於在現實中封閉自我的拉子，在《鱷魚手記》中邱妙津創
造了害羞又卻積極想和人接觸的「鱷魚」角色。「鱷魚」被視為怪
胎，必須偽裝才能夠出現在眾人面前，但是「鱷魚」的天真展現了
與現實中拉子完全不同的個性，極力地想要走出衣櫃，找到同伴。
象徵著社會輿論的新聞不斷地想以獵奇的心態來尋找「鱷魚」的身
影，迫使鱷魚必須躲到地下室隱匿。

　　鱷魚居住的地下室象徵著城市的幽暗隱蔽之所，也是城市中不
被看到的地方。我們重新回想巴舍拉《空間詩學》的兩個鮮明的意
象，家屋有兩個特殊的空間──「閣樓」與「地窖」。「閣樓」是
人類思考思索的空間，是理性的空間，而「地窖」代表的是幽暗恐
懼的空間，是非理性的空間。[71]巴舍拉所說的其實是心理空間的分
野，雖然巴舍拉不認為城市中有家屋，但是在《鱷魚手記》空間的
分布卻有類似閣樓與地窖的有趣呈顯。在現實生活中的拉子在房間
書寫的場所是頂樓加蓋的屋子，而鱷魚世界當中，鱷魚被安排在茶

---

[70] 同前註，頁90。

[71] 巴舍拉，《空間詩學》，頁81。

藝館地下室的空間。拉子藉由書寫來保持理性，鱷魚所在地下室因
恐懼而躲入地下室。有趣的是拉子與鱷魚之間的心境卻完全相反，
住在汀州路頂樓加蓋房間的拉子，心境猶如進入了黑暗的墓室，
「那一年多裡，我獨自睡在石棺中，清清楚楚地知道世界上任何人
都沒有關聯，除了水伶之外。」[72]然而雖然鱷魚在曝光之後被賈曼安
排在地下室居住，但是卻非常適應生活，並且不斷地想要與接觸外
界。兩者相反的情境正好與「家屋」的存在有著相應，拉子的恐懼
來自於無法安適於她的身分認同，鱷魚安逸於他的身分。

　　外在世界對於鱷魚相當感興趣，尤其是新聞媒體一直試圖尋找
鱷魚的所在。鱷魚在城市裡走動時必須要穿上與人相似的裝扮，只
有回到自己的空間才能夠恢復原來的面貌，隱喻著女同志在外表上
與他人並無不同，但是只能隱藏在自己的空間裡。[73]鱷魚過著躲躲
藏藏而孤單的生活，她始終渴望著同伴的出現，期盼能夠以本來的
面目在城市裡遊走，但是卻遭到不懷好意的獵奇的人們所騙。[74]只
有在隱祕的空間才能夠展示真正的自我，鱷魚在小小的地下室裡
對鏡頭講話，顯現了鱷魚的渴望與孤寂。鱷魚故事的尾聲，坐在
澡盆裡的鱷魚向深海中漂去如同放逐，澡盆的出現像是將室內帶出
到室外，最後鱷魚以自焚作為生命的結束，旁白打上：「我無話可

---

[72] 邱妙津，《鱷魚手記》，頁136。
[73] 另一個有趣的比較是若將早期男同志小說《孽子》與《鱷魚手記》相較，男同志在
　　城市中活動的軌跡遠較女同志要廣，此外，男同志情欲可能在公園等公共開放空間
　　中發生，但是女同志往往是在較私密隱微的租屋空間。
[74] 馬嘉蘭曾經指出在九〇年代臺灣電視媒體出現偷窺並強迫使同志曝光的嗜血新
　　聞，這種不懷好意的凝視將同性戀視為他者。《鱷魚手記》女同志以文本現身，
　　形成重要的同志想像經典。在文中對於媒體的窺視有相當詳盡的分析。馬嘉蘭，
　　〈揭下面具的鱷魚：邁向一個現身的理論〉，《女學學誌：婦女與性別研究》15期
　　（2003.5），頁1-36。

說。」從鱷魚的遭遇凸顯出女同志在城市中的困境，同時也顯示女
同志更需要自己的房間以隔絕外在的侵擾來保護自我。

（二）家屋、公寓與自我空間

　　陳雪《陳春天》[75]裡的公寓小套房也同樣與自我相關。陳雪的作
品一直以臺中城市為故事背景，早期的作品地域性比較不明顯，甚
至刻意抹除空間特性，但是在《橋上的孩子》[76]、《陳春天》兩部作品
中的地方與區域的特性越來越明顯，兩者之間有明顯的連貫關係，
在《橋上的孩子》多以第一人稱書寫，亦可以拆作五篇短篇〈橋上
的孩子〉、〈一個人去看電影〉、〈賣時間〉、〈帶我去遠方〉、〈雲
的獨角獸〉，在近期出版的《附魔者》[77]也是同樣題材的擴寫。[78]在

---

[75]　陳雪，《陳春天》（臺北：印刻，2005）。有關於陳春天的論述有劉亮雅，〈鄉
　　土想像的新貌：陳雪的《橋上的孩子》、《陳春天》〉，《中外文學》37卷1期
　　（2008.3），頁47-49。本篇論述主要以「女性鄉土想像」為論點進行解讀，本處仍
　　然順著文脈討論公寓空間與自我形成的關係。

[76]　陳雪，《橋上的孩子》（臺北：印刻，2004）。

[77]　陳雪，《附魔者》（臺北：印刻，2009）。

[78]　陳雪的《橋上的孩子》、《陳春天》、《附魔者》有濃厚的「自傳性」，在朱天心
　　〈讀《陳春天》〉一文也說：「書中的主人物無論年紀、學經歷、家庭、性向、身
　　分、事件、外形（聲音）……都與作家陳雪幾乎重疊……」，朱天心以米蘭‧昆德
　　拉討論卡夫卡的一句話：「小說家拆掉生他生命的房子，為了用磚石建築另一個
　　房子——他小說的房子。」（讀《陳春天》，《陳春天》，頁80。）從《橋上的孩
　　子》、《陳春天》到《附魔者》並不只是拆生命的房子來蓋小說的房子，也同時是
　　以小說的房子來重建「生命的房子」。在本章的討論當中，並不打算就三部作品如
　　何承繼、如何開創來討論，這需要另闢專章討論。在此處僅以《陳春天》作為代
　　表來討論，主要原因在於《陳春天》的形式結構是經過特別的設計，「家」、「公
　　寓」、「老家」都有著不同的象徵意涵，而《附魔者》的寫作形式已經跳脫了《陳
　　春天》的架構形式，改以不同人物的視角觀點切入，「空間」的意象反而不如《陳
　　春天》突出，但是藉由《附魔者》的互文參照，更清楚看到《陳春天》所留下的線
　　索與跳脫曖昧無法直視的部分。由於本研究不是採用心理分析的方式來剖析文本的

《陳春天》中，主角一路從神岡鄉村、豐原夜市到臺北永和居住，小說中以不同的章節穿插著過去與現在。陳春天原本已經決定與家裡斷絕關係，刻意與家隔絕來逃避因長期貧困而需索金錢的家人，以及如夢魘般的過去，但是因為弟弟車禍事件而被聚合在一起，陳春天重新回到家人的身邊。在故事中不同的空間轉換，顯現了「家」的意義在不同空間的轉換，並且引發出不同思考。在小說中有三個主要的居住空間，第一是城市裡的主角自購的小套房，第二是神岡鄉下的透天厝老家，第三是移居豐原時期住商混合式住宅。這三個空間分別顯示了不同時期地域的臺灣建築，在文本當中，我們也可以看到其中的對比性。在《陳春天》當中原生家庭是她所無法避免的難題，在故事中隱然有著城市／市鎮與鄉村是現在／過去、美好／痛苦、理想／現實、安穩／動盪的對比，陳春天的決裂就意圖將兩者像斜線般隔開來，但是突如其來的意外，將兩者之間像是橫線一般又聯繫在一起。

首先，城市公寓在故事中象徵著自我保護之所。她的移居本身與自我的建立有關，對於房子的極端挑剔顯現了個人對環境的極度不安，在兩年內就換了四個住處，終於在朋友的勸說之下買了一間小的套房公寓，成為她的棲身之所，這也是她作為作家縉紳化的結果。但是過著優渥的生活卻讓她對家人感到歉疚：

> 其實陳春天心裡有些小小的不安跟內疚，弟弟在加護病房，爸爸跟妹妹在那簡陋椅子上睡覺，而陳春天在舒適的屋子裡抽菸聽音樂，這位於中和市某棟摩天大樓二十八樓的十幾坪套房，像是她的防空洞，家人並不知道她住在這裡，更不知

內容，為避免偏離主題，因此關於憂鬱症、瘋狂等論述止於其再現的方式與象徵意義，而不深入探討各種理論以及運用。

道這她自己買的房子……[79]（底線為筆者所加。）

　　她將她新買的公寓視為個人的保護之處，雖然不斷換屋居住的她終於安定下來，但是她始終不敢讓她的家人知道她的居所。對她而言，這間公寓是如防空洞的避難之處，逃避她如夢魘般的原生家庭──原本該是保護她的地方但也是曾經傷害她的地方，她不斷地逃離、放逐自己四處飄流居無定所，此時終於有了機會可以擁有自己的地方。

　　然而，她的公寓與家人住所成了很強烈的對比而造成她極大的不安。即便是房子仍然有貸款，沒有花費任何金錢去裝修，但是陳春天的住所有著極現代化與布爾喬亞的風格，擁有空調設備、簇新衛浴、門房守衛，還有地理景觀，舒適而美好、潔淨的空間，與位於臺中縣狹窄破舊的房子，以及弟弟妹妹在各地租賃的分居小雅房相比，她過著相對奢華：「一直都是這樣的，超越著家人所能理解的都市生活……只要擺放在家人面前，都顯得太奢侈了，陳春天幾乎都要內疚得掩面而逃。」[80]陳春天藉由遷移到城市改變她的生活條件、獲得舒適的寫作空間，都市生活給予女主角更多自主的空間發揮所長，但是這樣的生活卻成為她罪惡感的來源。

　　相較城市中公寓的家而言，過去的「家」是複雜記憶之所。陳春天的老家是臺灣常見的三層樓小透天厝，只是裡頭格局怪異，只有兩間房間有門有窗，在那個房子有陳春天相當不堪的回憶，也是她多年來極力逃避的地方，被稱作「家」的地方卻不是舒適溫暖的家屋。雖然小時候曾經有過一段愉快的童年，但是一夕之間卻因父母負債連夜離開而變調。父母遺留三名稚子在家，身為大姊的陳春天必須扛起責任照顧弟妹。在此之後，父親開始擺地攤營生，母親

---

[79] 陳雪，《陳春天》，頁128。
[80] 同前註，頁268、269。

到臺中「上班」，媽媽流徙在一個又一個不同的房間中，即便大人們刻意的隱瞞，敏感的她知道房間背後的祕密：「這瀰漫了胭脂香水菸味酒臭的套房裡隱藏著陳春天的祕密，是的陳春天知道，儘管沒有人告訴她。」[81]在她的童年裡見到底層的女人，房間不是穩定的安居之所，而是不得已的營生之處。然而，在多年後她進到舊娼館的巷子裡時，卻有著回家的感受：「第一次走進這個巷弄就像回了家，看見那些阿姨就像看見了媽媽。」對於空間的感受來自於童年記憶的情感連結，那些處於城市邊緣女人流離的房間，其實訴說了城市中眾多迫不得已需要靠出賣自己營生的女人的故事。

　　一般而言，「家」空間原本是保護之所，但是當家空間失去保護功能時，在文本當中顯現的自我也跟著失序。陳春天國三時全家從鄉下搬到豐原的店面居住，樓下是店面、樓上是住家，是臺灣典型的住商混合式住宅，這種住宅空間將商業空間與起居空間混合在一起，公私不分的混合居住形態，商業空間侵奪家庭空間的情況也象徵了商業資本主義侵入。原本是一家團聚的時刻，陳春天的夢魘卻自此發生，失憶的她夜醒日寐，忽有瘋狂舉動，直到升上大三暑假，她才想起母親離去時父親對她的性騷擾的過往，家庭的失序造成她自我的失序，讓她意圖逃離家庭甚至有尋死的衝動。「家」原本應該有安全與保護的面向，但是她的家庭因為負債而分崩離析，母親因在歡場工作而離去，受挫的父親將陳春天視為替代，使得家失去原本的保護功能。失衡的性別關係使得女兒成為直接的受害者，「家」也成為女主角的恐懼空間，在成長改建過後的「家」，卻仍然保留著「象徵往日傷害與不堪的小浴室」，直到成長之後，她仍因為恐懼只好忍住不去上廁所。童年的傷害一直延續到成年仍然無法解除，陳春天對「家」的複雜態度與矛盾顯現在書寫當中，

[81] 同前註，頁80。

她不斷地叩問為何不幸的命運會降臨在她身上，她又該如何面對曾經帶給她傷害的人？

「放逐」與「囚禁」的意象一直出現在文本當中，《陳春天》一開頭描寫了「肖仔」的故事，「肖仔，某些被囚禁在幾戶人家的磚頭房厝一角。」[82]在故鄉裡被稱作以「肖仔」封號的人們刻意被人們鄙視、排斥、驅趕、囚禁，但是面目模糊的他們，可能是身心患有殘疾，或者是被中斷網絡被放逐的人，或者是不合禮俗身分的人：

> 這些那些被放逐或被囚禁的人，他們的名字統統被取消了，只換上了「肖仔」兩個字，這群人，在此據說人情溫暖良善的鄉間小村落，像田埂上突然倒臥了一個病末垂危之人，路過的人不但沒有將之扶起送醫診治，反而一個一個輪流上前狠踢幾腳啐上幾口，那人在尚未死透之前，已被村民一口一口吐出的唾沫淹埋了。[83]

在蒙昧的鄉人以排斥的方式來應付無法理解他人的問題，當陳春天的父母因債務離開成為眾人指責的對象，父母的罪也成為子女的苦難。陳春天在學校以不合理的方式被學校老師、學生歧視，例如調動位置、動輒得咎的處罰、要她讓出應得的獎項等等，階級性的壓迫直接降臨在陳春天的身上：「家裡欠債媽媽跑路父母離婚的事情早已將她打入不可翻身的階級」，[84]即使用功念書獲得獎項仍不抵他人的厭惡：「許多嫌惡的眼神飄來伴隨著毫不遮掩的惡意直接衝向陳春天的身體」。[85]年幼的陳春天無法理解世界為何在旦夕之

---

[82] 同前註，頁22。

[83] 同前註，頁39-40。

[84] 同前註，頁157。

[85] 同前註，頁157。

間就風雲變色，父母的投資錯誤讓家人深陷財務的風暴當中，看似純樸的鄉間懷著惡意，毫不留情地加諸在幼小的孩童身上，讓原本已經失去家庭支柱的小孩更加邊緣化。

母親缺席迫使陳春天扮演著長姊如母的角色，煮飯、整理家務、幫忙夜市擺攤，超出她的年齡所能夠負擔。陳春天成長年代正是臺灣經濟發展最快速的時代，受到資本主義影響，父親不斷投入小規模的資本，卻是陷入一再的失敗而負債的循環當中。經濟上的窘困，使得成長後的陳春天需要賺錢救助家人，當她覺得「跟家人的關係最後只剩下錢……」，[86]放逐之感油然而生，她身上的奇異行徑與精神疾病來自於家庭悲劇，於是，她選擇了逃離貧困的家庭，自購的公寓空間成為庇護自己的場所。

陳春天的故事是眾多城鄉移動的故事之一，她為了逃避貧困的身分以及親情的勒索，藉由遷移來切斷與家人的聯繫，在城市當中她可以獨立不受家庭情感、金錢的需索，但她仍深陷在憂鬱症當中，受到失眠之苦。公寓一如陳春天緊閉的心靈不向家人展開，直到弟弟受傷之後才逐漸開啟。沒想到購屋之事早已因為繳稅帳單而不再是祕密，在城市中的陳春天因為購屋縉紳化產生了階級性的落差，成為作家的女主角即便是想幫助家人，但是卻為來自貧窮家庭金錢需索而傷害了想要提供協助渴求家庭溫暖的她：「不是誰付錢的問題，而是，而是，就不能讓她覺得稍微好過一點嗎？」[87]原本打算好好善待家人的陳春天，再度選擇關閉心房構築自己的世界來避開情感的傷害，以金錢代替溝通，以冷漠代替關心。

弟弟意外的車禍事件讓家人齊聚在醫院當中，醫院空間不但是救活弟弟的地方，同時也是修補、治癒曾經受到如車禍般重創的

---

[86] 同前註，頁142、143。

[87] 同前註，頁142、143。

陳春天一家。《陳春天》一書的二、四、六、八、十等五章以「病院」為題，顯示出醫院是本書的敘述主幹，時間是現在；一、三、五、七、九章都是過去回憶的穿插，時間是過去。陳春天與家人的關係與弟弟身體的復元有著奇妙的對應關係，弟弟重傷的身體如同她與家人的關係，藉由照顧弟弟的過程當中一起復元：「好似她看見的是原以為重傷不治的她與家人的關係，發生了奇妙的變化，彷彿需要搶救的不只是弟弟，而是整個家庭。」[88]

　　突如其來的意外事件使她無力招架，迫使她必須克服心裡恐懼去面對，文本當中作者很仔細地描寫在醫院空間的身心變化。一開始，即使她曾長期看精神疾病對醫院並不陌生，但是她仍感到手足無措，只有離開醫院回到自己的公寓才有安居感。醫院是治療空間但同時也是死亡空間，在電梯裡遇到往生者的遺體讓陳春天感到死神的隨侍在側，死亡的逼近讓她片刻無法離開受傷的弟弟。從急診室、開刀房、加護病房、普通病房，隨著病情的好轉，陳春天發覺她與家人的感情也逐步好轉，她發現她從刻意麻木疏離又變回到認命心軟的大姊。當眾人無法持續照顧弟弟時，患有長期失眠憂鬱問題的陳春天決心扛起照顧弟弟的責任，在整日繁重的看護工作之後，原本無法在外安睡的她竟能在醫院「昏昏睡去」[89]，治好了她長期以來失眠症狀。在弟弟出院之後，她的心裡發出這樣的疑問：「會不會是在急診室那天有一個輕微的小小的死亡已經發生，只是她還不知情，死了那個一心求死的陳春天，活轉了誰？」[90]出院不僅是弟弟的身體痊癒而出院，同時也是陳春天的心靈痊癒而出院。

　　出院之後，弟弟到陳春天的公寓休養，使得陳春天不得不打開

---

[88] 同前註，頁170。

[89] 同前註，頁233。

[90] 同前註，頁236。

將家人抗拒在外的地方，雖然是「不得不」，但是公寓空間的開啟也象徵著陳春天心靈的逐步開啟。在此之前，當第一次帶妹妹來到她購買、構築的小公寓居住時，她和妹妹之間的情感再次緊密的連結起來，陳春天試圖拿出各式各樣的衣服、飾品送給妹妹，一直以來她總是試圖以送錢、送禮的方式來彌補與家人之間的關係，但是始終覺得家人把她送禮視作理所當然而感到難過，經過車禍事件的洗禮，重新再聯繫起來的姊妹不再因為禮物的收受像過去一樣感到彆扭。陳春天體會到禮物其實也是溝通的一種方式。禮物不僅僅是物質性的存在，也是人特質的延伸，送禮不是只有金錢的價值，也包括了情感的交換，是人際關係表達方式的一種，當妹妹欣然接受姊姊的善意，也拉近兩人距離。

　　弟弟第二次出院到陳春天的公寓休養，出院當天弟弟的同學在她的公寓中辦了生日派對，歡樂的人聲充滿整間房子，她不禁問道：「……人聲笑語，充滿這個原本從來只有陳春天獨自一人的小屋，她的房子從未如此溫暖熱鬧，今天是弟弟的生日，也是他重生的日子，那麼陳春天呢？」[91]陳春天沒有回答但是她心中的門已經打開，眾人齊聲感謝，她對自己說：「謝謝你沒有半途逃走。」[92]原本對生命已然絕望，將家人隔絕在生命之外的她，不再把家人抗拒在外，悄悄地重建了另一個新的自我。

　　弟弟復元以後，陳春天有了回家的欲望：「她好想回家，不是臺北那個高級套房，不是這個或那個情人房子，而是鄉下那個破舊的透天厝。」[93]但是「回家」成為另一個艱難的課題，如何去面對曾

---

[91] 同前註，頁235。
[92] 同前註，頁236。
[93] 同前註，頁275。

經讓她受傷的家？她找不到回家的方向：「我家在哪兒呢？」[94]另一個真正的死亡事件讓她回到老家，爺爺的過世讓大家回到神岡村莊，她對再次回到曾經傷害她的小鎮充滿了不安。十幾年前陳春天一家從豐原搬回到村莊，母親不計前嫌地照顧那些曾經傷害過她的人。相較於都市公寓空間隔絕了親人家屬，在鄉村當中親人緊密連結在一起，陳春天回到村莊，但是與這個地方卻格格不入，因長年在都市裡生活，在村人的眼裡像是個陌生人。[95]陳春天從他人的眼光看到自己的不同，單身無子、看起來比實際年齡低的都會女子在鄉間是奇異的風景，從而理解到母親當年受到外來者的排斥，正是對於無法理解他者產生的防衛。母親被鄉人欺負，並在父母欠債後遭到虛構謊言惡意中傷，被歸類為「壞女人」，直到母親成為爺爺奶奶最主要的照顧者才改觀。

　　自城市返鄉的女性有機會反身看到過去無法言說的壓迫，並從而找到出口。從「歹查某」到「好女人」。[96]是依照家長制的父權家庭體系當中女性存在的價值及家庭的利益來決定，不論是好女人抑或壞女人，基本上是一種箝制女性的意識形態權力的運作。在陳春天的母親身上隱含著經濟與階級的雙重剝削，不論是歡場工作、夜市叫賣，都是壓榨自己的勞動力來維繫家庭，而「好女人」的標準是由於她發揮了女性照護的功能，這種意識形態普遍地存在於鄉村社會中。在故事中三伯母一直扮演著煽風點火的角色，即便陳春天與妹妹一直想著如何籌措喪禮的經費，但是三伯母以未掉眼淚被視為無情的代表，換得「都市人本來對家族就沒啥感情」[97]的評價，

---

[94] 同前註，頁275。
[95] 同前註，頁271。
[96] 同前註，頁276。
[97] 同前註，頁278。

引起陳春天的憤怒，想起孩童時候的傷害記憶，然而已經成長的陳春天可以直視惡意攻擊的三伯母來反擊不實的言論。

在鄉村時間彷彿停滯下來，陳春天的鐘擺此時卻開始晃動，她試圖接受了曾經傷害她的父親。當她有所距離的看待過去的傷害時，才能夠寬容的原諒失格的父親。即便是傷口還在，但是她選擇走向原諒：「她回家了。」[98]陳春天採用和解的方式處理父親侵害所留下的傷痛，釋放被監禁的靈魂。劉亮雅認為：「逃離是一種女性主義式的反抗，拒絕被父權家庭剝削，然而疏離於家庭又使她失去社群，孤寂難耐，因此又想回家。」[99]故事以女性的寬容和解作為結局，但是復歸家庭的方式是否重新強化了女性的家庭想像？「回家」是否只是符合世俗期待的演出？《陳春天》裡強調她的原諒來自於一種同情的理解：

> 我知道你傷害過我，陳春天在心裡默默地說，那是不對的事，我知道你的悲哀，作為一個無力丈夫的悲哀演變成一種無法控制的瘋狂，你心裡或許有著比我更龐大的傷痕跟黑暗，我知道你都記得。[100]

從陳春天與她的母親身上可以看到女性對「家」認知的複雜、矛盾與游移的過程，尤其是缺乏支援照顧的底層婦女經常是沒有機會爭取自己的自由，她們必須與她們的生存處境搏鬥。對陳春天的母親而言，維持家庭是她畢生所努力的目標，不惜自我剝削來完成傳統社會的期待。陳春天藉由寫作的技能得以逃離家庭游移到都

---

[98] 同前註，頁278。

[99] 劉亮雅，〈鄉土想像的新貌：陳雪《橋上的孩子》、《陳春天》裡的地方、性別、記憶〉。

[100] 陳雪，《陳春天》，頁278。

市，公寓空間給予了女主角獨立、安全的空間，但是人的一生無法一刀切成兩段，她仍然無法解決原生家庭所帶來的傷痕記憶，在最後她仍要返回鄉土解決其困境，不過仍需注意的，是從城市歸返並不是全然地讚頌鄉土的價值，而是城鄉之間充滿了難解的糾葛，城市的家屋成為女性的中介空間，得以折返於城市與鄉土之間。

　　在《陳春天》的故事中，我們可以看到認同地理的複雜性。陳春天幼年居住的神岡村莊是具排他性的所在，而且因為父親的性騷擾而成為不安全的地方。在臺中所居住的地方，是住商混合的空間。家人終於團聚在一起，但是卻因為過去所受到的創傷，使得她無法感到家庭的庇護感。此處的問題是性別身分的矛盾，而造成精神上的疾病。然而，作家身分給了陳春天縉紳化的機會，但是也造成階級上的差距。公寓空間既是實質的居住空間，也是象徵階級的空間。階級之間的矛盾造成情感性的傷害，使得陳春天緊閉心房。公寓空間在小說書寫當中，具有隱喻心理空間的意涵，原本無法敞開的心房，在弟妹的入住之下有了新意義。主體的多重位置造成空間意義的變化，透過觀察這些變化看到「家」的複雜認同過程。

五、小結：「家」──被建構的所在

　　本文討論城市空間當中「公寓空間」與「家」的關係，自空間實踐的角度來觀察都市中的居住空間──因城市居住的密集性而逐漸發展出以公寓為主的居住形態。如前所述畢恆達所言「家」具有三個層次的概念：house（住屋／住宅）、family（家庭）與home（家），[101] 城市中的公寓空間無論是分租公寓、頂樓加蓋抑或是套房公寓都是住宅形式的一種，不同的住宅形式給予女性不同的環境與

---

[101] 畢恆達，〈家・自我之象徵〉，頁42-44。

條件，公寓空間是城市與自我的中介空間，可以是情欲的出口，也可以是閉鎖的空間。出租公寓的空間多了情感扶助的功能，也可以與不同的性別、族群、階層相遇，但是同時有潛藏的危機，想像與焦慮同時並存。高度的流動性帶給人不安定感，但是同時也能夠讓人輕易地隱藏身分，隔絕他者。從公寓空間的感覺結構中，「家」逐漸被拆解與變形，同時在創造的過程中也轉化了生命的意義。以開創九〇年代都市文學先鋒的朱天文〈世紀末的華麗〉當中，可以看到即便是宣稱她的鄉土是國際城市所聯繫的邦聯，但是她所居住的地方是一處頂樓加蓋的房舍，凸顯了即便是全球化的空間，仍然立基於「在地」空間。

第二部分租窩公社的形式，對於女性而言是介於公領域與私領域的交會空間，在這個空間中可以保有個人的隱祕性，同時也有著類同盟的私密情誼。而這種類同盟的私密情誼轉換了類家庭的扶助功能，但是這種扶助功能卻是相當容易消失。對於女性而言，租屋空間的確發揮了許多「家」的功能，如個體化、隱私權、維護的自我價值，女性可以有限度地改造自己的地方，在獨立的房間中營造出家的私密感。但是出租公寓相對而言也充滿了外在的威脅，除了來自外在世界的監控，還有不能預期的陌生人入侵。此外，對在城市裡租屋女性而言，擁有一個好的居住空間是需要付出相當的代價，租屋女子通常並無太高的收入，而收費低廉的地方往往品質不高，缺乏安全性，商品化的出租空間顯示這群離家女性不能避免地需要屈服與妥協在劣質的生活空間，都是女子在城市居住所要面臨的難題。

第三部分以邱妙津《鱷魚手記》與陳雪《陳春天》兩部內容談及居住空間的作品，來討論女性在城市中居住空間與自我認同之間的關係，雖然邱妙津與陳雪都是著名的女同作家，但是在這兩則故事當中，呈現了她們真正困擾的核心議題卻不相同。邱妙津《鱷魚

手記》中，拉子的租屋空間成為女同志戀情發展地點，也是女同志重要的隱身地方，從鱷魚的身上可以看到外在世界無所不用其極的獵奇手段，意圖尋找女同志的身影，租屋空間成為女同志自我保護的所在。易於搬遷的特性，使得女同志更容易切斷身邊的人際網絡。從鱷魚的身上來看，可以看到城市對於女同志不友善的態度，以惡意的凝視觀看同性戀的存在，使得鱷魚不得不演出自戕來滿足觀眾，而在現實中拉子以房間隔絕外在的世界，以書寫來保持自我的完整。相對於邱妙津而言，陳雪筆下身分認同的掙扎主要不是來自於女同身分，[102]而是來自於階級的身分認同，幼時因父母負債而受到鄉人的排斥，跟隨著父母在夜市討生活，在貧窮邊緣反覆負債，她逃離了貧困的家庭來到城市裡生活。當她以貸款的方式購買到超出家人想像的公寓時，她愧疚於獨享較高的生活水平，她並不是不想幫助家人，而是她無法去調解階級性的差異。再加上父親在她童年的猥褻行為對她造成無可抹滅的傷害始終無法解決，她曾經遺忘而代之以各種瘋狂的形式表現，直到記憶的回復開啟了不為人知的祕密。她逃避家人獨自在臺北居住，以疏離與冷漠的態度對待家人，直到弟弟的車禍事件發生，陳春天才得以有機會重新修補與家人的關係。在文本中公寓空間象徵著陳春天新的自我認同的空間，並且試圖將家人隔絕在外，但是隨著與家人關係的解凍，也從原本的拒絕以至接受，開啟了想回「家」的念頭。

　　從本文的討論當中可以看到女性的主體認同與居住空間的辯證關係，離開原生家庭在城市生活的女性得到了生活的自主性，不論是分租公寓抑或是獨立套房，女性可以擁有在家庭以外的獨立

---

[102] 這並不是說陳雪沒有女同身分的掙扎，在早期的作品《惡女書》、《蝴蝶》當中都有女同身分掙扎的描繪，但是到了《陳春天》這部作品當中，明顯地看到關懷的重點改變到家庭關係的理解上。

空間，但是相對而言就缺少了家庭情感的支撐力量。在出租公寓當中，女性發展出類同盟的情感互助支撐，在面臨情感風暴時成為最親近的輔助團體。獨居的套房公寓，在情感上少了女性同伴的支持，但是這種疏離的居住方式成為自我主體的保護機制，以隔絕外在惡意的探測與目光，或是逃離原生家庭的傷害，實踐女性主義所強調個人價值的獨立自主，就如楊所說：「家是一個概念、一種欲望，表達了一種有界線且安全的認同。」[103] 在這裡「公寓」成為「家」是被建構起來的地方，但是並不是非常穩固且不可取代。《陳春天》的故事顯示了「家」的慾望的不確定性，最後即使她「回」到了神岡鄉村，她也並不能夠完全的融入當地的社會情境，而成了在地的局外人，原來的「家」空間不但變成倉庫的堆置地，甚至還留下了她的恐懼空間。她的回家並不安居於其地，而是透過理解與諒解達成情感上的解脫。在現代社會中「家」的價值不再只是單一的認同，而是複雜的認知過程，女性即在此複雜的過程中反覆辯證，達成新的對「家」的認同。[104]

---

[103] 艾莉斯·馬利雍·楊，〈房子與家：女性主義主題變奏曲〉，《像女孩那樣丟球：論女性身體經驗》，頁256。

[104] 在會議中許甄倚教授評論認為本文「家」空間仍偏向中產女性的空間，以下是兩點回應。首先，在本文中所討論的租屋空間大都是不穩定的居住空間，即使陳雪筆下的公寓空間是相當中產風格，但是文本的內容其實討論了相當多關於貧窮的問題。第二，因本文的書寫架構與篇幅限制，尚未能延伸至外籍配偶與移工的討論，我想補充說明如下：目前移工文學的主要的作品有顧玉玲《我們：移動與勞動的生命記事》，是顧玉玲以代筆的方式書寫移工的故事，提供了「我們」想像與再思考的空間。另外，藍佩嘉《跨國灰姑娘》一書，以社會學的眼光揭示移工的生命處境。黃宗儀〈「近似家人，實非親故」：移工情感勞動與影像親密性的文化政治〉以分析三部關於外籍移工的影片，認為影片採用家庭作為隱喻來消除勞動者與雇主的緊張關係。自以上的文本與論文中可以發現，在外籍配偶與移工身上對於「家」的價值的思辯必是更複雜的認知過程，值得我們關心與更進一步地思考。

引用書目

〈編者言暨專題前言〉，《騷動》2期（1996.10）。

女性性學會著，劉毓秀主編，《臺灣婦女處境白皮書》（臺北：時報，
　　1995）。

巴舍拉著，龔卓軍、王靜慧譯，《空間詩學》（臺北：張老師文化出版社，
　　2003）。

朱天文，〈世紀末的華麗〉，《世紀末的華麗》（臺北：印刻，2008）。

邱妙津，《鱷魚手記》（臺北：時報，1994）。

孫瑞穗，《城市中的單身女人與家變》（臺北：臺灣大學建築與城鄉研究所
　　碩士論文，2006.6）。

索雅著，王志弘、張華蓀、王玥民等譯，《第三空間》（臺北：桂冠，
　　2004）。

馬嘉蘭，〈揭下面具的鱷魚：邁向一個現身的理論〉，《女學學誌：婦女與
　　性別研究》15期（2003.5），頁1-36。

張大春，《公寓導遊》（臺北：時報，1986）。

畢恆達，〈家，自我之象徵〉，《誠品好讀》27期（2002.11）。

陳雪，《陳春天》（臺北：印刻，2005）。

麥道威爾著，徐苔玲、王志弘合譯，《性別、認同與地方：女性主義地理
　　學概說》（臺北：群學，2006）。

楊著，何定照譯《像女孩那樣丟球：論女性身體經驗》（臺北：商周，
　　2007）。

劉亮雅，〈鄉土想像的新貌：陳雪《橋上的孩子》、《陳春天》裡的地方、
　　性別、記憶〉，《中外文學》37卷1期（2008.3），頁47-79。

鍾文音，《豔歌行》（臺北：大田，2006）。

顧燕翎、鄭至慧主編，《女性主義經典：十八世紀歐洲啟蒙、二十世紀本
　　土反思》（臺北：女書，1999）。

Cresswell, Tim著，徐苔玲‧王志弘合譯，《地方：記憶、想像與認同》（臺
　　北：群學，2006）。

弱勢的傳統族群‧重要的現代作家
從《老海人》回看夏曼‧藍波安創作歷程中的幾項議題

林肇豐[*]

一、前言

　　夏曼‧藍波安（Syman Rapongan）作為當代臺灣文壇優秀的原住民作家、數一數二的海洋文學作家，從第二部作品《冷海情深》（1997）開始，關於其人其作的討論便十分豐富。在前行研究當中，許多焦點會擺置在作家個人「浪漫」的回歸部落經驗上，[1]此外，筆者發現尚有部分議題亦是不斷反覆出現的，如：雜糅達悟語彙句法的書寫語言與抵抗、收編之間的問題；[2]作品的內容是否

---

[1] 幾乎所有討論夏曼‧藍波安的文章都必定觸及其歸返經驗，此處或可以董恕明的〈浪漫的返鄉人：夏曼‧藍波安〉一文為代表。該文收錄於孫大川編，《臺灣原住民族漢語文學選集：評論卷（下）》（臺北：印刻，2003.4），頁177-211。

[2] 可參考陳芷凡，《語言與文化翻譯的辯證：以原住民作家夏曼‧藍波安、奧威尼‧卡路斯盎、阿道‧巴辣夫為例》（新竹：清華大學臺灣文學研究所2006年碩士論文）。

過度重複自我經驗，並因固守文化本真而落入自我設限的「族群囚牢」；[3]夏曼‧藍波安是否具「反智論」傾向，[4]甚至企圖對族人做出「廢棄貨幣經濟，向傳統漁撈水芋種植經濟回歸」的「族群指導」；[5]作家自身又是如何看待這類「現代化」與「傳統」的兩難爭辯[6]……等等。

　　夏曼‧藍波安早在1999年便已有《黑色的翅膀》此部長篇小說出版，並獲得「吳濁流文學獎」，但是由一次他與施俊州的對談可以發現，部分評論家和讀者對這部作品的評價似乎不高，對此他提出了一些辯駁，但同時也很謙虛說道：「我比較堅持的是：在這個領域，我能夠寫的、能夠讓人家聽得懂、看得懂的，至少是我自己比較有信心、比較熟悉的題材，作為創作起點。寫長篇小說我還在嘗試、學習，這個領域還需要更專注的創作環境，也需要一種

---

[3]　陳建忠，〈部落文化重建與文學生產：以夏曼‧藍波安為例談原住民文學發展〉，《靜宜人文學報》18期（2003.7），頁207；陳芷凡，〈「政治正確」的原住民文學？：觀察宋澤萊老師討論夏曼‧藍波安作品一文〉（2007.3.7.18:15），引自網頁「臺灣文學部落格」，網址：http://140.119.61.161/blog/forum_detail.php?id=824。

[4]　同上註，頁204。

[5]　宋澤萊，〈夏曼‧藍波安小說《海浪的記憶》中的奇異修辭及其族群指導〉，《臺灣學研究》3期（2007.6），頁29。此文曾先於2007年2月22日以〈夏曼‧藍波安短篇小說集《海浪的記憶》中的奇異修辭及其族群指導〉為題，發表於政大臺文所「臺灣文學部落格」網頁，並引發後續的回應及討論，網址：http://140.119.61.161/blog/forum_detail.php?id=787。

[6]　可參考楊翠，〈山與海的共構史詩：夏曼‧藍波安作品中繁複的「海洋」意象〉，收錄於陳明柔編，《臺灣的自然書寫：2005年「自然書寫學術研討會」文集》（臺中：晨星，2006.11.30），頁207-242；陳宗暉，〈海的方向，海的啟發：從《黑色的翅膀》探勘夏曼‧藍波安的近期書寫〉，《2006青年文學會議論文集：臺灣作家的地理書寫與文學體驗》（臺南：國家臺灣文學館籌備處、臺北：臺灣文學發展基金會，2007.3），頁467-496。

『流汗的感覺』，最起碼要給自己一個創作責任吧！」[7]說到且做到，睽違十年後的2009年8月底，夏曼‧藍波安終於又有長篇小說問世，新作《老海人》由印刻文學出版社出版，內容改寫、集結過去發表的五個中短篇。在此作品中，筆者認為夏曼‧藍波安無論在敘事手法、遣詞造句或情節刻畫上，皆達致以往未有的成熟高度，並開拓不少新的面向與潛在的未來可能；透過考察此作，筆者也認為前行研究中那些不斷反覆出現的討論議題，應可獲得新的確證或一定程度的修正、延伸。

　　本文藉由考察夏曼‧藍波安2009年出版的長篇小說《老海人》，輔以對先前作品的理解，以及與相關前行研究進行對話的方式，辯證地思索、重探夏曼‧藍波安創作歷程中的幾項重要議題。

二、《老海人》：一位成熟小說家的誕生

> ……可惜的是，我們原住民在社會上有很多挫折，原住民作家卻不會把這些比方在都會裡、部落中、任何工作崗位上所遭到的挫折轉化為書寫的內容，表達他們看待自己與社會的觀點，他們一方面越來越靠近都會，漸漸失去部落氣息，一方面又沒有足夠書寫的勇氣與自信面對大社會，而造成一種集體性的障礙。
>
> ——夏曼‧藍波安（2005）

---

[7]　夏曼‧藍波安、施俊州，〈Mangahahap A Ta-u的誕生：夏曼‧藍波安的文化視野〉，《遠方的歌詩：第六季週末文學對談》（臺南：國立臺灣文學館，2008.9），頁279-280。

　　這是一次與孫大川的對談中，夏曼・藍波安的發言。[8]很多時候，作家個人的言說與其創作上的實踐未必等同齊步，但對夏曼・藍波安的研究者而言，這似乎較不構成問題，一方面因為夏曼・藍波安的創作題材本身即有大量來自於他的親身經歷（歸返與離家）及生活勞動（潛水射魚、造拼板舟，重新學習做一個達悟男人），因此「言」「行」本就較為「合一」；二方面則是自1999年的長篇小說《黑色的翅膀》出版，以及再度前往臺灣就讀清華大學人類學研究所後，夏曼・藍波安逐步摸索出屬於自身的寫作風格，發言亦更加有自信，往後的他有著頗為自知的寫作節奏、步調，知曉下一步應要往哪裡走。

　　上述該段引文的原意是在談論年輕一代原住民作家創作的困境，但由字裡行間可以發現，夏曼・藍波安所認為可惜的，新一代原住民作家較不會去書寫的原住民於社會上所遭遇的挫折，其實正是他日後寫作的重心之一。在此〈對談〉的後頭，同期雜誌並刊登了其新作〈我的表弟：卡洛米恩的世界〉，事實上即是夏曼・藍波安有系統地以小說創作來將這各種挫折「轉化為書寫內容」，並表達「看待自己與社會的觀點」的第一步；接下來他陸續於2006年發表了兩個篇章〈漁夫的誕生〉（3月）、〈海人〉（6月）；2009年則發表了〈老海人洛馬比克〉（5月）、〈浪子達卡安〉（8月），並於是年8月底改寫、結集後出版，即本文所探討的夏曼・藍波安第二部長篇小說作品《老海人》。[9]

　　當然，《老海人》書中的兩位重要角色：達卡安與洛馬比克，夏曼・藍波安已非首次書寫他們，而《老海人》也不是近年來唯一

8　夏曼・藍波安、孫大川，〈只有海浪最愛我：孫大川對談夏曼・藍波安〉，《印刻文學生活誌》1卷7號（臺北：印刻，2005.3），頁40。

9　改寫、結集後的篇名及順序分別是〈安洛米恩的視界〉、〈漁夫的誕生〉、〈浪子達卡安〉、〈海人〉、〈老海人洛馬比克〉。

的作品，2007年7月他已出版了《航海家的臉》這本散文集，書中
自然也提及族人面對現代化衝擊下的不適應與遭逢的大小困境，不
過《航海家的臉》畢竟篇數多而各篇幅短，因此有著意念較為零星
片斷、無法一氣呵成的缺憾，而部分上山伐木和航海捕魚的記事，
也實在略有重複之感；但在《老海人》這部長篇作品中，透過有別
於散文的小說筆法，作者不必總是唯一的主述視角，而更能自由地
出入於各角色的內心世界，刻畫人物形象及其所思所感。在小說作
品裡頭夏曼‧藍波安似乎較能放下一些「學習者」與「（文化）翻
譯者」的責任，[10]而以比較顯明的「創作者」姿態，有機地串連起各
式經驗、題材，深刻敘寫達悟族兩三代以來面對現代化浪潮下的總
體命運。

　　《老海人》此部作品以五個篇章鋪寫三位部落裡「邊緣人」的
故事，他們分別是被人視為「神經病」、「不正常」的安洛米恩、
「零分先生」達卡安，以及年邁孤獨、酒醉後便大聲咒罵咆哮的洛
馬比克。對於這三位「角色」，作者夏曼‧藍波安在題為〈滄海〉
的自序中如此說道：

> 《老海人》這本小說的角色，安洛米恩、達卡安、洛馬比克他
> 們各自擁有很美的達悟名字，但美麗的名字在他們的現實生
> 活裡卻不美麗，他們是部落裡的邊緣人，在陸地上「酒精」
> 是他們喝醉時對話的對象，清醒的時候，他們在海洋裡恢復
> 自尊的寧靜，日復一日，年復一年，「海洋」終究一直在包容
> 他們，當然也不可能拋棄他們。畢竟海洋本身是沒有邊陲，
> 也沒有中心，她有的只是月亮給她的脾氣（潮汐）。（頁21）

---

[10] 「學習者」、「翻譯者」的概念來自邱貴芬，〈跨領域實踐與疆界：從夏曼‧藍波安
創作談起〉（會議宣讀版），《跨領域：全球化下的臺灣文學與文化研究國際學術研
討會論文集》（臺南：成功大學臺文系，2007），頁8-11。

事實上這段話已將此部小說的要旨提點出來。達卡安是熱愛海洋勝過一切的青年，而「零分先生」則是伴隨他成長的污名，國中時期整天逃課往海裡跑，最後僅領取到結業證書，前往臺灣打工又無法適應沒有海的日子，於是偷偷跑回蘭嶼，只希望將青春奉獻給波浪。就達悟傳統的觀念而言，達卡安是標準的「海洋之子」，但在蘭嶼也進入現代化社會的當下，達卡安的父親只希望兒子能有正常的工作賺錢；安洛米恩則是夏曼·藍波安的表弟，被部落視為神經不正常的人，是人們在酒桌上揶揄、嘲笑的話題來源，作者藉由一次早晨的對話，帶出安洛米恩在國小時原本也有積極求學、渴望當部落裡少數知識分子的心願，但在「新球鞋事件」後淪為同學與族人的笑柄，更糟糕的是，他的父親長期酗酒，每醉便下令他上山打柴不要上學，進而阻擋了他未來的夢想；洛馬比克在國小時則是一位資優生，但是他的家族十分排外，上一代對於漢人侵佔蘭嶼土地的怨恨，使得父親不願讓他在小學畢業後隨神父一起前往臺灣念書。這種達悟兩代之間對於漢式現代教育的認知落差，往往造成了親子間的互不諒解與日後的悲劇，洛馬比克後來自以為浪漫但其實是報復性地選擇了在臺灣各地及海上漂泊，忘卻了親人存在，直到父母親和最惦念他的聾啞兄長都過世了，他才省悟而傷心地回到蘭嶼的家。

　　書中的這三位「角色」，或由於無法適應現代化社會，或出於命運的擺弄，而最終都成為部落裡的邊緣人。作者夏曼·藍波安之所以稱他們為「角色」，是因為他認為這部小說裡「真正的主角還是海洋」，[11]無論這些角色在陸地上遭遇到什麼挫敗、譏諷，至少

---

[11] 語見「陳芷凡訪談夏曼·藍波安」（訪談地點：山海文化雜誌社，訪談時間2009年3月30日）。引自網頁「臺灣原住民族文學家與藝術家，人物群像：施努來」，網址：http://210.241.123.11/litterateur/portrait/183。

海洋都還願意擁抱他們，他們在潛水捕魚中能夠回復一些平靜和尊嚴，並冷卻他們於現實中的傷痛。在〈老海人洛馬比克〉此章中，作者有段敘述便充分展現如此意涵：

> ……一位是章魚師傅，一位是章魚公子，前輩是學校裡的資優生，晚輩是學校裡的低能兒，最終的結果是海洋與章魚把他們糾結在一起。在洛馬比克心中，學校成績的好與壞似乎不是出社會之後的最終結果，他看著達卡安，顯然他們倆在臺灣的適應能力一樣是有問題的，但海浪給他們許多快樂，魚、章魚給他們物質上的滿足。（頁231）

此處的「章魚師傅」指的是洛馬比克，「章魚公子」則是達卡安，夏曼‧藍波安在《冷海情深》及《海浪的記憶》中已書寫過他們。[12] 就如同章魚師傅、公子的稱呼代表某種肯定一樣，在當初的作品裡頭，夏曼‧藍波安也以「飛魚先生」、「海洋大學生」這類提法與「零分先生」的污名做對比，試圖顯示所謂價值的高低在陸地上或海洋中，往往會有完全不同的評價；而在關於安洛米恩的章節裡，作者也以他在酒醉迷濛之際常迸出充滿辯證性的話語，如：「別說我正常，正常人不見得比我正常」、「我是品質優良的神經病，你們是品質爛的正常人」（頁48、52），來鬆動「優秀」與「差勁」、品質的好與壞、「正常」與「不正常」的既定價值觀。藉由細膩地重寫、創作這些角色們的故事及成長心路，夏曼‧藍波安的作品其實也像是一「文字海洋」，使那些遭受現代性創傷的族人們得以泅泳其中，重新獲得肯認、療癒挫敗。

---

[12] 見〈飛魚的呼喚〉，收錄於《冷海情深》（臺北：聯合文學，1997）；〈海洋大學生（達卡安）〉、〈三十年前的優等生（洛馬比克）〉，收錄於《海浪的記憶》（臺北：聯合文學，2002）。

　　《老海人》一書的內容如分別視之可成各自獨立的五個中短篇，我們其實不易確認作家在寫作之初，是否早有意識在為一部長篇作品謀篇布局——當初在報刊上的發表順序與結集後的篇章安排並不一致；在書中，角色的過渡成為推動情節向前的動力之一，但在部分的章節銜接處上卻難免出現一些小瑕疵[13]——但總的來說瑕不掩瑜，幾個故事之間基本上還能環環相扣，作者也在不少地方巧妙埋下伏筆。本節以「一位成熟小說家的誕生」為標題，正是想強調到了這部《老海人》，作者夏曼‧藍波安無論在敘事手法或語言的鎪鏤刻畫上皆達致以往未有的成熟穩定，小說內容所包含的議題也更形開闊、多元：

　　（一）在敘事手法及語言風格上，《老海人》的字裡行間往往透顯出一種從容不迫的自信，以前行研究的提法，清大人類所畢業後的夏曼‧藍波安是「儼然有了一種海洋人類學者的架式」，比如在小說首篇〈安洛米恩的視界〉的開頭處，作者談論到海象天候和達悟傳統知識時，便一連使用了好幾個「我民族」，顯見隨著「原初知識」跟「現代知識」的掌握度增加，夏曼‧藍波安的發言與書寫都更加充滿自信。[14]另外，前文中筆者也提及這部小說「真正的主角還是海洋」，我們可以發覺在《老海人》當中幾乎每個篇章都有十分精采的海洋敘事，比如在第二章〈漁夫的誕生〉裡，作者透

---

[13] 例如安洛米恩在第一章裡是人們眼中的「神經病」，終日與酒為伍、不事生產；但在第二章則是一位經驗豐富的漁人，並能指導達卡安關於海洋的知識；到了第三章卻又再度頹靡、墮落下去。當然這中間有著時間上的推移所導致的變化，作者亦略有交代，但難免還是會讓讀者在閱讀上有「轉折突兀」、「暴起暴落」之感。再者，在第二章尾聲提及達卡安在臺灣做工時的老闆即將造訪蘭嶼，欲將有些智能不足的女兒小倩嫁給達卡安，後頭作者也未再交代此事，進入第三章中與達卡安產生愛戀的，是由臺灣前往蘭嶼開設酒吧的女孩小文。

[14] 此觀點來自陳宗暉，〈海的方向，海的啟發：從《黑色的翅膀》探勘夏曼‧藍波安的近期書寫〉，頁484。不敢掠美，特此說明。

過安洛米恩潛水射魚的上浮下潛過程，細緻展示了水面下遼闊的世界與各種生物樣態，更藉此帶出安洛米恩心海裡的思緒波動此刻也正如海浪般不斷上下漂盪著；在第三章〈浪子達卡安〉中，作者更以接近四頁的長篇幅，描述達卡安和安洛米恩有一回在海中與三百多尾泰利鰺相遇的往事，他以細膩的筆法描寫人、魚之間的相互觀察和猜測，並以安洛米恩對達卡安的提點：「潛水的男人要觀察海洋的脾氣，而不是自己粗超的英雄展現」，揭示出達悟人與自然共處的傳統生活智慧；在第四章的〈海人〉中，作者對於在海面上遭遇狂風暴雨的場景，更是有相當出色的描寫，那是固執的陳船長不聽洛馬比克勸告，執意在強勁東北季風逼近下向北直駛綠島所致的結果，茲舉幾段為例：

> 阿輝站在父親身旁緊握著船舵，風勢與海浪的鼻息淹沒了陳船長的傲慢，加速了阿輝的成熟，他看著指北針，針頭一會指向三百五十度，一會飄到三十度，船隻左右的傾斜經常到四十五度，船首頂浪起落的幅度，開始考驗著他們腰部以下的實力，讓他們四人八粒的睪丸畏縮到鼠蹊部內，只剩皺皮在祈禱。（頁172）

> 數不清的駭浪暴雨不斷的打擊船身，四個人無助的眼神極度渴望友船傳來安慰的無線電話，就像病危的病人也渴望醫生對他說謊，只要半句也行。（頁172）

> 每一陣的強風惡浪，船隻就淹沒在黑夜裡的風聲海霧，黑夜裡的風聲煞是小惡靈的歡樂聲，海霧以及駭浪每每就是討海人最恐懼的，在海人的記憶裡，這種令人害怕的景象就像是他父親說的，船隻就像在惡靈的手掌上，隨時進入祂張口時深淵隧道，死亡就是答案。（頁173）

作者使用豐富語彙和生動比喻，將渺小人類面臨大自然巨大威力時的脆弱無助、船隻的急速晃動震盪，以及強風惡浪如惡靈般邪笑、張口吞噬船隻的想像，鋪寫得活靈活現，讀者彷如親臨暴風雨的海面現場。以往，夏曼‧藍波安的作品已為臺灣的海洋文學開啟許多可能，但我認為到了《老海人》此作，其語言文字更加犀利精準，筆法也更形成熟。

（二）在新的書寫面向與議題開展方面，我們必須稍稍回到夏曼‧藍波安的創作歷程來討論。在以往的作品中，夏曼‧藍波安的書寫題材多半鎖定於自身的歸返經驗和部落裡的人事物，因而招致一些批評，如陳建忠便曾指出：

> 除了作為社會文化符號外，夏曼的作品似乎受限於反應歸鄉
> 後重為達悟人的心路歷程這樣的範圍，以及他對於漢人文化
> （一個他作品發表的重要文化場域）較為「反智」的態度，
> 因而呈現出作品中題材與情感停滯（並非消失，而是未再分
> 化、深化）現象。

他並認為夏曼‧藍波安的第一部小說作品《黑色的翅膀》，也「很像是將《冷海情深》的許多意念形象化（或云『小說化』）而已，但並沒有進一步在議題或技巧上的深化」，如果作者對於自我經驗過度使用的話，終將導致經驗疲乏，使其部落經驗成為「一次性」的文學耗材而已。[15]

如此的擔憂其來有自，事實上我認為直至夏曼‧藍波安的前一部集子《航海家的臉》（2007年出版，內容大致收錄2002至2006

---

15 陳建忠，〈部落文化重建與文學生產：以夏曼‧藍波安為例談原住民文學發展〉，
　　頁206-207。

年的散文作品），上述問題都還部分地存在著。[16]但是到了2009年
的這部小說新作《老海人》，應可打破前述所謂「題材與情感停
滯」、「經驗疲乏」的論調，比如在第三章的〈浪子達卡安〉中，
夏曼・藍波安首次嘗試了關於男女愛戀的題材：女孩小文喜歡達卡
安的善良質樸，稱呼他為「浪子」（波浪的兒子），她因為父親工
廠失敗而失去了念大學的機會，前往蘭嶼開設酒吧，其生母是臺
中梨山的泰雅族，十年前離棄了年少的她和妹妹。小文十分思念
母親，夜裡想著達卡安告訴她的話語：「夜空的繁星是世上的媽媽
給旅行的兒女永恆的項鍊」，哭泣醉臥在沙灘上，直到被達卡安喚
醒。小說結尾處她和達卡安卸下衣物、裸身相擁於海水中：「有你
在，海水好溫暖呢！」「妳比海水溫暖。」作者此處寫出了有「情」
而不「色」的精采場面，凸顯出的並非兩人的肉體欲念，而是原住
民族在現代資本主義社會中普遍遭逢的孤絕處境，一種「同是天涯
淪落人」的相互取暖。

　　而在〈海人〉與〈老海人洛馬比克〉兩章中，夏曼・藍波安
則不僅持續深化達悟族老、中、青三代都面臨的集體難題──對
於漢式現代化教育的認知拉扯，也將描寫視野遠離自身，擴大到蘭
嶼之外的綠島、臺東這些所謂「海浪生活圈」的漁人們身上，這些
討海人有來自阿美族的原住民、有大陳義胞、有閩南人、綠島人，

---

[16] 筆者之所以稱「部分」存在，是因為論者陳宗暉在其碩士論文《流轉孤島：戰後蘭
　　嶼書寫的遞演》（花蓮：東華大學中文系2009年碩士論文）中提及，《航海家的臉》
　　當中除了悲劇之外，其實已經多了一種「反叛」的精神，他以〈漢人過年的記憶〉
　　及〈興隆雜貨店〉兩篇章為例，證明藉著「利用對方的文化」，弱勢族群也具有一
　　定程度的反制動能。如此詮釋有其道理，但這些篇章其實僅佔了此書的一小部分，
　　《航海家的臉》裡多數內容還是集中於作者夏曼・藍波安自清大人類所畢業後，回
　　到部落生活的各種體會感悟，其情調與描述的重心大致延續前作《冷海情深》、
　　《海浪的記憶》脈絡，未有較大的變化、突破。

作者不分族群刻寫了社會底層民眾的辛勞樣貌，一句「討海人的命
運，本質上原來就是最不確定的」，切實道出「海浪生活圈」裡漁
人們迫於生活壓力所時常必須面對的集體苦難（長時間的漂泊、船
難海難……等等）；另外很特別的是，作者也不只停留於「原漢對
立」的二元視角上，比如在〈安洛米恩的視界〉此章中，夏曼・藍
波安同時也不留情面地批判了自己達悟族裡那些現代化了的「品質
爛的正常人」，他們不尊重耆老、蔑視傳統、時常開著機動船亂闖
亂撞、夜裡喝完酒便大聲吹噓……他諷刺這些人是「品質差的物
種」，比喻他們這些「樹」的肉是「比較鬆，因水分吸得多，就容
易腐爛，不僅如此，樹質差的木頭拿來當柴燒，冒出的煙特別多，
特別會嗆人，燻的魚乾也特別的黑」（頁28）。

　　承上分析，總的來說，到了《老海人》這第二部的長篇小說作
品，夏曼・藍波安在敘事手法及語言的鎔鑄刻畫上更加豐富、細膩
且充滿自信，而作品內容也開展出許多以往未有的新面向，我認為
成熟的小說家夏曼・藍波安至此已經誕生。

三、語言、書寫與佔位

　　在這部新作《老海人》中，夏曼・藍波安行文上採用的依然是
以漢語為主並鎔鑄達悟句法、辭彙的方式；部分對話及專有名稱則
使用達悟語（羅馬拼音），再於其下以括號內的翻譯來解釋之；而
遇上一些不光是簡短翻譯所能應付，需要較長的解釋（往往與達
悟傳統文化習俗有關）時，則在後頭使用註腳加以說明。如此的處
理方式，是夏曼・藍波安自《冷海情深》（1997）後一路摸索出來
的，已經可說是屬於他的一種「寫作風格」了。惟比較特殊的是，
在《老海人》當中夏曼・藍波安使用的並非以往作品常見的「文後
註」，而是採用「當頁註」的形式，這除了翻查上的便利之外，兩

種註解方式的差異其實在前四個篇章中看不太出來，不過在最後一篇〈老海人洛馬比克〉裡，「當頁註」的功能則表露無遺。

故事提到1974年的某月洛馬比克滯留臺東富岡港，為的是希望能遇見五年未見的初戀情人洛伐特，他這一生唯一發生過性關係的女性。洛馬比克最後確實見到了洛伐特，但這時她已與同族的另外一位青年結婚生子，如今已是希婻‧舒馬洛（「舒馬洛的母親」之意）了。作者在此處埋下伏筆，小說中頭幾次出現「舒馬洛」一詞時，他都刻意未註解說明其意，讀者也無法體會箇中緣由，直到洛馬比克出海前委請朋友轉交錢財給希婻‧舒馬洛，好讓她可以帶小孩（即舒馬洛）去看病，由他心底「深深的祝福他的情人與他不能相認的自己的骨肉舒馬洛」之語，讀者才恍然大悟，原來舒馬洛竟是洛馬比克的小孩！但洛馬比克本人又是如何得知的呢？這時作者才於後頭的當頁註寫道：「『舒馬洛』的達悟語意是：遠離母親出生的部落，孩子與生父無緣相聚。」這表示在故事裡，當洛馬比克首次聽到初戀情人的長女名為「舒馬洛」時，便已經知曉那是他的親骨肉了。

作者在此運用了幽微的情節處理手法，其實凸顯了如未能掌握達悟族的姓名法則、無法理解達悟語彙意涵的話，其實是不容易解讀情節當中的深刻變化的。而有別於「文後註」的遲滯，使用「當頁註」有其立即性，並使作者能自由選擇在何時插入註解，為其故事產生揭謎的戲劇效果。也就是說，在此篇作品裡頭，「註釋」已不全只在敘事情節之外擔負解釋說明的功能而已，它甚至可以進入到情節裡成為其中的「一分子」。在漢語與達悟語的書寫縫隙中，在異語言的相互隱蔽及翻譯中介裡，夏曼‧藍波安似乎又找尋到一種新的書寫可能。

其實，夏曼‧藍波安「特殊」的書寫語言方式，一向是前行研究中持續討論的議題（尤以陳芷凡的碩論有細緻分析）。我認為如

此的書寫形式，乃是夏曼‧藍波安多所摸索、權衡後的結果，一定
程度上也形構了屬於他自己的寫作風格、策略，並有利於他在臺灣
文壇中的「佔位」（或者稱作「發聲」）。

　　邱貴芬在一次題為〈跨領域實踐與疆界——從夏曼‧藍波安創
作談起〉的演講中，以「認可／承認」（recognition）的理論視角談
到：

> ……那麼，有效的「挑戰」就不只是凸顯異質性而已，而
> 是如何被看到、被認可／承認（recognized），這就涉及與主
> 流語言、文化的協商，而不是純然的對峙……有效的挑戰
> 既然必然進入協商的過程，主流文學的規範（辨識作品高
> 下的「美學」標準、「作家」的條件）就不可能棄之不顧。
> 所以，並非所有具有顛覆性的原住民作品都會構成有效的挑
> 戰；有效的挑戰必須是被承認、被視為「好」的作品，這些
> 挑戰才可能進入主流書寫體系裡「寄生、繁殖」而產生「逆
> 寫」的效果。[17]

上述提法我大致同意，只不過邱貴芬似乎還是太過於強調「弱勢」
需要為「主流」所認可這樣的單向路徑，惟有夠優秀的原住民作品
才得以進入文學領域成就其主體。但另一方向的路徑是否也可能？
主流文壇及其規範是否也可能受到弱勢族群的寫作形式、語言特色
及美學風格所逗引、誘惑，進而在一定程度上被扭轉顛覆？若真如
此，則當中的孰「強」孰「弱」便似乎尚在未定之天，又或者至少
可以證明，美學的標準其實往往就非是「中立」且恆久不變的。

　　很明顯的一件事情是，主流漢語文壇對於夏曼‧藍波安的作品
不僅從未排斥，而且常常是相當「承認」的，這由他歷年來所獲得

---

[17] 邱貴芬，〈跨領域實踐與疆界：從夏曼‧藍波安創作談起〉，頁8。

的眾多文學獎項便能夠理解：

> 1997年：散文集《冷海情深》獲選聯合報讀書人年度十大好書。
> 1999年：小說《黑色的翅膀》獲吳濁流文學獎。
> 2002年：散文〈海洋的風〉獲第三屆臺灣文學獎散文獎佳作；
> 同年，散文集《海浪的記憶》獲時報文學獎推薦獎。
> 2006年：小說〈漁夫的誕生〉獲選九歌「年度小說獎」；
> 同年9月，夏曼‧藍波安獲第二十三屆吳魯芹散文獎。

幾乎夏曼‧藍波安每一部集結出版的作品（除了最早的《八代灣的神話》之外）都獲得了獎項鼓勵，如再加上被選入各式選集的作品，則更是不計其數；另外，〈海洋朝聖者〉一文還被選入現今的高中國文課本，進入他在作品中時常批判的所謂主流漢式教育裡頭，這在在表示了若僅從「原漢對峙」或「單向承認」的視角去看待夏曼‧藍波安其人其作，其實都是不足也不很精準的。

　　我認為，夏曼‧藍波安是一位「聰明」且在書寫語言上下過苦工的作家，雖有評論者稱其鎔鑄達悟語的漢語書寫充滿「奇異修辭」，但事實上他的表達方式對漢語讀者而言，解讀上並未有太大困難。[18]夏曼‧藍波安曾經表示當年他之所以拒絕保送師大國文系，一方面是不滿意這種「施捨」，二方面其實也是對自己的中文能力缺乏信心，中文一直是他在漢人教育中極為頭痛的科目。[19]因此他

---

[18] 宋澤萊，〈夏曼‧藍波安小說《海浪的記憶》中的奇異修辭及其族群指導〉，頁20-24。宋澤萊該文中所舉的「奇異修辭」有「天空裡的眼睛」、「柔軟的海面」……等等，事實上只要具備一般解讀能力的讀者，對照上下文也能得知「天空裡的眼睛」指的是星星，「柔軟的海面」指的是海面波浪起伏；而如果是專有名詞或達悟族語的句法，作者也會在後頭加以註解說明，因此漢語讀者在閱讀夏曼‧藍波安的作品時，實不至於因為「修辭」而遭遇到太大的困難。

[19] 陳宗暉，《流轉孤島：戰後蘭嶼書寫的遞演》，頁70-73。

在出版第一本口述神話記錄的集子《八代灣的神話》時，採用的是達悟語與漢語對照的行文方式（類似市面上許多中英對照小說的形式，外文與翻譯文字各自獨立為兩個區塊），而在漢語的部分少有鎔鑄達悟句法、辭彙的情形，可算是較單純的中文書寫；到了第二本作品《冷海情深》時，他開始在漢語書寫中大量攙入達悟語，眾所周知的《冷海情深》受到了歡迎，可謂夏曼・藍波安成名之作，如此的「鎔鑄語法」為讀者所接受（他稱之為「過關」），大大鼓舞了他。在後續的發言裡，夏曼・藍波安公開宣稱已克服漢字的困擾：「我已經可以將自己在島上的生活體驗直接轉換為中文，而不用太在意中文原先的句法與結構」，他化昔日的阻力為現階段的助力：「當我對自己母語的認識越來越深時，我是以自己的語言來解釋漢字、駕馭漢字，而不是以漢字來駕馭我的思維，因此漢語不會成為我的絆腳石，而是我要運用、豐富文本的工具。」[20]

　　由上思索，如夏曼・藍波安欲僅刻意強調修辭的「奇異」或是純然的對峙，他大可通篇使用達悟族語書寫，直接「衝撞」主流漢語文壇、控訴強勢族群對弱勢的長期打壓，何須用心良苦在一些比較特殊的達悟辭彙下以括號闡明其義，或在後頭加上註釋補充說明？甚至必須考慮漢人讀者能否看懂、讀懂其作品？[21]

　　作為一位弱勢族群出身的作家，夏曼・藍波安其實非常清楚他可以揮灑的舞臺何在，其所發聲的對象又何在？德勒茲（Gilles Deleuze）與迦塔利（Felix Guattari）曾在〈什麼是弱勢文學？〉

---

[20] 夏曼・藍波安、孫大川，〈只有海浪最愛我：孫大川對談夏曼・藍波安〉，頁39-40。

[21] 例如在與施俊州的對談中夏曼・藍波安便表示：「作為一個原住民作家，有一些創作技術上的問題我不是那麼注意，也不是很在意：我只希望從自己的角度、用自己的方式來說故事，當然我還是會檢驗自己的文字功力是不是足以讓人理解」。夏曼・藍波安、施俊州，〈Mangahahap A Ta-u的誕生：夏曼・藍波安的文化視野〉。

（minor literature，或譯作「少數文學」）一文談到：「弱勢文學不是用某種次要語言寫成的文學，而是一個少數族裔在一種主要語言內部締造的文學。」而這種文學通常具有三個特點：(1)語言帶有「脫離領土運動」（deterritorialization，或譯作「非地域化」、「去疆界化」）的係數；(2)一切均與「政治」有關；(3)一切都帶上「群體」價值。[22]如此對於「弱勢（少數）文學」的經典詮釋，拿來擺置在對夏曼‧藍波安創作的觀察上，無疑也是具準確性的，夏曼‧藍波安並非以相對弱勢的達悟語來創作，而是以漢語書寫為主，是「少數族裔在一種主要語言內部締造的文學」；而他鎔鑄達悟句法、辭彙的特殊語言風格，一定程度也標示了其相對漢人作家的「脫離領土」／「去疆界化」的殊異存在感；而其弱勢族群的身分、作品中所具有批判控訴主流社會的力道，則往往與「政治」（或者稱作「權力關係」）脫離不了關係；最後，也同樣是來自弱勢族群的身分，使得其作品就是再如何與夏曼‧藍波安「個人」的歸返經驗接近、再如何展現出的是作者「個人」所體會的達悟文化、海洋愛戀，都還是會被讀者及主流社會視為是表現了整體達悟族之經驗、價值觀、文化傳統的作品，也就是一切都帶有「群體價值」。

　　詹穆罕默德（Abdul R. JanMohamed）與洛依德（David Lloyd）在〈走向少數話語理論〉（"Introduction: Towards a Theory of Minority

---

[22]　德勒茲、迦塔利，〈什麼是弱勢文學？〉，《什麼是哲學》（長沙：湖南文藝，2007.7），頁33-60。另外，阿卜杜勒‧R‧詹穆罕默德、戴維‧洛依德在〈走向少數話語理論：我們應該做什麼〉一文中，也同意這些概括，惟在弱勢文學的「集體性」這一點上，德勒茲、迦塔利將之歸因於少數族裔缺乏天才作家、大師的說法，不被詹穆罕默德及洛依德所接受，他們認為「少數話語的集體性，完全源於這樣一個事實：少數中的個體，總是被看作一類人，被強迫體驗作為一類人的普遍經驗。被壓迫的個體被強迫進入一個否定性的具有普遍意義的主體位置，他會將其變成肯定性的集體位置」。《後殖民主義文化理論》（北京：中國社會科學，1994.4），頁364。

Discourse: What is to be Done?"）中則說道：「『成為少數』不是一個本質問題（主導意識形態關於少數者的固定概念希望這是一個本質的問題），而是位置的問題。」[23] 當然，達悟族本身確實在人口數量上（據官方統計，約僅三千多人）便屬少數，但作為一個出身此「弱勢」族群而成為主流漢語文壇「重要」作家的夏曼‧藍波安，他未必非要選擇凸顯其少數身分不可，也未必非要在強勢語言中去締造、書寫一種「少數文學」（那其實並不會比較輕鬆容易），他甚至可以全用漢語書寫，好符合主流文壇的習性與品味；又或者全用達悟語書寫，大力衝撞、顛覆主流文壇而成就「以小搏大」的英雄形象，但他都並未如此處理。成為少數是「位置」問題，夏曼‧藍波安為何選擇這樣的「位置」、這樣的書寫策略？又或者換個角度思考，如何的書寫策略，使其在主流漢語文壇中能夠「佔」到一個位置？

事實上，以純然「對峙」或「收編」的視角看待夏曼‧藍波安的創作姿態都是不完整的。首先，夏曼‧藍波安並無意衝撞主流文壇或與之對峙，反而當他發現自己的「混語」書寫方式「過關」以後，無形中弱勢的族群身分、傳統達悟經驗智慧，以及異於漢語的辭彙及特殊語法，都成為了他在主流的文學場域中佔得一席之地的有利／力「文化資本」；而從另一個面向來看，主流的文學場域本身也發生變化，提供了夏曼‧藍波安「佔位」之可能：試想，如果其作品出版於八○年代以前的臺灣社會，應是不會受到太多關注的，當時原住民尚被主流社會貶稱為「山胞」，視為文化低落的群體（當中如何可能出現「作家」？）；但八○年代後原運的興起、「原住民族」的正名，種種如「還我土地」、「驅除惡靈」……

---

[23] 阿卜杜勒‧R‧詹穆罕默德、戴維‧洛依德，〈走向少數話語理論：我們應該做什麼〉，頁363。

的社運發聲，一定程度改變了主流社會對於原住民的歧視與成見；再者，八、九〇年代後「本土化運動」的勃興，為區別黨國教育中以「大陸」為主體的中原意識形態及國族想像，臺灣社會開始有了「海洋文化」、「海洋立國」……等思維的鼓吹，如此思想價值觀上的變化首先影響了社會文化場域，再由社會文化場域進入文學場域，由外而內改變了當中的權力關係與佔位配置，而此時夏曼・藍波安的「原住民文學／海洋文學」作品進入主流漢語文壇，相形之下也就比較容易被接受、被不帶成見的細心閱讀，然後被鼓勵進而「佔位」。

以上這種「布赫迪厄」（Pierre Bourdieu）式的分析，似乎多了那麼一點「工具理性」而少了一些人味，但不失為是認識夏曼・藍波安在當代漢語文壇中「佔位」的一個切入視角。當然，夏曼・藍波安得以成為「重要的現代作家」，自然有其寫作上的優秀實力，這是萬萬無法否認的；而換個角度思考，作為一個弱勢族群作家，如前文所言的他並無意去衝撞主流文壇，那麼他又全然為漢語世界給收編了嗎？事實卻又不然。

選擇「少數」這樣的位置，選擇在漢語書寫中鎔鑄達悟的語法及辭彙、在作品內容批判漢式主流價值觀，無論夏曼・藍波安是有意或無意為之（我認為是有意的），在接收端的讀者反應上便具有「逆寫」的效果，即上述所謂「去疆界化」（deterritorialization）的顛覆潛能。他在主流語言及文化（漢式教育／文化價值觀）的內部進行「去疆界化」的工程，利用主流語言與文化來書寫被殖民者，重新肯定在過去原漢「不對等關係」中長期遭受污名化、壓迫的弱勢達悟主體，這是一種放棄對文化或語言（無論漢族或達悟族）純粹性迷思的「打著紅旗反紅旗」策略，因為夏曼・藍波安明白他作品揮灑（或者「戰鬥」）的場所是漢語文壇，其所發聲的對象是臺灣社會，而他的讀者群中為數眾多的是漢人，因此他在作品中批判

主流漢式教育及價值觀，肯定邊緣的達悟主體，但同時也以漢語作
為其主要書寫語言，然後再於其中鎔鑄達悟的語法與辭彙，所採取
的策略其實是在「承認」中進行「逆寫」與「顛覆」。

　　其實，作為一個少數族群的作家，其個人利益與族群的整體利
益未必是無法協調共進的，也就是說，當夏曼‧藍波安以「混語書
寫」介入主流的漢語世界時，一方面當然有助於作家個人的「佔
位」，但另一方面其實亦使漢人有機會透過閱讀，一步步認識弱勢
族群的文化、世界觀，增進對於彼此的尊重與理解。

四、「傳統」與「現代」的拉扯

　　在上述關於「語言、書寫與佔位」的討論後，此節我們進入作
品內容，思考另一個也許是「大哉問」的課題。爬梳前行研究，除
了「海洋」之外，夏曼‧藍波安作品中最受到關注、最為數眾多的
討論，便屬「傳統」與「現代」的兩難拉扯。當然，這與夏曼‧藍
波安個人的生命歷程／動向有關。

　　「原住民運動」在進入九〇年代之際產生了疲軟的現象，此時
一些原運工作者開始有「回歸部落」（部落主義）的呼求，他們認
為所謂原運者其實多半是滯居於都市邊緣謀生的各族知青，從求
學時代甚至更早便跟自身的母體文化脫節、斷裂，這也導致了「原
運」後期能量的渙散與各種局限；此外，在現代資本主義體制的衝
擊下，部落文化的日益流失也是各原住民族的莫大隱憂，因此回歸
部落、重建部落文化便成為此時一些原住民知識青年們的思考與
實踐之道。[24]在這當中，夏曼‧藍波安乃是實踐此道路的極佳「範

---

[24] 參考陳建忠，〈部落文化重建與文學生產：以夏曼‧藍波安為例談原住民文學發
　　展〉，頁196-198。

例」，1989年前後在經歷過一番嚴肅的自省後，於臺灣島上「流浪」了十六年的「施努來」決定舉家遷回蘭嶼定居，重新學習達悟族的母體文化。

回返部落的夏曼‧藍波安，為了洗刷被漢化的污名，開始學習達悟族的傳統技能，造拼板舟出海、潛水射魚，沉浸在達悟族的神話歌詩、部落習俗與海洋的冷暖潮流變化之中，像一塊海綿大力吸吮傳統文化知識，渴望做一名真正的達悟族勇士；而在此同時，他也開始陸陸續續創作，逐漸成為文壇的重要作家。

我認為真正造成前行研究解釋上困難或某種焦慮的，是在經過多年的實踐及學習之後，夏曼‧藍波安基本上對達悟的傳統技藝已多能掌握，也洗刷了被漢化的污名。在1999年時他又再度離開蘭嶼，前往清華大學就讀人類學研究所，獲得碩士學位之後，2005年又進入成功大學臺灣文學系博士班。在他的作品裡頭，我們往往可以讀到「零分先生」、「龍蝦王子」、「海洋大學生」這類肯定被漢人教育體系所摒棄的達悟孩子之話語，而且也會讀到「顯然地，『畢業』與『結業』的象徵與實質的意義，在部落裡只是一張如廢紙般的價值，用在生火燒柴上」[25]此類論調。但既然如此，夏曼‧藍波安為何還是必須忍痛拋下流淚思念兒孫的老父親，再度前往臺灣求學呢？[26]如此回歸又離開的移動路徑，其中有著夏曼‧藍波安自身目標的追尋？現代化的誘惑？抑或更遠大的「再出發」使命？……這在成為了研究者在詮釋上的挑戰，也使得「傳統」與「現代」的課題在前行研究中不斷反覆出現。

陳建忠於〈部落文化重建與文學生產：以夏曼‧藍波安為例談原住民文學發展〉中談到：

---

[25]〈海洋大學生〉，《海浪的記憶》，頁169。
[26]〈千禧年的浪濤聲〉、〈我的父親（夏本‧瑪內灣）〉，收於《海浪的記憶》。

　　用帶有「反智論」色彩的思考方式，夏曼顯然傾向「絕對化」
了達悟族的知識體系，而貶低了造成他們自卑、甚至壓怕他
們的漢人知識體系，所以他對舉了「海中博士」或「臺灣工
人」，「飛魚先生」或「零分先生」來說明，所謂價值的高
低在不同的文化脈絡中可能具有完全相反的評價，因此似乎
「樂觀地」解決了本節所謂傳統與生存的抉擇此一難題。

　　不過，這樣的解釋或許在封閉的社會中可以成立，同時也
具有顛覆漢人知識體系過去以來絕對化的優勢地位，但放
諸事實上已開放化、全球化的現實世界中時，夏曼即便是如
何在個人層次上無怨無悔，但下一代原住民如何能依靠傳統
技藝與漢人競爭？或者是，保有文化傳統與現代化當中根本
就無法找到一個平衡點？這樣的困境對比夏曼的「價值相對
論」，恐怕還是太樂觀了一點。這，或許是夏曼必須更實際
面對的兩難罷！[27]

　　陳建忠此文雖發表於2003年，但內容除略提《黑色的翅膀》與
《海浪的記憶》外，多半還是鎖定於夏曼‧藍波安1997年的《冷海
情深》上，因此有著上述的判斷與憂心。

　　類似陳建忠的擔憂，但更加激烈、充滿指責語氣的是宋澤萊，
他在〈夏曼‧藍波安小說《海浪的記憶》中的奇異修辭及其族群指
導〉文中劈頭便說：「那麼，我不禁要問，夏曼‧藍波安這種企圖
要回歸到達悟原始漁撈經濟社會狀況的族群指導是正確的嗎？」然
後指稱夏曼‧藍波安在其作品中做出了「廢棄貨幣經濟，向著傳統
漁撈水芋種植經濟做回歸」、「廢棄現代教育，向著傳統知識做回
歸」……等等「族群指導」，最後自己甚至建議了一條所謂「比較

---

[27] 陳建忠，〈部落文化重建與文學生產：以夏曼‧藍波安為例談原住民文學發展〉，
頁204。

恰當的路」，認為原住民應該盡量接受高等教育，而且書讀得越多越好、原住民應加強對貨幣經濟的認識，有必要注意資本累積的技術，否則，在這個時代裡將很快被淘汰。[28]

　　作為一個漢人身分的研究者或評論家（當然也包括筆者自己），我認為在探討原住民所面臨的傳統與現代化之間的矛盾衝突時，應特別意識到不該將之與過往原住民受漢人宰制壓迫的歷史過程相抽離，使得「傳統」與「現代」彷彿都只是真空、中性的價值立場選擇而已。其實，正是因為那樣的一段歷史過程，導致原住民傳統文化的流失式微、族人遷徙流離各地，造成了種種難以計數的苦難傷痛，因此當有人肯認重返部落、復育母族文化的舉動時，漢人評論家是否應當更加虛心、冷靜看待之，否則在急於批判別人進行「族群指導」的同時，自身是否也不自覺落入漢族中心的指導位置上去了？又或者，充滿必須選擇「現代化」這邊不可的嚴重焦慮？

　　回到夏曼‧藍波安本身，問題的關鍵似乎在於作者是否真在其作品中鼓吹、指導族人應該全然回歸「傳統」？我並不如此認為。在1997年的《冷海情深》中，夏曼‧藍波安固然大量鋪寫了他重新學習做一個達悟人、洗刷漢化污名、愛海癡海的歷程，他似乎想徹底當一位「無怨……也無悔」的「海底獨夫」；但事實上他在作品中卻也不避諱放入了家人對他不從事「現代經濟」的抱怨，令他難以自處：「全家人——父母親、孩子的母親、三個小孩共六個人，都要把我趕出家門，只因為我不賺錢，只因為我天天往海裡潛，如今，正當我成為潛水射魚高手的顛峰階段，全家人潑我一劑冰涼刺骨好痛好苦的一盆水。」[29]如果只是全然鼓吹回歸，夏曼‧藍波安何

---

[28] 宋澤萊，〈夏曼‧藍波安小說《海浪的記憶》中的奇異修辭及其族群指導〉。

[29] 以上引文見〈無怨……也無悔〉，《冷海情深》，頁212、220。

需將這些極為「現實」的橋段放進書中？「部落主義」其實一點也
不浪漫。在書中最後，作者如此描述：「我像瘋子一樣，一路上自
言自語的，黑暗的天宇和黑暗的海洋夾著一位，自以為是『海底獨
夫』的狂傲分子。」話語中除了義無反顧的孤傲外，其實也從第三
人稱的視角看自己，表達了那麼一點小小的自我調侃意味。

　　而1999年夏曼‧藍波安離開蘭嶼，前往臺灣就讀清大人類
所；2002年出版了第二本散文集《海浪的記憶》，內容收錄2000
至2002年間的作品。該書分為兩大區塊，第一卷為「海的美麗與
哀愁」，裡頭除了繼續闡述達悟的傳統文化、海洋觀外，也有描述
他再度前往臺灣導致了父親思念兒孫、痛苦流淚的橋段；第二卷則
是「想念島上的親人」，夏曼‧藍波安描繪了幾位族人的故事，當
中包括了「海洋大學生」達卡安、「龍蝦王子」夏曼‧馬洛努斯、
「三十年前的優等生」洛馬比克……等等。如由〈千禧年的浪濤
聲〉、〈我的父親（夏本‧瑪內灣）〉裡頭夏曼‧藍波安那種無奈卻
又必須毅然決然離開的心情來看，我實在不認為他在第二卷中刻畫
那些島上的人物，目的是要鼓吹族人背棄現代教育、往傳統回歸。
在〈龍蝦王子〉中有這樣一個段落，夏曼‧馬洛努斯告訴自己的孩
子：

> 「兒子，幫爸爸唸以前爸爸沒唸的書。」……我的朋友接著
> 又說：「兒子，但不要吃現在爸爸吃的苦，爸爸只說一次，
> 希望你明白。」
> 爾後，夏曼‧馬洛努斯看著我舉杯說：「朋友，小學畢業的
> 人，只能說出簡單的話教育孩子。」
> 「簡單的話卻深植在孩子們的心中，比陸地上的博士所說的
> 話更有意義。你在海裡的經驗知識早已獲得全島族人的認
> 同，海洋業已頒給你博士學位了。」我回答他說。

「兄弟，別諷刺我啦！」[30]

其實族人們也都清楚，眼前已是進入現代化的社會了，下一代無可避免必須接受現代教育，才不會「吃現在爸爸吃的苦」；而夏曼‧藍波安那些「海洋業已頒給你博士學位了」的提法，或者「海洋大學生」、「龍蝦王子」等稱呼，其實是為了鼓舞無法適應漢式教育或者遭受現代性創傷的族人勿妄自菲薄，在自己的部落裡、海洋中，從事傳統經濟依然能找尋到自己的一席之地，有屬於自身的尊嚴。夏曼‧藍波安其實並不完全反對現代教育，也因此在《老海人》這部作品中，他描述安洛米恩、洛馬比克兩人之所以成為部落裡的邊緣人，悲劇的源頭最終是指向父祖輩阻擋他們繼續求學的，於是他們在成年後的酒醉時會咒罵、埋怨父親，發洩內心的悲傷與遺憾……但是幸好，他們至少都還有「海洋」，海洋不會背叛他們，而且會冷卻、包容他們在陸地上所遭逢到的各種挫折。我想，這是夏曼‧藍波安系列作品中極為核心的命題。

而在其他的一些前行研究中，對於這類「傳統」與「現代」的兩難拉扯，則比較能從辯證性的角度去思索夏曼‧藍波安的行動軌跡。比如楊翠透過對作家的親身訪談，認為夏曼‧藍波安刻意區分了兩種「原住民知識分子」──「原初的」與「後現代的」，而在兩者之中他比較讚揚「原初的知識分子」。對於「原初」的概念，夏曼‧藍波安如此闡釋：

> 原初的概念對臺灣原住民知識分子而言，建基於原本就存在的傳統部落空間、傳統文化之間。此後繼續從事此工作、傳統，再運用原本就存在的傳統空間、信仰，到臺灣接受教育，才算是豐富自己的另一種教育，同時進行相互辯證的過程。

---

[30] 〈龍蝦王子（夏曼‧馬洛努斯）〉，《海浪的記憶》，頁184。

楊翠認為這解答了此前的疑問，夏曼‧藍波安為何需要「在離家與
返鄉的海道中來回奔走」？因為對於他而言，傳統／現代，蘭嶼／
臺灣其實並非是一組二元對立命題，而是主／客之間的順序問題，
也就是說，原住民知識分子應以傳統性的母文化認知與認同為基
礎，再接受漢式現代教育，尋求自我豐富的最大可能性。[31]

　　其他研究者考察後所得出的結論也與上述相去不遠。[32]如用
比較「理論」一點的說法來談，則夏曼‧藍波安所採取的便是類
似德里克（Arif Dirlik）在〈地域性想像：全球主義與地域政治〉
（"Place-Based Imagination : Globalism and the Politics of Place"）一文
中所闡述的，以地域為本（place-based）而不以地域為限（place-
bound）的實踐之道，夏曼‧藍波安「並非全然地排斥現代文明的
進步之處，亦非固著地方、強調異質，他的書寫中，更多的是一
種在吸納沉澱後，所給出的一種混雜（hybridity）以及在地增能
（empowerment）」。[33]

　　如此的詮釋在討論夏曼‧藍波安本人的行動軌跡上自然是具說

---

[31] 以上（包括引文）參見楊翠，〈山與海的共構史詩：夏曼‧藍波安作品中繁複的
「海洋」意象〉，頁217-218。但楊翠在接下來的舉例上似乎有些問題，如果「原初
知識分子」是以傳統文化為基礎，再接受漢式現代教育的話，其於後文所舉的達卡
安（〈海洋大學生〉，《海浪的記憶》）或夏曼‧比亞瓦翁（即卡洛洛，《黑色的翅
膀》）似乎都是留在部落、從事傳統生活的族人。

[32] 可參考楊翠，〈山與海的共構史詩：夏曼‧藍波安作品中繁複的「海洋」意象〉；
陳宗暉〈海的方向，海的啟發：從《黑色的翅膀》探勘夏曼‧藍波安的近期書
寫〉；陳宗暉《流轉孤島：戰後蘭嶼書寫的遞演》，及許雅筑，〈傳統與現代：原
住民作家夏曼‧藍波安的地誌書寫與對話〉，《臺灣文學研究學報》6期（臺南：
國立臺灣文學館，2008.4），頁103-128。

[33] 引自許雅筑，〈傳統與現代：原住民作家夏曼‧藍波安的地誌書寫與對話〉，頁
119；亦可參考黃心雅，〈現代性與臺灣原住民文學：以夏曼‧藍波安與利格拉
樂‧阿女烏作品為例〉，《中外文學》35卷5期（2006.10），頁81-122。

服力的，他的創作書寫深刻扎根於蘭嶼這座島嶼及海洋上，但同時他也再度前往臺灣求學、蓄積另一種能量，並駕駛船隻展開南／環太平洋之旅（2004、2005年）。但筆者比較好奇的是，即便如此，是否就表示夏曼・藍波安在「傳統」與「現代」的拉扯之間已經站立好他的位置了？事實上，縱使他在個人層次上真的已將「傳統」與「現代」調適、處理妥當，藉由「在離家與返鄉的海道中來回奔走」，從事「以地方為本」而「不以地方為限」的實踐道路，但是現實中部落傳統文化的破壞流失、達悟族乃至原住民族整體的「黃昏」處境……等等，又該如何面對、抉擇？

在一些前行研究裡頭，論者有時會不自覺將夏曼・藍波安過度放大，視其等同於達悟族「本身」或是整體族群的代言人，然後希冀於作品中尋覓符合自身期待的「解決方案」。[34]我想說的是，這事實上忽略了夏曼・藍波安作為一達悟族少數的「高知識分子」（此指文憑學歷上的），他的身分與其族群之間是有著一定程度「緊張關係」的。[35]他在個人層次上，或可期許自身做一位「原初知識分子」，從事「以地方為本」的實踐之道，但是他那些面臨實際生活經濟壓力的族人呢？他們有的也許就是從事著「以地方為限」的傳統經濟，有的也許已經全然迎向現代化，又該如何看待之？

夏曼・藍波安不等於「達悟」全體，也許才是全部的實情；對他而言，真正困擾他的也許不單是「傳統」、「現代」的抉擇而

---

[34] 比如論者楊政源在其文章中如此提到：「他（夏曼・藍波安）是否能帶領母族走出這一波文化危機？帶領原即屬於海洋文化的達悟族走向二十一世紀的世界藍海？」這似乎便是太過度的認知了。見〈試論海浪的記憶：2000-2002時期夏曼・藍波安的文化策略〉，發表於真理大學「第五屆臺灣文學與語言國際學術研討會」（2008.11.23）。

[35] 從註5宋澤萊於「臺灣文學部落格」上的回應文字、註7夏曼・藍波安與施俊州的對談，以及註16陳宗暉的碩論裡頭，我們都可以觀察出這類「緊張關係」。

已，「個人」與「集體」間的落差與矛盾如何拿捏，更是必須實際
面對的課題。一個很直接的「問答」場合出現在他與施俊州的對談
之後，當聽眾問到「所謂在地知識跟漢文化的衝擊及兩極化會一直
存在下去，現代人應該要用什麼樣的態度去面對？」時，夏曼・藍
波安首先承認「這個議題很大」，之後他是這樣回答：

> 我剛回部落的時候，部落有四、五十艘船，後來只剩十一艘
> 船，變化的速度很快。……後來有五年的時間，每一年我
> 都舉辦釣鬼頭刀比賽，我找朋友捐錢……整整花了五年時
> 間船才又慢慢增加，連其他部落船的數目也跟著增加。比如
> 蘭嶼的國宅越來越多，看起來很漂亮，傳統住屋的結構改變
> 了；原來有關飛魚的很多禁忌和儀式現在也不見了，文化已
> 經失落。在文化失落或是變調的同時，一開始我們會覺得很
> 可惜，可是久了以後也就「順其自然」。
> 我想對一個島嶼民族來說，這樣的變化現實而殘酷。島上的
> 住戶大概分成兩派，一派喜歡搞政治、靠關係佔土地，自成
> 一群人。另外有一群人比較傳統，他們默默承擔現實生活的
> 痛苦，比如沒有錢之類；另外他們會利用傳統的生產工具維
> 繫個人的尊嚴，跟比較世儈的族人做區別。[36]

夏曼・藍波安其實並未正面答覆，但這也許就已經是他全部的回答
了。正如同在文學作品中不斷正面提點、肯定達悟的傳統文化，現
實生活裡的夏曼・藍波安也盡力從事著類似工作，但他也不得不承
認在搶救、重建的同時，部落文化依然不斷失落變調，久而久之人
們也就「順其自然」了，這似乎是莫可奈何但又必須接受的現實。

---

[36] 夏曼・藍波安、施俊州，〈Mangahahap A Ta-u的誕生：夏曼・藍波安的文化視
野〉，頁280-281。

何況，島上族人們的思考行動並不一致。

在這樣的層次認知上，我認為「傳統」與「現代」的拉扯對於夏曼‧藍波安而言始終都還是一個課題，甚至這兩難本身就是推動他持續創作的動力之一，例如在新作《老海人》中，他依然碰觸了達悟族不同世代間對現代教育的認知落差，造成了小說人物日後整體生命的演繹與變化；而在《航海家的臉》題為〈游牧的身體〉的自序中，他也不斷闡述自己的拉扯心境：

> 我游牧的身體在這兩種不同的生活節奏、相異的價值觀翻來覆去地適應，或被逼去盲從，過程中我是浪漫的而非積極的，是沒有規劃的，所以更多的個人命運律動的境遇是隨著經常拐彎的都會街道，恆常變換的浪濤情緒裡孤獨啃嚼其中的酸苦。（頁9）
>
> 我生活在蘭嶼，在傳統與現代並行的同時，我的民族如同其他世界各地曾經被西方世界殖民的部族一樣，面對全球化、現代化困擾，轉型中許多數不清的在萌芽，在迅逝等等的，從作家的視野來說，這些就是我的文學場域。（頁11-12）

「傳統」與「現代」的衝突，既是夏曼‧藍波安個人也是其族群整體所面臨的課題，但反過來講，個人所做的抉擇與實踐，卻未必是族群集體會去行走的道路。不過，夏曼‧藍波安依然會繼續書寫下去，因為他認為那就是他的文學場域。

五、結語

本文首先分析了《老海人》此部新作，認為其在敘事手法及語言的鎔鑄刻畫上更加豐富細膩，而作品內容也開展出不少以往未有的新面向，成熟的小說家夏曼‧藍波安至此誕生；第二部分，則討

論書寫語言與佔位的議題，筆者認為以純然「對峙」或「收編」的視角去看待夏曼‧藍波安的書寫姿態都是不完整的，作為一個少數族群作家，當夏曼‧藍波安以「混語書寫」介入主流的漢語文壇時，一方面有助於作家個人「佔位」，另一方面其實也使漢人透過閱讀，一步步認識弱勢族群的文化；最後，筆者則辯證性地討論了「傳統」與「現代」的課題，對於夏曼‧藍波安而言，我認為兩者的拉扯依然會是其書寫的核心，甚至此兩難本身就是推動他不斷創作的動力之一。

在爬梳夏曼‧藍波安作品的過程中，筆者原本也希冀探尋到作者在「傳統」與「現代」之間明確的抉擇或「答案」，彷彿如此一來便找著「指路明燈」，難題將不復存在。但仔細思量，如此想法未免過於天真且缺乏反省，「傳統」與「現代」的課題難道僅是原住民族獨獨必須面對的？對於身處「黃昏」處境的部落而言，現代性的入侵與傳統文化的流失，自然是迫切必須處理的危機；但對於人數眾多的「漢人」而言，「傳統」與「現代」的討論是否就僅是一種近乎紙上談兵的道德認識（關心弱勢族群）而已？在臺灣這個發達資本主義的社會裡頭，是否不斷追求發展、卓越，才是許多人視為理所當然、顛撲不破的「真理」？

認識原住民文化、閱讀原住民文學作品，真正能帶給我們的啟發或省思何在？讓我引用夏曼‧藍波安〈海洋朝聖者〉中的一段話，作為本文的尾聲：

> 的確，潛水射魚絕對不是我雅美子弟在未來社會裡應用的、基礎的謀生知識或技能。然而，我原始的目的，在於讓學生們明白他們的父親為其捉魚而勞動之原始價值，讓他們在成長的過程中，在腦海紋路貯存原來他們長大後應有與大自然抗爭、求生存的鬥志；甚至企圖延續在他們心中加速退化的

族群意識。用我的經驗增添課堂裡的教育材料，在他們沒有強烈之求知欲望前，注入一道可以起死回生的誘餌。在唯漢獨尊、一言堂的教育體制下輸送一股有魚腥味的原料。提供自己在外求學的艱苦經驗，灌輸歸鄉後逐漸溶化在母體文化之內的生命旅程，開拓他們的思維與反省自救的空間。[37]

的確，脫離現代科技文明、徹底回歸自然或傳統，也絕對不是「現代人」在未來社會裡所應該或所能夠完全辦到的，然而，在充滿現代化焦慮與發展迷思的臺灣島上，找一點不一樣的聲音，輸送一些異質的「原」料，是否也有助於我們看清楚那些「趕超」焦慮背後的虛無？也許有人會嫌這段話扯得太遠，又或者根本無法認同。無妨，就讓它「休息在你我的心臟」吧……

引用書目

一、專書

夏曼‧藍波安，《八代灣的神話》（臺中：晨星，1992.9.10）。
夏曼‧藍波安，《冷海情深》（臺北：聯合文學，1997.5）。
夏曼‧藍波安，《黑色的翅膀》（臺中：晨星，1999.4.30）。
夏曼‧藍波安，《海浪的記憶》（臺北：聯合文學，2002.7）。
夏曼‧藍波安，《航海家的臉》（臺北：印刻，2007.7）。
夏曼‧藍波安，《老海人》（臺北：印刻，2009.8.31）。
董恕明，〈浪漫的返鄉人：夏曼‧藍波安〉，孫大川編，《臺灣原住民族漢語文學選集：評論卷（下）》（臺北：印刻，2003.4），頁177-211。

---

[37]〈海洋朝聖者〉，《冷海情深》，頁118。

詹穆罕默德、洛依德著，陶慶梅譯，〈走向少數話語理論：我們應該做什
　　麼〉，《後殖民主義文化理論》（北京：中國社會科學，1994.4），頁
　　356-369。

德里克著，王春梅譯，〈地域性想像：全球主義與地域政治〉，《跨國資本
　　時代的後殖民批評》（中國北京：北京大學，2004.4），頁106-141。

德勒茲、迦塔利著，張祖建譯，〈什麼是弱勢文學？〉，《什麼是哲學》
　　（長沙：湖南文藝，2007.7），頁33-60。

二、論文

宋澤萊，〈夏曼·藍波安小說《海浪的記憶》中的奇異修辭及其族群指
　　導〉，《臺灣學研究》3期（2007.6），頁16-33。

邱貴芬，〈跨領域實踐與疆界：從夏曼·藍波安創作談起〉（會議宣讀
　　版），《跨領域：全球化下的臺灣文學與文化研究國際學術研討會論文
　　集》（臺南：成功大學臺文系，2007），頁1-14。

許雅筑，〈傳統與現代：原住民作家夏曼·藍波安的地誌書寫與對話〉，
　　《臺灣文學研究學報》6期（臺南：國立臺灣文學館，2008.4），頁103-
　　128。

陳宗暉，《流轉孤島：戰後蘭嶼書寫的遞演》（花蓮：東華大學中文系2009
　　年碩士論文）。

陳宗暉，〈海的方向，海的啟發：從《黑色的翅膀》探勘夏曼·藍波安的
　　近期書寫〉，《2006青年文學會議論文集：臺灣作家的地理書寫與文學
　　體驗》（臺南：國家臺灣文學館籌備處、臺北：臺灣文學發展基金會，
　　2007.3），頁467-496。

陳芷凡，《語言與文化翻譯的辯證：以原住民作家夏曼·藍波安、奧威
　　尼·卡路斯盎、阿道·巴辣夫為例》（新竹：清華大學臺灣文學研究所
　　2006年碩士論文）。

陳建忠，〈部落文化重建與文學生產：以夏曼·藍波安為例談原住民文學
　　發展〉，《靜宜人文學報》18期（2003.7），頁193-208。

黃心雅，〈現代性與臺灣原住民文學：以夏曼·藍波安與利格拉樂·阿女
　　烏作品為例〉，《中外文學》35卷5期（2006.10），頁81-122。

楊政源，〈試論冷海情深：1992-1997時期夏曼·藍波安的文化策略〉，
　　《東吳中文學報》16期（2008.11），頁181-200。

楊政源，〈試論海浪的記憶：2000-2002時期夏曼‧藍波安的文化策略〉，真理大學「第五屆臺灣文學與語言國際學術研討會」（2008年11月23日）。

楊　翠，〈山與海的共構史詩：夏曼‧藍波安作品中繁複的「海洋」意象〉，陳明柔編，《臺灣的自然書寫：2005年「自然書寫學術研討會」文集》（臺中：晨星，2006.11.30），頁207-242。

三、網路與其他資料

宋澤萊，〈夏曼‧藍波安短篇小說集《海浪的記憶》中的奇異修辭及其族群指導〉（2007.2.22.14:32）。引用網頁「臺灣文學部落格」，網址：http://140.119.61.161/blog/forum_detail.php?id=787。

夏曼‧藍波安、施俊州，〈Mangahahap A Ta-u的誕生：夏曼‧藍波安的文化視野〉，《遠方的歌詩：第六季週末文學對談》（臺南：國立臺灣文學館，2008.9），頁254-283。

夏曼‧藍波安、孫大川，〈只有海浪最愛我：孫大川對談夏曼‧藍波安〉，《印刻文學生活誌》1卷7號（臺北：印刻，2005.3），頁32-45。

陳芷凡，〈「政治正確」的原住民文學？：觀察宋澤萊老師討論夏曼‧藍波安作品一文〉（2007.3.7.18:15）。引用網頁「臺灣文學部落格」，網址：http://140.119.61.161/blog/forum_detail.php?id=824。

陳芷凡訪談夏曼‧藍波安（訪談地點：山海文化雜誌社，訪談時間2009年3月30日）。引用網頁「臺灣原住民族文學家與藝術家，人物群像：施努來」，網址：http://210.241.123.11/litterateur/portrait/183。

四、日常生活與通俗文化

恐懼主體與異質空間的再生產
臺灣戰後恐怖小說系譜的生成

金儒農*

一、前言

在阿多諾（Theodor W. Adorno）的觀點中，文化工業（culture industry）是一種資本主義透過文化形式收編、催眠廣大民眾的階級手段，在法蘭克福學派進而延伸論述之下，認為通俗文化形式其實可以化約成一種僵固性的媒體，資本主義藉由他們滲透了勞工階級，麻木他們不予思考。不過在詹明信（Frederic Jameson）的眼中，這樣的論述顯然是現代主義達到高標的象徵，起碼在他的論述中，這種高級文化和大眾或商業文化之間的界線已經被後現代論述給抹除了，誠如其所言：

> 後現代主義十分著迷於整個垃圾與媚俗之作、膚淺電視影集、讀者文摘文化、廣告和汽車旅館，晚間表演節目和B級好萊塢電影，以及機場出售的平裝本「次級文學」——哥德

---

* 國立中興大學中國文學系博士班學生，聯絡 e-mail：curvestar@gmail.com。

　　式小說和羅曼史、通俗傳記、神秘的謀殺故事、科幻小說或
　　奇情小說的「墮落」景象。[1]

當代文學的研究領域的確靠著這種後現代式的解放與去疆界，拓展
了自身能觸及的圖景，從而拼貼出過去我們從未正視的空白疆界，
而在臺灣，關於恐怖小說的論述正是一塊無人注意的研究領域。

　　截至目前為止，幾乎沒有任何一篇專門針對臺灣恐怖小說進行
討論的學術論文，恐怖小說顯然從來並未被學術領域真正看到。之
所以會如此，除了通俗小說仍然有被排拒在學術論述之外的傾向，
另一方面則由於恐怖小說往往引渡了大量的非現實存在事物（諸如
魑魅魍魎、妖魔鬼怪、殭屍、吸血鬼等等），因此賦予自身高度的虛
構性，讓讀者以及研究者以為這與現世無關，而純粹是一個娛樂性
的讀物而已。這也的確形成了一種對比，當恐怖小說描寫人們排拒
於現實生活邊緣的事物同時，恐怖小說自身也被邊緣化了。不過，
誠如高橋敏夫認為「搭乘現代社會這個交通工具時偶然的與恐怖小
說共乘」，[2]恐怖小說中描繪的非真實場景正巧形成了一個相對於現世
的參照系統，在被驅逐於生存世界的同時，也在干擾著生存世界。
這樣的觀點就如同心理學針對童話進行的研究，正是在敘事中的
「非現實性」、「不合理性」上進行深入的剖析，從中判讀出屬於當
代人的觀點；[3]威爾斯（Paul Wells）也有提出類似的看法，他直指同樣
是恐怖文本的恐怖片歷史「在本質上就是二十世紀的焦慮史」，透過

---

[1]　詹明信著，吳美真譯，《後現代主義或晚期資本主義的文化邏輯》（臺北：時報，
　　1998），頁20-21。

[2]　高橋敏夫，《ホラー小説でめぐる「現代文学論」》（東京：宝島社，2007），頁
　　18-19。

[3]　河合隼雄，《昔話の深層：ユング心理学とグリム童話》（東京：講談社，2005），
　　頁19。

正面描繪那種邪惡，恐怖文本成為充滿現代象徵意味的類型。[4]

　　要在此說明的是，「恐怖小說」如果我們稱之為一種文類（literary genre），似乎是一種外來的類型文學，但就像奇幻小說（fantasy）先以外來文類的姿態進入華文世界（如《龍槍編年史》、《魔戒》等西洋文本），讀者在理解這些文本是被劃分到「奇幻」這樣的文類範疇的同時，也針對某種內在特徵相符的概念（如「超現實」、「人神共處」）回溯到如《封神演義》、《西遊記》這類的中國古典小說脈絡中。於此同時，臺灣的讀者其實也用對古典文本的認知來閱讀西洋文本。這也就構成了姚斯（Hans Robert Jauss）所謂「期待視野」的多面性。[5]儘管西方恐怖小說可能是從「哥德小說」（gothic novel）開始發展，進而演化出「讓人感到恐怖的虛構小說」這樣的定義，但有著類似面貌的袁枚《子不語》、蒲松齡《聊齋誌異》早已形成某種華文讀者獨有的「期待視野」，也儘管臺灣直到九〇年代才有西方嚴格定義下的恐怖小說，但筆者仍將「恐怖小說」視為一種「一直都存在」的文類，而且是有別於西方世界的存在。

　　也就是這個一直都存在的「期待視野」，讓恐怖小說（或所有的類型小說）的研究格外困難，研究者所面對的文本絕對不是獨一無二的，其中的公式化情節僵固了所有意識形態的可能。但就像羅蘭・巴特（Roland Barthes）特別看出文本的開放性與多面性，其公式化其實可以擺在另外一個宏觀的角度看待，進而梳理其敘事形

---

[4]　Paul Wells, *The Horror Genre: From Beelzebub to Blair Witch* (London: Wallflower, 2000), p. 3.

[5]　姚斯認為，沒有一個文本是可以在絕對真空的狀態下為讀者所閱讀的，每個人都帶有某種先行的想法或概念來閱讀文本本身。從類型文學的觀點來看，所謂的「公式化」便形構了這種期待視野。而這個預期結構也增強了讀者與文本之間的互動，資訊不再是單面傳遞的，而是需要透過詮釋與解讀來生成意義的。金元浦，《接受反應文論》（山東：山東教育，2001），頁122-123。

態。[6]也就是說，正因為恐怖小說公式化的這種「不變」，讓我們更方便去鎖定它的「變」進行討論，固然可能沒有「歷時性」的價值，但它與同時代的「共時性」卻是研究分析的價值所在。

綜上所述，本論文擬爬梳戰後的臺灣恐怖小說發展，以建構出一個窺視的窗口，從而理解臺灣獨有的恐怖小說形式與系譜。同時試圖透過克莉斯蒂娃（Julia Kristeva）的「賤斥」（abjection）觀點，來分析臺灣戰後恐怖小說的「恐怖」從何而來，追索臺灣恐怖小說系譜中的「恐懼根源」與「恐懼形式」究竟如何生成；並如何置放到與「日常空間」不同的「異質空間」，這種空間書寫又有著怎樣的特徵。

二、生成在異質空間中的賤斥情境

在傅科（Michel Foucault）的許多重要論述之中，空間早已被提示為他研究的重要關鍵字，在他的「知識—權力關係」體系中，他擴展了尼采（Friedrich Nietzsche）的身體主體，進而將所有權力交錯的位置放回「空間」本身，[7]事實上，根據索雅（Edward W. Soja）的看法，雖然傅科對於空間的看法總是隱而未顯，並沒有太過主動的發展關於空間的論述，但從《古典時代瘋狂史》到《性史》的部分，的確看得出來他對社會學的重視由歷史層面轉到了空間層面（或說是將空間的意識帶到了固有的歷史論述中），同時位居他的思考核心之中，[8]也因此，〈不同空間的正文與上下文〉[9]（"Text/Contexts of Other Spaces", 1967）這篇算是他難得正面針對空間進行

---

[6]　蔡仁傑，〈通俗小說的「文本公式」及其意涵：以Stephen King的恐怖小說 *The Dark Half* 為例〉，《英美文學評論》7期（2004），頁211-215。

[7]　戈溫德林・萊特・保羅・雷比諾著，陳志梧譯，〈權力的空間化〉，包亞明編，《後現代性與地理學的政治》（上海：上海教育，2001），頁29。

某種論述與描繪的論文，顯得格外引人注目。

　　在該文中，傅科指出伽利略發現「地動說」造成世界的衝擊，並非是發現地球會動這件事情而已，而在於他開放並表明了地球（或說人類）其實是在一個廣闊無垠沒有邊界的宇宙中不斷移動的，過去習慣的「地點」──或用傅科的話應該稱之為「定位空間」（space of emplacement）──在這樣無限開放並移動的空間下瓦解了。傅科提出「位址」（site）這個概念來替代過去的「地方」，單單只是一個地理空間並不具任何意義，重點是在它怎麼跟鄰近的、周遭的兩點或兩元素間的近似關係產生連結，[10]在這個概念下，傅科進一步提出：

> 我們所居住的空間，把我們從自身中抽出，我們生命、時代與歷史的鎔鑄均在其中發生，這個緊抓著我們的空間，本身也是異質的。換句話說，我們並非生活在一個我們得以安置個體與事物的虛空（void）中，我們並非生活在一個被光線變換之陰影渲染的虛空中，而是生活在一組關係中，這些關係描繪了不同的基地，而它們不能彼此化約，更絕對不能相互疊合。[11]

---

[8]　索雅（Edward W. Soja）著，王志弘、張華蓀、王玥民等譯，《第三空間》（臺北：桂冠，2004），頁198。

[9]　本論文採取的譯本主要參照包亞明編《後現代性與地理學的政治》，但在本譯文中，site被翻成「基地」而heterotopias被翻成「差異地點」，但似乎略失精準，「基地」並無法傳遞出那種「只是一個參考座標的涵義」，「差異地點」則無法強調其本質的不同，故本論文酌予修改，參考王志弘在《第三空間》中的翻譯，將前者改成「位址」，後者改成「異質地方」（偶爾順應文氣會使用異質地點）。

[10]　米歇爾‧傅科，〈不同空間的正文與上下文〉，包亞明編，《後現代性與地理學的政治》，頁19。

[11]　同前註，頁21。

所以與其從空間的位置來做區別，不如從位址的關係來做描述，透過一連串的排比與對話，傅科開始談論起兩種空間類型，一類是虛構地點「烏托邦」（utopia），既然名為烏托邦，就表示這個空間是不存在於現世的，[12]傅科指出烏托邦「是那些與社會的真實空間有一個直接或倒轉類比的普遍關係的位址，它們或以一個完美的形式呈現社會本身，或將社會倒轉」，[13]但他真正在意的，卻明顯是稍後他描述為「確實存在並且形成社會的真正基礎」的「異質地方」（heterotopias），同時，傅科也運用他習慣的纏繞的、螺旋式的文體，提醒讀者不要隨意分割這兩種空間，而是需要像透過鏡子這樣的虛構形象來定位自己的缺席與不在場，使自己能在缺席之處看見自身，並同時透過這個虛構空間的虛像本身重構自我。[14]在強化了這樣混雜、交融的不確定劃分情境之後，才真正開始描述所謂的「異質地方」。

在強調了我們絕對不可能找到異質地點的「絕對普遍形式」後，傅科揭示我們還是可以大致區分為兩個主要範疇，一個是從原始社會就存在著的「危機異質地方」（crisis heterotopia），這是被特權或神聖標示成禁制的地點，保留給相對於成人群體相對處於「危機狀態」（應該是某種不穩定的過程）的個體，如青少年、月經來潮的婦女、孕婦、老人等等。這種異質地方已經逐漸消失了，目前大概只剩下寄宿學校、軍營等形式；另一方面，這種危機異質地方開始為「偏離異質地方」（heterotopia of deviation）所取代，藉以安頓那些偏離了「生活主要範式」的人們，如療養院、精神病院與監

---

[12] Utopia字源為Utopos，由Ou（無、非，not）和topos（地，地方，place）組成，也就是「無地方」、「不存在的地方」的意思。

[13] 傅科，〈不同空間的正文與上下文〉，頁21。

[14] 同前註，頁22。

獄。[15]從這個角度上看起來，儘管他並未說明這兩種異質地方是否包含了所有的異質地方，[16]但我們仍可辨識出異質地方的主要特徵，也就是它是「需要或等待被規訓的空間」，同時也是一種「放逐的空間」，這個地點之所以被標誌出來，正是因為它為主流權力所排拒，而在差異地點內部自有其次級權力與規矩。

於此同時，異質地方其實會隨著文化的共時性以改變其功能，例如墓園由城市的心臟位置被放逐到邊緣，亦即代表整體城市文化對人的死後不再有任何的想像，而建立出一套無神論時代中的死亡儀式；異質地點的另一個特色則是有著多重並列的空間可能，一個異質地點可以同時存在著許多相斥的位址，可以擁有一個意義，也可以是好多的其他意義；此外，異質地點則與時間的片段性——或基於對稱的理由傅科將其名為異質時間（heterochronies）——息息相關，可以有無盡的時間累積而成的空間（如博物館），也可以僅依憑短暫的時間縫隙而存在的空間（如園遊會），這種時間的雙面性正好賦予了異質地點的特殊性；最後，異質地點既名為地點，也就是它在穿透一切空間的同時，也預設了開關系統，以隔離或使被區分的得以進入。[17]換言之，這些原則也另外呼應了前面所說的權力關係，正因為權力的參與，空間才有可能有那麼多的形態變化，最後，傅科提示我們，異質地方對於其他空間特別具有一個兩端性的功能：

> 一方面，它們的角色或許是創造一個幻想空間，以揭露所有的真實空間（即人類生活被區隔的所有基地）是更具幻覺性的……另一方面，相反地，它們的角色是創造一個不同的

---

[15] 同前註，頁23。

[16] 索雅，《第三空間》，頁214。

[17] 傅科，〈不同空間的正文與上下文〉，頁23-27。

> 空間，另一個完美的、拘謹的、仔細安排的真實空間，以顯
> 現我們的空間是污穢的、病態的和混亂的。[18]

借用異質地方觀點來看，我們如果把書架上一本本書中蘊含的文本
空間同樣視為一個異質地方，那恐怖小說的文本空間則明顯有著相
當強烈的權力關係機制，我們將自身所不能接受的恐怖、血腥、殘
酷、噁心、殺戮放逐到恐怖小說之中，維持日常生活的穩定結構，
同時將其與其他文本空間區隔（例如前言所提到的學術排拒），這
種種權力脈絡，其實都賦予恐怖小說的空間性一種異質空間的特
徵，而我們如何認知文本中的這種空間，克莉斯蒂娃則提供了我們
另外一條線索。

　　在《恐怖的力量》（*Powers of Horror: An Essay on Abjection*, 1980）
中，克莉斯蒂娃（Julia Kristeva）延續佛洛伊德對「原初壓抑」
（primal repression）的思考，討論為什麼人會透過壓抑的轉換形式構
築語言，從而發展出驅逐、排斥、厭惡「異於己身者」的文化，[19]
進而發展出所謂的「賤斥」（abjection），所謂的賤斥並不是主體，
也不是客體，那是一種複雜的精神混合形式，雖然如同客體一般，
「卑賤體」[20]讓主體可以面對自身的空缺找到平衡的關係，但卑賤體
特殊之處，便在於它不是站立在主體的對面，它是主體無法辨認
的、曾經為我的一部分的，而當這個卑賤體變得無法忍受的時候，

---

[18] 同前註，頁27。

[19] 劉紀蕙，〈文化主體的賤斥：論克莉斯蒂娃的語言中分裂主體與文化恐懼結構〉，
收錄於茱莉亞・克莉斯蒂娃著，彭仁郁譯，《恐怖的力量》（臺北：桂冠，2003），
頁 xxi-xxvi。

[20] 在《恐怖的力量》中，克莉斯蒂娃往往用 "abjection" 來表達一種情境與過程，因
此譯者譯為「賤斥」、「卑賤情境」，而有時會以「abject」這個形式出現，但又與
一般的「客體」不同，因此譯者譯為「卑賤體」。

主體只好強力的猶如嘔吐般的排除它。[21]換言之，卑賤其實是我們確立主體的一個過程，只有靠著賤斥的過程，我們才能得到某種主體的安適信念。繼之，她在對佛洛伊德的恐懼症理論進行剖析時，認為恐懼「透過將大量的象徵活動進行凝縮，而形成一個異質的團塊」，這就成為了一種「隱喻」，而在驅力的面向上總是指向一個「非物的、不可知的世界」，而恐懼客體乃是「子虛烏有之幻覺」，在這個幻覺產生的同時，我們靠著書寫來陳述這種隱喻的結構，靠著不斷重返象徵界──也就是語言──本身的機制，藉以習得在這子虛烏有前面割除焦慮的方法。[22]

　　於是屬於文化內部的恐怖結構便出現了，賤斥其實是主體排斥卑賤體之後，自我確立的過程，但這個卑賤體帶來的情緒除了噁心、抗拒之外，我們其實也懷有強烈的恐懼，事實上，正因為我們恐懼「它」，我們的心理才會生發厭惡排斥的心理。書寫形成了一個將其驅逐的符號化過程，透過語言，我們確認了賤斥的存在，也確認了主體的存在。就在這個書寫的過程中，主體與賤斥形成一種挑釁的關係，我們企圖將其刪除但它卻存在於我們的存在之中，於是，「卑賤情境之主體則是卓越的文化生產者」，它導致了「言語的拒斥與重建」，也改變了書寫的形式。[23]

　　承襲以上推論，當作者承襲了社會的集體意識進而書寫恐怖小說，[24]他也就是在將我們所畏懼的卑賤體放逐於文本空間之中，基於這種空間的放逐，恐怖小說的異質空間則在揭露其想像的過程時，

---

[21] 茱莉亞‧克莉斯蒂娃著，彭仁郁譯，《恐怖的力量》，頁3-4。

[22] 同前註，頁54-55。

[23] 同前註，頁58-59。

[24] 這有兩個面向，一方面作家身為社會的一分子必然承襲了某種集體潛意識結構，另一方面作家的書寫會得到讀者的廣泛支持，則代表著這應和了某種集體意識，在交相互動之後，造成了文本本身的內部脈絡。

也強固了它的真實性基礎，這似乎也可以連結到紀傑克（Slavoj Žižek）對於幻想（fantasy）的雙面性（Janus-like）觀點：「幻想同時提供給我們對於現實的安撫與豁然開朗（靠著提供給我們一個想像的場景，以使我們得以承受我們對於他者的欲望深淵），**也讓我們意識到它會破壞、干擾、拒融於我們對現實的連結**」，[25] 這讓幻想與現實並沒有辦法被單純的分開，而是纏繞的，甚至需要靠幻想進入「真正的真實」。[26] 當這種「幻想」成為「真實」的時候，幻想中（恐怖小說）的空間（異質空間），也就反映＼強化了我們對所處空間形式的認知與理解。在這種前提下，本論文即企圖靠分析臺灣戰後恐怖小說的異質空間系譜來理解屬於臺灣的恐怖小說脈絡，從而探究叩問屬於臺灣自己的恐怖小說形式為何。

三、聊齋遺風：恐怖萌芽的荒原空間

恐怖小說在臺灣的發展，最早或可推至日治時期，如《三六九小報》中的「續聊齋」專欄類循「聊齋」或日本「怪談」傳統，描述臺南、嘉義地區的鬼故事，渲染恐怖氣氛；或像西川滿〈赤崁記〉與佐藤春夫〈女誡扇綺譚〉有著哥德小說風貌，恐怖空間至少在當時就已經在文本中建立雛形。[27] 但自 1949 年臺灣戒嚴開始，國

---

[25] 黑體字為原作者所加。Slavoj Žižek, *Welcome to the Desert of the Real: Five Essays on September 11 and Related Dates* (London: Verso, 2002), p.18.

[26] 同前註，頁 19。

[27] 在此要感謝本論文於研討會宣讀時講評人陳國偉教授提醒，根據林芳玫教授在 2009 年 6 月 2 日於中興大學臺灣文學與跨國文化研究所的演講「羅曼史跨國研究：哥德風格（the Gothic）的在地實踐」指出，西川滿與佐藤春夫在日治時期的書寫，已經具有西方哥德小說與羅曼史的風格，進而帶入羅曼史原型，但亦可視為恐怖小說的先行輸入。

民黨政府啟用了極為嚴密的控制體系，並同時展開對國民的改造運動，在這個時期，臺灣的文化發展只能依循著「反共第一、建國第一」的教條，而在1952年時任總統的蔣介石正式宣告並推行「總動員運動」，進行經濟、社會、文化、政治改造運動，[28]於是臺灣戰前的文學發展與戰後有著強烈的斷層，戰後讀者所能讀到的最「接近」恐怖小說概念的，主要還是司馬中原採集自他童年時聽的故事發展而成的「鄉野傳奇」。

　　作為一個外省作家，司馬中原在臺灣的身分可以說是相當的多變，一開始被視為「反共作家」，甚至還與朱西甯、段彩華合稱「軍中三劍客」，後來則因為開始創作通俗小說而成為暢銷作家，但他真正「家喻戶曉」則是靠著「說鬼故事」成名。[29]事實上，他當時講的鬼故事大約有一半是自他早期六〇年代的「鄉野傳說」系列中選輯出來的，而這系列的鬼故事書寫，卻成為了臺灣戰後恐怖小說發展的一個起點。「鄉野傳說」系列的開篇之作〈火葬〉（收錄於《路客與刀客》，1967），便是在描述一個當家奶奶死了變成殭屍的故事，其中甚至還對殭屍做出清楚的描繪：

> 所謂活殭屍，就是害過人的殭屍，它掐住人咬住人，弄死那人，沾了生人的血在身上，它就成了有靈氣的活殭屍……是一種借屍為形的妖物，它會在白天躲匿著不見太陽，潛藏在亂墳荒塚中，……以吸食死人的腦漿為食，日子久了，渾身都長出慘綠和火紅的密毛來……經過千百年修煉，就變

---

[28] 黃玉蘭，《臺灣五〇年代長篇小說的禁制與想像：以文化清潔運動與禁書為探討主軸》（臺北：國立臺北師範學院臺灣文學研究所碩士論文，2005），頁1。

[29] 司馬中原自1987年12月2日起在午夜時段於中廣主持「午夜奇譚」，其中說鬼故事的單元造成一時轟動，後續效應可以從他當時在節目中的口頭禪「恐怖喔，恐怖到了極點喔」甚至成為後來電視節目擬仿學習的對象可見一斑。

　　成可怖的旱魃。[30]

只是這時的恐怖小說多半承襲《聊齋》傳統，屬於強調氣氛的鬼故事形式，[31]雖粗具小說雛形，但仍屬於筆記題材的恐怖小說母題階段，後續如〈五鬼鬧宅〉、〈五里墳的鬼話〉（收錄於《路客與刀客》）、〈六角井夜談〉（收錄於《天網》，1971）等等，都是類似的狀況。

　　一直到了《荒鄉異聞》（1971）中，作者不再僅僅只是書寫短篇的鬼故事，而難得的正面描繪「巫術」、「鬥法」等情狀，恐怖的來源不再僅是人與鬼的對抗，而是透過役鬼的中介，人對抗的是另一個人。可以說，透過這個手法，司馬中原為原本的鬼故事形式添加上小說的血肉，使其初具恐怖小說樣態。背景也不再僅是一個封閉的空間，而是以一個小鎮為開始，蔓延到整個北方荒漠。因此作者用了相當渲染的筆法來描繪作為中心的「響鈴樹」這個小鎮：

　　人說：荒淒的野地上，連傳說也是荒淒的。

　　假如用畫夢的法術，畫出響鈴樹那個小鎮來，你也許會覺得駭異，駭異天底下竟有這樣的一個地方：一條街，不過百十來戶人家，半邊臨著荒河岸，前後都是些野坟野塚，鎮梢有棵極古老的響鈴樹，每逢秋冬季節，滿樹黑枯枯的鈴葉，就會在風裡淒鈴淒鈴的搖響著，彷彿樹上蹲著無數精靈，在那

---

[30] 司馬中原，《路客與刀客》（臺北：皇冠，1967），頁31。

[31] 按照Miéville的整理，鬼故事有各種定義，其中包含了「情節中有鬼的故事」、「情節中沒有鬼，但有其他超自然事物」、「故事中有靈魂在死去後現身」。本論文意圖取用較為狹義的鬼故事定義：「人與鬼（人死去後的化身）在一個空間中相遇」，並認定鬼故事是恐怖小說的一種重要母題與形式。China Miéville, 'M. R. James and the Quantum Vampire - Weird; Hauntological: Versus and/or and and/or or?,' *Collapse* IV (2008): 114-116.

> 兒跟鬼魂說話。鎮上的人，早就被各種怪異的傳聞懾住了，
> 一面恐狐懼鬼，一面驚凜法術，所以，鎮上有兩門最熱的行
> 業──法師和巫婆。[32]

在小說中，司馬中原塑造了依稀可以感覺到是在中國華北的荒河畔
的荒原小鎮，敘述中也大概可以判斷是清末民初時期，整個文本的
時空在一個斷裂、模糊、流動的狀態下呈現，亦即作者描寫的妖異
空間是一個不具辨識性、無法判讀「地方」的位址，而在這樣的空
間中，那些被稱為法師的人正與妖狐鬼怪展開直接而血腥的爭鬥，
例如書中寫到有人家的媳婦被鬼附身，法師前去意圖收拾惡鬼，叫
人牽來一隻小豬，與端來火爐燒紅燒熱「五根七寸來長的尖頭大鐵
釘」，叫人用牛鐲圈住媳婦不亂動，同時一腳踏著小豬，將灼燙的
鐵釘往豬的前爪給扎下去：

> 一錘下去不怎樣，奶豬的前爪被熱鐵灼得嗞嗞響，直冒青
> 烟，那隻奶豬吃了這種苦頭，哪還有不嚎叫的道理？奶豬在
> 這邊嚎叫，說來也怪得慌，林家的二媳婦也像被燒紅的鐵釘
> 釘著掌心似的，在那邊拖著鐵鍊兒，滾地哀號，那聲音，跟
> 豬叫聲一樣。[33]

從當時讀者的眼光來看，這應該算是難得正面描繪暴力、血腥、殘
忍的鏡頭，帶給讀者的體驗也猶如小說中描述的：「豬嚎和人嚎聲
裹在一起，號叫得那樣慘切，使人渾身發酥發軟，簡直要骨肉分家
了」。[34]

---

[32] 司馬中原，《荒鄉異聞》（臺北：皇冠，1971），頁1325。

[33] 同前註，頁1354。

[34] 同前註，頁1355。

　　在克莉斯蒂娃的定義下，文字中的瘋狂與暴力其實就是一種「賤斥情境」，特別是這種面對死亡的暴力，露骨的展現出卑賤體的形式，[35]在司馬中原筆下，這樣的賤斥情境總是被置放在尚未被現代性殖入，還擁有某種程度自然性格的空間形式中，如上述的荒漠小鎮，或者是東北的礦坑（〈礦異〉，1974）、北方小鎮（〈靈異〉，1976）等等，換言之，荒原是造成我們恐懼的來源，而這樣的異質空間似乎也隱含了臺灣當時的某種集體焦慮，亦即作為一個亟欲朝向現代化的開發中國家，往往渴望於都市、文明教化後的空間形式，敘事中的恐怖象徵卻必須被拋擲在一個臺灣之外的、無所憑依的空間地域中。[36]我們也可以在小說中看到這種文明與原始、理性與野性交戰過的痕跡，在〈火葬〉中，即便講述了一個人死後屍體會消失不見、甚至還會偷吃蜜棗的標準鬼故事，但敘事者在故事的最後，卻意圖「創造」出一個「將一切的異常回復為正常」的版本，在敘事者的解釋中，屍體亂動是有人惡作劇、那疑似被殭屍吃過的蜜棗是老鼠的食物、有人聽到殭屍燒掉時傳出的「吱吱」叫聲則是老鼠被燒死的慘叫聲，而在最後做出這樣的結語：「那些古老的傳說，多半都是這麼來的」，[37]也就是透過這個引渡理性進入小說的過程，將鬼怪扭轉為正常，從而賦予自身恐怖書寫的正當性。

　　值得注意的是，司馬中原筆下打造出的恐怖空間明顯有著文化中國的形象，小說中某種中國教化如影隨形的呈現，諸如邪不勝正、忠孝節義等思考，都牢牢附在故事中的正派人士身上，這似乎也展現出作者本身的懷鄉情結，而現實中卻只能望著大海那邊的

---

[35] 克莉斯蒂娃，《恐怖的力量》，頁193-194。

[36] 其實在司馬中原稍後於「鄉野傳奇」出版的《巫蠱》中，場景便設在臺灣，但也必須是在深山峻嶺（阿里山偏遠山地）中才可以成立。

[37] 司馬中原，《路客與刀客》，頁46。

文化中國憑空揣想，於是所描寫的空間也就變成了一種離異（不在場），這也幾乎形成了一種隱喻，預言了海峽兩岸最後終究只能「骨肉分家」、各行其是而已。

四、歷史的幻影：解嚴後的規訓空間

　　司馬中原式的鬼故事書寫大概佔據了整個臺灣六〇到八〇年代的恐怖小說風格，一直到了九〇年代初期，另一支不大一樣的恐怖小說類型開始醞釀，市面上開始出現數本直接在書名標榜「鬼故事」的出版品，而書寫者則多半不具作家身分，而是以記者的姿態出現，[38] 相較於過去的鬼故事需要穿插於鄉野傳說之中，籠罩在一個中國想像的情懷之下，靠著懷鄉文學的身影掩飾；此時的鬼故事則是直接在標題上就講清楚了自己的身分歸屬，同時將場景由中國挪移到了臺灣。[39] 初期的鬼故事雖然回響不錯，但並不至於成為一個多大的文類，直到1992年1月，陳為民推出他的《無聊男子的軍中鬼話》，才正式打開市場，成為佔據排行榜的暢銷書，開啟了臺灣的恐怖小說戰國時代。[40]

　　在這一波恐怖小說書寫中，可以發現恐怖小說作為一種讀者眼中的新興文類，如何適應並緩慢生成自己的樣貌，雖然在出版

---

[38] 例如《校園有鬼》（臺北：知青頻道，1991）的作者黃宗斌與韓小蒂就是記者出身，在「前言」中也強調書中故事都是採訪而來。

[39] 其實這種跡象也可以從司馬中原1988年8月開始推出他的「收鬼錄」系列略見端倪，開始會以「鬼」作為小說主體宣傳形象，同時也會有篇章涉及臺灣，如〈恐怖夜車〉（收錄於《吸血的殭屍》）就是在寫臺灣的計程車司機撞鬼的故事。

[40] 僅以希代出版社的繽紛書系為例，就陸續捧出了張允中、黃涼、羅問、薛傳斌、汎遇、陳九摩、王瑾、藍子等專門書寫鬼故事的作家，最盛時期以一個月平均二到三本的頻率出版，更不用討論其他出版社如皇冠、知青頻道也搶著來分一杯羹。

社搶時效的資本機制以及重新形塑讀者視域的配合，多半以大家過去熟習的「鬼故事」形式出現。與司馬中原式的鬼故事相比，這些作品在寫作上大幅度的褪去了小說的色彩，以直白、交代時空細節的某種「報導」姿態成為主要的敘事聲腔，雖然仍然有屬於中國傳統的因果報應、天道循環的意味，但其中某種無機質的暴力以及衝突卻逐漸取代了鬼魂的形象，以擺脫「聊齋傳統」；亦即在敘事的層面上小說的部分被削弱了，但由於這種類型的文本太受歡迎，以至於不斷的複製直到形成自身的「公式情節」，讓讀者讀來又會明顯的意識到這其實是創作的成果，於是又恢復了小說的形象。這時的鬼故事偏好將場景設定在現代性的象徵空間（如學校、監獄、醫院），特別是凝縮了國家機器秩序象徵與身體規訓銘刻的「軍營」，軍中鬼故事蔚為一時風潮。在傅科的眼中，軍營其實是個權力規訓肉體的場所，在軍營中出現的各種規定、紀律，都是為了使人體順應於權力的要求，捏弄它們成為國家機器所需要的延伸：

> 人體都受到極其嚴厲的權力的控制……那些權力強加給它（按：指人體）各種壓力，限制或義務。……它們（按：指權力）不是把人體當作似乎不可分割的整體來對待，而是「零敲碎打」地分別處理，對它施加微妙的強制，從機制上——運動、姿式、態度、速度——來掌握它。這是一種支配活動人體的微分權力（infinite-small power）。……這種模式意味著一種不間斷的、持續的強制。它監督著活動過程而不是其結果，它是根據儘可能嚴密地劃分時間、空間和活動的編碼來進行的。這些方法使得人們有可能對人體的運作加以精心的控制，不斷地征服人體的各種力量，並強加給這些力量以一種柔順—功利關係。這些方法可以稱作為「紀律」（規訓）。[41]

傅科同時指出，這種規訓手段需要仰賴「封閉的空間」（軍營）與隱藏著某種前後強制順序而精密的「時間表安排」（按表操課），[42] 在這種情況下，人們身處其中即是身受規訓，如此也方有可能將身體從「農民的身體」改造成具有「軍人氣派」。[43] 簡言之，軍營作為一個規訓的場所，其實是承擔著國家權力的要求，透過這個空間將其權力展現在人民（也就是軍人）的身上。

　　如果回到陳為民筆下的鬼故事，我們則可以發現在軍營這樣的妖異空間中發生的鬼怪事件，往往有國家權力與鬼怪折衝、抗衡的痕跡在，例如在《無聊男子的軍中鬼話》中，就有一則〈馬祖的停屍間〉，文中敘及在馬祖的莒光醫院旁有一間停屍間，「平常大門深鎖，很少使用，即使有重傷患者，也多送到臺灣本島」，只是這個停屍間特別的地方是，「除了背山的一面外，其餘三面均長滿了長長的茅草，但四周的草坪可是乾乾淨淨、整整齊齊」。[44] 照理說，在軍營這樣被全面規訓的地方，不應該有逸脫規範的地景（landscape）展現才對，但這卻成為「秩序」的「例外」，在作者敘事中，告知讀者之所以不割這些茅草，是因為割了就一定會有人出事。在小說中，作者甚至安排了一個指揮官不聽醫院院長的勸告，堅持要將茅草割掉，然後當天晚上就有人在站哨時開槍自殺。透過這個過程，我們看見國家權力的代言人（指揮官）意圖規訓異質空間（停屍間），但異質空間卻透過暴力、血腥的方式（小說中描述死者「流出的血，染滿了全身，使草綠的軍服看來像是咖啡色一樣，周圍的人身上都沾滿了大量血跡」），逸脫於國家權力的控

---

[41] 傅科著，劉北成、楊遠嬰譯，《規訓與懲罰：監獄的誕生》（臺北：桂冠，1998），頁136-137。

[42] 同前註，頁141-151。

[43] 同前註，頁135。

[44] 陳為民，《無聊男子的軍中鬼話》（臺北：希代，1993），頁81。

制之外，[45]這除了說明了異質空間的不受拘束之外，同時也暗示了國家機器的權力被削弱了。類似的情況我們還可以從一個極富象徵意義的圖景看出來，在小說中作者經常描述鬧鬼軍營中的軍人為了自保，會戴起有「國徽」的小帽睡覺，希望能夠藉由國家權力的延伸標誌，驅逐鬼魂不近自身，但往往沒有多大用處，[46]這同樣在暗示國家規訓力量的減弱使鬼魂得以現身的權力關係。

只是鬼魂的正體究竟為何？到底是什麼驅使著異質空間扭動抗拒國家權力的規訓呢？這個部分我們可以在小說的其他部分尋得線索，在陳為民開創的這系列恐怖小說創作中，有個明顯可識別的特色，在小說中為了強化真實性，總會針對軍營詳細描述，而在描述的過程往往會添加進許多臺灣重要的歷史事件：

> 我服役的營區在龍潭的九龍村。和我住的營區的馬路對面有另一個營區叫中興營，因為國軍以前住在九龍村的是特種部隊的中美混合大隊，為了方便所以隔著馬路蓋了兩個營區，這兩個營區以前是一大片墳場。[47]

文中提及的中美混合大隊，便是當年臺灣曾為美國海軍基地的後勤國家的證明，而由於臺灣曾接受日本的殖民統治，相關的文本描述更是所在多有：

> 新竹客雅在民國七十年間，駐紮了警備總部的第一總隊，營區很老舊，而且大部分的房舍都是日式木造房屋。或許是日式建築採光都不好的緣故，總讓人一踏進玄關時，就有種陰

---

[45] 同前註，頁83-86。
[46] 同前註，頁31。
[47] 同前註，頁30。

森森的感覺。[48]

第二次世界大戰的時候，臺灣是受日本所統治，除了殖民地生活不談，因為戰略地位的關係，臺灣，根本就是日本海軍、聯合艦隊的中繼站。當年，臺北松山、新竹、虎尾，駐紮的日本海軍的航空兵，就是現在的飛行員。大戰末期，新竹、虎尾就變成了美軍聞之色變的「神風特攻隊」基地。[49]

在強調鬼魂出沒的異質空間的歷史性時，其實也就是在告訴我們，鬼魂的主體便是那亙古綿長流變而來的臺灣歷史，當作者越強調其真實性與妖異空間的時間性，也就代表那個空間本來存有的歷史為國家機器的延伸空間給禁制住了，於是化身為鬼魂形式的臺灣歷史只有靠著這種方法才有可能逸脫。誠如張淑麗延伸廖朝陽的「創傷記憶不請自來，成為日常生活的一部分」的說法，鬼魂其實變成是一種歷史創傷的回返形式，其出現「記錄著另一種懷舊的方式，一種以抗拒出發，卻在一番迂迴曲折之後，穿越了阻隔記憶的傷痛，走入了往事紅塵的核心」。[50]

如是說來，陳為民式的鬼故事，其實是在呼應戒嚴時期政府對歷史與意識形態的禁錮，換言之，九〇年代盛行的鬼故事風潮，其實是對1987年「解嚴」的唱和。在許多層面上來講，「解嚴」都可以說是臺灣的現代化歷史中數一數二的大事件，它並不只是象徵某種政治、法律上的鬆綁而已，還是一個重要的時間分段點，從此之後，包括了社會、文化、文學，都朝向一個「多元」、「反抗」的

---

[48] 同前註，頁90。

[49] 同前註，頁126。

[50] 張淑麗，〈跨世代歷史記憶的迴轉：離散文化的鬼聲魅影〉，國立中興大學外國語文學系主編，《國科會外文學門86-90年度研究成果論文集》（臺中：國立中興大學外國語文學系，2005），頁346。

方向發展，因而在思想與認同上，都有著更多元的形象來與舊有的
意識形態衝撞、對抗，[51]恐怖小說也因為這樣的反抗更為多元化。同
時，在隱喻的層次上，陳為民小說中這樣的文本描繪，其實也暴露
了軍營是一種權力不正常的施加結果，它的構造限制了我們的主權
形構，這樣的異質空間除了成為戒嚴後政治鬆綁的象徵圖景，或許
也暗示著我們需要面對關於歷史重層迷霧中的鬼魅，正視那樣的規
訓空間如何扭曲了我們的歷史形象，進而賤斥這種現象，才有可能
拾回我們的主體，填補我們自身的空缺。

五、翻譯語境中的本土生成：異域與都市的交錯

　　在九〇年代初臺灣的「鬼故事」旋風的影響之下，臺灣出版社
開始正視恐怖小說這個文類，並且加以耕耘，除了鬼故事以外，皇
冠出版社也在陳為民的《軍中鬼話》出版過後沒多久，推出了「全
天候猛鬼派對」這個書系，主打恐怖小說，從書系的出版內容看
來，作品都逐漸擺脫鬼故事的形式，開始強調虛構的故事性，就這
種現象看來，臺灣的讀者似乎也越來越能接受恐怖小說「小說」的
那個部分，而非單純追求恐怖而已。但是誠如劉禾（Lydia H. Liu）
在面對清末民初中國現代小說文體表述模式的轉變所指出的，由於
「現代小說」這個概念是中國原本所沒有的，因此如老舍、施蟄存
甚至魯迅，都是從西方的文學表述模式出發，理解、翻譯並形構屬
於中國自己的現代小說。[52]劉禾的論述雖然是針對中國，但由於這
樣的現代性傳播過程其實是整個東亞同時並進的現象，因此臺灣的

---

[51] 陳國偉，《想像臺灣：當代小說中的族群書寫》（臺北：五南，2007），頁7-8。

[52] Lydia H. Liu, *Translingual Practice: Literature, National Culture, and Translated Modernity China, 1900-1937* (CA, Stanford: Stanford University. Press, 1995), pp.103-112.

恐怖小說生成，也應該會受到外國恐怖小說的影響，事實上，我們
也的確可以從本土文本的展現中，看到作者受到西方影響的部分。

　　在1997年舉辦的第二屆皇冠大眾小說獎徵文決審中，出現了
一本恐怖小說《復活》，這本恐怖小說完全脫離了過去臺灣的恐怖
小說傳統，不走鬼故事、個人經歷，或說書路線，而是完全承繼西
方恐怖小說脈絡，特別是由史蒂芬‧金（Stephen King）打造而成
的美國恐怖小說。這點其實評審之一的倪匡也看出來了，他在書前
的序中這樣講：

> 小說的「洋味」較重，然而故事發生在德國，似乎又正應該
> 如此。由於小說有這個特點，所以如果不說明小說真正的來
> 歷，而告訴我這是極好的翻譯美國小說大王史蒂芬‧金的新
> 作，我會毫不懷疑這是他作品中很好的一部。[53]

在《復活》中，雖然主角是幾個臺灣大學生，但主要場景卻被安置
在德國，出現在其中吸引大家目光的恐怖來源，則是一本大部頭的
德文字典，它可以讓人心想事成，但卻是按照它自己的方式（例如
你希望小動物復活，卻是以喪屍（zombie）[54]的形態復活）。熟悉歐
美恐怖小說傳統的讀者應該會發現，這樣的劇情其實是典型的恐怖
小說基本命題：「人為了滿足自己的匱乏需求，找到實現的方法，
後來這個行為卻反過來戕害自身」，光是史蒂芬‧金自己的作品，
就起碼有《寵物墳場》（*Pet Sematary*, 1983）與《必需品專賣店》
（*Needful Things*, 1991）這兩本長篇小說符合這個劇情設計。讀者也
應該可以從《復活》中經常出現的西洋黑魔法話語、關於信仰等等

---

[53] 倪匡，〈序〉，《復活》（臺北：皇冠，1997），頁5。

[54] zombie在臺灣有殭屍、喪屍等譯名，但一般而言殭屍都帶有中國意象（或者如港產片中的穿著清裝以跳躍為行動方式的形象），但在西方的zombie則比較偏「活死人」的形象，故譯為喪屍區分之。

的對話，看出這本小說大異於過往的臺灣恐怖小說。

　　在小說中，大致可以分成兩條敘事線，一條是1886年的德國小鎮，敘及那本惡魔般的德文字典的來源，一條則是現代的德國。而在1886年的那條敘事線，則是透過現代的大學生閱讀記錄所傳達出的聲音。換句話說，這構成了兩個重疊的異質空間，一個是我們所閱讀的文本中的異質空間，另一個則是我們所閱讀的文本中的角色開啟的文本中的異質空間，這種結構剛好形成劉禾認為的現代小說的翻譯結構，我們將翻譯自西方（甚至透過日本轉介）的文體疊合在臺灣之上，這就成為了文本中的異域空間。但奇特的是，這種多重的異域性，最終在文本呈現出來的異質空間卻都是室內場景，都是我們所熟悉的室內空間，毫無辨識度的室內空間：

> 空盪盪的，什麼東西都沒有。整間漆成蒼白的房間看起來極為陰冷死寂。看起來像是關瘋子的場所，阿寶環視著那具有壓迫性的三堵白牆，禁不住想道，不然就是用來把人逼瘋用的，他感到那極具穿透性的壓力正不斷地向他逼過來，幾乎是很慌張地將門關上。[55]

不過是個沒有裝潢的空白房間，就造成了主角這麼大的精神壓力，也是在空白的空間內，產生了所有的恐怖、血腥、殘酷的事件（十九世紀的德國場景反而用一種壓抑的聲調在講述故事），之後在仍然屬於我們熟悉的生活空間──廚房中，會發生人把寵物天竺鼠給活活壓死的血腥場面：

> 天竺鼠的頭還在，還保持著原樣，可是自脖子以下三分之二的地方就慘不忍睹了。身體的下半部整個扭曲成一種奇怪的

---

[55] 雷藍多，《復活》（臺北：皇冠，1997），頁28。

姿勢，看起來背骨已經斷了。自腹部以下血肉模糊，原來身體的立體曲線已消失無影，看起來像是廚師將一團絞肉揉成肉球後再「啪」地搥成肉餅，整個地扁了下去。一隻大腿骨穿過肉和血和毛皮，斜斜的凸了出來；慘白映著底下的鮮紅和深褐，看起來陰森森的。[56]

血腥而殘忍，但這樣的異質空間之所以能存在，剛好標示出一個臺灣賤斥典範轉移的過程，當我們從過去的國家機器奪回自己的發聲權時，自然可以發現新的賤斥客體，而在九〇年代末，客體其實是一個更龐大的體制，也就是資本主義與全球化。根據吉登斯（Anthony Giddens）的說法，貨幣制度成為最後的穩定標準，這種標準是普世的、超脫限制的，它讓人的生活依據只剩下理性（金錢運作邏輯也是理性的核心），[57]造成了地方的消失，因為可以判定「差異」的基準只剩下金錢理性，於是這構成了都市街頭全部成為全球化風景的可能，因為「都市形象」脫離了地方而存在，這讓都市本身即成為一種地方，「此處即他處，他處即此處」就是都市全球化的終極表現。也就是這種世界的平板化，讓恐怖小說之中的空間變成一個「此地」、「他地」混成的概念，也只有在這種概念之上，諸如雷藍多等臺灣的作家才有可能移植國外的恐怖小說橋段進入臺灣的背景。

　　這並不是只展現在場景設定在國外的小說之中，事實上，即便作者再三強調在地性，但在這種空間的展演上，仍很容易將小說自身異域化。一如既晴《請把門鎖好》（2002），儘管講述的是一個高雄警察偵辦一件密室殺人案件然後被捲入越來越大的謎團之中，從而發現自己身處於自己所不熟悉的領域之中的故事，作者也很用心

---

[56] 同前註，頁36。

[57] 安東尼・吉登斯，《現代性的後果》（南京：譯林，2000），頁19、22-23。

的在針對高雄的地景進行描寫，甚至抄寫了一定篇幅的高雄市藥局清單，[58]似乎都為了在取信於讀者，說服大家相信這故事真的是在南臺灣發生的，但小說中的場景仍然呈現一種奇特的異域質地。這一方面除了作者跟《復活》一樣，都援引了大量的西方黑魔法體系進入小說中，同時讓這個成為最主要的恐怖來源外，《請把門鎖好》還「移植」了大量的西方恐怖場景進入文本中，例如書末相當重要的一段動作場景，是主角與眾多厲鬼的深夜追逐戰，在主角躲過開著砂石車的厲鬼與陰邪的女鬼的追殺後，最後是這樣的大場面：

> 在劍向的面前，出現了一排齊步走近的亡靈。不，並不止一排。在第一排的後面，還有第二排、第三排……這些亡魂有男有女、有老有少，如暴潮巨浪地自陰森的山頭、陡坡間湧現，光是目測完全無法判斷數量為何。他們全都身著白色喪服，全都目露凶光地瞪著劍向。……這些幽魂開始往四周包圍，並伸出雙手開始上下舞動他們還未將圈圈收攏，即猶如舉行慶典繞著他狂笑叫囂。……他們像電影中的食人殭屍那樣，頭皮髮膚殘缺不全，臉孔陰黑浮腫，枯萎的細舌舔舐著碎裂的雙唇，充血的眼睛裡散發出垂涎欲滴的貪婪神色。[59]

這樣的場景對二十一世紀初的臺灣讀者來說應該不陌生，因為自好萊塢來的恐怖電影，諸如此類的喪屍（zombie）大軍圍攻情節所在多有，只是把場景調換到臺灣來而已。這造成了奇特的雙面性，在視域方面，由於讀者先行取得了類似的恐懼文本經驗，所以可以迅

---

[58] 試摘錄一段如下：「中山一路／南星藥房、良安西藥房；河北二路／高合成藥房；建國二路／慈安藥局、信德西藥房、文欽藥局；自立一路／銘生藥局、忠正西藥房」，類似這樣的清單大概列了七行左右。既晴，《請把門鎖好》（臺北：皇冠，2002），頁162。

[59] 同前註，頁230-231。

速在閱讀的過程中喚起恐懼,但在經驗方面,卻因為理解這樣的場景產自西方,因此並沒有辦法認同那個小說中的異質空間,亦即我們所存在的本土空間。

但就是在這種引渡異域情境進入臺灣恐怖小說的過程的同時,屬於臺灣自己的恐怖小說形式也逐步在建立,而在有類似嘗試的作家群中,九把刀可能是最勇敢也是最成功的一個。從他的「都市恐怖病」系列開始,他就在企圖實驗各種恐怖書寫的可能,〈語言〉(2001)把人物投擲在一個沒有任何溝通媒介的世界之中,當人被禁絕於外的時候,那個恐怖感便油然而生;〈陽具森林〉(2001)則是將臺灣人的壯陽迷思荒謬化,讓上一次廁所陽具就會大一點成為永恆的詛咒。在這些文本中,都還看得出作者吸收國外的科幻、恐怖、懸疑甚至是推理小說元素的影子,一直到《樓下的房客》(2004)中,他才真正寫出了屬於臺灣的本土恐怖小說經典。在《樓下的房客》中,九把刀仿效了好萊塢電影《銀色獵物》[60]的發想:如果一個大樓內的每個房間各個角度都有針孔攝影機,而所有的影像都可以為一個人所掌控,會產生如何的後續效應呢?[61]只是小說中,九把刀聰明地將那個大樓形式改變成臺灣學區內均會看見的集合式分租公寓,並且把場景搬到臺中的東海別墅去:

> 這棟老房子屋齡三十多年,不算天臺的話有五樓高,附有一個老舊的簡易升降梯……雖然它的位置在熱鬧的東海別墅區裡算是偏僻了點,但只要三分鐘就可以走到便宜小吃區,騎車五分鐘就可以到對面的國際街吃點好東西。[62]

---

[60] 英文名稱為 "Sliver",原著由 Ira Levin 所寫,出版於 1991 年,後於 1993 年由 Phillip Noyce 改拍為電影。

[61] 事實上在小說中作者也有提及這部電影。

[62] 九把刀,《樓下的房客》(臺北:蓋亞,2008),頁 14。

誠如前面既晴的作品所示範的，即使將故事場景設定在臺灣的都市，但閱讀起來還是可以有異域感，在這個部分，九把刀成功的借用讀者對於學生集合公寓的空間熟悉感，建立起我們的認同，[63]「二樓兩間房，三樓兩間房，四樓兩間房，五樓我一個人住，一樓則是客廳和公共廚房，天臺上則有一臺洗衣機和曬衣場」[64]這樣的描述，成為整本書的主要空間配置。而主述者——房東——就在這樣的房子內裝滿了針孔攝影機，偷窺所有房客的人生。但有一天他忽然發現，其實他在他知道大家的祕密的狀態下，他根本可以像神一樣操弄大家的生活，於是他決定「我不再是默不作聲的觀眾，而是才華洋溢的導演」。[65]乍看之下相當穩當，的確主述者也成功的擾亂了一些房客的人生，但當他目擊一個女性房客將人囚禁在自己的小套房浴室中，他原本安穩固定的位置就開始崩塌了，整個恐怖開始逆轉回來吞噬掉他自己。

　　針孔攝影機在文本中成為了「鏡子」的隱喻，所有的恐怖、血腥、暴力都需要透過這面鏡子投射到主體之上，例如小說中一幕女性房客將其囚禁的人手指剪掉的情節：

> 剪刀刀口打開，重新扣住男人的左手無名指。
> 我透不過氣來，兩手手指緊密的纏在一起。
> 紅色流滿浴室。
> 我的手指也滾燙起來，我連忙甩它一甩，但不可能出現的痛楚以象徵、以隱喻、以病態、以抽象的速度，沿著手指裡的神經直達我的心臟，像有根針在血管裡揚帆穿梭一樣。

---

[63] 特別要注意的是，九把刀的讀者絕大多數都是學生，也是這樣的異質空間得以成立的要素。

[64] 九把刀，《樓下的房客》，頁14。

[65] 同前註，頁29。

> 我抓著胸口，五指指甲深深插在肋骨的縫隙之間，依然無法
> 逃避電視螢幕中那把紅色剪刀。[66]

原本只是在螢幕上由虛線構成的幻象，卻影響了觀看的人的情緒，這似乎也呼應了紀傑克對於幻象的雙面性的解釋，但這也成為了一個微縮結構，當房東看到那樣的賤斥情境而心生厭棄，最後卻成為了幾乎是一樣的加害人（或者是如臨到結局時警察所暗示的，根本那個女房客就是他的分裂人格），這樣的故事情節鋪展在讀者的眼中，是企圖喚醒什麼樣的卑賤體？是不是可以說當我們的恐懼來自我們自身存在的空間，是否暗示作為一個主體意欲拒斥自身的存在？或是空間本身被壯大到成為主體本身，而意欲拒斥被客體化的我們？在如此的故事結構中，恐懼似乎直接壯大到成為一個實存的幻象，我們在排拒它的同時，卻也被它排斥於現實之外。

換句話說，這似乎呼應了前述資本主義重新形塑我們與地方的關係，都市逐漸成為資本結構的一環，這使得人跟都市（所居之地）的關係不再像過去一樣有著一體感，開始有著斷裂的傾向，這種斷裂造成了兩個後果，一個是我們無法透過過去的認識來理解都市，一切都取決於當下跟空間的形態，這讓人們隨時處於一種不確定狀態，都市成為隨時變動的象徵，也成為威脅我們自身生存的象徵；另一個後果則是我們無法擺脫「與別人一樣」的傾向，在這個「無法安居」的時代，與他人的類同似乎是一種安全的生存策略，但與他人類同乎又代表著自己存在的痕跡被抹殺了。於是我們需要靠著排拒他者來確立主體，但他者又似乎是自身，就像在美國的恐怖片傳統中，六〇年代後所出現最巨大的恐懼，從「怪物」轉而成「陌生人」，陌生人這種你既看見又看不見，既熟悉又陌生的結

---

[66] 同前註，頁76。

構，造成了某種集體恐慌，[67]而他人其實就是我們作為一個主體的分裂＼卑賤體，這也讓現代的恐怖小說有更深沉的面貌，因為當你恐懼著他人的同時，你也正在恐懼著自己。

六、結語

　　從上面的論述中，筆者試圖透過選取臺灣具代表意義的恐怖小說，分析文本的形式、內容，並從其差異進行時序的排列，進而追尋屬於臺灣當代的恐懼空間形式。更希望從中考察出臺灣戰後恐怖小說所隱喻的集體精神傾向，不論是那些對於現代性的渴望或恐懼，還是對於自我文化主體與存在的思索與焦慮。

　　威廉斯（Raymond Williams）在其名著《鄉村與城市》（*The Country and the City*）中，引進了城鄉發展的觀點，來思考英國文學的變遷與移轉，他認為英國文學的典範轉移，主要是肇因於社會中心逐漸從鄉村挪遷到都市去了，所以他將鄉村與都市作為一個生活基本方式的比較視野，[68]認為一個社會的發展過程是從鄉村空間（完整的、自然的）到都市空間（斷裂的、無機的），小說的形式也是這樣從寫實一路發展到現代小說。如果以此來看待臺灣的恐怖小說發展，我們也可以大致爬梳出一條有趣的線索，從司馬中原筆下的鄉野傳說那樣的前現代空間，到軍中鬼話所描繪的現代性規訓空間，一直到現代主客不分的都市空間，恐怖小說的恐怖來源不斷的由野外、大荒，竄到現代性的秩序象徵中，乃至於與我們共存。

　　因此，作為一種文類，我們可以發現恐怖小說其實不斷的意識到自身的空乏與社會精神徵候的移轉，因此也不斷的自我進化。於

---

[67] Paul Wells, *The Horror Genre: From Beelzebub to Blair Witch*, pp. 13-14.

[68] Raymond Williams, *The Country and the City* (NY: Oxford University Press, 1975), p.1.

此同時，國外的恐怖小說也不斷藉由翻譯輸入，進而與本土文本衝擊、互動、交混，從而生成屬於臺灣本土的恐怖小說面貌。在這種前提下，恐怖小說日後必然還會一直發展、變化下去，新的脈絡會不斷生成，但舊的脈絡仍有可能延續下去，如蝴蝶「禁咒師系列」大體繼承了司馬中原開啟的「聊齋」餘緒，但又可以從中發現日本恐怖小說「陰陽師」的形象移植，可見恐怖小說的進化仍舊持續下去，只是可能更為混雜變形罷了。

引用書目

一、專書

九把刀，《樓下的房客》（臺北：蓋亞，2008）。

司馬中原，《巫蠱》（臺北：皇冠，1977）。

司馬中原，《荒鄉異聞》（臺北：皇冠，1971）。

司馬中原，《路客與刀客》（臺北：皇冠，1967）。

吉登斯，《現代性的後果》（南京：譯林，2000）。

克莉斯蒂娃著，彭仁郁譯，《恐怖的力量》（臺北：桂冠，2003）。

河合隼雄，《昔話の深層：ユング心理学とグリム童話》（東京：講談社，2005）。

金元浦，《接受反應文論》（山東：山東教育，2001）。

既晴，《請把門鎖好》（臺北：皇冠，2002）。

索雅著，王志弘、張華蓀、王玥民等譯，《第三空間》（臺北：桂冠，2004）。

高橋敏夫，《ホラー小說でめぐる「現代文学論」》（東京：宝島社，2007）。

陳為民，《無聊男子的軍中鬼話》（臺北：希代，1993）。

陳國偉，《想像臺灣：當代小說中的族群書寫》（臺北：五南，2007）。

傅科著，劉北成、楊遠嬰譯，《規訓與懲罰：監獄的誕生》（臺北：桂冠，1998）。

詹明信著，吳美真譯，《後現代主義或晚期資本主義的文化邏輯》（臺北：時報，1998）。

雷藍多，《復活》（臺北：皇冠，1997）。

二、論文

倪匡，〈序〉，收錄於雷藍多，《復活》（臺北：皇冠，1997），頁5。

張淑麗，〈跨世代歷史記憶的迴轉：離散文化的鬼聲魅影〉，國立中興大學外國語文學系主編，《國科會外文學門86-90年度研究成果論文集》（臺中：國立中興大學外國語文學系，2005），頁341-365。

傅科著，〈不同空間的正文與上下文〉，包亞明編，《後現代性與地理學的政治》（上海：上海教育，2001），頁18-28。

萊特、雷比諾著，〈權力的空間化〉，包亞明編，《後現代性與地理學的政治》（上海：上海教育，2001），頁29-39。

劉紀蕙，〈文化主體的賤斥：論克莉斯蒂娃的語言中分裂主體與文化恐懼結構〉，收錄於茱莉亞‧克莉斯蒂娃著，彭仁郁譯，《恐怖的力量》（臺北：桂冠，2003），頁ix-xxxiv。

蔡仁傑，〈通俗小說的「文本公式」及其意涵：以Stephen King的恐怖小說 *The Dark Half* 為例〉，《英美文學評論》7期（2004），頁209-39。

三、學位論文

黃玉蘭，《臺灣五〇年代長篇小說的禁制與想像：以文化清潔運動與禁書為探討主軸》（臺北：國立臺北師範學院臺灣文學研究所碩士論文，2005）。

四、英文專書

Liu, Lydia H., *Translingual Practice: Literature, National Culture, and Translated Modernity China, 1900-1937* (CA, Stanford: Stanford University Press, 1995).

Wells, Paul, *The Horror Genre: From Beelzebub to Blair Witch* (London: Wallflower, 2000).

Williams, Raymond, *The Country and the City* (NY: Oxford University Press, 1975).

Žižek , Slavoj, *Welcome to the Desert of the Real: Five Essays on September 11 and Related Dates* (London: Verso, 2002).

五、英文論文

Miéville, China, "M.R. James and the Quantum Vampire - Weird; Hauntological: Versus and/or and and/or or?," *Collapse* IV (2008): 105-128.

幸福遊走江湖
金枝演社的拼貼美學與臺式幽默

梁培琳 *

一、前言

　　金枝演社成立於1993年。從成立至今，劇團融合了歌仔戲與胡撇仔戲的美學風格、民間藝陣的表演文化，以及現代西方劇場大師葛陀夫司基（Grotowski）的嚴酷訓練精神，致力於發展當代臺灣本土舞臺表演美學與身體訓練。在「從土地生長出來的文化最感人」的理念下，金枝發展了一套獨特的庶民美學和多元的戲劇形式。

　　1996年，金枝推出胡撇仔戲系列的第一齣劇目，《臺灣女俠白小蘭》。該劇深得觀眾青睞，一炮而紅，此後並不斷重演，達十年之久。該劇的主要人物是一對苦命戀人，因緣際會遇上女俠白小蘭和在社會邊緣流離顛沛的一些小人物，展開了一段困難重重但幽默詼諧的江湖之旅。這些人物必須不斷在情義、愛情、友情、親情之間做抉擇，終於駛向幸福的終點站。在這十年當中，《臺灣女俠白小蘭》跟隨卡車舞臺，在夜市、街頭、廟口與觀眾相遇。

* 美國德州大學奧斯汀校區亞洲研究所博士後研究人員。

其間金枝又陸續發表了一系列胡撇仔戲作品，包括：《可愛冤仇人》（2001）、《羅密歐與茱麗葉》（2003）、《玉梅與天來》（2004）等，奠定了這個系列「無朝無代」、「能量外放」的喜劇風格。

2006年金枝再次挑戰自創的本土美學，推出《浮浪貢開花Part I》，把胡撇仔戲的文化拼貼美學推向另一階段。取代胡撇仔戲系列作品的流浪俠義角色，是臺灣六〇、七〇年代人稱之為「浮浪貢」（遊手好閒者）的浪子李阿才。阿才是個苦命男，本著越是苦悶越是要開懷大笑的生活態度，他流落四方，處處為家。跟隨阿才徘徊的蹤跡，觀眾再次闖入江湖世界。在2007和2008年的《浮浪貢開花Part II》和《浮浪貢開花Part III》續集裡，阿才繼續帶著他的觀眾流浪到臺灣其他角落和穿越歷史的時光隧道。

綜合江湖的概念與阿希克洛夫特（Bill Ashcroft）所提出的「過量」（後）殖民論述，本文將《白》劇與《浮》劇的演出視為「文化地景」，並取用從文化雜燴（cultural hybridity）衍生而成的拼貼美學與幽默，作為解讀與分析的切入點。本文主張，在臺灣現代劇場的範疇內，文化雜燴是一種對殖民文化的在地反應。此文化現象不但已被昇華為有意識的後殖民戲劇對抗手段，更進一步，在歷經十年的實驗與淬鍊後，金枝演社的後殖民戲劇對抗手段已經再次提升為華麗的表演美學，與幸福感濃郁的臺式幽默。

二、金枝演社的臺式江湖

無論是金枝的胡撇仔戲作品系列或《浮浪貢開花》續集，「江湖」，一個無止境的時空概念，隱喻的是對家和國家的想像和憧憬。[1]有別於一般的江湖，金枝所塑造的臺式江湖是幸福詼諧的。

[1] 王榮裕，〈從家族到國族的浮浪貢開花〉，《浮浪貢開花三：勿忘影中人》（淡水：

在這流蕩的時空裡，從去殖民的戲劇手段到後殖民的美學自我定位，金枝在這幾年已經發展並累積了一套幽默和華麗的拼貼美學論述。「江湖」按其字面的意涵亦指一個流動性強烈的空間。江湖也可謂為四海。在這流動的時間空間裡有一套自己的法則規定、道德標準以及社會結構。[2] 隱士、俠士與流浪漢寄居在其中，並各自有旅程和流浪的目的。有的為打抱不平飄流，有的在尋覓某物件或人，有的任務在身，有的則尋求隱居的生活。在此時空範圍內，政治與情感世界纏綿糾葛，愛恨交加。[3] 這群人在被江湖世界塑造的同時，他們的傳奇也塑造著江湖。[4] 也有學者將江湖譬喻為一艘在玻璃瓶裡的船（ship in the bottle），是個與現實生活隔絕的世界，又同時是個被過度浪漫化、崇拜化的被凝視之物（romanticized and fetishized object of gaze）。[5] 將各方觀察與說法歸納起來，簡單的說，江湖可被認為是個無牆垣的密閉場域。場域內的人無止境的移動飄流，在遷移中互相碰撞、牴觸與磨合。

　　針對金枝所呈現的臺式江湖，筆者提出將「江湖」的概念銜接阿希克洛夫特在後殖民敘事中所提出的「過量」理論作為分析與探討的起點。阿希克洛夫特在〈後殖民過量與殖民轉化〉（"Post-

---

金枝演社，2008），頁2、3。

[2] Weijie Song, "Space, Swordsmen, and Utopia: The Dualistic Imagination in Jin Yong's Narratives," *The Jin Yong Phenomenon: Chinese Martial Arts Fiction and Modern Chinese Literary History,* ed. Ann Huss and Jianmei Liu (New York: Cambria Press, 2007), p. 156.

[3] Ibid., p. 160.

[4] Jianmei Liu, "Gender Politics in Jin Yong's Martial Art Novels," *The Jin Yong Phenomenon: Chinese Martial Arts Fiction and Modern Chinese Literary History,* ed. Ann Huss and Jianmei Liu (New York: Cambria Press, 2007), p. 182.

[5] Xiaofei Tian, "The Ship in a Bottle: The Construction of an Imaginary China in Jin Yong's Fiction," *The Jin Yong Phenomenon: Chinese Martial Arts Fiction and Modern Chinese Literary History* (New York: Cambria Press, 2007), p. 220.

colonial Excess and Colonial Transformation"）提 到「過 量」（excess）
的看法。為了從邊緣、破碎、不完全的位置堅持並鞏固自我認同，
被殖民者時常用「過量」的能量確保自身的存在與破除殖民論述。
例如，西方世界時常將巴勒斯坦人視為需要被強制規範的威脅勢
力。因此，巴勒斯坦人須用激進的態度與方式回應強制。換言之，
「過量」是對抗殖民暴力的一種反應，因不如此「過量」的後果便
是自身的滅亡。[6]而釋放與表達「過量」的方式有許多，例如：「雜
燴」（hybridity）、「堅持」（insistence）等，都是「過量」轉化為對
抗殖民與其價值觀的手段與方式。其最終目的為造成殖民論述的顛
覆與龜裂。[7]

　　從成立至今，金枝演社的作品特色在於從庶民的視覺角度出
發，提出對臺灣殖民歷史與後殖民現況的看法與省思。就內容而
言，劇中的世界常被描繪為流動的江湖，直接的指向或間接的暗喻
臺灣的社會環境。就表演美學，劇目所展現的是色彩鮮明、文化混
雜、能量四放的視覺感觀與戲劇經驗。而這些作品特質可被視為釋
放「過量」的方式。因此，如果我們將「過量」的說法銜接「江
湖」的概念，那麼金枝的江湖時空框架便可被視為一個「過量」被
持續轉化、運用後所塑造而成的「文化地景」。

　　透過社會邊緣小人物的視角，《白》劇所敘述的江湖是共同、
集體的臺灣歷史經驗。在臺灣的殖民經驗裡，或說金枝在《白》劇
所呈現的江湖裡，家園與亂世是一個重疊的場域。此劇的時代背景
為日據末期和民國初年。臺灣總督李阿財遺失了最心愛的內褲，而
內褲底藏的是他貪官污吏的證據。作案的元凶便是盜富濟貧、武

---

[6]　Bill Ashcroft, "Post-colonial Excess and Colonial Transformation," *On Postcolonial Futures: Transformation of Colonial Culture* (London and New York: Continuum, 2001), pp. 117-128.

[7]　Ibid., pp. 118, 119, 123.

功高強的白小蘭。在警察如火如荼的搜尋通緝白小蘭之際，這樁內褲奇案無意間成為三組流浪社會邊緣的小人物交會點：金枝歌仔戲班的演員、與官方勾結的黑社會流氓、流浪四方神出鬼沒的女俠白小蘭與其義妹黑玫瑰。為了掌握最新情報動向，黑玫瑰在某金枝歌仔戲班內臥底。此時，戲班裡一對情路坎坷的戀人正面臨著被迫分離的命運。當地黑社會頭目，黑大，看中戲班裡頗有姿色的旦角采英，並欲納彼為妾。賭博負債累累的戲班娘為了求助黑大替她還債，強迫采英答應與黑大的婚事。在蒐集情報線索的過程中，黑玫瑰無意間搜到一捲錄影帶，裡面錄有總督犯案的對話與影像。巧合的是，原來黑大在此案也參了一腳。邪終不勝正。白小蘭、黑玫瑰、黑大與其得力助手阿三哥多回合的廝殺與打鬥之後，女俠把流氓老大閹割。劇終，黑大與阿三哥跪著跟女俠求饒，保證下次不敢再欺負善良老百姓。采英終究與心上人團圓，並與虐待她多年的戲班娘和解。在繽紛洋溢的氣氛中，戲中各個角色載歌載舞的謝幕。白小蘭與黑玫瑰揚長而去，展開另一段新探險。雖然家園與亂世在此劇是個重疊的空間，但對於從民間得到救贖的可能性卻堅信不疑。也因此，《白》劇對未來的展望是持守樂觀的態度。[8]

　　相較之下，《浮》劇所敘述的江湖是一種理想國的投射。在理想國境內或許人生還是有不完美之處，但在精神層面上人人堅持在不圓滿中過幸福的日子。將時代背景設在七〇年代的臺灣，《浮》劇透過較個人的角度刻畫臺灣個人與家族的殖民歷史經驗與記憶。人稱為「浮浪貢」的阿才在離家十五年後，終於踏上歸家的路途。經營酒店的愛將姨、Taco舅與阿才相差十五歲的小妹玉蘭欣喜若狂的迎接這如不速之客的浪子。Taco、Toro與阿才已故的父親在年輕時代為結義兄弟，而愛將是Toro的戀人。Toro離世後，深情款款的

8　金枝演社，《臺灣女俠白小蘭》。

Taco始終沒勇氣向愛將表白。愛將因忘不了Toro的身影，也不願再接受另一段新的感情。在這同時，以賣魚為業的清水因愛上玉蘭，連續三年每天登門拜訪酒店。眼見這兩對（還）沒有結果的進行式戀情，阿才擦掌摩拳的想要有一番作為。他傳授了Taco叔追女朋友的祕訣，並欺騙清水玉蘭已有孕在身，但孩子的父親是他者，為了試驗清水的真心。出乎阿才的預料，他的努力卻換來許多尷尬與誤解。為了逃離不可收拾的殘局，阿才離家出走飄流四海。在流離中，他遇上剛從美國回臺的小學同學美智，和同是「浮浪貢」兄弟的阿志。阿才愛戀美智，並陪伴她遊山玩水。美智將二位兄弟帶回酒店後，留下失戀的阿才，與未婚夫離去。阿才之前的努力雖然至終促使Taco與愛將、清水與玉蘭的好事，他自己卻成為情路上的最失敗者。劇終阿才帶著阿志，拎著一口皮箱再度展開下一段瀟灑浪漫的「浮浪貢」之旅。如果阿才是白小蘭的對等，那麼阿才所帶來的救贖可能性，便是脫離現存社會結構的羈絆，尋找另一種存在的方式與精神。

三、文化雜燴與拼貼美學

（一）「俗又有力」的華麗拼貼美學

　　就表演美學的層面而言，《白》劇遺傳了胡撇仔戲的文化雜燴風格（cultural hybridity）。此文化雜燴風格緣起於歌仔戲演員對付日據時代的殖民檢查制度。自1937年起，日本殖民政府鼓吹皇民化運動，歌仔戲因其強力的渲染及影響力，被視為鼓吹殖民政策的利器，演出時常遭監視與檢查。劇碼演出的內容與形式都必須符合當時的政治理念，否則不允許演出。為了躲避監視與檢查，歌仔戲演員發展出一套應變的措施。例如：在劇院裝置紅綠燈。當檢警出現，紅燈閃起，臺上演員便在瞬間改著日本裝，演起有日本思想的

劇目，噫啊唱起東洋調。當警察離開，剎那間鑼鼓喧嘩，演員便又在瞬間改回歌仔戲劇碼的演出。久而久之，這套應變措施演化為一種文化雜燴的表演模式，歌仔戲演員也將此模式納入常態的表演，最終成為歌仔戲另一種常態表演形式，並命名為胡撇仔戲。[9]「胡撇仔」一方面為日語 "opela (opera)" 的譯音，在另一方面又為福佬話「胡亂撇」的諧音，意指什麼名堂都有。在看似沒有任何美學原則的原則下，演員隨性的將不同朝代文化元素攙入演出。劇裡，身著傳統歌仔戲服、現代洋禮服、和服，甚至牛仔裝的演員同臺演出都不足為奇。若真要理出個所謂的表演美學原則，那麼吸引觀眾、保存飯碗以求生存可謂最高原則。尤其在官方不給予任何支持、肯定，甚至嚴重打壓的演出環境裡，胡撇仔戲超彈性的表演美學尺度乃為演員謀生之道。因此，胡撇仔戲的文化雜燴表演風格可被視為殖民暴力的物質顯像。

《白》劇九十分鐘的演出是「無朝無代」的色彩與時空拼貼。傳承了胡撇仔戲的美學傳統，《白》劇中任何時代的人物、事件、音效、視覺文化在不合乎線性時間的邏輯下出現、並置、互動與發展。而此劇目五顏六色、金光閃爍的舞臺可被視為金枝式拼貼美學的最直接的視覺代言。《白》劇的舞臺一共有三層：藍色卡車的載貨區、木箱堆疊而出的紅色與綠色延伸舞臺以及路面。這三層舞臺在劇裡被靈活的運用在時空穿插與戲中戲的場景。舞臺左側是一臺負責營造劇目氛圍的泡泡和煙霧機。耶誕彩色燈串、迷你小燈泡、反光紙條與鮮豔的紅、黃、橘、粉紅塑膠花朵披滿了整座舞臺。舞

9　陳慧玲，《外臺歌仔戲藝人表演風格形塑之討論：以蔡美珠演藝歷程為對象》（臺北藝術大學碩士論文，2004），頁23-27；見 Teri Jayne Silvio, "Drag Melodrama/ Feminine Public Sphere/Folk Television: 'Local Opera' and Identity in Taiwan." Diss. University of Chicago, 1998, pp. 92-94.

臺後方是一面摺疊式布景，上頭是白小蘭和黑玫瑰放大的性感畫像。上揚的眼罩、低胸的上衣、螢光色系的版面呼應了熱鬧的舞臺點綴。右舞臺側臥半裸的女形和金光閃亮的「讚」字掛旗，更確切的將舞臺設計的靈感來源指向曾被臺灣知識分子嗤之以鼻的庶民情色表演文化。如果要將此劇硬套一個所謂的美學概念，或理出一套美學原則，那會是司黛蕊（Teri Jayne Silvio）與翁素涵在歌仔戲和民俗藝陣研究中同樣所觀察到的文化現象：越多、越雜、越熱鬧就是越美的俗氣美學。[10]當卡車舞臺落腳於夜市、公園、街道、廟會，展開一場場的演出，《白小蘭》的絢麗舞臺在剎那間成為戲劇現實和觀眾社會現實重疊和交會的空間。「強強滾」的熱鬧、閃爍、眼花撩亂、「臺客」成了形容金枝拼貼視覺美學的常用詞彙。[11]

　　從胡撇仔戲文化雜燴所衍生出的非線性時間邏輯，也間接的影響了《白》劇的敘述方式與演員多重的表演身分。劇中的演員不但要處理天馬行空的劇情發展、闡釋小老百姓被欺壓的心聲，還背負了載歌載舞、娛樂眾人的大責。因此《白》劇的演員飾演了三重身分：劇中的人物角色、歌手舞者和演員自己本身。為描繪並刻意凸顯劇目善惡相抗的主題，非寫實表演方式為此劇主要的人物描繪手段。人物本身沒有複雜的心理層面，而是喜惡分明的典型人物。黑大左右搖擺的外八步伐代表著他招搖、邪惡。阿三哥畏強欺弱，

---

[10] Teri Jayne Silvio, "Drag Melodrama/Feminine Public Sphere/Folk Television: 'Local Opera' and Identity in Taiwan." Diss. University of Chicago, 1998, p. 247; Sue-han Ueng, "The Taiwanese *Minsu Yizhen* in Temple Festivals: Power, Presentation, and Representation." Diss New York University, 2003. pp. 58-77.

[11] 請參看簡秀珍，〈金枝演社的「胡撇仔戲系列」〉，《浮浪貢開花》（淡水：金枝演社，2006），頁16-17；謝依均，〈找回離家出走的幸福〉，《金枝電子報》5期（2006）；蘇培凱，〈臺下，十年功〉，《浮浪貢開花》（淡水：金枝演社，2006），頁18-19。

對上頭總是甜言蜜語，但遇到危險則逃之夭夭。他雖然有小聰明，但在許多關鍵時刻卻輕重拿捏不妥，不是陪笑阿諛太多、太長就是太大聲。而神祕蒙面女俠戲劇性的出場總是有煙霧和轟轟烈烈的音樂相隨。她用腳微踢，刀劍一劃便能輕而一舉的以寡勝眾，大氣不喘，髮型與化妝美麗依然。伴隨白小蘭左右的是嘰喳健談的黑玫瑰，她心地善良、勇敢善戰，遇上英俊瀟灑的美男子便無法自拔。藉著這些沒有複雜心理層面、可預期的平面典型人物，金枝不只凸顯此劇的主題，更用劇中人物來代表各式各樣的價值觀與對話立場。透過這些對話立場的互動而達到製造「笑」果的目的。

在飾演劇中人物的同時，《白》劇的演員又是背負娛樂眾人大任的歌舞者。《白》劇是個臺灣六○與七○年代流行表演通俗文化的大拼盤。在整個表演過程裡，琳琅滿目、耳熟能詳的流行歌曲與旋律不斷的帶領觀眾走進時光隧道，回復老歌年代。此劇目大量引用通俗音樂文化，其中包括：電子花車、豬哥亮餐廳歌舞秀、卡拉OK、國臺英語流行歌曲、歌仔戲唱腔等。然而這些年代性強烈的音樂元素卻是不按朝代順序的在劇中被使用。例如：隨著〈無敵鐵金剛〉、〈轉吧！七彩霓虹燈〉等歌曲，演員在劇目正式開演前，便在臺上即興舞蹈暖身。藉此「非正式」的演出，吸引路人駐足觀戲。白小蘭頭次與觀眾見面，便隨著〈苦海女神龍〉的歌曲和三位舞者的陪襯下，表演了一段歌舞娓娓道出其流浪的無奈。曲末，手持麥克風的她背對觀眾用很「鏡中人」終於現身的方式報上大名。有別於白小蘭，黑玫瑰初次與觀眾的見面曲便是〈一見妳就笑〉，開宗明義的道出她對異性的嚮往為一，神聖的救國救民重責為二。劇終，所有演員搖身一變成為綜藝歌舞團，在與劇情毫不相干的情況下，來一段〈一支小雨傘〉歌舞，並在繽紛燦爛的氛圍中謝幕。

仿效了胡撇仔戲的表演風格，《白》劇的演員在有夾式麥克風的現今，還是各個手持一把老式麥克風。每回在唱歌、說話的同

時，演員就得有意識的取起手上的麥克風確保聲量的傳遞。本是來自於因技術層面不彰的年代而產生的表演舉動，在《白》劇卻成為刻意的文化表演引句（direct quotation）。在每個舉起麥克風的那一剎那，演員在演出故事情節的同時，也不斷暗示提醒觀眾這只是個表演現實，有別於觀眾的生活與社會現實。在飾演人物角色的同時，演員們也順便告知觀眾，在臺上的只不過是一群戲子伶人。他們所經歷的喜怒哀樂也只不過是虛幻一場。因此觀戲的過程是個臨場感與疏離感交織的經驗。

在《白》劇「天馬行空」的戲劇現實裡，金光閃爍的歌仔戲服、鮮豔螢光的歌舞走秀服、和服至六〇和七〇年代的臺灣家居便服，時常在沒有歷史時間流線的邏輯概念下同臺使用。此劇的人物沒有複雜的心理層面。但此劇藉著人物外在的典型造型，很直接的反射與描繪其內在人格。善對惡、民對官、被殖民者對殖民者的對立與抗爭為此劇一大主題。劇中黑大代表著官商勾結，專門欺壓百姓的惡勢力。他面上掛著兩撇東洋鬍，身著藍白相間上領半開的和服。人還未出現便能聽見他腳下那雙吵鬧的木屐。相隨黑大左右的是他狐假虎威的得意智囊與助手阿三哥。一身滑頭油臉的打扮，他身著六〇與七〇年代流行的服貼半透明橘色襯衫和紅色喇叭褲。而代表正義這一方的白小蘭與黑玫瑰，則和黑大與阿三哥的人物塑造形成強烈對比。頭戴孔雀羽毛帽，身著皮草打鬥衣，內藏防彈衣，腳踩高筒高跟馬靴，手持武士刀，俠女是個果斷、謀略高深的大姐頭。透過一身黑色系列的帽子、胸罩、短褲、網襪、高馬靴，手持「祕密武器」皮鞭，黑玫瑰的性感裝扮將其俏皮、活潑的個性表達得淋漓盡致。二位雖屬來自武俠傳統的人物，但在同時又多了一抹草根味和因殖民而產生的臺灣現代感。

《白》劇所使用的視覺、聽覺文化元素很明確、精闢的指向臺灣不同的殖民時期，並引據在臺灣民間所形成的文化混雜。雖然這

些元素帶著強烈的歷史感，但在其運用上卻刻意的將直式型的歷史時空切片、重疊與重組。觀眾的看戲過程是個持續在不同歷史朝代間漫步遊走的經驗。也因此《白》劇所呈現的江湖是個時間空間伸縮自如的世界（spatial and temporal elasticity）。就戲劇手段而言，「無朝無代」的邏輯或「多元時空美學」（multitemporal aesthetics）給予金枝演社的是無限美學發展的可能性。因此，劇團多年來能在胡撇仔戲的脈絡下發展一系列的劇碼。[12]透過野臺、免付費、庶民色彩濃厚的劇場表演形式，金枝演社顛覆了許多臺灣菁英式的話劇與小劇場的文化與傳統。就文化與社會層面而言，我們可將《白》劇多重性的時間（chronotopic multiplicity）視為被殖民者文化、社會、歷史的重疊、濃縮與並排之現實生活寫照，一種當下、瞬間對「過量」的親身經歷。[13]而此臨場生活寫照為不同的臺灣歷史朝代現實、此時此刻的社會現實、當下的表演現實與觀戲現實所組成。此文化現象／顯像我把它簡稱為「時空摺痕」（time-warp），而這摺痕只有在場的觀戲者與演戲者能體驗到。雖然此體驗是短暫與瞬息的，但透過一次次的戲劇演出，《白》劇將「時空摺痕」反覆的重現、複製與具體化。劇目演出最終促成演員與觀眾對自身文化與殖民的省思。

（二）魔幻拼貼美學

在2006年，《白》劇首演後的第十年，金枝演社在胡撇仔戲的脈絡下推出了一系列《浮浪貢開花》續集。拼貼美學在《浮》劇也

---

[12] Multitemporal aesthetic 此詞引據於 Robert Stam, "Palimpsestic Aesthetics: A Meditation on Hybridity and Garbage," *Performing Hybridity*, ed. Mary Joseph and Jennifer Natalya Fink (Minneapolis and London: University of Minnesota Press, 1999), p. 59。

[13] Chronotopic multiplicity 此詞引據於同上，p. 61。

脫胎換骨，用嶄新的風貌展現在舞臺上。有別於《白》劇將現有
的、未加工過的文化元素直接納入劇目，《浮》劇拼貼美學的文化
元素運用，就歷史時代考實與戲劇手段面向而言，是按劇情及人物
塑造之需求所邏輯化與設計的。愛將姨與Taco叔那年代的人歷經
日據時期與民國，因而在服裝設計上明顯的凸顯了文化雜燴與兩個
朝代接替的痕跡。Taco叔在印有天后宮的長袖T恤和衛生褲外，加
了東洋味濃厚的短褲、圍兜、木屐與綁頭。而愛將姨媽媽桑的造型
來自於類似和服剪裁的寬鬆外套、小格子綁口長褲、碎花圍裙與鳥
窩型爆炸頭設計。較年輕一輩的人物如：阿才、玉蘭、清水、美智
等，在服裝穿著上沒有顯著的文化交會現像，設計重點則放在強調
人物的社會階級和個性。阿才一身半絮的白襯衫、西裝、黑皮鞋、
一朵金胸花，代表了他浪漫、紈袴公子的個性。以賣魚為業的清
水，身著衛生衣、七分褲，頸上披著擦汗毛巾，是個忠厚老實的
「古意」男。過過洋水、由美國歸來的美智，阿才小學校長的女兒，
一襲時尚輕飄露臂洋裝，搭配著她的長鬖髮、大圓帽。她的出現如
鶴立雞群。如果將《白》劇的拼貼美學譬為大塊色系的組合，那麼
《浮》劇的拼貼是小色塊的組合。這些小色塊所拼貼出來的影像有明
暗層次區分，細膩的描繪出各個人物的性別、年齡、階級與職業。

　　就人物心理寫實層面而言，《浮》劇的主角同樣是社會邊緣的
小人物，但他們心理層面錯綜複雜。人物的性格、心理與情緒的
起伏、高低與轉折，藉由歌曲和背景音樂的拼貼來描繪。在《白》
劇，一首出場歌便交代了一個人物在整齣戲一成不變的個性。然
而在《浮》劇裡，光是描繪阿才在不同時刻的心情就至少用了五
首歌，其中包括：〈寶島曼波〉、〈離開我的故鄉〉、〈天天醉〉、
〈無錢的兄弟〉與牛仔相鬥的配樂。浪子阿才的內心世界透過曲
目拼貼而被雕塑與外化而成。在橫向的流浪時框裡，阿才努力的
過著無所事事、遊手好閒的生活。他是個另類紳士（the alternative

gentleman），沒有所謂的社會地位、財富或學歷，但卻浪漫、從容、風度翩翩。偶爾鄉愁濃稠，卻也享受當下的無拘無束。但就算他回到了家，阿才仍然懷念流浪的生活。凡是他在穩定中所遇到的人，他總是自告奮勇的提議要帶他們去玩耍，並號稱自己是「剃頭（玩耍）大學」畢業的。阿才的江湖是充滿驚喜、毫無掛慮的。他不規則的步調也為劇裡生活中規中矩、被社會期許拘泥的女性，如上班族的玉蘭與大家閨秀美智，開闢了一個嶄新的視野。這視野所投射的已不再是《白》劇中的集體殖民歷史記憶、反殖民抗爭和對救贖的期盼。《浮》劇所關注的是如何從庶民的角度，找尋一種臺灣的、樂觀的（或苦中作樂的）、幽默的、風度翩翩與優雅的後殖民生活態度與自我定位。「過量」在《浮》劇的展現已不純粹為了突破殖民思維與價值觀的局限，而是要更進一步找尋、確立一個發聲立場。

　　不同於《白》劇那般險惡的江湖，觀眾透過阿才內心世界與視角所看到的江湖是「四處流浪、四海為家的自在與自由」。[14]透過十幾年來累積的歌舞運用、魔術、雜耍與傳統戲曲的身段技巧，金枝演社在描繪江湖繽紛燦爛的同時，也將拼貼美學推向魔幻寫實的境界。此劇的第一幕是街頭的遠景，景內遊走著各行各業的芸芸眾生：賣氣球、檳榔西施、掌鼓者、販魚者、販售玉蘭花的小姐、魔術師、無名路人和穿梭人群間十五年沒回家的阿才。魔術師站出來表演吃火、吞棒、從袖口變出白鴿。眾人皆退。焦點挪移，集中在流浪至碼頭的阿才。美滿姊姊在碼頭邊已經等待幸福哥哥歸來三年。阿才與美滿姊姊交談之際，遠處船笛聲忽然響起。久盼的幸福哥哥在碼頭上出現，美滿與幸福相擁、共舞，象徵他們的團圓。阿才與幸福美滿的際遇也促使他萌生歸家的念頭。他踏上前往愛將姨和Taco叔經營的酒店，並拉開此劇的序幕。真真假假、似夢非夢

---

[14] 王榮裕，〈玩出生命的價值〉，《浮浪貢開花》（淡水：金枝演社，2006），頁24。

的奇幻世界更藉著歌曲、舞蹈和舞蹈化的動作表演而更加魔幻與超現實。

　　隨著流浪阿才的腳蹤，觀眾被帶進多采多姿、目不暇給的江湖世界。伴著〈天天醉〉的歌曲，阿才歡騰、繽紛璀璨的浮浪貢生活，藉著群舞與卡拉OK獨唱與伴唱的方式描繪。通宵達旦、酩酊大醉的他，踩著不穩的步伐，前俯後仰，用幽默詼諧的舞蹈式動作前進。雖然《浮》劇在表演的過程也引用了大量的通俗表演文化，但這些表演已被提煉、昇華為成熟的戲劇手段（dramatic strategy），而不是純粹或直接的引據。這些表演元素的拼湊與組合的功用也因此別於《白》劇。在觀看《白》劇的當下，觀眾是在情感認同與抽離間徘徊。而《浮》劇裡的拼貼塑造了一個令人無法抽離、絢麗的魔幻境界。

　　歷經十年的質變與蛻變，金枝演社在文化雜燴的脈絡下發展了一套屬於自己的表演美學。在殖民的論述裡，文化雜燴原本是個被動的場域。被殖民者在沒有選擇性的狀況下，被迫吸收外來強勢政治力所引進的文化與其價值觀。也因此，文化元素的篩選、組合與文化混雜的理由和美學無關。在《白》劇裡，金枝刻意的引據這種反射在胡撇仔戲表演風格的文化現象，將沒有所謂表演美學的表演經典化（canonization）與美學化（aestheticization）。而在十年後推出的《浮》劇裡，文化雜燴已從表現被壓迫的文化現象轉化成一種刻意的、用來述說被壓迫經驗的美學藻繪與戲劇表現的邏輯。或許，我們會問金枝在這十年累積了什麼？蘇培凱在〈新的「金」字招牌〉一文中提出，金枝已經「從早期對於表演『形式』的探索，正逐漸過渡轉型到現今對於『精神價值』的追求與刻畫」。[15]換句

---

[15] 蘇培凱，〈新的「金」字招牌〉，《浮浪貢開花Part 2》（淡水：金枝演社，2007），頁29。

話說，從《白》劇的文化元素拼貼、並列、組合，至《浮》劇的文化元素結構改變、合併與重疊，我們可以確切的說，金枝很顯然的在文化雜燴的場域內獲得更多、更寬廣的自主性。

四、殖民暴力與後殖民幽默

金枝演社的雜燴美學可被認為是一種臺灣殖民經驗再次被提煉、創造與詮釋的文化現象。此文化詮釋的表象在許多層面是熱鬧、繽紛與絢麗的。但有如史坦（Robert Stam）在〈重疊美學：關於雜燴與廢棄物的冥想〉（"Palimpsestic Aesthetics: A Meditation on Hybridity and Garbage"）一文中提出，「文化雜燴從來不是和平的際遇，或零緊張狀態的遊樂園，因文化雜燴有史以來便與殖民暴力息息相關。」[16]在動盪的江湖時間空間裡，人是不斷飄流的個體，在遷移中互相衝突與牴觸。回歸到阿希克洛夫特所提出的「過量」概念，他認為「雜燴」是一種對抗殖民與其價值觀的手段。此認為在金枝演社的《白》與《浮》劇之聽覺、視覺美學與戲劇手段都清晰可見。關於「堅持」為一種「過量」的表現，筆者想提出「幽默」是金枝演社「堅持」的顛覆殖民論述方式，也是自我定位與找尋對話立場的利器。

在《白》與《浮》二劇目裡，金枝將殖民暴力轉化為不同層次的後殖民幽默，並藉由幽默表達國族、集體的至家庭、個人的歷史記憶、體驗與想像。在1996年首演的《白》劇中，臺灣所經歷的殖民暴力很直接的被反射與投射在劇中的政治與社會反諷。劇目一開始，一群殺氣騰騰、戴著墨鏡的惡警來勢洶洶的霸佔了整個表演

---

[16] Robert Stam, "Palimpsestic Aesthetics: A Meditation on Hybridity and Garbage," *Performing Hybridity*, p. 60.

舞臺空間。鑼聲響畢，惡警嚴肅的發布了一則關於臺灣總督李阿財遺失其心愛內褲的消息，並興師問罪的質問觀眾有否目睹任何可疑人物。為了讓老百姓（觀眾）能毫無遺誤的辨認總督的內褲，一惡警迅速的將自己的褲子拉下，秀出一件與總督一模一樣的紅花四角褲。為了一件紅花內褲，臺上的人物勞力勞心、大費周章的找尋，頗令人納悶。但在劇情發展的過程中，觀眾逐漸悟出總督的內褲意義非凡。在一次的對話中，黑玫瑰感慨的提到：「內褲通外褲，國庫通黨庫，e錢喔。」暗示著當時在臺灣執政的國民黨，與其對國財的管理與使用。而此反諷暗示透過幾則後續戲劇事件的闡述，很明確的點出老百姓民不聊生的原因。譬如在聽了黑玫瑰關於總督與黑大的報告後，白小蘭嘆了一句：「無怪人說，中華民國萬歲／稅，萬萬歲／稅。」從黑玫瑰手頭上的蒐證錄影帶，觀眾得知內褲遺失的嚴重性：原來內褲底藏著的是總督貪污的帳目，他犯案的證據。透過內褲的隱喻與政治反諷，《白》劇刻畫、評論與給予的是一個牽扯金錢、黑道、貪官污吏的臺灣集體社會、政治記憶與觀點。

《白》劇的幽默不只藉著政治反諷的形式表達，更透過顛倒的性別關係描繪傳遞。透過現代劇的表演形式，《白》劇將許多知識分子嗤之以鼻的「粗俗」庶民娛樂經典化。在這同時，金枝更毫不忌諱的凸顯大眾表演文化的情色成分。從白小蘭與黑玫瑰在舞臺布景上的性感畫像與「真人現演」四字、橫臥右舞臺的半裸酥胸女像、黑玫瑰辣妹裝扮，與其被錄在蒐證錄影帶內的脫衣舞秀，至阿三哥與戲班娘間的打情罵俏，無處不充滿性暗示。此劇也因而顛覆了菁英式的小劇場美學與文化價值觀。但在這同時，有別於剝削女性的大眾情色表演文化，《白》劇裡所看待並呈現的兩性關係，卻徹底顛覆了大眾情色表演之主流、男性沙文主義底下所塑造的女性形象。薩依德（Edward Said）在其殖民論述裡提到，異文化

在殖民者眼中時常是「被動的」、「女性化的」、「安靜的」、「異國情調化的」。[17]而在史碧瓦克（Gayatri Chakravorty Spivak）的殖民論述裡，她更將被殖民女性點出來，命名為 "subaltern"，亦為被壓迫者中的被壓迫者，受到政治與性別的雙層壓迫與邊緣化。[18]然而在《白》劇的人物描繪裡，堅強的女性和懦弱的男性常是描繪的題材。此強烈對比在許多小倆口的關係都可見到，例如戲班主與班主娘，采英與俊宏皆是。金枝更進一步將弱勢者中的弱勢者化為正義與救贖的實體。根據劇中蒐證的錄影帶，我們得知臺灣家喻戶曉的義賊廖添丁最終被總督暗殺，但因正義女俠的存在，百姓的救贖仍存一絲希望。她來無影去無蹤，玉蘭花是她作案留下的標記。在未目睹女俠本人之前，眾百姓已風聞她霹靂、時尚、聰明。她勇敢善戰、所向無敵，連官府人員和各方黑道勢力都風聲鶴唳。狹義的說，白小蘭可被視為廖添丁死後脫胎換骨。廣義而言，她是百姓期盼國族與家庭救贖的投射，更是對完美女性的一種想像。

如果白小蘭是顛覆殖民論述裡被女性化之異文化的一種反對典型代表（anti-stereotype），那麼黑玫瑰又是另一種反對典型的女性。前者顛覆的層次在於精神與道德上，而後者所顛覆的在於對愛情與性欲的追求。而黑玫瑰對異性直接、過分主動的言行往往是鬧笑話的佳材。初次與觀眾見面，她便開門見山的表達未覓得佳偶的挫折，與「來去找一個心愛的哥哥」之決心。沒帶絲毫羞澀，黑玫瑰宣布自己還是童身的事實，並號稱自己為「世界第二美」，姿色僅次於白小蘭。後來果真遇到一位「煙斗桑」（帥哥），她把握

---

[17] Edward Said, *Orientalism* (New York: Vintage Book, 1994), pp. 138, 182, 206, 220.

[18] Gayatri Chakravorty Spivak, "Can the Subaltern Speak?," *Marxism and the Interpretation of Culture,* ed. Cary Nelson and Lawrence Grossberg (Urbana and Chicago: University of Illinois Press,1988), p. 294.

機會猛力發動愛情攻勢，頻頻提出要帶他到甘蔗園與溪水邊「捉滑
溜」與「摸蜆仔」，極力鼓吹他把她「挾去配」。白小蘭及時的出
現，才使得「煙斗桑」最終順利脫離黑玫瑰的糾纏。白女事後勸戒
義妹該在兩廂情願的狀況下才進行追求。黑女隨口便答：「是啊！
我嘛足歡喜甘願！」堅持她的意願便足以代表雙方的意願。白女與
觀眾不禁在此莞爾黑女的火辣。透過劇中強勢與積極女性的描繪，
金枝提出一套反論述，徹底對抗並顛覆被女性化與懦弱化的被殖民
者。善終究勝惡，白女與黑大決戰之後，前者將後者閹割，象徵性
的將強者中的強者化為弱者中的弱者，達到權力位置對調。透過強
勢、主動女性的描繪，《白》劇將殖民暴力昇華至情色幽默，並藉
此幽默暗喻臺灣的政治歷史與現況。

　　《白》劇劇情的發展是一連串善惡、官民、男女、黑白勢力、
殖民者被殖民者的對立與掙扎，也因此打鬥的場景在劇中比比皆
是。打鬥在表演的範疇內意指人與人之間的直接肢體衝突。藉著肢
體衝突來描繪與表現劇中交錯複雜的人際關係。此劇中打鬥的場景
不止是殖民暴力的抒發，更是將殖民暴力提升化為幽默的表演手
段。透過雷射光的使用與白小蘭以寡敵眾的特慢打鬥動作，女俠的
英姿與功力藉此誇張的放大與強調。為解救采英並和黑大一搏，戲
班一行人在白小蘭與黑玫瑰的陪同下，拎著掃把、畚斗、馬桶通、
廁所刷、板凳等日常生活用品，浩浩蕩蕩的來到黑大的豪宅。這一
群由平民百姓所組成的義軍雖然勇氣可嘉，但因反應慢半拍，讓黑
大與阿三哥逃之夭夭。白小蘭與黑大在劇中的最後一搏，雖在理論
上是神聖莊嚴，但不免與錢財、米油、醬醋、蒜皮扯上關係。戰鬥
初期，白小蘭與黑大各出一鏢相鬥。玉蘭花與黑色子彈相搏數回合
後，筋疲力盡，私底下討論「流了大粒汗、小粒汗，才賺臺幣三
百塊」，不如和解了事，下班回家。劇中黑白勢力互相角力的過程
也是一連串充滿驚喜與「笑」果的情節。「鬱卒」衝鋒槍、防彈背

心、「祕密武器」皮鞭種種，在不按牌理出牌的狀況下登上舞臺。黑大一次被黑玫瑰的皮鞭降服，一次被白小蘭閹割，但其中所隱藏的暴力卻轉化為黑大娘娘腔的非寫實舞蹈動作，讓觀眾在無負面情緒負擔的狀況下，開懷大笑惡者的下場。

　　從1996年至今，《白》劇一連演出十年。或許我們會試問，難道《白》劇的幽默不會隨歷史的變遷而消逝？雖然《白》劇的人物、劇情與表演形式在這十年沒有大幅度的變更，但每回新一代演員在重演舊劇時，總將自己的個性與詮釋注入劇目的表演。也因此，每場的演出便是演員自身與母文化的對話，在對話的同時用身體重新詮釋母文化。[19]藉著對母文化的重新詮釋，演員透過一樣的劇情，不斷更新《白》劇的幽默，促使幽默與觀眾所了解和關心的時事達到共鳴。譬如：金枝的第一代演員黃采儀在排練白小蘭的角色時，導演要求她舉止間要刻意流露粗魯、粗獷的特質。其目的為的是顛覆八〇與九〇年代主流、說國語的、菁英式的小劇場價值觀。[20]但在2006年的演出，臺灣社會因各種政治與歷史的轉變，粗魯與俗氣的表演質感已不足為奇，更不用提製造「笑」果的可能性。劇團所面臨的新挑戰在於如何從庶民、大眾文化，或所謂的「低俗」文化，製造出新的「精緻文化」。[21]白小蘭雖然偷的還是那件總督心愛的大紅花內褲，但她已經不再是純粹的內褲小偷。在2006年的詮釋裡，她更是個民族救星和時尚有形女。在排練的過程中，王榮裕不斷提醒飾演白小蘭的演員，整體的人物質感大不同於十年前。白小蘭的一舉一動，譬如：當她初次與觀眾見面的方式，

---

[19] 徐永樹，《身體表演，角色與自我轉化之經驗述說：關於劇場演員的身體民族誌》（國立清華大學碩士論文，1997），頁49。

[20] 梁培琳，〈田野調查手記〉，2006年4月。

[21] 同上註。

背對觀眾、將腳跨在臺上、武士刀扛肩上、轉面、報上大名一連串
動作所流露的是帥氣、自信與品味。正因《白》劇不斷透過詮釋
與自我對話，將幽默傳遞與當代的觀眾，《白》劇成為一個發聲的
場域（enunciatory site），而免於成為被動、被形容、被詮釋的物件
（object）。[22]

　　雖然《浮》劇所表達的是一個對臺灣處在後殖民現況的批判聲
音，但政治反諷已不再是幽默表達方式之一。在《浮浪貢開花》的
節目單裡，製作人與編劇游蕙芬提到本劇的中心精神為「越是苦悶
的日子，越要大聲歡笑」，而歡笑是堅持在動盪亂世過幸福生活的
方式與能量來源。[23]延續了女性為強，男性為弱的性別關係描寫，
《浮》劇將敘事的重心放在追求穩定的家。男女間的追求已不再是
為滿足一時的性欲，而是為了恆久、細長與情深的幸福。深情、
能幹、武藝高強的愛將姨開了間酒店，算是她退出江湖的隱居方
式。但對於死去多年的愛人Toro桑，她仍然無法遺忘，也因此不
願再接受另一段新感情。Taco叔跟愛將姨合夥多年，愛她在心頭卻
口難開。阿才不預期的出現將二人的關係加溫。他不但為叔叔加油
打氣，更傳授他一套追求女性的方法。首先，要有意無意的用兩
眼「放電」，直到她「酥去」、「溶去」，再用男人有力的胳臂摟住
她的腰，抱入懷裡，在她的耳畔細語"I love you"，將其心扉全盤
攻下。阿才一面講解一面示範，自己當男角，叔叔當女角，示範教
學的過程中，誇大的動作和叔叔男飾女角的仿效與模擬笑料連連。
但真輪到叔叔拿出勇氣要學以致用時，卻又狀況頻頻。本想用眼

[22] K. Homi Bhabha, "The Postcolonial and the Postmodern," *The Location of Culture* (London, New York: Routledge, 1994), p. 178.

[23] 金枝演社，〈濃濃臺灣味的幸福作品〉，《浮浪貢開花》（淡水：金枝演社，2006），頁10；游蕙芬，〈越是苦悶的日子，越要大聲歡笑……〉，《浮浪貢開花》（淡水：金枝演社，2006），頁26-27。

睛「放電」，但又害臊不好意思看愛將姨。結果她誤以為他眼睛不適。後來，好不容易將阿才傳授的招數如法炮製的搬上用場，但卻是愛將姨摟住「酥去」、「溶去」的Taco叔。雖然《浮》劇的女性不再擔起救國救民的重責，但卻扮演著一家之主的功能，為支撐家庭結構的棟梁。而男性的含蓄、軟弱與不足便顯得滑稽。

　　雖然《浮》劇不像《白》劇直接向殖民價值與觀點叫囂，但卻持續挑戰殖民帶來的資本主義價值觀。劇目敘述的是無用者的有用之處，藉此提出另一種顛覆性、反邏輯式的邏輯與思考。劇中的男主角阿才便是此另類價值觀的化身。正當絕大部分的人日夜辛勤、腳踏實地過著縱向時間，阿才無所事事、漂泊不定、我行我素的過著橫向時間，不固定屬於某個社會結構或組織。在某種程度，阿才遺傳了白小蘭傳奇、浪漫的色彩。但每回英雄的光環快要在阿才頭頂成形，阿才的人格瑕疵便及時將光環戳破。觀眾的情緒因此在高低潮間起伏，對主角的認同也在投入與抽疏間交替。在碼頭上，阿才詳細分析美滿姊姊不快樂的原因，使得她對阿才肅然起敬，詢問為何能有如此這般的洞察力。阿才哈哈大笑後，回了一句「用猜的」，阿才剛建立的專業形象頓時消失。配著煽情動人的音效，阿才用特慢動作將愛將姨和Taco叔撥開，朝十五年未見的妹妹飛奔而去。就在觀眾快感動落淚之際，音效走調，阿才由慢動作變回正常走路速度越過妹妹，繼續往右舞臺方向去。眾人一頭霧水。問他去哪，他才回了一句「放尿去」，並且還得叔叔阿姨指點正確的廁所方向。霎時間，兄妹相認的情緒高潮馬上跌入日常生活的小細節。雖然阿才遺傳了白小蘭那抹傳奇與飄流的浪漫，他的「脫線」、直率與不足在同時又把他化為有血有肉的凡人。就是在情深的阿才坦率的自我表達，吞食人間煙火的那刻，觀眾噗嗤一笑。

五、尾聲

《白》與《浮》二劇所呈現的江湖世界是經歷殖民並處在後殖民階段的臺灣。因此，江湖是家與亂世的重疊，一種對國族與家庭想像的縮影。透過文化元素拼貼與能量外放的表演形式，此二劇所呈現的世界是動盪的江湖。在此時間空間裡，人是不斷飄流的個體，互相衝突與牴觸。銜接了阿希克洛夫特「過量」的說法與江湖的時空概念，本文將《白》與《浮》二劇視為被「過量」所塑造而成的「文化地景」。針對「過量」的兩種表達方式——「文化雜燴」與「堅持」，本文試圖探討、追蹤金枝拼貼美學與幽默的演變。

在1996年首演的《白》劇裡，我們看到拼貼美學的基礎來自於將現有的視覺、聽覺與表演文化元素納入、並列與組合。在這拼貼的過程中，並無所謂特定的美學邏輯，刻意將俗氣發揮到極致，藉此展現並經典化庶民的表演文化。透過拼貼的表演美學，劇裡所描繪的人物為典型的代表，各個象徵著不同的說話立場與價值觀。藉由這些典型人物，《白》劇將小人物對抗殖民與惡勢力的精神，繪聲繪影的呈現在舞臺上。在2006年首演的《浮》劇裡，拼貼美學已被發展到魔幻的境界。取代拼貼所造成的唐突是純熟的戲劇表現手段。透過這手段，《浮》劇所呈現的是心理層面豐富的人物與繽紛燦爛的江湖。

就幽默為一種「堅持」的表現，《白》劇透過政治反諷、情色幽默、顛倒性別描繪、打鬥場景，將殖民暴力直接的轉化為幽默。透過每一代演員對劇目的重新詮釋，《白》劇的幽默得以與各年代的觀眾達到共鳴。而在《浮》劇裡，顛倒性別描繪與反英雄的塑造成為笑點的來源。雖然延續了《白》劇女為強男為弱的主題書寫，但女性的形象已由主動、積極的辣妹轉換為堅強、內斂的家庭主婦。而接傳所向無敵白小蘭衣缽的，則是自由自在、遊手好閒、時

常出狀況的浪漫「浮浪貢」。透過各層次的幽默，金枝所表達的是濃郁與深重的臺式幸福感。「過量」的表達目的已不只為了顛覆，而是更進一步確立發聲與對話的位置。

引用書目

一、中文文獻

王榮裕，〈玩出生命的價值〉，《浮浪貢開花》（淡水：金枝演社，2006），頁24-25。

王榮裕，〈從家族到國族的浮浪貢開花〉，《浮浪貢開花三：勿忘影中人》（淡水：金枝演社，2008），頁2-3。

王榮裕，〈導演內心話〉，《浮浪貢開花Part 2》（淡水：金枝演社，2007），頁16-18。

金枝演社，《臺灣女俠白小蘭》，現場演出，大溪、中壢、臺中、宜蘭，2004，2005，2006年。

金枝演社，《浮浪貢開花》，現場演出，臺中，2006年。

金枝演社，〈濃濃臺灣味的幸福作品〉，《浮浪貢開花》（淡水：金枝演社，2006），頁10。

徐永樹，《身體表演，角色與自我轉化之經驗述說：關於劇場演員的身體民族誌》（國立清華大學碩士論文，1997）。

梁培琳，〈田野調查手記〉，2006年4月。

陳慧玲，〈外臺歌仔戲藝人表演風格形塑之討論：以蔡美珠演藝歷程為對象〉，臺北藝術大學碩士論文，2004年。

游蕙芬，〈越是苦悶的日子，越要大聲歡笑……〉，《浮浪貢開花》（淡水：金枝演社，2006），頁26-27。

謝依均，〈找回離家出走的幸福〉，《金枝電子報》5期（2006）。

簡秀珍，〈金枝演社的「胡撇仔戲系列」〉，《浮浪貢開花》（淡水：金枝演社，2006），頁16-17。

蘇培凱，〈臺下，十年功〉，《浮浪貢開花》（淡水：金枝演社，2006），頁
18-19。
蘇培凱，〈新的「金」字招牌〉，《浮浪貢開花Part 2》（淡水：金枝演社，
2007），頁26-30。

二、英文文獻

Ashcroft, Bill, "Post-colonial Excess and Colonial Transformation," *On Postcolonial Futures: Transformation of Colonial Culture* (London and New York: Continuum, 2001), pp. 116-127.

Bhabha, K. Homi, "The Postcolonial and the Postmodern," *The Location of Culture* (London, New York: Routledge, 1994), pp. 171-197.

Liu, Jianmei, "Gender Politics in Jin Yong's Martial Art Novels," *The Jin Yong Phenomenon: Chinese Martial Arts Fiction and Modern Chinese Literary History,* ed. Ann Huss and Jianmei Liu (New York: Cambria Press, 2007), pp. 179-200.

Said, Edward, *Orientalism* (New York: Vintage Books, 1994).

Silvio, Teri Jayne, "Drag Melodrama/Feminine Public Sphere/Folk Television: 'Local Opera' and Identity in Taiwan." Diss. University of Chicago, 1998.

Song, Weijie, "Space, Swordsmen, and Utopia: The Dualistic Imagination in Jin Yong's Narratives," *The Jin Yong Phenomenon: Chinese Martial Arts Fiction and Modern Chinese Literary History,* ed. Ann Huss and Jianmei Liu (New York: Cambria Press, 2007), pp. 155-178.

Spivak, Gayatri Chakravorty, "Can the Subaltern Speak?," *Marxism and the Interpretation of Culture,* ed. Cary Nelson and Lawrence Grossberg (Urbana and Chicago: University of Illinois Press,1988), pp. 271-313.

Stam, Robert, "Palimpsestic Aesthetics: A Meditation on Hybridity and Garbage," *Performing Hybridity,* ed. Mary Joseph and Jennifer Natalya Fink (Minneapolis and London: University of Minnesota Press, 1999), pp. 59-78.

Tian, Xiaofei, "The Ship in a Bottle: The Construction of an Imaginary China in Jin Yong's Fiction," *The Jin Yong Phenomenon: Chinese Martial Arts Fiction and Modern Chinese Literary History* (New York: Cambria Press, 2007), pp. 219-240.

Ueng, Sue-han, "The Taiwanese *Minsu Yizhen* in Temple Festivals: Power, Presentation, and Representation." Diss. New York University, 2003. pp. 58-77.